KNAUR

Von Sam Eastland sind bereits folgende Titel erschienen:
Roter Zar
Der rote Sarg
Sibirisch Rot
Roter Schmetterling
Roter Zorn
Rote Ikone

Über den Autor:
Sam Eastland ist das Pseudonym des amerikanischen Schriftstellers Paul Watkins, geboren 1964, der sich auch mit literarischen Werken einen Namen gemacht hat. Seinen ersten Roman veröffentlichte er im Alter von sechzehn Jahren. Mit seiner Familie lebt er in Hightstown, New Jersey.

Sam Eastland

Rote Spionin

Kriminalroman

Aus dem Englischen von
Karl-Heinz Ebnet

KNAUR

Die englische Originalausgabe erschien 2017 unter dem Titel
»Berlin Red« bei Faber and Faber Ltd., London.

Besuchen Sie uns im Internet:
www.knaur.de

Aus Verantwortung für die Umwelt hat sich die Verlagsgruppe
Droemer Knaur zu einer nachhaltigen Buchproduktion verpflichtet.
Der bewusste Umgang mit unseren Ressourcen, der Schutz unseres
Klimas und der Natur gehören zu unseren obersten Unternehmenszielen.
Gemeinsam mit unseren Partnern und Lieferanten setzen wir uns
für eine klimaneutrale Buchproduktion ein, die den Erwerb von Klimazertifikaten zur Kompensation des CO_2-Ausstoßes einschließt.
Weitere Informationen finden Sie unter: www.klimaneutralerverlag.de

FSC
www.fsc.org
MIX
Papier aus verantwortungsvollen Quellen
FSC® C014496

Deutsche Erstausgabe Dezember 2021
Knaur Taschenbuch

Redaktion: Claudia Alt
Covergestaltung: ZERO Werbeagentur, München
Coverabbildung: Khaldei / Voller Ernst / akg-images
Satz: Adobe InDesign im Verlag
Druck und Bindung: GGP Media GmbH, Pößneck
ISBN 978-3-426-52212-7

2 4 5 3 1

Für John und Johanna

Moskau, 9. April 1945. Seine Schritte hallten in der verlassenen Straße.

Über ihm, gerahmt von den schartigen Silhouetten der Kamine, erstreckte sich die sternenfunkelnde Dunkelheit.

Pekkala, die Hände tief in den Taschen seines Mantels vergraben, war auf dem Weg ins Café Tilsit, das einzige Lokal, das zu dieser Nachtzeit noch offen hatte.

Die beschlagenen Scheiben des Cafés glühten im Schein der Kerzen, die hinter den Fenstern aufgestellt waren.

Mit der Schulter stieß Pekkala die schwere Holztür auf, und als er den Raum betrat, ertönte eine an der Klinke befestigte kleine Glocke. Er hielt kurz inne, sog den Geruch von Suppe und Zigaretten ein und steuerte einen ruhigen Tisch im hinteren Bereich an.

Pekkala kam seit Jahren hierher.

Vor dem Krieg hatten sich hier nach Mitternacht, am Ende ihrer Schicht, vor allem Arbeiter eingefunden – Taxifahrer, Huren, Museumswärter. Dazu die, die sonst nirgendwohin konnten, und manche wie Pekkala, die in ihren leeren, stillen Wohnungen den Einflüsterungen des Wahnsinns zu entfliehen suchten.

Denn im Café Tilsit, wo sie allein, aber nicht einsam waren, konnten sie ihre Dämonen verjagen.

Nach neun Jahren Arbeitslager wusste Pekkala um den Wert dieser seltsamen, schweigsamen Gemeinschaft.

Von den schwarzen sibirischen Wintern in der Kunst der Einsamkeit geschult, hatte er eine Stille erfahren, die so absolut war, dass sie ihren ganz eigenen Ton zu haben schien – ein hastendes Zischen wie das eines durch den Weltraum sirrenden Planeten.

Kurz nach seiner Ankunft in Borodok hatte der Lagerkommandant ihn in die Wälder geschickt, damit die anderen Insassen nicht erfuhren, wer er wirklich war.

Pekkala war im Wald von Krasnagoljana mit der Aufgabe betraut gewesen, die Bäume zu markieren, die von anderen Lagerinsassen gefällt werden sollten. Nicht nur fehlten Pekkala in der weiten Wildnis die Annehmlichkeiten eines zivilisierten Lebens, sondern auch ein Name – in Borodok war er nur als Gefangener 4745 bekannt.

Gestützt auf einen kräftigen Knüppel, einem knorrigen Wurzelstock, aus dem Hufnägel mit Vierkantköpfen ragten, strich er durch die Wälder, tauchte seine Hände in rote Farbe und hinterließ seine Abdrücke auf den von ihm ausgewählten Bäumen. Diese Abdrücke waren oftmals die einzigen Spuren, die andere Lagerinsassen von ihm zu sehen bekamen.

Die durchschnittliche Lebenserwartung eines Baummarkierers im Wald von Krasnagoljana betrug ein halbes Jahr. Diese Männer arbeiteten allein, fernab von anderen Menschen, ohne die geringste Fluchtmöglichkeit. Sie erfroren oder verhungerten oder starben an Einsamkeit. Wer sich verirrte, wer stürzte und sich ein Bein brach, fiel meistens den Wölfen zum Opfer. Bäume markieren war die einzige Tätigkeit in Borodok, die noch gefürchteter war als die Todesstrafe.

Jeder ging davon aus, dass Pekkala tot sein würde, bevor im Frühjahr das Eis aufbrach. Neun Jahre später war er aber immer noch in den Wäldern und hatte damit länger durchgehalten als jeder andere Baummarkierer im Gulag.

Dreimal im Jahr wurden ihm am Ende eines Waldwegs Nahrungsmittel und andere Güter abgestellt. Petroleum, Dosenfleisch, Nägel. Um alles andere musste er sich selbst kümmern. Nur selten wurde er von den Holzfällern in den Wäldern gesichtet. Was sie erhaschten, war ein Wesen, das mit einem Menschen kaum mehr etwas gemein hatte. In seiner mit roter Farbe verkrusteten Gefängniskleidung, mit seinen langen Zottelhaaren glich er eher einem wilden Tier, dem das Fell abgezogen worden war und das man zum Sterben hatte liegen lassen – und das es trotzdem irgendwie geschafft hatte, zu überleben. Wilde Gerüchte rankten sich um ihn: Er esse Menschenfleisch, er trage einen Brustpanzer aus den Knochen derer, die in den Wäldern verschwunden waren, er habe eine Mütze aus zusammengenähten Skalpen.

Sie nannten ihn den Mann mit den blutigen Händen. Keiner außer dem Kommandanten von Borodok wusste, woher dieser Sträfling gekommen oder wer er früher gewesen war.

Die gleichen Männer, die eine Heidenangst davor hatten, ihm über den Weg zu laufen, hatten nicht die geringste Ahnung, dass er Pekkala war – dessen Namen sie einst angerufen hatten wie ihre Vorfahren die Götter.

Nach der langen Zeit in den Wäldern hatten sich einige Gewohnheiten erhalten. Natürlich hatte Pekkala in seiner Wohnung ein Bett, nur schlief er nie darin, sondern zog die harten Bodendielen und seinen zu einem Kissen zusammengerollten Mantel vor. Er trug immer die gleiche Kleidung – einen halblangen, zweireihigen Mantel, schwere braune Cordhosen und eine graue Weste –, unabhängig von Jahreszeit oder Anlass. Und dank des Cafés Tilsit nahm er sein Abendessen gern mitten in der Nacht zu sich, so wie er es auch in Sibirien getan hatte.

Im sechsten Kriegsjahr saßen fast nur noch Armeeangehörige im Café. Sie waren eine braun uniformierte, nach Stiefelwichse, *Machorka* und der erdigen Muffigkeit sowjetischer Uniformwolle riechende Horde. Auch die Frauen trugen Uniformen. Soldatinnen schwarze Barette und dunkelblaue Röcke unter ihren Uniformblusen. Andere die kakifarbenen Overalls der Fabrikarbeiterinnen, dazu blaue Kopftücher, unter denen das Haar derer, die in den Munitionsfabriken beschäftigt waren, einen ranzig gelben Farbton angenommen hatte.

Die meisten saßen Ellbogen an Ellbogen an einem der beiden langen Holztische und schlürften ihre Suppen aus flachen Holzschalen.

Nur wenige blickten von ihrem Essen auf, als Pekkala an ihnen vorbeiging, und sahen in der rauchgeschwängerten Luft blinzelnd zu dem großen, breitschultrigen Mann mit seinen grünlich braunen Augen und seinem leichten Silberblick, der allerdings nur auffiel, wenn man ihm direkt in die Augen schaute. Seine dunklen Haare waren stellenweise vorzeitig ergraut, auf seinen wettergegerbten Wangen wucherten Bartstoppel, da er sich seit einer Woche nicht mehr rasiert hatte.

Pekkala nahm nicht an einem der langen Tische Platz, sondern ging zu seinem üblichen Tisch an der Rückwand, wo er die Eingangstür im Blick hatte.

Während er darauf wartete, bedient zu werden, zog er eine abgegriffene Fotografie aus der Manteltasche. Weiße Knitterfalten liefen im Zickzack über die Glanzschicht des Bildes, die einst scharfkantigen Ecken waren längst abgeknickt und eingerissen wie die Ohren eines alten Kampfhundes. Eindringlich betrachtete er das Bild, als würde er es zum ersten Mal sehen. Tatsächlich hatte er das Bild im Lauf der Zeit so oft betrachtet, dass sich ihm die Erinnerung an den Zeitpunkt seiner Aufnahme sehr viel deutlicher ins Gedächtnis geprägt hatte als das Foto selbst. Und dennoch konnte er nicht von ihm lassen. Erst als die Wirtin in ihren ausgetretenen Filzstiefeln auf ihn zuschlurfte, steckte er das Bild wieder weg.

Die Wirtin war eine schlanke, schmalschultrige Frau mit dicken, blonden, glatt nach hinten gekämmten und mit blauem Garn zusammengebundenen Haaren. Ihr Name lautete Valentina.

Sie stellte ihm einen Krug mit Kwass hin: ein halb fermentiertes Getränk, das aussah wie schmutziges Abwaschwasser und nach verbranntem Toast schmeckte.

»Mein lieber Finne«, sagte sie und legte ihm die Hand an die Stirn, als wollte sie prüfen, ob er Fieber habe. »Welche Träume haben dich heute Nacht zu mir geführt?«

»Wollte man Träume haben, müsste man dazu erst mal schlafen«, erwiderte er, »aber das tue ich kaum. Außerdem ist es nach Mitternacht. Dann kann ich gleich ganz aufbleiben.«

»Dann bringe ich dir also die erste Mahlzeit des Tages.«

Er musste nicht nach der Auswahl der Speisen fragen, denn es gab keine. Im Café Tilsit wurde aufgetragen, was gerade gekocht wurde, bislang hatte er aber nie Grund zur Beschwerde gehabt.

Während Valentina in die Küche zurückschlenderte, holte Pekkala erneut das Foto heraus und betrachtete es, als hätte in der Zwischenzeit ein neues Detail auftauchen können.

Das Bild zeigte Pekkala. Er lehnte an einer hüfthohen Steinmauer, hatte die Augen zusammengekniffen und blinzelte ins Sonnenlicht. Er lächelte verlegen und hatte die Arme vor der Brust verschränkt. Sein Gesicht war schmaler als jetzt, die Augen lagen tiefer.

Hinter ihm stand ein Ziegelgebäude mit einem steilen Schieferdach und hohen Bogenfenstern. Über die Mauer spähte eine Gruppe kleiner Kinder, deren Augen groß und rund vor Neugier waren.

Und neben Pekkala stand eine junge Frau mit Stupsnase und sommersprossigen Wangen. Ihre langen Haare waren mit einem Band zusammengebunden, ein Windstoß aber hatte einige Strähnen gelöst. Sie wehten ihr vor dem Gesicht und verbargen fast die Augen, ihre Hand, nur leicht verschwommen wiedergegeben, hatte sie gerade erhoben, um sie zur Seite zu streichen.

Sie hieß Lilja Simonowa. Sie war Lehrerin an der gleich außerhalb des zaristischen Anwesens gelegenen Grundschule von Zarskoje Selo.

Jedes Mal, wenn er das Foto betrachtete, empfand er wieder die unbeschwerte Leichtigkeit jenes Tages, als er diese Frau bei der Feier zum Beginn des neuen Schuljahrs zum ersten Mal gesehen hatte.

Er war nach einem Treffen mit dem Zaren im Alexanderpalast auf dem Weg zu seinem Haus in der Nähe der Alten Stallungen gewesen, als die Schulrektorin Rada Obolenskaja ihm von der Mauer aus zugewinkt hatte. Sie war eine große, würdevolle Frau mit einem grauen Haarknoten und einer versierten Strenge im Blick, dem unerlässlichen Handwerkszeug ihrer Zunft.

»Inspektor!«, rief sie und näherte sich auch schon der Mauer, die zwischen ihnen stand. Eine Kindermeute folgte ihr. »Einige Schüler würden Sie gern etwas näher kennenlernen.«

Insgeheim stöhnte Pekkala auf. Er war müde und sehnte sich nach der Ruhe seines Zuhauses, wollte die Stiefel ausziehen und im Schatten des Apfelbaums hinter seinem Haus ein kaltes Glas Weißwein genießen. Aber er wusste, dass er keine andere Wahl hatte, also blieb er stehen und setzte ein breites Lächeln auf.

In diesem Augenblick fiel ihm eine Frau auf, die er nie zuvor gesehen hatte. Sie stand vor einem zu diesem Anlass auf dem Schulhof errichteten weißen Zelt und trug ein blassgrünes Kleid. Ihre Augen waren leuchtend blau.

Zunächst glaubte er, er müsse sie von irgendwoher kennen, obwohl er überzeugt war, dass sie hier fremd war. Jedenfalls konnte er sich diese plötzliche und unerklärliche Vertrautheit nicht erklären, die sich sofort bei ihm eingestellt hatte.

»Sind Sie wirklich der Inspektor?«, war eine aufgeregte Piepsstimme zu hören.

Wie benommen sah Pekkala hinab zu dem fünfjährigen Mädchen, das hinter Madame Obolenskajas Rock hervorlugte. »Aber ja«, erwiderte er. »Der bin ich.«

Und nun erschien ein weiteres Gesicht unter einem wuscheligen roten Haarschopf. »Haben Sie schon mal den Zaren getroffen?«

»Ja. Tatsächlich war ich erst heute bei ihm.«

Daraufhin war ein kollektiver Seufzer zu vernehmen, und ein halbes Dutzend Kinder verließ die Deckung hinter Madame Obolenskaja und drängte sich dichter an die Mauer.

»Können Sie zaubern? Das sagen nämlich alle«, fragte ein Junge.

»Meine Mutter hat gesagt, dort, wo Sie herkommen, da reitet man auf Eisbären.«

»Na, davon weiß ich nichts«, nuschelte Pekkala. Dann bemerkte er ein äußerst verhaltenes Lächeln in Madame Obolenskajas sonst so ungerührter Miene. »Ach, ein Eisbär, hast du gesagt?«

Der Junge nickte. So neugierig der Junge auch war, so sehr fürchtete er sich auch vor der Antwort auf seine Frage.

»Ja, natürlich!«, rief Pekkala aus. »Wollt ihr etwa sagen, dass man hier nicht auf Eisbären reitet?«

»Nein«, antwortete das rothaarige Mädchen. »Und ich hab auch noch nie einen gesehen.«

»Ich hab es doch gesagt«, verkündete der Junge zu niemand Bestimmtem. »Ich hab es doch gesagt, dass er das macht.«

Während sich weiter die Kinder um ihn scharten, sah Pekkala immer wieder über Madame Obolenskajas Schulter zu der Frau im blassgrünen Kleid.

Was der Rektorin natürlich keineswegs entging. Schließlich drehte sie sich um, um dem Grund seiner Ablenkung auf die Spur zu kommen. »Ah«, sagte sie daraufhin, »Sie kennen unsere neue Lehrerin noch nicht, Lilja Simonowa.«

»Nein«, antwortete Pekkala heiser, als wäre seine Kehle plötzlich voller Staub.

Madame Obolenskaja hob die Hand, schüttelte kurz das Handgelenk und winkte der neuen Lehrerin zu, als wollte sie eine Droschke in der Straße herbeirufen.

Gehorsam, aber nicht ohne einen leisen Anflug von Trotz in ihren Schritten überquerte Lilja Simonowa den Pausenhof.

Was Pekkala ihr in den wenigen Minuten ihrer ersten Begegnung sagte, waren völlig belanglose Nichtigkeiten, dennoch kamen ihm die Worte so mühselig über die Lippen, als hätte er den Mund voller Kirschkerne.

Lilja war höflich, aber reserviert. Sie sagte sehr wenig, worauf er umso mehr redete.

Irgendwann hörte Pekkala ein Klicken, und als er aufblickte, stellte er fest, dass Madame Obolenskaja ein Foto von ihnen beiden gemacht hatte. Sie besaß eine Kodak-Brownie-Kamera, die sie im fotografischen Studio von DeLisle in den Arkaden des Gostiny Dwor in Sankt Petersburg erworben hatte. Seitdem bekannt war, dass die Zarin selbst eine solche Kamera hatte, mit der sie den Alltag ihrer Familie festhielt, waren sie der letzte Schrei in der Stadt.

Madame Obolenskaja hatte kürzlich damit begonnen, von jeder Schulklasse eine Aufnahme zu machen. Jeder Schüler bekam daraufhin einen Abzug, und einer davon hing an der Wand in ihrem Büro.

Unter normalen Umständen hätte Pekkala Madame Obolenskaja zur Seite genommen und ihr höflich erklärt, dass der Film, auf dem dieses Bild festgehalten worden war, zu zerstören sei. Denn auf ausdrücklichen Befehl des Zaren durfte vom Smaragdauge kein Foto gemacht werden.

Bei dieser Gelegenheit aber fragte er sie nur, ob er vielleicht einen Abzug haben könne.

Ein Jahr später lieh sich Pekkala vom Zaren ein Ruderboot, und im Pavillon auf der kleinen Insel mitten im Lamskie-Teich hielt er um Liljas Hand an.

Ein Datum wurde festgelegt, aber zur Trauung kam es nicht mehr. Am Vorabend der Revolution bestieg Lilja einen Zug nach Finnland, der sie auf seiner langen und umständlichen Reise schließlich nach Paris bringen sollte, wohin, wie Pekkala ihr versprach, er so schnell wie möglich nachkommen wolle – sobald der Zar ihm die Abreise gestattete. Aber Pekkala schaffte es nicht mehr, das Land zu verlassen. Einige Monate später wurde er von bolschewistischen Milizionären verhaftet. Und damit begann seine ganz eigene Reise, die ihn letztlich nach Sibirien führen sollte.

Neben den unscharfen Bildern in seinem Kopf war dieses Foto alles, was er besaß, um sich selbst davon zu überzeugen, dass diese seine kostbarste Erinnerung mehr war als nur ein Traumgespinst.

Das Klingeln der kleinen Glocke riss ihn aus diesen Gedanken. Ein weiterer Fremder trat aus der Nacht in den Gastraum des Cafés.

Zur selben Zeit, am Ende eines unbefestigten Wegs auf der windumtosten Insel Usedom an der Ostseeküste, blickte ein hagerer deutscher Offizier hinaus auf die Wellen, die im Nebel über den hellgrauen Sand hereinschlugen.

Zwischen die Zähne hatte er eine kurzstielige Bruyèrepfeife geklemmt, mit der er seinen letzten Tabak rauchte.

Ein weiterer Soldat in der Uniform eines Luftwaffen-Unteroffiziers näherte sich und blieb vor dem Offizier stehen. »General Hagemann«, sagte er leise, als fürchtete er, die Gedanken seines Vorgesetzten zu stören.

Der Offizier nahm die Pfeife aus dem Mund und umschloss den Pfeifenkopf mit seiner lederbehandschuhten Hand. »Ich hoffe, Sie haben zur Abwechslung mal angenehme Neuigkeiten, Feldwebel Behr.«

»Der Nebel wird sich bald auflösen«, antwortete der Unteroffizier. »Und laut Meldung des Beobachtungsschiffes sind die Sichtverhältnisse im Zielgebiet gut.«

Ein Lächeln erschien auf General Hagemanns müdem Gesicht. Trotz seines militärischen Rangs war das Soldatentum ihm eigentlich fremd. Er war Wissenschaftler von Beruf, und seine Arbeit als Leiter der Triebwerksentwicklung in der hochgeheimen V2-Produktionsstätte im nahe gelegenen Peenemünde hatte sein Leben bestimmt – es hatte ihn erst seine Ehe, dann seine Gesundheit und schließlich auch seinen Verstand gekostet, wie er seit Kurzem mutmaßte.

Seit dem ersten erfolgreichen Start einer V2-Rakete im Oktober 1942 arbeitete Hagemann an einer Radarfrequenz-Fernsteuerung namens Diamantstrahl. Das System, wenn es perfektioniert würde, könnte die Zielgenauigkeit der vierzehn Meter hohen Rakete mit ihrem tausend Kilogramm schweren Sprengkopf in höchstem Maße verbessern. Die Entwicklung des Krieges hatte sie gezwungen, die Städte London und Antwerpen anzugreifen, wobei nach Hagemanns Schätzungen nur eine von siebzehn der bislang über tausend abgeschossenen Raketen ihr beabsichtigtes Ziel auch getroffen hatte. Die beträchtlichen Schäden, die den fraglichen Städten zugefügt wurden, waren dem General allerdings nur ein kleiner Trost. Obwohl das Deutsche Reich zwischen den Engländern und Amerikanern im Westen und der Roten Armee im Osten in die Zange genommen wurde, war der General überzeugt, dass diese schreckenerregenden Waffen, sofern die erforderliche Zielgenauigkeit erreicht würde, den Ausgang des Krieges zu ihren Gunsten entscheiden könnten. Und selbst wenn die Niederlage nicht mehr abzuwenden wäre, könnte eine perfektionierte V2 bei separaten Friedensverhandlungen mit den westlichen Alliierten dazu benutzt werden, um die bedingungslose Kapitulation vielleicht doch noch abzuwenden.

Hagemann zweifelte nicht daran, dass nicht nur die Zukunft seines Landes, sondern jede zukünftige Kriegsführung in höchstem Maße vom Projekt Diamantstrahl beeinflusst würde und abhängig war. Der Name des Projekts leitete sich von den glitzernden Partikeln im Abgasstrahl der unter kontrollierten Versuchsbedingungen gestarteten Rakete ab, der einem funkelnden Schweif aus Diamanten glich.

Während im Westen mit Sprengköpfen bestückte V2 auf ihre Ziele abgefeuert wurden, stiegen andere, nur mit Sandsäcken beladene Aggregate in den Nachthimmel auf, um irgendwo in den Gewässern der Ostsee niederzugehen. Sie waren die Opferlämmer des Projekts. Durch Regulierung der aus Flüssigsauerstoff, Alkohol und Wasserstoffperoxid bestehenden Treibstoffmischung – die vorgenommenen Änderungen der Zusammensetzung lagen im Milliliterbereich – versuchte Hagemann, die Zielgenauigkeit zu vervollkommnen.

Die für den heutigen Abend vorgesehene Rakete war mit einem Gerät versehen, das ursprünglich für die Steuerung von Luftabwehrraketen entwickelt worden war. Das für den Einsatz in einer V2 ursprünglich viel zu primitive System hatte eine so große Anzahl von Nachbesserungen erforderlich gemacht, dass Hagemann bei diesem Test fest mit einem weiteren Fehlschlag rechnete.

Feldwebel Behr reichte ihm ein Klemmbrett. »Hier die Details für heute Abend«, sagte er. Er gab ihm eine kleine Stabtaschenlampe, damit der General die Seite beleuchten konnte, wenn er die Zahlenreihen durchging. »Keine einzige liegt innerhalb der üblichen Parameter.« Er schnalzte mit der Zunge und seufzte. Nach so vielen Jahren der Forschung, dachte er, nach Abertausend Experimenten haben wir zwar einiges erreicht, dennoch kommt irgendwann immer der Punkt, an dem wir blind durch die Dunkelheit stolpern. Und wie so oft musste Hagemann sich selbst daran gemahnen, dass es keinen Grund gebe, den Glauben zu verlieren.

»Das mit den Parametern, das stimmt schon«, erwiderte Behr. »Manche Werte liegen darüber, andere darunter. Aber vielleicht gleicht sich ja alles wieder aus.«

Hagemann stieß ein Lachen aus. Er patschte dem Feldwebel auf den Rücken. »Wenn es nur immer so einfach wäre, mein Freund.«

»Soll ich weitergeben, dass sich der Start verzögert?«, fragte Behr. »Wenn Sie noch Zeit brauchen, um die Zahlen neu zu ordnen?«

»Nein.« Hagemann drückte dem Feldwebel das Klemmbrett gegen die Brust. »Sagen Sie ihnen, sie können loslegen.«

»Sie kommen mit zum Prüfstand?«

»Ich bleibe und beobachte den Start von hier aus«, antwortete Hagemann. Er fürchtete, sein Untergebener würde bemerken, wie sehr es ihm an Vertrauen mangelte. An manchen Tagen konnte er es besser verbergen als an anderen.

»Zu Befehl.« Feldwebel Behr schlug die Hacken zusammen und entfernte sich wieder. Kurz bevor ihn die Dunkelheit verschluckte, drehte er sich noch einmal um. »Viel Glück, Herr General.«

»Was?«, fragte Hagemann. »Was haben Sie gesagt?«

»Ich wünsche Ihnen viel Glück«, kam die Antwort aus der Nacht.

»Ja«, erwiderte Hagemann schroff. »Das können wir alle gebrauchen.«

Mit einem Mal hatte er ein schlechtes Gewissen, weil er so wenig für die Moral des technischen Stabs tat. Noch nicht einmal eine Flasche Schnaps gegen die Kälte hatte er den Männern spendiert, wenn sie in ihre hastig errichteten Notunterkünfte in Karlshagen an der Südspitze der Insel zurückkehrten. Die ursprünglichen Quartiere, die nicht nur fließend warmes Wasser, sondern auch eine erstklassige Messe und sogar ein Kino besessen hatten, waren im August 1943 durch einen britischen Bombenangriff zerstört worden. Obwohl man manche Anlagen der weitverzweigten Versuchsanstalt wiederaufgebaut hatte, war vieles doch Ruine geblieben. Zudem hatte der sowjetische Vormarsch es erforderlich gemacht, den Großteil der Belegschaft in den Harz zu evakuieren.

In diesem Moment hörte er das vertraute Zischen des Raketenmotors der V2. Er spürte regelrecht, wie das Aggregat von der Betonplatte des Prüfstands abhob, als wäre das gewaltige Gerät ein Teil seines eigenen Körpers. Und eine Sekunde später, als die Rakete in den Nachthimmel aufstieg, sah er ihre mohnrote Abgasflamme.

Fast augenblicklich wurde sie vom feuchten Nebel verschluckt.

Hagemann machte kehrt und trat den Rückweg zum Meillerwagen an, einem eigens entwickelten Anhänger zum Transport und Aufrichten der Rakete.

Es gab jetzt nichts mehr zu tun, außer auf den Bericht des Beobachtungsschiffes zu warten, um zu erfahren, wo die Rakete niedergegangen war.

Er sah die winzigen Glühpunkte der Zigaretten, als sich die Mannschaft daranmachte, die Abschussplattform abzubauen, damit die Aufklärungsmaschinen der Alliierten bei Tag nichts mehr zu fotografieren hatten. Sogar der verräterische Kreis aus verbrannter Erde, der nach der Zündung am Boden zurückblieb, wurde von Männern mit Holzrechen sorgfältig entfernt – sie gingen dabei so ernst und feierlich ihrer Arbeit nach wie Sand rechende buddhistische Mönche in einem Zen-Garten.

Als sich Hagemann ihnen näherte, drückte er den Rücken durch und setzte eine zuversichtliche Miene auf. Er wusste, sie würden bei ihm Bestätigung dafür suchen, dass sich ihre Mühen und Opfer auch lohnten.

Weit draußen in den kalten Gewässern der Ostsee rollte der Trawler *Gullmaren* in der aufkommenden Brise. Der Frühling war erst spät gekommen, gelegentlich schlugen nach wie vor Eisschollen gegen den Holzrumpf, was laute Flüche des Rudergängers zur Folge hatte.

Unter Deck im Eisraum, wo sonst der Fang verstaut wurde, hatte sich die restliche aus drei Mann bestehende Crew um ein großes Funkgerät versammelt.

Der Apparat war an einen Tisch geschraubt, damit er bei schwerem Seegang nicht wegrutschte. Vor dem Funkgerät war eine Enigma-Verschlüsselungsmaschine angebracht. Sie glich entfernt einer Schreibmaschine, nur hatte sie dort, wo man Typenhebel und Wagen erwartete, vier Metallwalzen. Die Kerben an diesen Walzen korrespondierten mit den Buchstaben des Alphabets und konnten je nach Belieben angeordnet werden, sodass Sender und Empfänger die Konfiguration nach Belieben anpassen konnten. Betätigte man die Tasten der Maschine, wurde jeder einzelne Buchstabe durch die jeweilige Verdrahtung der Walzen separat verschlüsselt. Dieses System ermöglichte für jede übermittelte Nachricht Hunderttausende von Permutationen.

Der Funker war über das Gerät gebeugt und drückte sich die Kopfhörer an die Ohren. Gegen die feuchte Kälte hatte er eine schwarze, halblange und kragenlose Lederjacke übergezogen, wie sie sonst deutsche U-Boot-Maschinisten trugen.

Neben ihm stand Oskar Hildebrand, der Kapitän der *Gullmaren*. Er schwankte in der Dünung leicht hin und her.

Hildebrand war kein Fischer, auch wenn er in seinem verdreckten weißen Rollkragenpullover und mit der schwarzen Wollmütze so aussah.

Tatsächlich bekleidete er den Dienstrang eines Kapitänleutnants der deutschen Kriegsmarine und war seit über einem Jahr als Verbindungsoffizier zur Heeresversuchsanstalt in Peenemünde abgestellt.

»Und?«, fragte Hildebrand den Funker.

»Noch nichts, Kaleu.« Kaum hatte der Funker das ausgesprochen, zuckte er zusammen, als hätte er einen Stromstoß abbekommen. Im gleichen Augenblick blitzten Lichter im Lampenfeld der Enigma auf. »Start ist erfolgt«, sagte er.

Hildebrand wusste somit, dass ihnen noch etwa sechs Minuten blieben, bis die V2 das Zielgebiet erreichte. Seine Aufgabe war es, so genau wie möglich den Einschlagspunkt zu bestimmen und die Informationen an General Hagemann zu übermitteln.

Seit fast einem Jahr diente Hildebrand schon als Beobachter und durfte mit ansehen, wie sich die Raketen durch den Aufprall auf den Wellen selbst vernichteten. Ursprünglich war er als Kommandant eines Schnellboots an der französischen Atlantikküste stationiert gewesen. Sein neues Kommando in der Ostsee hatte er anfangs als so sehr unter seiner Würde angesehen, dass er – selbst wenn er darüber hätte reden dürfen – schon aus Scham geschwiegen hätte. Es war ihm nur ein kleiner Trost, dass er seinen alten Funker, den Steuermannsmaat Grimm, und seinen Rudergänger, den Matrosenobergefreiten Barth, hatte behalten dürfen. Barth, in den Jahren zuvor gewohnt, die drei Daimler-Benz-Motoren des Schnellboots mit insgesamt 2500 PS Leistung zu steuern, grämte sich, dass er sich hier mit dem schwerfälligen und eigenwilligen Diesel herumschlagen musste.

In den folgenden Monaten aber, als fast alle ihre Kameraden aus der Kriegsmarine von ihren alten Kommandos abgezogen und der Infanterie zugewiesen wurden, um in den Fleischwolf der russischen Front geworfen zu werden, wussten Hildebrand und seine zweiköpfige Besatzung ihren scheinbar belanglosen Einsatz sehr zu schätzen.

Sah man davon ab, dass sie den Befehl hatten, unter der Flagge des neutralen Schweden zu fahren, wofür sie sofort erschossen worden wären, falls sie von einem der in diesem Gebiet operierenden russischen Schiffe kontrolliert würden, befanden sie sich in relativer Sicherheit.

Hildebrand fürchtete lediglich, von einer Rakete getroffen zu werden. Dass diese Waffen keinen Sprengkopf mit sich führten, beruhigte ihn kaum – allein das Eigengewicht der sogenannten Aggregate sowie ihre Endgeschwindigkeit reichten aus, um ihn, sein Boot und seine Mannschaft zu pulverisieren.

Hildebrand war beileibe kein Ingenieur, hatte sich aber zumindest so viel zusammenreimen können, um zu wissen, dass die ständige Bombardierung der Ostsee der Verbesserung des Steuerungssystems diente. Und nach allem, was er hier draußen auf dem Meer mit eigenen Augen gesehen hatte, vermutete er, dass die zuständigen Techniker noch einen weiten Weg vor sich hatten.

»Ich geh mal lieber rauf«, verkündete Hildebrand. Aus einem Staufach am Niedergang nahm er sich ein schweres Zeiss-Fernglas mit schwarzer Gummierung und Schutzklappen. Das Dienstglas war ihm als S-Boot-Kommandant ausgegeben worden, und hätten die Gläser alles, was Hildebrand mit ihnen anvisiert hatte, in sich aufbewahrt, dann hätte man die Kreidefelsen von Dover sehen können, brennende amerikanische Tanker vor dem Hafen von Portsmouth wären sichtbar geworden sowie die Marinebasis La Pallice an der bretonischen Küste, die, wie er nach der Rückkehr von einem seiner Einsätze feststellen musste, durch einen alliierten Luftangriff völlig zerstört worden war.

Sie mochten ihm sein Schnellboot genommen haben, aber er würde sich niemals von diesem Fernglas trennen. Er schlang sich den Ledergurt um den Hals und stieg den Niedergang hinauf, öffnete die Luke und trat aufs Deck.

Der erste Atemzug in der kalten Luft fühlte sich an, als hätte er Pfeffer in die Lunge bekommen.

Eis hatte sich auf das Schleppnetz gelegt, das achtern auf einer großen horizontal angebrachten Metalltrommel aufgewickelt war. Sogar jetzt noch fiel die Temperatur oftmals unter den Gefrierpunkt. Er ging sofort zum Netz und schlug gegen das Eis, das sich in großen Brocken löste. Jedes passierende russische Fahrzeug hätte anhand des vereisten Netzes sofort erkannt, dass sie mit der Fischerei nicht viel am Hut hatten.

Die Tür zum Ruderhaus ging auf, und Barth steckte den Kopf heraus. »Bist du das, Kaleu?«, fragte er.

»Mach nur das Netz frei«, erwiderte Hildebrand und sah, dass ihre kleine, an einem Besenstiel am Bug befestigte schwedische Flagge ebenfalls vereist war. Hildebrand trat an die Flagge und schüttelte das Tuch, bis die gelben und blauen Farben wieder zu erkennen waren.

»Der Führer dankt es dir, wenn du so pingelig bist«, bemerkte der Rudergänger.

»Und er weiß bestimmt auch deinen Sarkasmus zu schätzen«, antwortete Hildebrand.

Barth richtete den Blick auf den Himmel. »Wann soll sie kommen?«

»Jederzeit.«

Der Rudergänger nickte. »Kalt heute Nacht.«

»Halt nach Eisschollen Ausschau.«

»Wir haben schon ein paar gerammt auf dieser Fahrt. Wenn das so weitergeht, knallt uns noch mal eine durch den Rumpf.« Er spuckte aufs Deck und schloss die Tür hinter sich.

Hildebrand, der wieder allein war, suchte zwischen den Sternen nach der Flamme der V2. Er nahm das Fernglas vor die Augen und richtete es auf den Dreiviertelmond. Der Ptolemaeus-Krater – eine Landschaft, die ihn an die Schlachtfelder des Ersten Weltkriegs erinnerten – geriet in sein Blickfeld.

»Kaleu!«, rief Barth.

Hildebrand ließ das Fernglas sinken.

Der Rudergänger deutete nach backbord achtern.

Hildebrand sah es jetzt – die weiße Bugwelle eines schmalen, durch die Gewässer pflügenden Schiffes. Kurz darauf erkannte Hildebrand den gepanzerten Ruderstand eines sowjetischen Patrouillenboots, die primär zur U-Boot-Jagd eingesetzt wurden. Hildebrand hatte bereits einige von ihnen gesichtet, seitdem er in der Ostsee unterwegs war. Außerdem hatte er von regelrechten Duellen zwischen den sowjetischen Booten und finnischen U-Booten gehört, die aufgetaucht gestellt worden waren. Da die Finnen nicht abtauchen konnten, weil sie sonst chancenlos gegen die russischen Wasserbomben gewesen wären, blieben sie an der Oberfläche und lieferten sich mit den russischen Seeleuten Maschinengewehrgefechte, bis die Boote so von Einschüssen durchlöchert waren, dass oftmals beide sanken. Es gab auch andere Geschichten; Geschichten von überladenen Frachtschiffen, die mit deutschen Zivilisten und verwundeten Soldaten an Bord vor dem sowjetischen Vormarsch flohen und das noch von deutschen Truppen besetzte Dänemark anzusteuern versuchten. Diese Schiffe wurden zu einer leichten Beute für die russischen Boote. Tausende von Frauen, Kindern und Soldaten verloren dabei ihr Leben. Vielleicht auch Zehntausende. Die genaue Zahl würde wohl nie bekannt werden.

Direkt vor Hildebrand lag eine Holzkiste, in der normalerweise aufgeschossene Taue aufbewahrt wurden. Sie enthielt zwei Panzerfäuste, ein Dutzend Stielhandgranaten und drei Schmeißer-MPi – genug, damit sich die Besatzung der *Gullmaren* zumindest notdürftig verteidigen konnte, falls die Russen ihnen zu sehr auf die Pelle rückten. Denn der Trawler war natürlich nicht gepanzert. Der Rumpf war bereits angefault und von Schiffsbohrwürmern angegriffen. Die alte Dieselmaschine hatte absolut keine Chance, selbst dem langsamsten russischen Patrouillenboot zu entkommen. Hildebrand hatte immer darauf gebaut, dass ihr größter Schutz ihre absolute Schutzlosigkeit war. Und die blau-gelbe schwedische Fahne, die dank seiner Pingeligkeit jetzt auf ihrem Besenstiel vor sich hin flatterte.

Mit der Stiefelspitze öffnete Hildebrand den Deckel der Holzkiste und betrachtete die Waffen vor sich. Und während sich der Nebel auf den schwarzen Lauf der MPi und die matte Röhre der Panzerfaust legte, versuchte Hildebrand zu kalkulieren, wie lange er brauchen würde, um eine der Handgranaten zu ergreifen, die Sicherungskappe unten am Stiel wegzuschrauben, die Abreißschnur innerhalb des hohlen Stiels abzureißen und sie nicht auf die Russen zu schleudern, sondern nach unten in den Eisraum, um die Enigma-Maschine zu zerstören, bevor sie den Russen in die Hände fiel.

Grimm würde durch die Explosion natürlich getötet werden, aber die Russen würden ihn sowieso erschießen, wenn sie herausfanden, wer er war. Keiner von ihnen würde überleben, davon war Hildebrand überzeugt.

Das Patrouillenboot kam näher, Hildebrand hörte, wie der russische Rudergänger die Maschine drosselte. Dann ertönte ein scharfer Befehl, ein metallisches Klacken, und plötzlich war der Trawler in das Magnesiumlicht eines Suchscheinwerfers getaucht.

Mit zusammengekniffenen Augen hob Hildebrand die Hand und rief: »*Hur mår du?*« – die einzigen Worte Schwedisch, die er kannte.

Während der Suchscheinwerfer des Patrouillenboots über den Rumpf des Trawlers strich, sah Hildebrand den Maschinengewehrstand auf dem Vordeck. Ein russischer Seemann stand hinter dem schweren MG und lehnte sich gegen die halbmondförmigen Schulterpolster, um ihn jederzeit mit seinen 37-mm-Patronen in Stücke zu schießen.

Trotz der Kälte lief Hildebrand jetzt der Schweiß über den Rücken.

Das Patrouillenboot war mit ihnen mittlerweile auf gleicher Höhe und machte kaum noch Fahrt.

Er erblickte den Kommandanten, der vom offenen Ruderhaus heruntersah. Er trug eine eng anliegende Pelzmütze und hatte mit seinen dicken Pranken die Schutzhaube des Turms umfasst. Er lächelte nicht.

Das galt auch für die übrigen Besatzungsmitglieder, die alle schwere Tuchmäntel mit dicken Pelzkragen trugen und mit PPSch-Maschinenpistolen mit fünfzig Schuss fassendem Trommelmagazin bewaffnet waren.

»*Hur mår du?*«, rief Hildebrand erneut und winkte überschwänglich, während er wie ein Betrunkener hin und her schwankte, um die Bewegung des Decks unter seinen Füßen auszugleichen.

Der Kommandant wandte sich an einen der Männer neben ihm.

Der andere lächelte.

Der Kommandant lachte. Er hob eine Hand und winkte zum Gruß.

»Das war's«, murmelte Hildebrand, während er mit zusammengebissenen Zähnen lächelte. »Hau schon ab, Bolschewik.«

Die Maschine des Patrouillenboots heulte auf, und das Boot entfernte sich und verschwand im salzigen Nebel.

Hildebrand versuchte zu schlucken, aber seine Kehle war so

zugeschnürt, dass er sich an einem Tau festhalten und über die Bordwand beugen musste, um auszuspucken. Und dabei schwang das Fernglas an seinem Lederriemen hin und her.

Sein Herz setzte einen Schlag aus. Er hatte es ganz vergessen.

Wie konnte den Sowjets entgangen sein, dass ein schwedischer Fischer ein deutsches Fernglas um den Hals hängen hatte? Die Antwort konnte nur lauten: Es war ihnen nicht entgangen. Er zog eine Panzerfaust aus der Holzkiste, und da er nie eine abgefeuert hatte, fragte er sich, wie zielgenau sie war.

Hildebrand starrte in die Schwärze und wartete darauf, dass das Patrouillenboot zurückkehrte und die nächtliche Luft von den Strahlen der Leuchtspurmunition zerrissen würde, wenn die russischen Waffen sein Schiff vernichteten.

Aber das Patrouillenboot tauchte nicht mehr auf.

Er stellte sich vor, wie der russische Kommandant Wochen oder sogar Jahre später aus einem Traum hochschreckte und plötzlich seinen Irrtum bemerkte.

Wieder lächelte Hildebrand, diesmal aber nicht aus Angst.

In diesem Moment flackerte etwas vor der zerfurchten weißen Mondscheibe auf.

Hastig griff er zum Fernglas und entdeckte gleich darauf den feurigen Abgasstrahl der V2, die einen weißen Kondensstreifen in das Firmament zeichnete. Und noch etwas, etwas noch nie Dagewesenes. Zwischen der kreidigen Dunstspur und dem Gasbrenner der Rakete sah er ein glitzerndes Licht, als hätte sich das Universum umgekehrt und als blicke er nicht mehr hinauf, sondern hinab in die Tiefe des Meeres, und als wäre die V2 nicht mehr ein zusammengeschweißtes Stück Hochtechnologie, sondern ein riesiges und elegantes Meereslebewesen, dem ein Schwarm winziger Fische folgte, die seinen Weg mit ihren silbrigen Leibern illuminierten.

»Diamanten«, flüsterte Hildebrand. So verzaubert war er von

der einzigartigen Schönheit dieses Augenblicks, dass er erst, als die Rakete in einer Höhe von etwa einem Kilometer über ihn hinwegflog, bemerkte, dass sie nicht im Sinkflug begriffen war, wie es bei allen anderen Raketen der Fall gewesen war. »Sind wir auch wirklich im Zielgebiet?«, schrie er dem Rudergänger zu.

Die Tür zum Ruderhaus ging auf, und Hildebrand war gezwungen, sich zu wiederholen.

»Ja«, antwortete Barth. »Warum?« Bevor Hildebrand etwas erwidern konnte, bemerkte der Rudergänger ebenfalls, dass die V2 über sie hinwegflog.

»Sollte die nicht langsam runterkommen?«, fragte Barth.

»Ja, sollte sie«, sagte Hildebrand. »Vorausgesetzt, wir sind an der richtigen Stelle.«

»Sind wir, Kaleu. Ich hab's nachgeprüft.«

»In welche Richtung ist sie unterwegs?«, fragte Hildebrand.

»Nach Norden. Direkt nach Norden.«

Hildebrand stieg den Niedergang in den Eisraum hinunter.

»Alles in Ordnung?«, fragte Grimm und nahm die Kopfhörer ab.

»Eine Karte!«, rief Hildebrand. »Ich brauch eine Karte der Gegend hier.«

Grimm legte ihm eine Seekarte auf den Tisch, nachdem er mehrere Stifte, Winkelmesser und entschlüsselte Enigma-Transkripte zur Seite geräumt hatte.

Hildebrand studierte die Karte und fuhr mit dem Finger die Nord-Süd-Achse entlang, bis er auf die fünfzig Kilometer voraus liegende Insel Bornholm stieß. »Scheiße«, schrie Hildebrand. »Ich glaube, wir erklären Schweden gerade den Krieg.«

»Bornholm gehört zu Dänemark«, bemerkte Grimm nur tonlos.

»Völlig egal, zu wem sie gehört. Schick eine Meldung an den General und frag ihn, was zum Teufel hier vor sich geht.«

Pekkala arbeitete sich durch die Schale mit der Sauerampfer-Pilz-Suppe, die ihm Valentina serviert hatte, und blickte plötzlich auf. Er fühlte sich beobachtet.

Sein Blick fiel auf einen uralten Mann mit dichtem Vollbart, der ihn anstarrte.

Verlegen lächelte der Alte, als er bemerkte, dass er entdeckt worden war, und wandte sich wieder seinem Essen zu.

Es war nicht das erste Mal, dass Pekkala dieses Kribbeln spürte, wenn er beobachtet wurde.

Manche wie der Alte, der einst der Wache des zaristischen Winterpalasts angehört hatte, erkannten sein Gesicht von früher. Andere hatten nur Gerüchte über den stillen mitternächtlichen Gast gehört, der im gesamten Sowjetreich als das Smaragdauge bekannt war.

Pekkala war in Lappeenranta in Finnland geboren, zu einer Zeit, als das Land noch Teil des russischen Reichs gewesen war. Seine Mutter, eine Lappin, stammte aus Rovaniemi im Norden.

Im Alter von achtzehn Jahren war Pekkala auf Wunsch seines Vaters nach Sankt Petersburg gegangen, um sich beim Finnischen Garderegiment des Zaren Nikolaus II. zu melden. Bei der Ausbildung war er vom Zaren selbst als sein persönlicher Sonderermittler auserwählt worden. Eine Stellung, die es bis dahin nicht gegeben hatte und die Pekkala mit einer Machtfülle ausstattete, die bis zu diesem Zeitpunkt undenkbar gewesen war.

Zur Vorbereitung durchlief er verschiedene Ausbildungen, erst bei der Polizei, dann bei der Staatspolizei – der Gendarmerie – und schließlich bei der zaristischen Geheimpolizei, der Ochrana. In dieser Zeit wurden ihm Türen geöffnet, von denen die wenigsten wussten, dass es sie überhaupt gab. Zum Abschluss überreichte der Zar ihm das einzige Dienstabzeichen, das er jemals tragen sollte – eine schwere Goldscheibe mit dem Durchmesser von der Länge eines kleinen Fingers. In der Mitte befand sich eine ovale weiße Emailleeinlage, in der wiederum ein großer runder Smaragd saß. Zusammen ergaben sie die unverkennbare Gestalt eines Auges. Pekkala würde nie vergessen, wie er dieses Abzeichen zum ersten Mal in der Hand gehalten, wie er mit der Fingerspitze über das Auge gestrichen und die sanfte Erhebung des Edelsteins gespürt hatte – wie ein Blinder, der Brailleschrift ertastete.

Aufgrund dieses Abzeichens wurde Pekkala als das Smaragdauge bekannt. Sonst wusste die Öffentlichkeit wenig über ihn. Da es an nachweisbaren Fakten mangelte, rankten sich bald Legenden um ihn, unter anderem, dass er kein Mensch sei, sondern ein von den schwarzen Künsten eines arktischen Schamanen heraufbeschworener Dämon.

In seinem Dienst war Pekkala einzig und allein dem Zaren unterstellt. In dieser Zeit lernte er die Geheimnisse des Reichs kennen, und als dieses Reich unterging und jene, die diese Geheimnisse geteilt hatten, sie mit in ihr Grab nahmen, musste Pekkala nicht wenig überrascht feststellen, dass er immer noch am Leben war.

Während der Revolutionswirren wurde er festgenommen und nach monatelangen Verhören in den Gefängnissen der Lubjanka und Lefortowo von den Bolschewiken wegen Straftaten gegen den Staat verurteilt und ins Arbeitslager Borodok verbannt. Dort hatte er eine Strafe von nicht weniger als fünfundzwanzig Jahren zu verbüßen.

Neun Jahre davon hatte Pekkala hinter sich, als ein junger Offizier aus dem Büro für Besondere Operationen im Wald von Krasnagoljana erschien und verkündete, dass ihm die restliche

Strafe erlassen würde, falls er sich bereit erklärte, für Stalin zu arbeiten, so wie er es einst für den Zaren getan hatte.

Als Zeichen von Stalins gutem Willen brachte der Offizier einen Beutel mit, der die beiden Trophäen enthielt, die Pekkala bei seiner Verhaftung abgenommen worden waren und die er nun berechtigt war zurückzugeben.

Zum einen handelte es sich um einen Webley-Revolver Kaliber .455 mit Messinggriff, ein Geschenk des englischen Königs George V. an seinen Cousin, den Zaren Nikolaus II., den dieser als Ausdruck seiner Wertschätzung an Pekkala weitergereicht hatte. Zum anderen um das Smaragdauge, das Stalin in einem purpurroten Samtbeutel in seiner Schreibtischschublade aufbewahrt hatte. Stalin hatte das Abzeichen, eines seiner kostbarsten Besitztümer, oft herausgenommen, wenn er sich in seinem Kremlbüro allein wähnte, hatte es in der Hand gewogen und versunken zugesehen, wie der dunkelgrüne Edelstein das Sonnenlicht aufsog, als wäre er lebendig.

Seitdem war Pekkala als Sonderermittler tätig, der sich einzig und allein gegenüber dem Herrscher über das Sowjetvolk zu verantworten hatte, und seitdem herrschte zwischen den beiden ein brüchiger Waffenstillstand.

Da sind Sie ja!«, rief der Major der Roten Armee aus, als er in die miefige Luft des Cafés Tilsit trat. Er war groß und drahtig, hatte rosige Wangen und hoch geschwungene Augenbrauen, was ihm einen Gesichtsausdruck unablässigen Erstaunens verlieh.

An jedem Ärmel seiner eng anliegenden *Gymnastiorka* trug er einen roten Stern mit einer Bordüre aus Goldfäden, die seinen Rang als Kommissar anzeigten. Die Reithose von der matten Farbe verfaulter Äpfel steckte in auf Hochglanz gewienerten, kniehohen Stiefeln. Er durchquerte den Raum und setzte sich zu Pekkala an den Tisch.

Hatten die Café-Gäste Pekkala noch mit offener Neugier bestaunt, wandten sie jetzt, nachdem sie die roten Sterne an den Ärmeln bemerkt hatten, den Blick ab. Jetzt kratzten sie den Dreck unter ihren Fingernägeln hervor, vertieften sich in ihre Zeitungsfetzen oder widmeten sich mit plötzlichem Eifer ihrer Suppe.

Der Mann an Pekkalas Tisch war derselbe Offizier, der durch die sibirische Wildnis gestapft war und ihm die Neuigkeit unterbreitet hatte, dass Stalin seine Dienste benötige.

Seit vielen Jahren arbeiteten sie nun schon zusammen und hatten gelernt, die Eigenheiten des jeweils anderen zu tolerieren.

Kirow fasste über den Tisch, griff sich den halb geleerten Kwass-Becher, nahm einen Schluck und zuckte zusammen. »Zum Frühstück?«, fragte er.

Pekkala antwortete mit einer Gegenfrage. »Was führt Sie zu dieser unchristlichen Stunde hierher?«

»Ich hab eine Meldung zu übermitteln.«

»Dann übermitteln Sie, Major Kirow.«

»Sie werden im Kreml erwünscht.«

»Warum?«

»Es duldet keinen Aufschub, was immer es sein mag«, antwortete Kirow und erhob sich.

In der Heeresversuchsanstalt in Peenemünde hatte General Hagemanns technisches Personal den »Starttisch«, die mobile Abschussrampe, schon wieder zerlegt. Die schweren, von zahlreichen Zündvorgängen versengten Träger waren auf den Meillerwagen verladen, dessen Hinterachse jeweils mit Doppelrädern versehen war, damit er das Gewicht einer voll beladenen Rakete tragen konnte.

Die Leute hockten auf ihren Helmen, rauchten Zigaretten, deren »Tabak« mittlerweile zum größten Teil aus Eicheln und Maisbart bestand, und warteten auf den Abrückbefehl. Der Auf- und Abbau des Starttisches und der Rampe war ihnen längst in Fleisch und Blut übergegangen – gezwungenermaßen, da ihr Leben davon abhing, wie schnell sie die Arbeiten verrichteten. Tagsüber, wenn der Feind das verräterische Feuer eines V2-Starts entdeckte, war es bloß eine Frage von Minuten, bis die feindliche Artillerie das neue Ziel anvisiert hatte oder Jagdflugzeuge mit panzerbrechender Bewaffnung in Baumwipfelhöhe auftauchten. Bis dahin mussten die mobilen Raketeneinheiten wieder verschwunden sein, was man den Männern kaum ein zweites Mal sagen musste.

Bei nächtlichen Raketenstarts war es anders, vor allem in relativ großer Entfernung zur Front wie hier. Man musste weder feindliche Artilleriebeobachter fürchten noch Jagdbomber, die so lange nicht in den Himmel aufstiegen, bis sie sahen, welches Ziel sie anzugreifen hatten.

Für die Männer des V2-Programms war die Dunkelheit das Einzige, auf das sie noch vertrauen konnten. Das und ihre Fähigkeit, zu verschwinden, bevor die Metallstreben der Abschussrampe wieder erkaltet waren.

General Hagemann wartete im Funklaster. Die dort untergebrachte Enigma-Maschine, die auf die gleiche Walzenkonfiguration eingestellt war wie die auf dem Trawler, sollte Kommandant Hildebrands Meldung über die Koordinaten der Einschlagstelle empfangen.

Es war der letzte Testlauf für mindestens eine Woche. Grund dafür war der Abzug der noch verfügbaren, auf London und den Hafen von Antwerpen gerichteten V2-Raketen aus ihren Stellungen in Holland, damit sie gegen Ziele im Osten eingesetzt werden konnten. Hagemann würde vollauf damit beschäftigt sein, den Transport zu beaufsichtigen sowie die neuen Startplätze festzulegen.

Damit endeten seine Sorgen aber nicht.

Denn der Druck, den das Oberkommando der Wehrmacht auf ihn ausübte, damit er das von Anfang an vorhandene Steuerungsproblem der V2 endlich in den Griff bekam, würde damit noch zunehmen. Aufgrund der ausgesprochen optimistischen Vorhersagen von Propagandaminister Goebbels war der deutschen Bevölkerung weisgemacht worden, dass sich durch die neuen Wunderwaffen das Blatt in diesem Krieg noch wenden würde. Sogar Angehörige des Oberkommandos glaubten daran. Aber die Zeit lief ihnen davon. Nicht mehr lange, und selbst Wunder würden das Deutsche Reich nicht mehr retten können.

Im fahlen roten Licht des Funkgeräts sah Hagemann, wie der Funker die von der Enigma-Maschine ausgespuckte Meldung des Trawlers auf ein Blatt kritzelte. Sie war länger als sonst. Sofort mutmaßte Hagemann, dass etwas schiefgelaufen sein musste.

Der Funker war mit der Transkription fertig, riss das Blatt ab und reichte es dem General.

Als Erstes bemerkte Hagemann, dass keine Zahlen notiert

waren. Diese verwiesen sonst auf die Koordinaten, wo die Rakete oder »Nadel«, wie sie in diesen Meldungen bezeichnet wurde, niedergegangen war. Diese Zahlen würden dann mit den für den Flug getroffenen Einstellungen verglichen, worauf man feststellen konnte, ob die Zielgenauigkeit wirklich verbessert worden war.

Stattdessen musste er lesen: »Nadel über Ziel Richtung Nordnordost hinausgeschossen. Ungewöhnliches Abgasmuster zu beobachten.«

Als Hagemann den letzten Satz las, wurde er kreidebleich. »Eine Antwort«, krächzte er.

Der Funker legte die beiden Zeigefinger auf die Tastatur der Enigma-Maschine. »Bereit«, sagte er leise.

»Beschreiben Sie ungewöhnliches Abgasmuster.«

Der Funker gab die vier Wörter ein.

Sie warteten.

»Warum brauchen die so lange?«, blaffte Hagemann unwirsch.

Bevor der Funker etwas erwidern konnte, zeigte das aufblitzende Lampenfeld den Eingang einer neuen Nachricht an.

Eilig entschlüsselte der Funker den Inhalt. »Er schreibt: ›Lichthof eine silberne Wolke.‹«

Dem General schlug das Herz in der Brust. »Silberne Wolke?«

»Richtig, Herr General. Soll ich um Klarstellung bitten?«

»Nein«, antwortete Hagemann. »Eine neue Meldung, diesmal ans Führerhauptquartier.«

Der Funker blickte auf. Er stutzte und war sich nicht ganz sicher, ob er seinen Vorgesetzten richtig verstanden hatte.

»Gibt es ein Problem?«, fragte Hagemann.

»Nein, Herr General!« Der Funker, die Hände über der Tastatur, wartete.

»Schreiben Sie: ›Nadel über Zielgebiet hinausgeschossen.‹«

»Das ist alles?«

»Nein.« Aber dann zögerte Hagemann.

»Herr General?«

»›Diamantstrahl beobachtet.‹ Fügen Sie das noch an. Und schicken Sie es ab.«

Seit fast zwei Jahren hatte Hitler auf diese Meldung gewartet. Hagemann hoffte inständig, dass sich die Leute draußen auf der Ostsee bei ihrer Beobachtung nicht geirrt hatten.

Das technische Personal hatte mittlerweile bemerkt, dass etwas Ungewöhnliches vor sich ging. Die Männer erhoben sich von ihren Helmen, die nun wie große, plötzlich mitten aus der Straße gesprossene Pilze aussahen, und trotteten langsam zum Funklaster.

Unter ihnen war auch Feldwebel Behr. »Was ist, Herr General?«, fragte er.

Hagemann reichte ihm die soeben eingetroffene Meldung.

»Diamantstrahl«, flüsterte Behr.

Das Wort machte unter der kleinen Gruppe schnell die Runde.

Hagemann sah auf die Liste mit den Berechnungen, die er auf seinem Klemmbrett vor sich hatte. So lange hatte er darauf gewartet, dass der Diamantstrahl Wirklichkeit würde, so oft hatte er sich vorgestellt, welche Gefühle diese Worte bei ihm auslösen würden. Aber jetzt, als dieser Augenblick endlich gekommen war, hatte er nur ein flaues Gefühl im Magen.

Feldwebel Behr hatte mittlerweile die gesamte Nachricht des Trawlers gelesen. »Aber warum ist das Aggregat über das Ziel hinausgeschossen?«

»Das weiß ich noch nicht«, antwortete Hagemann. »Der Diamantstrahl muss eine unbeabsichtigte Wirkung auf das Antriebssystem haben. Ich muss die Flugdaten noch mal durchrechnen. Es kann eine Weile dauern, bis ich mit Sicherheit sagen kann, was genau geschehen ist.«

»Haben wir irgendeinen Anhaltspunkt, wo sie runtergekommen ist, Herr General?«

Hagemann schüttelte den Kopf. »Höchstwahrscheinlich in der Ostsee.«

»Und selbst wenn sie an Land aufgetroffen wäre, wäre von ihr nichts mehr übrig.«

Hagemann erwiderte nichts darauf. Er wusste, dass ganze Baugruppen des V2-Rumpfes den überschallschnellen Aufprall überstehen konnten, selbst dann, wenn ein Sprengkopf mit an Bord war. Verwirrt setzte sich der General auf dem sandigen Weg in Richtung Meer in Bewegung, fast so, als hätte er vor, in den eiskalten Gewässern der Ostsee hinauszuschwimmen und die vermisste Rakete höchstpersönlich zu bergen.

»Herzlichen Glückwunsch!«, rief ihm Behr hinterher.

Hagemann hob zum Dank nur die Hand, bevor die Dunkelheit ihn verschluckte.

Weit im Westen, in einem Horchposten der britischen Special Operations Executive, der sogenannten Station 53A, die in einem ländlichen Herrenhaus in Buckinghamshire untergebracht war, hatte man die Funksprüche zwischen General Hagemanns Abschussstelle und dem Beobachtungsschiff abgefangen.

Kaum eine Stunde später waren die Nachrichten von Peter Garlinski, dem operativen Leiter der Station und ehemaligem Mitglied des polnischen Geheimdienstes, entschlüsselt worden.

Garlinski, ein hagerer Mann mit runder Schildpattbrille und dünnem Haarkranz auf dem sonst vollständig kahlen Schädel, war es im September 1939 gelungen, nach England zu flüchten, nachdem er während des Überfalls der Deutschen auf sein Land zwei Enigma-Walzen gestohlen hatte. Da die Rückkehr nach Polen ausgeschlossen war, bot er dem britischen Geheimdienst seine Dienste an. Seitdem war er in der Station 53A untergebracht und hatte sich dort zum operativen Leiter hochgearbeitet. Sein Aufstieg war vor allem seiner Fähigkeit geschuldet, sechsunddreißig Stunden am Stück durcharbeiten zu können – er brauchte kaum mehr als starken Tee und Zigaretten –, um den Funkverkehr auf feindliche Übertragungen zu überwachen.

Als dem britischen Geheimdienst eine vollständige Enigma-Maschine in die Hände fiel, die aus einem vor der britischen Küste gesunkenen deutschen U-Boot stammte, konnte der Geheimdienst endlich mit der Entschlüsselung des Nachrichtenverkehrs beginnen.

Garlinski studierte General Hagemanns Text und fragte sich, ob er die Nachricht möglicherweise falsch verstanden hatte. Er entschlüsselte sie ein zweites Mal, um sicherzugehen, dass ihm kein Fehler unterlaufen war. Dann schickte er die Nachricht an die kryptografischen Analysten im Bletchley Park, um von ihnen die Bestätigung zu erhalten.

Etwa zu der Zeit, als Feldwebel Behr General Hagemann seine Glückwünsche aussprach, trug sich auf der dänischen Insel Bornholm ein Brüderpaar mit Mordgedanken.

Die Zwillingsbrüder Per und Ole Ottesen wohnten in einem niedrigen Haus nicht weit von der Ansiedlung Saxebro. Sie hatten ihr ganzes Leben auf Bornholm verbracht und betrieben dort einen kleinen Bauernhof mit Milchwirtschaft. Keiner der beiden hatte geheiratet, und mittlerweile befanden sie sich in weit vorgerücktem Alter.

Durch langjährige Misswirtschaft war der Ottesen-Hof nur noch ein Schatten seines früheren Selbst. Ihr Vater Carl Ottesen hatte einst hundertfünfzig Stück Vieh besessen und nicht nur Milch, sondern auch Butter und Käse auf das nahe schwedische Festland geliefert. Als einer der Ersten auf Bornholm hatte er einen Motorwagen sein Eigen nennen dürfen – einen Arrol-Johnston, Baujahr 1902 –, und auch wenn er damit auf den unbefestigten Inselwegen nicht sehr weit fahren konnte, sicherte ihm allein der Besitz des exklusiven Gefährts eine herausragende Stellung in der Inselgemeinschaft. Die Brüder, denen es an solchem Ehrgeiz gänzlich mangelte, waren es zufrieden, ihre Arbeit und Geschäftstätigkeit immer weiter einzuschränken, bis die Milch der wenigen noch vorhandenen Kühe kaum mehr ausreichte, um damit das Futter der Tiere zu bezahlen.

Nun hatten sie nur noch eine Kuh, ein reizbares Holstein-Rind namens Lotti. Sie war auf einem Auge blind und gab keine Milch mehr. Zwei Tage zuvor wollte Ole sie aus dem Stall führen, damit Per ausmisten konnte, aber das störrische Vieh hakte sich an Oles Hosenboden ein und riss ein großes Stück Stoff heraus, sodass der Hintern des Alten mit einem Ruck die vorfrühlingshafte Kälte zu spüren bekam.

Also kamen sie überein, sie zu erschießen.

Nachdem der Entschluss gefasst war, stellte sich aber schnell heraus, dass keiner der beiden bereit war, den Plan auch in die Tat umzusetzen. Lotti war schon lange bei ihnen. Alles in allem gehörte sie doch eigentlich zur Familie.

Die beiden Alten saßen auf ihren Stühlen mit den gedrechselten Lehnen vor dem offenen Kamin und überlegten, was nun zu unternehmen sei.

»Vater hätte es getan«, sagte Per.

»Ja«, stimmte Ole zu. »Da hätte es gar keine Diskussion gegeben, nicht vorher und nicht nachher.«

»Du solltest es machen«, sagte Per.

»Und warum?«, warf sein Bruder ein.

»Ich war schon immer der Sanftere von uns beiden.«

»Sanfter?«, lachte Ole. »Du Dreckskerl.«

»Siehst du?«, entgegnete Per.

Sie schwiegen eine Weile.

»Es muss getan werden«, murmelte Ole irgendwann.

Diesmal enthielt sich sein Bruder eines Kommentars.

Ole lehnte sich zurück und durchwühlte seine Westentasche, bis er eine Zweikronenmünze zwischen den Fingern hielt. »Ich werfe eine Münze.«

Per blinzelte ihn an. »Das ist doch ein Trick.«

»Dann wirf du sie.« Ole schnippte ihm die Münze in den Schoß.

»Ich sag aber auch an.«

Ole zuckte mit den Schultern. »Du bist wirklich ein Dreckskerl.«

Per legte sich die Münze auf den Daumennagel und ließ sie in die Höhe schnellen.

Beide Männer sahen zu, wie sie nach oben trudelte und wieder herabkam.

Per fing sie auf, klatschte sie verdeckt auf den anderen Handrücken und starrte seinen Bruder mit einem Blick an, den man durchaus als irr hätte bezeichnen können.

»Kreuz oder Krone?«, fragte Ole. Das Kreuz bezog sich auf die römische Zahl innerhalb des Monogramms des dänischen Königs Christian X. Auf der anderen Seite der Münze war die königliche Krone abgebildet.

Pers Hand begann zu zittern.

»Mach schon!«, schrie Ole. »Entscheide dich endlich, verdammt noch mal!«

»Kreuz«, stieß er hervor. »Nein, Krone! Nein, Kreuz!«

Ole sprang auf. »Du kannst nicht beides haben, du Dämlack!«

»Krone«, sagte Per jetzt leise. Langsam hob er die Hand.

Kreuz.

»Ha!«, rief Ole.

»Ich wollte Kreuz sagen«, murmelte Per.

»Zu spät«, antwortete sein Bruder, stand auf, fasste über den Kamin und nahm die einzige Waffe in ihrem Besitz herunter, ein Krag-Gewehr von 1896. Es hatte ihrem Vater gehört, als dieser in der Bornholmer Miliz gedient hatte. »Mach es schnell«, befahl Ole und reichte Per das Gewehr.

Per entzündete die Kerosinlampe. Dann zog er einen dicken Wollmantel mit Holzknebelknöpfen an und ging in den Vorraum, wo sie im Sommer ihre schlammverkrusteten Stiefel abstellten. Er schloss die Tür hinter sich und trat in den Hof hinaus.

Die vielen gefrorenen Pfützen im Hof schimmerten wie Spiegel. Vorsichtig schlurfte der alte Mann in seinen Pantoffeln zum Stall.

Dort öffnete er die schwere Tür und ging hinein. Er wollte sie schon wieder schließen, um das wenige an Wärme zu bewahren, was ihm aber plötzlich sinnlos vorkam, so ließ er sie einfach offen.

Lotti stand in einem der Ställe, die bis auf ihren alle leer waren. Sie bemerkte den Alten und drehte ihm den Kopf zu, damit sie ihn mit ihrem guten Auge sehen konnte.

Sie hatte zu ihrer Zeit durchaus Preise gewonnen. Die Medaille der Landwirtschaftsausstellung in Sandvig von 1935 hing noch an einem Nagel über ihr. *»Lotti – beste Kuh«*, stand darauf.

Per blieb vor der Kuh stehen. »Lotti«, sagte er feierlich. »Ich muss dich jetzt töten.«

Die Kuh sah ihn nur an und käute wieder.

Nachdem Per die Laterne abgestellt hatte, lehnte er sich auf das Gewehr, als wäre es ein Spazierstock. Warum, überlegte er, fällt es mir so schwer. Aber noch während ihm dieser Gedanke durch den Kopf ging, wusste er auch schon die Antwort. Der Tod dieses Tiers würde auch das Ende seines Bauerndaseins bedeuten. Und wenn er kein Bauer mehr war, was war er dann? Welchen Sinn und Zweck hatte das Leben dann noch für ihn? Und wenn er selbst keinen Zweck mehr erfüllte, warum sollte er dann überhaupt weiterleben?

In diesem Moment wäre es Per leichter gefallen, sich selbst zu erschießen, als dieser eigensinnigen Kuh eine Kugel in den Schädel zu verpassen.

Erschöpft von diesem unversöhnlichen Gedanken, ließ sich der Alte auf einen Heuballen nieder. »Zum Teufel mit allem«, seufzte er.

»Ich weiß, dass du es nicht kannst«, war eine Stimme zu hören. Ole. Als er keinen Schuss hörte, hatte er sich aufgemacht, um nachzusehen. Jetzt stand er mit verschränkten Armen in der Tür und warf seinem Bruder einen missbilligenden Blick zu.

»Ich hab mich nur … gesammelt«, erwiderte Per.

»Nein, hast du nicht.«

Per sah zu Boden. »Verdammt will ich sein, wenn ich diese Kuh erschieße.« Er hielt seinem Bruder das Gewehr hin. »Mach du es doch.«

Aber Ole machte keine Anstalten, das Gewehr entgegenzunehmen. Denn in Wahrheit konnte er es auch nicht. »Gott wird sie zu sich abberufen, wenn es so weit ist«, verkündete er.

Per erhob sich, schob sich den alten Lederriemen des Gewehrs über die Schulter, nahm die Laterne und folgte seinem Bruder hinaus in den Hof.

In diesem Moment bemerkten sie dort in den Spiegelflächen der Pfützen etwas, was sie beide gleichzeitig als eine Sternschnuppe wahrnahmen – so klar wurde es auf den Eisflächen gespiegelt, dass es aussah, als wäre es nicht ein Meteor, sondern zwei oder gar noch mehr Meteore, die nebeneinander herflogen.

Es folgte ein rauschender Windstoß ähnlich der Stürme, die hin und wieder von der Ostsee hereinbliesen und Bäume entwurzelten und Kamine umwarfen.

Der Boden erzitterte.

Beide Männer gerieten ins Torkeln und stürzten.

Per ließ die Laterne fallen. Sie zersplitterte, Kerosin spritzte über den Boden, entzündete sich und flackerte gelb und orange und blau, bis die Flammen im schmelzenden Eis zischend erloschen.

Und dann, aus dem Nichts, kam ein Donner, und mit einem Mal gingen in der Dunkelheit klappernd Dachschindeln, alte Nägel, Forken und schwelende Heuballen auf sie nieder.

Sprachlos kauerten sich Per und Ole auf den Boden.

Als dieses Sperrfeuer endlich zu Ende war, mühten sich die Brüder zitternd und umständlich auf die Beine und starrten auf die Mauer aus Staub, die noch schwärzer war als die Nacht und sich dort erhob, wo eben noch ihr Stall gestanden hatte.

Als der Staub sich allmählich senkte und die Sterne im Dunst zu erkennen waren, sahen sie, dass ihr Stall völlig zerstört war. Irgendwo zwischen den verkohlten und in sich verkeilten Holzbalken und zersplitterten Brettern war Lotti. Oder das, was von ihr noch übrig war. Es gab ihretwegen nichts mehr zu tun.

»Gott hat sich nicht viel Zeit gelassen«, bemerkte Ole.

»Er hätte nur etwas feinfühliger vorgehen können«, sagte Per, und beide Männer kehrten in ihr Haus zurück.

Einige Stunden später, als sich die ersten Sonnenstrahlen über die Dächer von Berlin erhoben, wurde SS-Oberscharführer Rochus Misch vom Telefon geweckt.

Misch schlug die Augen auf. Im fahlen Licht, das durch die Vorhänge ins Zimmer fiel, bemerkte er, dass der Riss in der Decke wieder etwas weitergewandert war. Der Riss war im Januar aufgetaucht, als drei Straßenzüge weiter eine britische 10-Tonnen-Bombe, eine sogenannte Grand Slam, einen gesamten Wohnblock dem Erdboden gleichgemacht hatte. Damals hatte Misch den Riss einfach überstrichen. Eine Woche später, nachdem ein Tagangriff durch amerikanische B-17 die Stromversorgung in ganz Karlshorst lahmlegte, war er erneut aufgetaucht. Da hatte er den Riss belassen, wie er war. Schließlich wohnte er ja nur zur Miete. In den folgenden Wochen verlängerte sich der Riss dann langsam mäandrierend von dem einen Ende der blassgelben Decke zum anderen. Und Misch kam es so vor, als würde in seiner unbarmherzigen Ausbreitung eine versteckte Bedeutung liegen. Denn je näher der Riss der gegenüberliegenden Wand kam, desto mehr war Misch überzeugt, dass sich dann, wenn er die Wand tatsächlich erreichte, etwas Gewaltiges ereignen würde.

Fast war es jetzt so weit. Misch streckte den Arm aus und ballte die Hand zur Faust, und mit ihr maß er die drei Knöchellängen ab, die der Riss noch brauchte, bis er an sein Ziel gelangte. Was dann geschah, war Stoff von Mischs Albträumen. Wie der Riss in der einst unberührten gelben Farbfläche, so zogen sie sich tagsüber durch seine Gedanken, bis er glaubte, er würde darüber noch den Verstand verlieren.

Wieder schepperte das Telefon.

Verschlafen warf er die zerknüllte Bettdecke zur Seite und tapste in den Flur. Dort stand der Apparat auf einem Holztisch, dessen angeschlagene Oberfläche von einem Tischdeckchen im rot-weiß-schwarzen Farbmuster der nationalsozialistischen Fahne kaschiert wurde. Das Telefon selbst stand auf dem weißen Kreis in der Mitte, sodass nur die äußersten Kanten des Hakenkreuzes zu sehen waren, die wie die Füße einer riesigen zerquetschten Spinne unter dem Gerät hervorragten.

Misch nahm den Hörer ab. »Hallo? Hallo? Wer ist da?«

Keine Antwort. Die Leitung war tot.

Verblüfft legte er auf und sah auf seine Uhr. Es war sechs Uhr. In zwei Stunden würde er seinen Dienst antreten müssen. Ihm blieb also noch eine halbe Stunde im Bett. Vielleicht würde er ja noch mal einschlafen. Vielleicht aber auch nur den Riss in der Decke anstarren.

Misch war schon kurz vor dem Bett, als das Telefon wieder schepperte.

Mit einem Fluch auf den Lippen fuhr er herum und starrte den Apparat an, als wollte er ihm unmissverständlich zu verstehen geben, dass er es ja nicht mehr wagen sollte, auch nur einen Laut von sich zu geben.

Und erst jetzt, als er den letzten Rest Schlaf abschüttelte, wurde ihm klar, dass etwas nicht stimmte. Das Telefon klingelte gar nicht, jedenfalls nicht so wie sonst. Stattdessen verstummte das anfänglich hohe Gebimmel fast entschuldigend, so, als würde etwas anderes als ein Anruf die Ursache der Erschütterung sein.

In diesem Moment spürte Misch ein leichtes Vibrieren – er spürte es nur, weil er in seinen fadenscheinigen Socken, die er im Bett anzog, vollkommen reglos dastand. Die Klingel im Telefonapparat allerdings reagierte darauf, und Misch wurde endlich klar, dass dieses Vibrieren der Auslöser für das vermeintliche Klingeln des Apparats war.

Was aber war der Grund für das Vibrieren?

Misch trat ans Fenster, zog die schweren Verdunkelungsvorhänge zurück und legte die Hand auf die Fensterscheibe. Er spürte es – wie ein schwacher Stromschlag, der ihm durch die Haut ging. Für einen Luftangriff war es zu früh am Morgen. Die RAF-Bomber drehten nach ihren nächtlichen Angriffen gewöhnlich gegen zwei oder drei Uhr ab, und die Amerikaner kamen selten vor Mittag. Außerdem hatte er keine Sirene gehört, die ihn in den Luftschutzkeller gescheucht hätte.

Und plötzlich musste er an einen Tag im Herbst 1939 denken, als seine Einheit als Teil einer gepanzerten Fahrzeugkolonne an einem riesigen Mörser vorbeigekommen war, der auf einem speziellen Eisenbahnwaggon in die Vororte von Warschau transportiert wurde. In weißer Sütterlinschrift war mannshoch der Name auf das Geschütz geschrieben – Thor. In jener Nacht, als Misch am offenen Feuer saß und mit den Überresten einer polnischen Ulanenlanze, die von der völlig aufgeriebenen Kavalleriebrigade »Pomorska« stammte, in der Glut herumstocherte, hatte er das gleiche Vibrieren unter den Füßen gespürt. Es stammte von Thor, der seine zwei Tonnen schweren Granaten auf die polnische Hauptstadt abfeuerte. Man hatte ihm gesagt, dass ein einziges Geschoss dieses Mörsers einen ganzen Straßenblock auslöschen konnte.

Wenigstens wusste er jetzt, was ihn aus dem Schlaf gerissen hatte. Die schwere russische Artillerie stand nun also in Reichweite von Berlin. Und in den vor ihm liegenden Wochen würde das wenige, was die Bomber der Alliierten noch nicht zerstört hatten, von Stalins Geschützen in Schutt und Asche gelegt werden.

Zwei Stunden später, das Kinn mit blutigen Papierschnipseln

übersät, nachdem er sich mit seiner stumpfen Klinge eilig rasiert hatte, schritt Misch durch den Sicherheitsbereich der alten Reichskanzlei. Er wich den Arbeitern in ihren Blaumännern aus, die die Scherben der hohen Fenster von den Marmorböden kehrten und dabei ein fast musikalisches Geräusch erzeugten, das einem Windspiel nicht unähnlich war.

Im Januar dieses Jahres war damit begonnen worden, das Führerhauptquartier aus der Reichskanzlei in den sicheren Luftschutzbunker zu verlegen, der von allen, die dort arbeiteten, nur als Führerbunker bezeichnet wurde. Hitler hatte seine großzügigen Räumlichkeiten mit Blick auf den Garten der Reichskanzlei aufgegeben und sich in dem engen unterirdischen Quartier eingerichtet. Mit Ausnahme kurzer Spaziergänge, die er mit seiner Schäferhündin Blondi unternahm, hatte Hitler den Bunker seitdem kaum mehr verlassen. Häufig wanderte er nun, des Tags und auch nachts, in den engen Korridoren herum und schien mit Dingen beschäftigt, die nur ihm selbst bekannt waren.

Sonst eilte Misch, wenn er auf dem Weg zur Arbeit war, immer hastig durch die Flure des großen Gebäudes und nahm sich kaum Zeit, die herrliche Einrichtung oder die lebensgroßen Porträts von Staatsmännern wie Bismarck oder Friedrich des Großen zu bewundern.

Heute aber hatte er es nicht eilig.

Plötzlich schien ihm jeder Sinn und Zweck abhandengekommen zu sein.

Denn was blieb denn noch, außer auf das Ende des Tausendjährigen Reichs zu warten, dessen Untergang sich nach zwölfjährigem Bestehen hier, in dieser todgeweihten Stadt, unweigerlich vollziehen würde?

Misch ging nicht davon aus, die bevorstehende Schlacht zu überleben. Alles, was ihm auf seinem mühseligen Weg von der Wohnung zur Arbeit und zurück begegnete, und seien es bloß die Geräusche von schwungvoll über den Boden gefegten Glasscherben, erschien ihm in diesen Tagen als etwas Heiliges.

Nach dem Kontrollpunkt stieg Misch eine Treppe hinunter, und je tiefer er kam, desto stickiger und feuchter wurde die Luft. Für Misch roch es wie in einer Männerumkleide. An den Stellen, wo Wasser eingedrungen war, war die Betondecke mit einer weißen kristallinen Substanz überzogen.

Nur wenige außerhalb der Reichskanzlei wussten überhaupt von der unterirdischen Bunkeranlage mit ihren engen Gängen, burgunderroten Teppichböden und den über 3,5 Meter dicken Außenwänden aus Stahlbeton.

Acht Meter unter der Erde, in einer kleinen Nische, nahm Misch seinen Platz am Funksender ein. Mit Ausnahme einer dreiviertelstündigen Pause würde er hier die nächsten acht Stunden verbringen. Sämtliche Kommunikation mit der Außenwelt lief über dieses Gerät, und Mischs Aufgabe als Telefonist bestand darin, die einzelnen Meldungen an ihre jeweiligen Empfänger weiterzuleiten. Meistenteils war es öde Arbeit, manchmal schwieg das Gerät stundenlang, dann telefonierte Misch mit seiner Frau, die mit ihrem gemeinsamen Sohn südlich der Stadt bei ihren Eltern wohnte, wo sie vor den Luftangriffen sicher waren. Die leistungsstarke Antenne ermöglichte auch, die deutschen Wehrmachtssender zu hören, die ursprünglich in den besetzten Gebieten, vom Polarkreis in Norwegen bis zur libyschen Wüste, eingerichtet worden waren, sich mittlerweile aber nur noch auf die wenigen noch nicht von den Alliierten eroberten Reichsgebiete beschränkten.

Er teilte sich seine langweilige Arbeit mit Feldwebel Zeltner, einem gedrungenen Österreicher, der sich im Winter 1941 vor Borodino, als er im Freien eingeschlafen war, die Zehen abgefroren hatte. Die Verletzung entband ihn vom Frontdienst. Er hatte zunächst in der Vermittlungsstelle der Reichskanzlei gedient, bevor er wie Misch in den Bunker versetzt worden war. Für jemanden ohne Zehen bewegte sich Zeltner überraschend agil und wies keinerlei Anzeichen von Invalidität auf. Das gelang ihm, weil er die Kappen seiner Stiefel mit zusammengeknüllten Zeitungen ausstopfte.

Ansonsten wusste Misch sehr wenig über den Mann, mit dem er zweimal am Tag – zu Beginn und am Ende seiner Schicht – einige wenige Worte wechselte und dessen Körperwärme er noch spürte, wenn er sich auf dem gepolsterten Stuhl niederließ.

»Irgendwas reingekommen?«, fragte Misch.

»Nur das«, antwortete Zeltner und reichte ihm ein Meldungsformular, auf dem nur zwei Wörter eingetragen waren. »Von einem General Hagemann irgendwo an der Ostsee.«

Blinzelnd betrachtete Misch das Formular. »›Diamantstrahl beobachtet.‹ Was zum Teufel soll das?«

»Wahrscheinlich war er besoffen«, lachte Zeltner. »Ich denke, du tust dem General einen Gefallen, wenn du es nicht weitergibst.«

Misch warf die Meldung auf den Tisch.

Zeltner stand von seinem Stuhl auf und patschte Misch zum Abschied auf den Rücken.

Misch hatte kaum Platz genommen, als er aus dem Gang hinter sich ein vertrautes Schlurfen hörte.

Er musste sich nicht umdrehen. Das war nicht nötig.

Misch hörte scharfe Atemgeräusche und das charakteristische Zischen, wenn jemand Luft durch die Zähne sog.

Für Misch war es mittlerweile zu einer Art Spiel geworden, sich so überraschen zu lassen.

Er spürte, wie sich eine Hand leicht auf seine Schulter legte, dann hörte er eine Stimme freundlich seinen Namen sagen. »Oberscharführer Misch.«

Misch drehte sich um und erhob sich. Als er Adolf Hitler von

Angesicht zu Angesicht gegenüberstand, schlug er die Hacken zusammen.

Hitler trug ein doppelreihiges graues Jackett, ein grünes Hemd und eine schwarze Hose. An seiner Jacke steckte das Eiserne Kreuz aus dem Ersten Weltkrieg, dazu ein goldgerändertes Parteiabzeichen der NSDAP mit der Mitgliedsnummer 001. In wenigen Tagen würde Hitler sechsundfünfzig werden, er sah aber mindestens zehn Jahre älter aus. Seine blaugrauen Augen waren wässrig, der Blick trübe, dazu presste er die linke Hand gegen den Körper, um das Zittern zu verbergen, das in letzter Zeit auf den ganzen Körper übergegriffen hatte.

Es gab Gerüchte, denen zufolge er an Parkinson litt.

»Ich wollte nur …« Hitler deutete auf die Kopfhörer, die auf dem Tisch lagen.

Mehr musste er nicht sagen. Er hatte es sich zur festen Gewohnheit gemacht, den Radiosendern zu lauschen.

Misch trat zur Seite und überließ ihm seinen Platz.

»Holen Sie sich aus der Messe einen Kaffee«, sagte Hitler. Sein Tonfall war sanft, wie so häufig, wenn er mit Untergebenen redete, die mit ihm das unterirdische Leben teilten. »Finden Sie sich in zwanzig Minuten wieder ein.«

Es gab keinen Kaffee. Nicht mehr. Zumindest nicht für jemanden wie Misch. Es gab nur noch Muckefuck, Zichorienkaffee, den Misch nicht ausstehen konnte. So ging er stattdessen nach oben ins Freie und rauchte eine Zigarette, was im Bunker verboten war.

Kurz bevor er um die Ecke zur ersten Treppenflucht bog, drehte er sich noch einmal um und sah, wie sich Hitler blinzelnd an den Frequenzskalen zu schaffen machte. Misch hatte keine Ahnung, was Hitler in seiner Abwesenheit hörte. Musik? Meldungen, die nur für ihn allein bestimmt und aus irgendwelchen fernen Ecken des Universums abgeschickt worden waren? Misch hatte sich damit abgefunden, die Antwort nie zu erfahren, denn bei seiner Rückkehr waren die Skalen alle wieder an ihrer ursprünglichen Position.

Nachdem Misch fort war, drehte Hitler an der Empfangsskala, bis zwischen dem statischen Rauschen die vertraute Stimme des Senders Elbe ertönte. Mit dem Sender in Berlin und dem Soldatensender Belgrad gehörte er zu den letzten noch aktiven Rundfunkstationen im Reich. Ihre Aufgabe war es, die Soldaten an den vielen Fronten über den Fortgang des Krieges zu informieren, allerdings besaßen sie ein gewisses Maß an Autonomie. Natürlich standen sie alle unter der Leitung des Propagandaministeriums und waren strikten Richtlinien unterworfen – welche Musik gespielt werden durfte, welche Briefe von den geliebten Angehörigen daheim vorgelesen werden durften. Aber die Leiter der jeweiligen Sender konnten eigenständig ihr Programm zusammenstellen und auch eigene Dokumentationen senden, um den lokalen Bezug hervorzuheben. Dazu gehörten historische Berichte über berühmte Wahrzeichen wie das äußerst erfolgreiche Programm des Athener Senders über die Akropolis, kurz bevor er 1942 den Betrieb einstellen musste. Der Sender in Paris hatte eine ganze Sendereihe über französischen Wein gebracht, aber auch er war seit Monaten tot.

Die Radioprogramme galten als äußerst erfolgreich. Die Soldaten wurden über die Ereignisse in der Heimat auf dem Laufenden gehalten und erfuhren Wissenswertes über ihre jeweilige Umgebung, was nicht durch den Blickwinkel des Krieges getrübt wurde.

Keine Station war beliebter als der Sender Elbe. Das Programm wurde sachkundig produziert, das Empfangssignal war immer stark, und der flapsige, respektlose Ton sprach die Soldaten an, die der humorlosen und zunehmend irrealer werdenden Verkündigungen über Wunderwaffen, die das Kriegsglück noch wenden würden, längst überdrüssig waren.

Aber nur Hitler und einige wenige in seiner Regierung wussten, dass der Sender Elbe nicht unter der Leitung des Propagandaministeriums stand.

Er wurde nämlich von den Briten geleitet.

Hitler war auf ihn aufmerksam geworden, als er Ende 1943, noch unter der Bezeichnung Soldatensender Calais, auf Sendung ging. Da er nach der französischen Küstenstadt benannt war, glaubten die Zuhörer, die Rundfunkübertragungen kämen von dort – in Wahrheit wurde das Programm in England, auf der anderen Seite des Ärmelkanals, produziert.

Es dauerte eine geraume Weile, bis man sich in Berlin für den Soldatensender Calais überhaupt interessierte. Der Grund dafür war ganz einfach: Niemand, der den Sender hörte, fand irgendetwas Meldenswertes. Es wurden die üblichen Lieder gespielt – *Erika, Lili Marleen, Volk ans Gewehr* –, dazu kamen die üblichen antiaamerikanischen, antibritischen und antirussischen Beiträge.

Erst als in einer Sondersendung ein aufgeräumter, aber leicht mürrisch klingender SS-Offizier auftrat, der sich nur »der Chef« nannte, wurde man in Berlin hellhörig. »Der Chef« sprach die ungeschliffene Sprache des Frontsoldaten, und in seinen fünf bis zehn Minuten langen Plauderstücken, die zwischen längeren Musikabschnitten lagen, ließ er sich abschätzig über die schlaffen Briten, die fortwährend besoffenen Russen und die schlampigen Amerikaner aus. Aber er zögerte auch nicht, den Klatsch loszuwerden, den er über die Führung in Berlin aufgeschnappt hatte. So berichtete er von den pikanten Machenschaften zwischen Hitlers Sekretärin Gerda Daranowski und Hitlers Chauffeur Erich Kempka. Nach der Trennung von Kempka heiratete Daranowski den Major der Luftwaffe, Christian, während der sitzen gelassene Kempka kurz darauf eine Frau aus dem »horizontalen Gewerbe« ehelichte, währenddessen die nunmehrige

Gerda Christian eine Affäre mit dem SS-Obersturmbannführer Schulze-Kossens einging. Außerdem erzählte er, dass Hitlers Architekt und Rüstungsminister Albert Speer mit der Filmemacherin Leni Riefenstahl ein Techtelmechtel habe. Drei Angehörige aus Hitlers Stab hätten zur Behandlung von Geschlechtskrankheiten eine österreichische Klinik aufgesucht, und Martin Bormann, Leiter der Parteikanzlei, halte sich mit Wissen seiner Frau eine Geliebte auf dem Obersalzberg.

Es fiel kein einziges Wort der Kritik an Hitler selbst. Das wäre zu weit gegangen. Aber die nachrangigen Personen waren dankbare Zielscheiben.

Nicht die Gerüchte selbst beunruhigten Hitler und seinen Stab, sondern die Tatsache, dass »der Chef« in allen seinen Behauptungen recht hatte. Wer immer er sein mochte, er musste einen Informanten ganz nahe am Machtzentrum haben.

Als die wahre Natur des Soldatensenders Calais bekannt wurde, befahl Propagandaminister Joseph Goebbels, die Frequenz durch Störsender zu blockieren. Das Signal war allerdings so stark, dass dadurch mehrere eigene Sender ebenfalls gestört worden wären, worauf Goebbels seinen Befehl rückgängig machte.

Im Propagandaministerium überlegte man daraufhin, die Wahrheit über den Sender Calais bekannt zu machen und jedem, der den Sender hörte, mit der Exekution zu drohen. Auch diese Überlegung wurde fallen gelassen. Gäbe man die Existenz des Senders offiziell zu, würde man damit nicht nur den gesamten deutschen Propagandaapparat infrage stellen, sondern müsste auch eine Erklärung dafür liefern, wie solche sensiblen und persönlichen Informationen den Alliierten in die Hände fallen konnten.

Schließlich ließ man den »Soldatensender Calais« unbehelligt gewähren.

Nach der Landung der Alliierten in der Normandie im Juni

1944 machte der Sender Calais als Sender Caen und schließlich als Sender Elsass weiter. Damit wurde der Eindruck vermittelt, dass sich der Sender mit den deutschen Truppen immer weiter zurückzog. In Wirklichkeit änderte sich der Standort nicht, das Programm wurde wie immer in England ausgestrahlt.

Die schlüpfrigen Einzelheiten, die »der Chef« ausgegraben hatte – so wahr und so peinlich sie auch sein mochten –, hatten freilich keinerlei Auswirkung auf die deutschen Kriegsanstrengungen.

Es war nicht der Klatsch, der unter den wenigen des deutschen Oberkommandos, die über den Sender Bescheid wussten, für so große Unruhe sorgte. Wenn schon »der Chef« von den amourösen Abenteuern in Hitlers engstem Kreis wusste, wer wusste dann noch davon?

Diese Frage nagte an Hitler, seitdem er zum ersten Mal »den Chef« gehört hatte. Dessen scheinbar unerschöpflicher Vorrat an Bettgeschichten hallte durch Hitlers Gehirn wie das unbarmherzige Ticken eines Metronoms.

Er hatte den Leiter des Reichssicherheitsdienstes, SS-Gruppenführer Rattenhuber, damit beauftragt, die Sache zu untersuchen. Aber Rattenhuber hatte nichts gefunden. Er konnte gegenüber Hitler nur mutmaßen, dass der Informant in der Reichskanzlei arbeitete, vermutlich auf einem niedrigen Posten, und das wohl schon seit geraumer Zeit.

Vermutlich.

Um sowohl Hitlers Besorgnis als auch die Ergebnislosigkeit der eigenen Untersuchungen herunterzuspielen, versicherte Rattenhuber dem Führer, dass die Quelle des »Chefs« bald austrocknen werde, wenn das Führerhauptquartier erst einmal in den Bunkerkomplex verlegt werde, wo die Sicherheitsbestimmungen wesentlich strenger zu überwachen waren als oben in den Ruinen der Reichskanzlei.

Seitdem hörte Hitler jeden Tag den Radiosender ab, um sich persönlich davon zu überzeugen, ob Rattenhuber recht gehabt hatte.

Heute Morgen wetterte »der Chef« in seinem charakteristischen Berliner Singsang gegen die Kleidung amerikanischer Zivilisten. Hawaiihemden, *Zoot Suits*. Hitler schnaubte belustigt, als diese lächerliche Garderobe mit ihren unaussprechlichen Namen beschrieben wurde. Mit Ausnahme dessen, was er von Karl May über Amerika erfahren hatte, wusste er sehr wenig über die amerikanische Kultur, und das wenige beeindruckte ihn kaum. Dann gratulierte »der Chef« einigen SS-Offizieren, denen vor Kurzem das Ritterkreuz verliehen worden war.

Hitler mahlte mit den Zähnen. Er selbst hatte erst vor kaum fünf Tagen die Liste mit den vorgeschlagenen Ritterkreuzträgern abgesegnet. Die Verleihung der Orden war aber erst für die folgende Woche vorgesehen gewesen.

So viel also zu Rattenhubers Behauptung, dachte er.

Er wollte schon den Kopfhörer abnehmen und die Skalen wieder auf die ursprüngliche Einstellung zurückdrehen, als er plötzlich erstarrte.

Die Liste der Offiziere.

Da war etwas.

Er versuchte sich zu erinnern. Er hatte in letzter Zeit so viele Listen vor sich gehabt, an so vielen Konferenzen teilgenommen. Es war schwierig, sich an alles zu erinnern.

Die Kandidaten waren von seinem alten Kameraden Sepp Dietrich, dem jetzigen Oberbefehlshaber der 6. SS-Panzerarmee, vorgeschlagen worden. Ursprünglich hatte Hitler der Verleihung zugestimmt, aber nachdem die 6. Panzerarmee den russischen Vorstoß auf Budapest nicht hatte stoppen können, hatte er befohlen, die Verleihung vorerst auszusetzen. Sein Sekretär Bormann hatte die Dokumente pflichtschuldigst abgeheftet. Die

Rückstellung der Dokumente hieß nicht, dass er sich weigerte, die Orden zu verleihen, sie war nur ein Zeichen seiner Missbilligung über die Leistung von Dietrichs Soldaten. Dietrich müsste seine Vorschläge einfach neu einreichen, Hitlers Geste allerdings würde nicht unbemerkt bleiben.

Was ihm an der Sache aber aufstieß, war nicht die Liste an sich, sondern der Umstand, dass sie den Bunker nie verlassen hatte. Und dennoch konnte »der Chef« sie wortgetreu wiedergeben.

»Der Spion ist unter uns«, murmelte Hitler mit heiserer Stimme.

Misch war von seiner Zigarettenpause zurückgekehrt und lutschte eifrig ein Minzbonbon, um den Rauchgeruch in seinem Atem zu übertünchen. Der Führer konnte Tabakgeruch nicht ausstehen.

Hitler drehte sich auf dem Stuhl herum und beäugte Misch. »Er ist hier!«, flüsterte er.

Misch starrte ihn verständnislos an. Spricht er von mir?, fragte sich der Oberscharführer. Sieht er Gespenster? Ist er verrückt geworden?

Hitler hatte sich mit dem linken Fuß im Tischbein eingehakt, damit das unaufhörliche Zittern der Wade aufhörte. Jetzt löste er das Bein und stand auf. Als er Misch den Kopfhörer überreichte, fiel ihm das Formblatt auf, das Zeltner in der vergangenen Nacht ausgefüllt hatte. »Was ist das?«, fragte er.

»Das kam letzte Nacht rein, von einem gewissen General Hagemann«, beeilte Misch sich zu erklären. »Ich hatte vor, es Ihnen gleich zu geben.«

Hitler fingerte eine Lesebrille hervor und setzte sie auf. Dann griff er zum Formular. »Diamantstrahl«, sagte er und sah zu Misch. »Das stimmt wirklich?«

»Die Meldung ist in Feldwebel Zeltners Schicht eingetroffen«, antwortete Misch nervös. »Ich gehe davon aus, dass es damit schon seine Richtigkeit hat.«

Hitler faltete den Zettel und steckte ihn in seine Tasche. »Schaffen Sie mir General Hagemann her«, befahl er mit leiser Stimme.

10. April 1945

Meldung von Major Clarke, über SOE-Relaisstation, Grenton Unterwood, an Christophe:
VON HÖCHSTER DRINGLICHKEIT. BESORGEN SIE PLÄNE FÜR DIAMANTSTRAHLGERÄT.

Meldung von Christophe an Major Clarke:
WAS IST DIAMANTSTRAHL?

Major Clarke an Christophe:
BISLANG NICHT BEKANNT. VERMUTLICH VON HÖCHSTER BEDEUTUNG. BENÖTIGEN FOTOS. KÖNNEN SIE LIEFERN?

Meldung von Christophe an Major Clarke:
KANN ES VERSUCHEN. BISHERIGE KANÄLE FÜR FILMENTWICKLUNG UND TRANSPORT SIND WEGEN BOMBENSCHÄDEN NICHT MEHR ZUGÄNGLICH. IM ERFOLGSFALL WIRD VERMUTLICH ABZUG NÖTIG SEIN.

Major Clarke an Christophe:
BEREITEN ABZUG VOR. GEBEN SIE BESCHEID, WENN SIE ERGEBNISSE HABEN.

Die Sonne hatte sich gerade über die Zwiebeltürme der Basilius-Kathedrale erhoben, als Major Kirow und Pekkala im Kreml eintrafen.

Sie wurden von Stalins Sekretär, einem kleinen, reizbaren Mann namens Poskrjobyschew, zu dessen Büro geführt. Obwohl ohne offiziellen Dienstrang, war Poskrjobyschew einer der mächtigsten Männer des Landes. Jeder, der zur Audienz bei Stalin wollte, musste erst durch seinen Vorraum. Hier herrschte er über eine triste Ansammlung von Aktenschränken, einen Stuhl, ein Telefon und eine Gegensprechanlage, die wie eine dicke schwarze Kröte auf seinem Schreibtisch hockte.

Hatte er die Besucher in Stalins Büro geleitet, zog er sich zurück und schloss mit der tänzerischen Anmut eines Höflings hinter sich die Tür.

Poskrjobyschew nahm nie an diesen Treffen teil, schaltete aber immer die Gegensprechanlage an und belauschte die Gespräche. Das konnte er, ohne Verdacht zu erregen, da er nach stundenlangem Gefummel herausgefunden hatte, dass das rote Lämpchen – das normalerweise auf Grün umsprang, wenn die Gegensprechanlage in Betrieb war – auf Rot blieb, wenn er den Schalter nur halb bewegte, er aber in dieser Stellung trotzdem jedes Wort mithören konnte.

Diese technische Unzulänglichkeit war der wahre Grund für Poskrjobyschews Machtfülle, sie hatte aber auch ihren Preis. Nachts, in der Wohnung, die er sich mit seiner Mutter teilte, warf er sich unruhig im Bett hin und her, wenn der Verrat und die von Stalin über das Land gebrachten Schrecknisse ihm den Schlaf raubten.

»Er hat noch einen Besucher«, flüsterte Poskrjobyschew Pekkala zu, als sie vor der Tür zu Stalins Büro standen. »Irgendeinen Lehrer. Einen seltsamen Vogel.«

Pekkala nickte.

Die Türen gingen auf.

Die beiden Männer traten in den Raum, und Poskrjobyschew schloss hinter ihnen mit seinem üblichen theatralischen Gehabe die Türen.

Stalin saß hinter seinem Schreibtisch. Wie immer waren die schweren Vorhänge zugezogen. Es roch nach Bienenwachspolitur und den fünfzig Zigaretten, die Stalin am Tag qualmte.

Am anderen Ende des Raums, vor einem Lenin-Porträt an der Wand, stand ein Mann in Tweedjacke und grauer Flanellhose. Er drehte sich um, als Pekkala und Kirow eintraten, und neigte zur Begrüßung leicht den Kopf. Er hatte dichtes graues Haar und einen buschigen Oberlippenbart. Seine Augen, kalt und kornblumenblau, verrieten die Unaufrichtigkeit seines Lächelns.

Kein Russe, dachte Pekkala.

Zur Bestätigung von Pekkalas Vermutung stellte Stalin ihn als Professor Deacon Swift vor, Mitglied der Königlichen Landwirtschaftlichen Handelskommission. »Aber natürlich«, fügte Stalin hinzu, »wissen wir alle, dass das eine Lüge ist.«

Das Lächeln in Swifts Miene schwand rapide. »So würde ich das nicht ausdrücken.«

»Egal, welche Stellung Sie bei der Handelskommission einnehmen«, fuhr Stalin fort, »Sie gehören auch dem britischen Geheimdienst an. Für den waren Sie lange in Ägypten und in Rom tätig, und für den sind Sie jetzt in Moskau tätig.« Stalin sah zu dem Briten. »Habe ich was vergessen?«

»Nein. Außer vielleicht den Grund meines Besuchs.«

Stalin wies auf Pekkala. »Nur zu, gehen Sie Ihren Geschäften nach.«

Swift holte tief Luft. »Inspektor Pekkala, ich wurde von der Regierung Seiner Majestät wegen einer höchst bedeutsamen Angelegenheit geschickt. Wir werden bald Ihre Hilfe benötigen, weil wir einen unserer Agenten aus Berlin herausholen müssen.«

»Ich nehme an, Sie haben mehrere Agenten dort«, sagte Pekkala.

Swift nickte bedächtig. »Gut möglich, ja.«

»Was ist das Besondere an diesem Agenten?«

»Die Person dürfte unserer Ansicht nach für Sie von gewissem Wert sein.«

»Und warum?«

»Die Person, deren Codename Christophe lautet, versorgt uns mit Propagandaschnipseln.«

»Schnipsel?«, fragte Pekkala.

»Ah …« Swift zog das Wort in die Länge. »Nichts von Bedeutung, wirklich. Nur etwas von diesem und jenem über gewisse Vorgänge im deutschen Oberkommando, was wir in unseren Rundfunkübertragungen für die befreiten Gebiete verwenden können. Natürlich hören auch die Deutschen diese Sendungen. Dadurch wissen sie, dass uns nichts entgeht.«

»Bislang«, bemerkte Pekkala, »haben Sie mir nichts erzählt, was für mich irgendwie von Belang wäre.«

»Nun ja«, erklärte Swift, »die fragliche Person ist Ihnen bekannt.«

Verwirrt kniff Pekkala die Augen zusammen. »Ich kenne keine britischen Agenten und schon gar keinen mit dem Namen Christophe.«

»Ah!« Swift streckte den Zeigefinger in die Luft. »Doch, doch, Inspektor. Christophe – so lautet der Tarnname für eine Frau namens Lilja Simonowa.«

Pekkala glaubte, sein Herz setze aus. Unwillkürlich fasste er in seine Tasche und strich mit rauen Fingerspitzen über das zerknitterte Foto, das von ihnen beiden aufgenommen worden war.

»Wann haben Sie sie zum letzten Mal gesehen?«, fragte Swift.

Es war in Petrograd gewesen, in der letzten Februarwoche 1917.

Ganze Regimenter – das Wolhynische Garderegiment, das Semjonowski- und das Preobraschenski-Regiment – hatten gemeutert. Viele Offiziere waren bereits erschossen worden. Vom Litejny-Prospekt war Maschinengewehrfeuer zu hören. Mit den Soldaten hatten streikende Fabrikarbeiter und Matrosen von der Festungsinsel Kronstadt mit der systematischen Plünderung von Geschäften begonnen. Sie hatten das Amtsgebäude der Petrograder Polizei gestürmt und die Fahndungslisten zerstört.

Der Zar hatte schließlich davon überzeugt werden können, Kosaken gegen die Aufständischen in den Kampf zu schicken, aber die Entscheidung kam zu spät. Als die Kosaken sahen, wie weit die Revolution fortgeschritten war, stellten auch sie sich gegen die Regierung. Jetzt zogen sie durch die Stadt und verprügelten oder töteten jeden, der ihnen Widerstand leistete.

Es war nach Mitternacht, als der Zar ihn in sein Arbeitszimmer im Alexanderpalast bestellte. Der Zar saß an seinem Schreibtisch, der Uniformrock hing über der Stuhllehne. Olivfarbene Hosenträger spannten sich über seine Schultern, er hatte die Ärmel seines zerknitterten weißen Hemds hochgerollt.

Pekkala verneigte sich. »Sie haben nach mir geschickt, Exzellenz?«

»Ja«, erwiderte der Zar. »Wo ist Ihre Verlobte?«

»Exzellenz?«

»Ihre Verlobte!«, wiederholte er ungehalten. »Wo ist sie?«

»Zu Hause. Warum fragen Sie?«

»Weil sie rausmuss«, sagte der Zar. »Und zwar so schnell wie möglich.«

»Aus Petrograd?«

»Aus Russland!« Der Zar griff hinter sich, zog ein gefaltetes Blatt Papier aus der Tasche seines Uniformrocks und schob es über den Tisch zu Pekkala. »Das ist eine Reiseerlaubnis nach Paris. Sie wird über Finnland, Schweden und Norwegen reisen müssen, das ist die einzige sichere Route im Moment. Der Zug fährt in drei Stunden ab. Ich kann mit einiger Sicherheit sagen, dass es der letzte ist, auf dem ein von mir ausgestellter Passierschein akzeptiert wird. Danach ist meine Unterschrift vielleicht nichts mehr wert.«

»Drei Stunden?«, sagte Pekkala.

Der Zar starrte ihn nur an. »Wenn Sie jetzt zögern, und sei es nur für eine Minute, überantworten Sie sie möglicherweise dem Tod. Es wird die Zeit kommen, wo Sie wieder zusammen sein werden. Aber jetzt brauche ich Sie hier. Sie verstehen?«

»Ja, Exzellenz.«

»Gut. Dann gehen Sie. Und richten Sie ihr meine Grüße aus.«

Drei Stunden später standen Lilja und Pekkala auf dem Bahnsteig des Finnischen Bahnhofs in Petrograd, wo sich die Menschen dicht drängten.

Viele der Flüchtenden waren mit großen Seemannstruhen erschienen, mit Koffern, sogar mit Vögeln in Käfigen. Die erschöpften Gepäckträger in ihren dunkelblauen Uniformen hatten schwer zu schleppen. Es waren zu viele Menschen. Niemand kam voran, ohne die anderen aus dem Weg zu drängen. Immer mehr Passagiere ließen ihr Gepäck kurzerhand stehen und schoben sich, den Fahrschein über den Kopf erhoben, zum Zug voran. Ihre Rufe übertönten noch das Schnaufen der vor der Abfahrt stehenden Dampflokomotive. Hoch oben unter den verschmutzten Glasscheiben des Bahnhofsdaches bildete sich Kondenswasser, das als schwarzer Regen auf die Passagiere niederging.

Ein Schaffner lehnte sich aus einer Waggontür und stieß auf seiner Pfeife drei schrille Töne aus.

»Noch zwei Minuten«, sagte Pekkala. »Der Zug wird nicht warten.« Er fasste in seinen Hemdausschnitt und brachte ein Lederband zum Vorschein, das er um den Hals trug und an dem ein goldener Siegelring hing. »Pass für mich auf ihn auf.«

»Aber das ist doch dein Hochzeitsring.«

»Das wird er auch sein«, erwiderte er. »Wenn wir uns wiedersehen.«

Als die Passagiere erkannten, dass in den Waggons nicht genügend Platz für alle war, machte sich Panik breit. Die Menge wogte hin und her wie ein Getreidefeld im Wind.

»Ich könnte auf den nächsten Zug warten«, flehte Lilja. Sie hielt ihre einzige, aus gefärbtem Teppichstoff gefertigte Tasche umklammert, die einige Bücher, ein paar Bilder und eine zweite Wäschegarnitur enthielt. Ihre einzigen Besitztümer, die ihr geblieben waren.

»Einen nächsten Zug gibt es vielleicht nicht mehr. Bitte, du musst jetzt fahren.«

»Aber wie willst du mich finden?«

Er lächelte und strich ihr durchs Haar. »Keine Sorge. Wenn ich etwas kann, dann das.«

Die Schreie derjenigen, die nicht mehr in den Zug kamen, wuchsen zu einem lauten Kreischen an. Ein zu hoch aufgeschichteter Gepäckstapel fiel plötzlich in sich zusammen. Passagiere in Pelzmänteln stoben auseinander, sofort schloss sich die Menge wieder um sie.

»Jetzt«, sagte Pekkala. »Bevor es zu spät ist.«

Nachdem Lilja schließlich eingestiegen war, drehte sie sich noch einmal um und winkte ihm zu.

Pekkala winkte zurück. Und dann verlor er sie aus den Augen, als weitere Menschen an ihm vorbeidrängten und dem Gerücht folgten, ein weiterer Zug sei auf der anderen Flussseite im Nikolai-Bahnhof eingefahren.

Bevor Pekkala sich recht besann, wurde er mit auf die Straße hinausgeschoben. Von dort aus sah er, wie sich der Zug an ihm vorbeiächzte. Und dann waren die Gleise plötzlich leer, und nur noch das rhythmische Rattern der Räder war zu hören, das in der Ferne verklang.

Jener Tag war für Pekkala eine Weggabelung in seinem Leben gewesen. Sein Herz war den einen Weg gegangen, während sein Körper den anderen einschlug und seine ramponierte Seele wie einen Koffer voller alter, rostiger Nägel mit sich herumschleppte.

»Was macht sie in Berlin?« Pekkala brachte die Worte kaum heraus. »Und warum arbeitet sie für Sie?«

»Sie hat sich freiwillig gemeldet«, antwortete Swift nur.

Stalin mischte sich jetzt ein. »Wenn sie für Sie arbeitet, warum brauchen Sie dann uns, um sie rauszuholen? Warum bleibt sie nicht einfach dort, bis Berlin gefallen ist? Ich kann Ihnen versprechen, es wird nicht mehr lange dauern.«

»Wir empfinden in diesem Fall eine gewisse Dringlichkeit«, wich Swift aus. »Und da Ihre Armeen so kurz vor der Stadt stehen, dürfte eine solche Aufgabe besser von jemandem wie Pekkala durchgeführt werden. Das wäre eine kleine Geste der Solidarität von Ihrer Seite und für uns ein Beleg für die vielen Dinge, die uns im Kampf gegen den gemeinsamen Feind zusammenschweißen.«

»Wann soll ich abreisen?«, fragte Pekkala.

»Bald«, antwortete Swift. »Vielleicht schon sehr bald. Natürlich würden wir Ihnen so frühzeitig wie möglich Bescheid geben.«

»Dann freuen wir uns darauf, von Ihnen zu hören«, sagte Stalin.

Swift verbeugte sich dankbar und verließ den Raum.

Bis zu diesem Moment hatte Stalin alles mit unbewegter Miene zur Kenntnis genommen. Aber sobald der Engländer zur Tür hinaus war, ließ er seine Faust auf den Schreibtisch krachen. »Eine Geste der Solidarität. Für wen zum Teufel halten die uns? Für Laufburschen?«

Pekkala hatte noch damit zu tun, die Neuigkeiten zu verarbeiten. Stalins Stimme drang nur undeutlich zu ihm durch.

»Was machen wir?«, fragte Kirow.

»Sie werden genau das tun, was die Briten sagen«, antwortete Stalin. »Sie fahren nach Berlin und bringen diese Frau zurück.«

Trotz seiner Verwirrung gelang es Kirow, zu nicken.

»Aber erst«, fuhr Stalin fort, »wenn Sie den wahren Grund herausgefunden haben, warum sie die Frau wirklich wollen.«

»Den wahren Grund?«, fragte Kirow.

»Der Inspektor mag Sie ja sehr wertschätzen, aber glauben Sie allen Ernstes, die Briten würden sich die Mühe machen, eine Agentin herauszuholen, die sie lediglich mit irgendwelchen Klatschgeschichten versorgt?« Stalin fuchtelte mit seinem feisten Zeigefinger. »Nein, Major Kirow, da steckt mehr dahinter als nur Sorge um eine gefährdete Mitarbeiterin. Sie muss auf etwas sehr Wichtiges gestoßen sein, etwas, was sie sofort haben wollen, ansonsten würden sie sie dort lassen und warten, bis die Stadt gefallen ist. Und ich will wissen, was es ist.«

»Aber wie sollen wir das bewerkstelligen?«, fragte Kirow.

Stalin ergriff einen Stift und kritzelte eine Adresse auf einen Notizblock, riss das Blatt ab und reichte es Pekkala. »Die Adresse von jemandem, der vielleicht die Antwort darauf hat.«

Nachdem Professor Swift den Kreml verlassen hatte, fuhr er zur britischen Botschaft in der Uliza Worowskowo 46. Dort, in einem kleinen dunklen Zimmer am Ende eines langen Gangs, nahm er auf einem harten Holzstuhl Platz und rauchte nervös eine Zigarette. Sein selbstbewusstes Auftreten Stalin gegenüber war beklemmender Unruhe gewichen.

Aus dem Schatten vor ihm war nur ein tiefes Atmen zu hören, dann beugte sich ein Mann nach vorn, dessen Gesicht plötzlich in den Lichtschein der Lampe eintauchte, die zwischen ihnen auf dem Schreibtisch stand. Er hatte ein ovales Gesicht, gelbliche Zähne und sorgfältig gekämmte Haare, die mittels einer nach Lavendel duftenden Pomade wie Schellack an seinem Schädel klebten. Er hieß Oswald Hansard, und obwohl das Messingschild an der Tür ihn als Stellvertretenden Direktor der Königlichen Landwirtschaftlichen Handelsgesellschaft auswies, war er in Wahrheit der Leiter des britischen Geheimdienstes in Moskau. »Sie meinen also, Pekkala wird uns helfen?«, fragte er.

Swift sog an seiner Zigarette und stieß zwei graue Rauchfäden durch die Nasenlöcher aus. »Ich meine, er wird seinem Gewissen folgen, egal, was Stalin sagt.«

»Viele gute Männer und Frauen in diesem Land sind ihrem Gewissen gefolgt, und ich wage zu behaupten, sie haben sich damit lediglich eine Fahrkarte nach Sibirien eingehandelt – wenn sie es denn überhaupt so weit geschafft haben.«

»Bei Pekkala ist das anders. Stalin scheint eine Art perversen Gefallen daran gefunden zu haben, dass dieser Finne ihm die Stirn bietet. Natürlich könnte er Pekkala mit einem einzigen Anruf in der Lubjanka sofort für immer verschwinden lassen, aber das wird er nicht tun.«

»Und warum nicht, Ihrer Meinung nach?«

»Wenn ich raten müsste, würde ich sagen: Er weiß, dass es Pekkala vollkommen egal ist. Pekkala hat keine Angst, und dagegen kommt Stalin nicht an. Wenn Sie meine Meinung hören wollen: Pekkala ist nur noch deshalb am Leben, weil ihm seine Arbeit immer wichtiger gewesen ist als das eigene Leben.«

»Und das Interesse an seiner Arbeit ist das, was den beiden gemeinsam ist«, fügte Hansard an.

»Es ist das Einzige. Aber es reicht, würde ich sagen.«

»Also wird er uns helfen?«, wiederholte Hansard seine Frage.

»Ich denke schon. Wegen dieser Frau.«

Hansard ließ sich schwer nach hinten fallen und verschwand wieder im Schatten. »Aber es ist Jahrzehnte her, dass er sie gesehen hat. Er muss doch seitdem andere Beziehungen gehabt haben. Jeder praktisch denkende Mensch hätte sie gehabt.«

Swift lachte leise.

»Hab ich was Komisches gesagt?«, blaffte der Sektionsleiter.

»Na ja, ja, Sir, ich glaube schon. Hat es nie jemanden gegeben, den Sie mal geliebt haben und von dem Sie aber durch das Schicksal und die Umstände getrennt wurden?«

Hansard sog an seinen gelben Zähnen. »Praktisch gesehen …«

»Genau das ist doch so komisch, Sir«, unterbrach ihn Professor Swift.

»Schön, dass Sie sich so über mich amüsieren können«, grummelte Hansard.

»Was ich meine, Sir: In diesem Fall geht es nicht um praktisches Denken. Es geht auch nicht um die Zeit. Wird eine solche Liebe entfacht, kann nichts mehr sie auslöschen. Sie besteht immer fort, wie ein in Bernstein eingeschlossenes Insekt. Die Zeit kann sie nicht verändern, Worte könnten sie nicht ungeschehen machen.«

Mit einem Seufzen erhob sich Hansard und trat in die Mitte des Raums. Er trug zwar einen grauen Anzug mit einer schwarzweiß karierten Krawatte, aber keine Schuhe und auch keine Socken, sodass sich seine blassen Füße geisterhaft im Dunkel abzeichneten. »Wie überaus unpraktisch«, murmelte er.

»Wie Sie meinen, Sir«, antwortete Swift und drückte seine Zigarette im pfirsichfarbenen Onyx-Aschenbecher auf dem Tisch aus. »Aber die Welt wäre um so vieles ärmer, wenn es nicht Menschen gäbe, die daran glauben. Und außerdem kommt uns das in diesem Fall sehr gelegen, wie Sie zugeben müssen.«

Er gab einen tiefen Seufzer von sich.

Der Sektionsleiter sah ihn an. »Liegt Ihnen was auf dem Herzen, Swift?«

»Ja, Sir, da ist was. Pekkala hat mich gefragt, warum diese Frau für uns arbeitet.«

»Was haben Sie ihm gesagt?«

»Ich habe geraten und gesagt, sie habe sich freiwillig gemeldet. Tatsächlich habe ich keine Ahnung.«

»Dennoch entspricht das ziemlich genau der Wahrheit.«

»Aber wie kam es dazu, Sir?«

»Na, kann ja nicht schaden, wenn ich es Ihnen erzähle. Sie wurde ursprünglich 1938, als sie noch in Paris lebte, vom französischen Auslandsnachrichtendienst, dem Deuxième Bureau, angeworben. Zu dieser Zeit arbeitete sie als Lehrerin in einer kleinen Privatschule. Das Deuxième Bureau hatte bereits seit einiger Zeit ein Auge auf sie geworfen. Natürlich wussten die Franzosen, dass sie Russin war und ihre Eltern Anfang der Zwanzigerjahre von den Bolschewiken ermordet wurden. Zu der Zeit fürchtete das Deuxième Bureau, dass die gesamte französische Regierung von Sowjetspionen unterwandert wäre.«

»Und war sie es?«

»O ja«, erwiderte Hansard. »Die Befürchtungen waren völlig gerechtfertigt. Deshalb brauchten sie jemanden, der Russisch sprach, Stalin aber so sehr hasste, dass er möglicherweise dazu benutzt werden konnte, die Verräter aufzustöbern.«

»Und was sagte sie dazu?«

»Anscheinend sagte sie, dass sie lieber eine gute Lehrerin sein wolle als eine glamouröse Spionin.«

»Dennoch konnte sie irgendwie überzeugt werden.«

»Erst als der Krieg ausbrach und schnell klar wurde, dass die französische Armee den Deutschen nichts entgegenzusetzen hatte, trat das Bureau erneut an sie heran. Diesmal machte man ihr das Angebot, sie außer Landes zu bringen, zusammen mit anderen, von denen man glaubte, sie als Agenten einsetzen zu können, sobald Frankreich gefallen war. Und da Frankreich kurz vor dem Zusammenbruch stand, konnte das nur in die Tat umgesetzt werden, indem sie sie zu uns schickten.«

»Warum Simonowa? Sie hatte doch keinerlei Ausbildung und hatte das Bureau schon einmal abgewiesen.«

»Genau deshalb haben sie sich für sie entschieden«, erklärte Hansard. »Das Bureau musste davon ausgehen, dass die Liste mit den aktiven Agenten dem deutschen Geheimdienst längst in die Hände gefallen war, also wählten sie Leute, die noch nicht im Einsatz waren oder noch nicht auf der Namensliste des Bureau standen.«

»Aber das kann doch nicht der einzige Grund gewesen sein.«

»War es auch nicht. Neben Französisch und Russisch spricht sie auch fließend Deutsch. Ihr Vater, Gustav Seimann, war Reitlehrer am Hof des Großherzogs von Hessen, aus dem Zar Nikolaus' Frau Alexandra stammte. Nach ihrer Heirat mit Nikolaus II. brachte sie eine Reihe von Bediensteten aus Deutschland mit nach Russland. Der Hauslehrer ihrer Kinder war zum Beispiel ein Engländer namens Gibbes. Daneben gehörte der französische Arzt Gilliard dem Haushalt an, und als es an der Zeit war, dass ihre Kinder reiten lernten, holte sie den großherzoglichen Reitlehrer. Gustav Seimann ließ sich in Sankt Petersburg nieder, baute sich dort ein neues Leben auf und änderte seinen Namen sogar zu Simonow.«

»Das zeugt von großer Loyalität«, bemerkte Swift.

»Sie waren loyal, keine Frage. Einige unter ihnen gehörten zu den treuesten Angehörigen ihres Gefolges. Simonow soll getötet worden sein, als er einem plündernden Kosakentrupp entgegenritt, der auf das Anwesen Zarskoje Selo vorgedrungen war. Sein mutiges Handeln hatte ihn das Leben gekostet, aber es zeigt auch, wie ergeben er der Zarenfamilie war, bis zum bitteren Ende. So weit ich weiß, war er damit bei Weitem nicht allein.«

»Das Deuxième Bureau dürfte erwartet haben, dass sich seine Tochter ähnlich loyal verhält.«

»Genau«, erwiderte Hansard. »Als sie von ihnen angesprochen wurde, war die Lage in Paris äußerst prekär. Paris war zur offenen Stadt erklärt, und wer fliehen konnte, floh. Unter diesen Umständen war sie bereit, für sie zu arbeiten.«

»Und wie hat man sie rausgeschafft?«

»Man hat sie direkt nach Le Bourget außerhalb von Paris gefahren, dort in eine Lysander verfrachtet – eine von diesen schwerfälligen Maschinen mit verkleideten Rädern, die so ziemlich überall starten und landen können –, und zwei Stunden später war sie in England. Ihre Ausbildung erfolgte im SOE-Lager in Arisaig oben in Schottland. Von dort ging es nach Beaulieu, wo Lord Montagu sein Anwesen hat, drüben in New Forest. Kaum einen Monat später wurde sie nach Frankreich geschickt, diesmal auf einem umgebauten Fischerboot, mit dem Agenten von und zum Kontinent transportiert wurden. Sie wurde in der

Nähe von Boulogne-sur-Mer an Land gesetzt und ging von dort nach Paris.«

»Und es wurde niemand misstrauisch, dass sie so lange weg war?«, fragte Swift.

»So viele hatten die Stadt verlassen, nachdem die Deutschen die französischen Linien bei Sedan durchbrochen hatten, dass ihre Abwesenheit nicht weiter auffiel. Die Schule hatte in der Zeit geschlossen, die Schüler waren nach Hause geschickt worden. Die Stadtbevölkerung hatte sich über das ganze Land zerstreut. Als sich alles wieder beruhigt hatte und das Leben in Paris zur Normalität zurückkehrte, soweit das unter der deutschen Besatzung überhaupt möglich war, begannen die Geflohenen zurückzukehren. Simonowa schloss sich ihnen einfach an. Die kleine Schule, an der sie beschäftigt war, öffnete wieder ihre Pforten, und nachdem sie sich bei den deutschen Behörden hatte registrieren lassen, arbeitete sie weiter als Lehrerin.«

»Und dann? Wie hat sie im Krieg mitgeholfen? Hat sie mitten in der Nacht Leute um die Ecke gebracht?«

»Kaum. Vergessen Sie nicht, sie spricht Deutsch. Uns war von Anfang an klar, dass die Besatzungsmacht Leute braucht, die beide Sprachen fließend beherrschen. Sie hat sich freiwillig gemeldet und wurde dann natürlich eingesetzt.«

»In welcher Funktion?«

»Nichts Aufsehenerregendes. Übersetzungen von öffentlichen Bekanntmachungen und solchen Dingen.«

»Klingt so, als hätte sich der ganz Aufwand kaum gelohnt.«

»Na, wenn man Übersetzer ist, landet früher oder später ein wichtiges Dokument auf deinem Schreibtisch. Den Leuten, die es dir geben, ist oftmals gar nicht klar, dass es entscheidende Informationen enthält. Aber auch die geringfügigsten Informationen können sich im Lauf der Zeit als etwas Großes entpuppen. Bevor sie Beaulieu verließ, war ihr ein Funkgerät überreicht worden, mit dem sie ihre Informationen nach England übermitteln konnte.«

»Und wie haben wir sie nach Berlin bekommen?«

»Wir mussten da gar nichts weiter unternehmen. Das haben die Deutschen von sich aus getan. Besonders einem müssen wir in dieser Hinsicht sehr dankbar ein. Er heißt Hermann Fegelein. Vor dem Krieg betrieb seine Familie eine Reitschule in Bayern. Anfang der Dreißigerjahre trat Fegelein der NSDAP bei und befehligte später eine SS-Totenkopf-Reiterstandarte an der Ostfront. Anfang 1944 wurde er als Verbindungsoffizier Himmlers Stab zugeteilt. Und Himmler schickte ihn als Erstes nach Paris. Dort angekommen, verlangte er nach einer zweisprachigen Sekretärin.«

»Und die deutsche Militärverwaltung gab ihm Simonowa?«

»Nicht sofort«, antwortete Hansard. »Die ersten beiden, die ihm angeboten wurden, schickte er zum Teufel, wahrscheinlich weil ihm ihr Äußeres nicht zusagte. Fegelein betrachtet sich nämlich als Frauenheld, und erst, als man ihm Simonowa vorschlug, war er zufrieden. Als Fegelein zwei Monate später Paris verließ, begleitete sie ihn.«

»Als seine Geliebte?«

Hansard schüttelte den Kopf. »Nur als seine Privatsekretärin, obwohl ich zu behaupten wage, dass er andere Pläne mit ihr gehabt haben dürfte. Fegelein war inzwischen zum Mittelsmann zwischen Hitler und Himmler aufgestiegen, den beiden mächtigsten Männern im Dritten Reich. Er nahm und nimmt nach wie vor an Hitlers täglichen Besprechungen mit dem Oberkommando der Wehrmacht teil. Was immer dort erörtert wird, er weiß davon.«

»Und damit auch Simonowa, wie es klingt.«

»Fegelein ist nicht dumm. Selbst wenn er Simonowa trauen würde, hätte er ihr niemals Zugang zu Geheimnissen von nationaler Bedeutung gewährt. Es ist jedoch anzunehmen, dass er mit ihr über dieses und jenes aus Hitlers Umgebung plaudert. Aber auch Klatsch hat seinen Wert, und nachdem wir die Operation Black Boomerang aufgebaut haben, beglücken wir die Deutschen durch Rundfunkübertragungen mit diesen Geschichten.«

»Sie sprechen von diesem Radiosender? Der, der angeblich aus Calais gesendet hat?«

»Ja«, sagte Hansard. »Und danach aus Paris, und jetzt überträgt er als Sender Elbe. Natürlich hat der Sender nie seinen Standort verlassen. Er sitzt, so weit ich weiß, in einem Herrenhaus irgendwo in Hampshire – die Operation ist so geheim, dass noch nicht einmal ich den genauen Ort kenne. Tausende deutsche Soldaten und Zivilisten hören jeden Tag diesen Sender. Er ist der verlässlichste Rundfunksender, den sie haben, und wenn man ihnen erzählen würde, dass wir ihn leiten, würden sie es nicht glauben. Indem wir die Klatschgeschichten aus Hitlers engster Umgebung öffentlich machen, untergraben wir nicht nur die Moral unserer Zuhörer, sondern sorgen auch für Unruhe. Jeder ist für Klatsch zu haben, vor allem für den, den wir ihnen servieren. Der Wert dessen aber liegt in Folgendem: Auch wenn das OKW öffentlich alles abstreitet, wissen die Deutschen doch, dass die Geschichten stimmen. Und das heißt, sie wissen, dass wir irgendwo einen Informanten sitzen haben, und zwar …« Hansard legte Daumen und Zeigefinger aneinander. »… so nah an Hitler dran.«

»Das ist mir durchaus klar«, sagte Swift. »Es bleibt trotzdem die Frage, warum wir einen so großen Aufwand betreiben, um eine Agentin herauszuholen, die, seien wir doch ehrlich, nichts anderes betreibt als eine Berliner Klatschspalte. Bei meinem Treffen mit Stalin und Pekkala habe ich gesagt, was Sie mir aufgetragen haben – dass uns das Leben aller unserer Agenten im Feld wichtig ist. Aber wir wissen beide, dass wir schon oft genug

Agenten über die Klinge springen ließen, und oft genug welche, die wichtiger waren als sie.«

»Das hätten wir auch bei Simonowa gemacht, wenn nicht das Hauptquartier in England der Meinung wäre, dass sie eventuell Zugriff auf eine extrem wichtige Sache haben könnte.«

»Und die wäre?«

Hansard seufzte und schüttelte den Kopf. »Ich möchte verdammt sein, wenn ich es wüsste. Es muss für uns jedenfalls so wichtig sein, dass wir vor Stalin auf die Knie fallen und die Russen um Hilfe bitten.« Damit zog er eine Taschenuhr aus seiner Weste.

Swift verstand es ganz richtig als Aufforderung, sich zu verabschieden. Er erhob sich und knöpfte sein Jackett zu. »Ich gebe Bescheid, wenn wir von Pekkala hören.«

Hansard nickte. »Drücken Sie uns die Daumen.«

Nachdem General Hagemann die Meldung an die Reichskanzlei durchgegeben hatte, begann er sofort mit den Vorbereitungen für die Fahrt nach Berlin. Er wollte Hitler persönlich von seinem Erfolg in Kenntnis setzen.

Aber noch bevor er sich um eine Transportmöglichkeit kümmern konnte, traf auf dem Flugfeld in Peenemünde eine Maschine ein mit dem Befehl, ihn umgehend zu Hitlers Hauptquartier zu bringen, wo er das Verschwinden seiner Testrakete erläutern sollte.

Hagemann war fassungslos. Es hatte den Anschein, als wären die guten Neuigkeiten über die erfolgreiche Funktion des Diamantstrahlgeräts vom Verschwinden der V2 in den Schatten gestellt worden. Gott steh mir bei, dachte Hagemann, wenn sich die Rakete irgendwo anders befindet als auf dem Grund des Meeres.

Eine Stunde nach Erhalt der Nachricht war der General unterwegs nach Berlin. Er hatte noch nicht einmal mehr Zeit gehabt, ein paar Sachen zu packen, und hatte aus seinem Büro, das unweit des Testgeländes in einem requirierten Bauernhof untergebracht war, lediglich eine große, lederbezogene Dokumentenrolle mit den Unterlagen zum Steuersystem der V2 mitgenommen. Die schematischen Konstruktionszeichnungen waren ein wichtiger Teil seiner Präsentation vor dem Oberkommando. Das Laienauge sah darauf nichts als ein unentzifferbares Gewirr von blauen Linien, über die im Zickzack rote Pfeile liefen mit den dazugehörigen Namen und Spezifikationen der diversen Einzelkomponenten.

Es war nicht das erste Mal, dass Hagemann den Zorn des

OKW auf sich gezogen hatte und sich auf die Unverständlichkeit seiner Blaupausen verlassen musste, um die Generäle zu beeindrucken. Je weniger sie verstanden, desto mehr mussten sie sich auf Hagemanns optimistische Vorhersagen verlassen – und genau das hatte das V2-Programm bisher am Laufen gehalten.

Hitler andererseits schien von der labyrinthischen Komplexität der Schaltpläne und Diagramme ganz begeistert zu sein. Fast liebevoll strich er bei diesen Treffen über die vor ihm ausgebreiteten Zeichnungen und verlangte nach Erklärungen für scheinbar kleinste Details, die Hagemann natürlich nur allzu gern lieferte.

Die außergewöhnlich hohen Kosten des V2-Programms, ganz zu schweigen von den Verzögerungen aufgrund der alliierten Bombenangriffe und der vielen gescheiterten Testflüge, hatten Hagemann eine Menge Feinde eingetragen. Skeptische Stimmen im Generalstab erinnerten ihn immer wieder daran, dass die deutsche Rüstungsindustrie zu den Kosten einer einzigen V2 über 500 Panzerfäuste herstellen konnte. Diese Panzerabwehrwaffen waren so einfach und so wirkungsvoll, dass sie sogar an die Hitlerjugend ausgegeben wurden, die auf Fahrrädern an die Front radelte, um sich den russischen Kampfpanzern entgegenzustellen.

Ohne Hitlers Unterstützung wäre das Programm wahrscheinlich schon Jahre zuvor eingestellt worden. Aber so mühelos der Führer es am Leben erhielt, so mühelos konnte er es mit einem Federstrich beenden.

Hagemann drückte sich die lederne Dokumentenrolle an die Brust und fürchtete, dass ihn diesmal noch nicht einmal mehr seine magischen Konstruktionszeichnungen retten würden.

Als er nun in 3000 Metern Höhe zwischen den Wolkenschwaden auf die vorfrühlingshafte Landschaft hinunterblickte, war ihm für einen Augenblick, als gäbe es keinen Krieg, als habe es nie einen Krieg gegeben und als bildete er sich alles nur ein.

Doch als sie über Berlin tiefer gingen, brach die Illusion in sich zusammen. Die einst so gepflegten Ortsteile Heinersdorf und Pankow waren von den Folgen des Flächenbombardements gezeichnet. Je mehr sie sich dem Zentrum näherten, desto schlimmer waren die Schäden. Ganze Stadtteile waren ausgebombt und nur noch Trümmerlandschaften, zwischen denen sich lediglich einzelne Straßenzüge abhoben. In Gatow setzte die Transportmaschine schließlich zur Landung an. Während die Maschine ausrollte, fiel Hagemanns Blick auf ein zerstörtes Flugzeug am Rand des Rollfelds.

Ein Wagen wartete auf ihn. Bei seinem letzten Besuch, der schon einige Monate zurücklag, hatte ihn Hitlers Adjutant, Major Otto Günsche, empfangen. Der Chauffeur des Führers, Erich Kempka, hatte ihn anschließend auf der Fahrt in die Reichskanzlei mit Geschichten aus seiner Zeit als Motorradmechaniker, damals noch vor dem Krieg, unterhalten.

Diesmal waren seine Begleiter zwei grimmig dreinschauende Angehörige von SS-Gruppenführer Rattenhubers Sicherheitsleuten, die für die Bewachung des Führerbunkers zuständig waren.

Bei ihrem Anblick wurde Hagemann mulmig zumute. Stand er schon unter Arrest?

Keiner der beiden Männer sagte etwas auf der Fahrt ins Stadtzentrum. Sie saßen vorn, er auf der Rückbank.

So also zerfällt ein Leben, dachte sich Hagemann.

Mit seinem kurzen Anfall von Selbstmitleid hatte es sich aber, als er sah, was von der Reichskanzlei noch übrig war. Es gab kaum noch ein Fenster, dessen Scheibe nicht zersplittert war, vor allem das Erdgeschoss war so von Schrapnell- und Einschusslöchern übersät, dass das gesamte Gebäude den Eindruck eines Rohbaus vermittelte.

Der Wagen hielt an. Der Beifahrer glitt nach draußen und öffnete dem General die Tür.

Hagemann stieg aus. »Wohin?«, fragte er.

Der andere wies die Treppe hoch zum Haupteingang.

»Da arbeitet noch jemand?«, entfuhr es Hagemann. »Aber das ist doch alles nur noch eine Ruine.«

»Wenn Sie drin sind, Herr General, wird Ihnen jemand den Weg zeigen.«

Vorsichtig stieg er die Treppe hinauf, darauf bedacht, auf den zerstörten Stufen nicht ins Stolpern zu geraten. Drinnen brachte man ihn zum Eingang des Führerbunkers. Er hatte zwar von dessen Existenz gewusst, ihn aber noch nie betreten.

Er zeigte einem Wachmann seinen Passierschein, worauf er durchgelassen wurde, nachdem man ihm seine persönliche Waffe abgenommen hatte, eine Mauser-Pistole, die er noch nie abgefeuert hatte. Anschließend wurde er zwei weitere Treppenfluchten hinuntergeleitet, wobei die Luft immer feuchter und dumpfer wurde.

Auf der dritten Ebene unter der Erde traf er auf weitere Wachleute, die ihn durch einen schmalen Gang zum Lageraum führten, in dem zweimal täglich das Treffen mit dem Oberkommando stattfand.

Hagemann traf zufällig zu dem Zeitpunkt ein, als die mittägliche Lagebesprechung beginnen sollte. Er fand sich in einem schmalen Raum wieder, der von einer einzelnen Glühbirne erhellt wurde.

Am einzigen Tisch und auf dem einzigen Stuhl im Raum saß Hitler. Ihm gegenüber, und zusammengedrängt wie eine Herde Pinguine auf einer Eisscholle, standen mehr hochrangige Politiker und Militärs, als er jemals in einem Raum versammelt gesehen hatte.

Albert Speer, der in einem langen Ledermantel vor sich hin schwitzte, begrüßte Hagemann mit einem Nicken. Martin Bormann, Hitlers Sekretär, beäugte ihn misstrauisch und unternahm keinerlei Anstalten, den Professor willkommen zu heißen. Neben ihm stand Joseph Goebbels in einer akkurat gebügelten karamellbraunen Uniform, sowie SS-Gruppenführer Hermann Fegelein, Verbindungsoffizier der Waffen-SS zum Führerhauptquartier. Mehrere andere waren Hagemann unbekannt, aber er erkannte Christa Schroeder, eine von Hitlers Sekretärinnen und die einzige anwesende Frau.

So unvorbereitet Hagemann auf diesen Abstieg in den Führerbunker gewesen war, so deplatziert fühlte er sich in Gesellschaft dieser nationalsozialistischen Berühmtheiten.

Was Hagemann aber am meisten beunruhigte, war der Anblick von Adolf Hitler.

Der Führer war seit ihrem letzten Treffen vor wenigen Monaten sichtlich gealtert. Auf seinen Augen lag ein glasiger Schleier, die schwammige Haut hing ihm schlaff von den Wangenknochen. Die Haare, noch ordentlich gekämmt, wirkten stumpf, und die Schultern seines doppelreihigen Uniformrocks waren mit Schuppen übersät.

Unverändert war nur sein durchdringender Blick, der, wie Hagemann spürte, jetzt auf ihn fiel.

»General Hagemann.« Hitler verschliff leicht die Worte. »Was haben Sie mit dieser Rakete gemacht?«

Hätte er gewusst, was der Führer ihn fragen würde – hätte er es nur wenige Sekunden vorher erfahren –, hätte Hagemann mit ziemlicher Sicherheit anders geantwortet. So platzte er mit dem heraus, was ihm gerade in den Sinn kam. »Ich habe sie zur Vollendung geführt.«

Hitler stutzte und atmete ganz langsam ein, als wollte er aus der Luft im Raum auch noch den letzten Sauerstoffpartikel herausziehen. Dann lehnte er sich auf seinem klapprigen Stuhl zurück und trommelte mit den Fingern auf dem Tisch. »So nennen Sie das also, wenn Sie eine V2 verlieren, von deren Verbleib Sie nichts wissen und die möglicherweise dem Feind in die Hände gefallen ist?«

»Lächerlich«, blaffte Goebbels. »General Hagemann, Sie werden dafür vor den Volksgerichtshof gestellt.«

»Wenn Sie gestatten, möchte ich die Lage erläutern«, begann der General.

»Tun Sie das«, antwortete Hitler. »Wir alle sind außerordentlich neugierig, was Sie unter Vollendung verstehen.«

»Vor allem, wenn Sie keine Rakete haben, mit der Sie das belegen können«, rief Goebbels.

Leises Gelächter im Raum.

Hagemann musste schwer an sich halten. Am liebsten wäre er dem einen oder anderen der Anwesenden an die Gurgel gegangen. Statt seinen grandiosen Erfolg anzuerkennen, der für die gesamte Menschheit ein neues Zeitalter der Entdeckung einleiten könnte, waren die hier Versammelten ausschließlich daran interessiert, wie viel Schaden mit seiner Erfindung angerichtet werden konnte.

»Ruhe!«, blaffte Hitler. »Es gibt keinen Anlass zur Belustigung.« Dann wandte er sich an Hagemann. »Also, was haben Sie zu Ihrer Verteidigung vorzubringen?«

Der General hatte einiges zu sagen.

In den nächsten Minuten erklärte er, wie in der Dampfturbine mittels Natriumpermanganat Wasserstoffperoxid katalytisch zersetzt und somit Dampf erzeugt wurde. Mit diesem Dampf wurde eine Doppelpumpe betrieben, die große Mengen an Ethanol und Flüssigsauerstoff in die Brennkammer, den Raketenofen, beförderte, was mittels mehr als zwölfhundert winziger Einspritzdüsen geschah.

»Durch eintausendzweihundertvierundzwanzig, um exakt zu sein«, sagte Hagemann.

Er beschrieb, wie sich in der Brennkammer das Treibstoffgemisch mit dem Flüssigsauerstoff verband, und er formte dabei mit beiden Händen den Luftstrom, als wollte er den Fluss der verbrennenden Teilchen nachzeichnen.

»Wenn die neu entwickelte Steuerung wie gewünscht funktioniert, bringt sie die Rakete auf eine ideale Flugbahn, die wiederum für ein optimales Treibstoff-Verbrennungs-Verhältnis sorgt. Sind Flugbahn und Treibstoffverbrauch auf diese Weise ausbalanciert, erzeugt das einen Abgasstrahl, der von der Erde aus gesehen wie ein Diamant funkelt. Daher der Name des Geräts. Dieses Phänomen, das wir Diamantstrahleffekt nennen, wurde von meinem Beobachter in der Ostsee bezeugt. Daher wissen wir, dass unsere Bemühungen von Erfolg gekrönt waren, auch wenn von der Rakete nichts mehr übrig ist.« Hagemann hielt kurz inne und ließ den Blick schweifen. Er sah lediglich die verständnislosen Mienen der versammelten Würdenträger.

Manchmal waren so komplizierte und verschlungene chemische und physikalische Ausführungen wie diese zu Hagemanns Vorteil gewesen, da seinen Zuhörern unabhängig von ihrem Dienstrang nichts weiter übrig blieb, als jedes seiner Worte für bare Münze zu nehmen.

Das war diesmal nicht der Fall. Diesmal hatte er eine etwa vierzehn Meter lange und mehr als zwölf Tonnen schwere Rakete verloren. Es war also entscheidend, dass sein Publikum exakt verstand, was geschehen war.

»Denken Sie an den Motor in Ihrem Wagen«, begann er, und die angestrengten Mienen der Generäle und Politiker entspannten sich umgehend. Selbst die technisch wenig bewanderten unter ihnen konnten sich vorstellen, was sie unter der Motorhaube eines Automobils erwartete, auch wenn sie keine Ahnung von der Funktionsweise eines Verbrennungsmotors hatten.

Hagemann bemühte sich nun, dass sich jeder Einzelne seiner Zuhörer persönlich angesprochen fühlte, obwohl es bei dem

Vortrag natürlich nur auf einen ankam, nämlich auf Hitler. In den tattrigen Händen dieses Mannes, der von der unabwendbaren Tatsache seiner Niederlage innerlich aufgefressen wurde, lag nicht nur die Zukunft des V2-Programms, sondern auch Hagemanns Existenz.

»Ist der Motor in Ihrem Wagen nicht richtig eingestellt«, erklärte er also, »wird am Ende viel Rauch aus dem Auspuff kommen.«

Manche nickten.

»Das passiert«, fuhr er fort, »weil der Treibstoff nicht so verbrennt, wie er soll. Ist der Motor aber richtig eingestellt, sehen Sie kaum Auspuffabgase.«

»Also«, sagte Goebbels vorsichtig, »statt bei Ihrer Rakete nichts zu sehen …«

»… sehen Sie Diamanten«, vollendete Hagemann den Satz.

Speer jedoch gab sich damit nicht zufrieden. »Und die Steuerung ist für die richtige Einstellung des Triebwerks zuständig?«, fragte er und hatte die Augen skeptisch zusammengekniffen.

»In gewisser Weise, ja«, stimmte Hagemann zu. »Stellen Sie sich eine Uhr an der Wand vor. Hängt die Uhr nicht im richtigen Winkel, wird sie die falsche Uhrzeit anzeigen und vor- oder nachgehen. Das können Sie sogar hören, nämlich dann, wenn sie nicht richtig tickt.«

»Ich habe so eine Uhr«, murmelte Goebbels. »Egal, was ich mache, ich weiß nie, wie spät es wirklich ist. Und ihr Ticken treibt mich noch in den Wahnsinn, vor allem nachts.«

»Halten Sie den Mund!«, bellte Hitler. »Das hier hat nichts mit Ihrer Uhr zu tun.« Mit einem Nicken wies er zu Hagemann. »Fahren Sie fort, General.«

»Das Ticken der Uhr ist das Ergebnis einer schwingenden Feder, ähnlich sind die Abgase des V2-Motors das Ergebnis des verbrennenden Treibstoffs. Läuft die Uhr perfekt, schwingt die

Feder gleichmäßig bis zum Ende durch, und die Uhr zeigt die richtige Zeit an. Ist die Feder aber nicht richtig eingestellt, kommt es zu Gangabweichungen, und die Uhr bleibt stehen, bevor die Feder ganz ausgeschwungen ist. Bislang sind unsere Raketen mit Uhren vergleichbar, deren Federn nicht richtig eingestellt waren. Die Treibstoffverbrennung war nicht optimal, und die Raketen, ob nun gegen den Feind oder bei Versuchsstarts in die Ostsee abgefeuert, konnten ihr Potenzial nicht ausschöpfen. Das Diamantstrahlgerät wurde entworfen, um die Rakete vollkommen auszutarieren. Dieses Ziel war mit Ausnahme der letzten Versuchsstarts nicht erreicht worden. Als es aber schließlich funktionierte, konnten wir nicht nur das charakteristische Abgasmuster beobachten, die Rakete flog auch weiter als bei allen vorherigen Testflügen ohne zusätzliche Treibstoffzuladung. Seit vergangener Nacht ist der Diamantstrahl Wirklichkeit geworden.«

In den letzten Minuten hatte sich Hitlers Blick verändert. Er hatte sich nach vorn geneigt, und seine Worte waren jetzt nicht mehr von ätzendem Sarkasmus getränkt, mit dem er sonst auf alle einhackte, mit denen er nicht zufrieden war. »Warum hat diese Rakete funktioniert«, fragte er, »und die anderen nicht?«

Das war der Augenblick, den Hagemann herbeigesehnt hatte. Von jetzt an würde es nur noch ein Zwiegespräch zwischen ihm und Hitler sein. Alle anderen waren zu im Grunde unnötigen Statisten degradiert.

»Der Grund für das Versagen der bisherigen Raketen«, fuhr Hagemann fort, »waren die Vibrationen des Raketenmotors, die unsere Steuersysteme zunichtegemacht haben. Deshalb ging, wie Sie wissen, ein hoher Prozentsatz der Raketen nicht dort nieder, wo sie eigentlich niedergehen sollten. Dem Feind wurde nichtsdestotrotz beträchtlicher Schaden zugefügt, dennoch muss festgehalten werden, dass die vorgegebenen Ziele oftmals nicht getroffen wurden. Die Steuerung in dieser Rakete befand sich jedoch in einem eigens entworfenen, stoß- und erschütterungsfesten Gehäuse. Dadurch war es möglich, dass die Steuertechnik den Treibstoffverbrauch minimiert, weshalb die Rakete weiter flog als bisher. Das haben wir in unseren Berechnungen nicht berücksichtigt, weshalb wir die Flugbahn unterschätzt haben. Das ist allerdings leicht zu korrigieren, jedenfalls dürfte das Gerät von nun an so funktionieren wie beabsichtigt.«

Hitler sah der Reihe nach die anderen im Raum an. »So«, sagte er. »Leicht zu korrigieren. Haben Sie das gehört, Goebbels? Oder wollen Sie weiterhin Ihre Witze zum Besten geben?«

Es war vollkommen still im Raum. Goebbels starrte angestrengt in eine Ecke des Bunkerraums, als suchte er dort nach einer Fluchtmöglichkeit.

Hitler wandte sich wieder an Hagemann. »Und wo ist die Rakete jetzt?«

Hagemann setzte zu einer Antwort an. Er konnte die Wahrheit nicht verheimlichen, nicht jetzt. Würde er das Vertrauen, das er sich in den vergangenen Minuten aufgebaut hatte, gleich wieder verspielen, wenn er erklärte, dass er es nicht wusste?

Aber Hitler kam ihm mit der Antwort zuvor. »Wahrscheinlich ist sie ins Meer gefallen.«

»Aller Wahrscheinlichkeit nach«, versicherte Hagemann eilig.

Hitler nickte zufrieden.

»Es gibt noch etwas.« Hagemann flüsterte fast.

Großmütig gab Hitler ihm mit erhobener Hand zu verstehen, dass er fortfahren möge.

Hagemann folgte der Aufforderung. »Aufgrund der nunmehr vorhandenen Zielgenauigkeit können wir höchst spezifische Objekte zerstören. Damit meine ich, dass wir die V2 jetzt nicht mehr gegen ganze Städte einsetzen müssen, sondern uns einzelne Ziele auswählen können, die innerhalb dieser Stadt liegen.

Ein einzelnes Haus. Eine einzelne Fabrik. Zeigen Sie auf einen bestimmten Punkt auf der Karte und geben Sie den entsprechenden Befehl, und innerhalb einer Stunde wird die betreffende Stätte ausgelöscht sein.«

»Was ist mit Flakfeuer?«, fragte Fegelein. »Kann man die V2 nicht abschießen?«

»Nein. Am Endpunkt der Flugbahn erreicht sie Überschallgeschwindigkeit. Das heißt, alle, die im Zielgebiet stehen, erhalten keinerlei Warnung. Und diejenigen, die überleben, hören die Annäherung der Rakete erst nach der Explosion. Ist die V2 erst einmal abgefeuert, kann keine Macht der Welt sie noch aufhalten.«

»Hören Sie!«, rief Hitler. »Die Rettung. Das ist unsere Rettung. Auf unser Leid wird das Licht eines ewig währenden Triumphes fallen.«

Goebbels mischte sich ein. »Solange der Herr Professor überzeugt ist, dass dieses Resultat regelmäßig zu erzielen ist.«

»Nicht nur regelmäßig, Herr Reichsminister«, sagte Hagemann. »Sondern auch unfehlbar.«

»Ha!« Hitler schlug die Hände zusammen. »Da haben Sie Ihre Antwort, Goebbels.«

»In der Tat«, entgegnete der Reichsminister und starrte Hagemann an. »Vorausgesetzt, er lässt auf seine Worte Taten folgen.«

»Sie können jetzt gehen, Herr Professor«, sagte Hitler. »Wir haben andere Dinge zu besprechen.«

Gehorsam begann Hagemann, seine Blaupausen einzusammeln.

»Lassen Sie sie hier.« Hitler deutete auf die Dokumente. »Ich möchte sie noch studieren.«

»Natürlich«, erwiderte Hagemann und trat einen Schritt vom Tisch zurück. »Aber ich muss darum bitten, sie nicht in unberechtigte Hände fallen zu lassen. Ich kann gar nicht deutlich genug sagen …«

»Danke, Herr General«, unterbrach ihn Speer. »Wir wissen um die entsprechenden Sicherheitsvorkehrungen. Wir haben sie ja schließlich selbst festgelegt.«

Wieder leises Gelächter. Diesmal lächelte sogar Hitler.

Mit seiner leeren Dokumentenrolle verließ Hagemann den Raum, durchquerte den langen Korridor und stieg die Treppenfluchten hinauf ins Erdgeschoss der Reichskanzlei. Obwohl er das Treffen als einen Erfolg verbuchen konnte, musste er sich zwingen, nicht einfach loszulaufen. Wie sehr sehnte er sich nach frischer Luft.

»Herr Professor!«, hörte er eine Stimme hinter sich.

Hagemann drehte sich um. Fegelein, Himmlers Verbindungsoffizier, kam ihm im Korridor hinterher. Er hatte eine Hand erhoben, als wollte er ein Taxi rufen, während er in der anderen Hagemanns Pläne hatte. »Eine letzte Frage«, sagte er.

»Was machen Sie mit den Plänen?«, fragte Hagemann verwirrt. »Habe ich nicht klargestellt, dass die Daten auf diesen Plänen von höchster Vertraulichkeit sind?«

Fegelein grinste. »Genau aus diesem Grund wird es dem Reichsführer SS gefallen, einen Blick darauf zu werfen. Mit Hitlers Einverständnis bringe ich sie jetzt Himmler. Sie sollten mitkommen. Der Reichsführer SS verfügt über einen ausgezeichneten Wein.«

»Ich bin sehr beschäftigt«, sagte Hagemann. Instinktiv misstraute er Fegelein. Das weiche, runde Kinn, die vollen Wangen, die flache Stirn verliehen ihm etwas Unschuldiges und fast Kindliches. Aber das täuschte.

Dass Fegelein seine Karriere so weit hatte vorantreiben können, obwohl ihm so ziemlich alle mit Ablehnung gegenüberstanden, zeugte von seinem skrupellosen Ehrgeiz. Für Fegelein war der Preis seiner Loyalität immer Verhandlungssache, und Freundschaft hatte für ihn keinerlei Wert.

Damit war er nicht allein.

1941 wurde Fegelein verhaftet, weil er Geld und Luxusgüter aus einem Zug entwendet hatte, worauf die Todesstrafe hätte stehen können – wobei sein eigentlicher Fehler nicht der Diebstahl selbst war, sondern in dem Umstand begründet lag, dass diese Güter bereits aus polnischen Banksafes gestohlen waren, von Männern, die im Rang über Fegelein standen und zu dem Zeitpunkt auf dem Weg zu einem Lagerhaus waren, um die Beute unter sich aufzuteilen. Die Anklage gegen ihn wurde auf Befehl seines Vorgesetzten Heinrich Himmler fallen gelassen, was den Gerüchten, Fegelein sei ein Glückspilz, nur weiter Auftrieb gab. Die Gerüchte schienen sich zu bestätigen, als Himmler ihn zu seinem persönlichen Verbindungsoffizier ernannte. Das und die Heirat mit Gretl Braun, der Schwester von Hitlers Geliebten Eva Braun, trugen ihm eine nahezu unangreifbare Position im engsten Zirkel um den Führer ein. Die Hochzeit war hastig anberaumt worden, nachdem Gretl festgestellt hatte, dass sie schwanger war. Da nicht ganz klar schien, wer als Vater des ungeborenen Kindes zu gelten hatte, und Hitler über den Vorfall lautstark wütete, fühlte sich Fegelein dazu berufen, um Gretls Hand anzuhalten. In Hitlers Augen hatte diese ritterliche Tat nicht nur Gretls Ruf gerettet, sondern auch seinen als Eva Brauns Gefährten. Die Heirat hatte Fegeleins Appetit aber nicht im Mindesten geschmälert, und nachdem sich Gretl die meiste Zeit in ihrem heimischen Bayern aufhielt, bezog Fegelein mit seiner Geliebten Elsa Batz eine Wohnung, ironischerweise in der Bleibtreustraße. Hitler hatte davon entweder keine Kenntnis oder sah bewusst darüber hinweg, und Fegelein hatte so viel gesunden Selbsterhaltungstrieb, es dem Führer nicht unbedingt auf die Nase zu binden.

»Ich habe eine letzte Frage«, wiederholte Fegelein. »Dauert auch gar nicht lange, Herr Professor.«

»Ich wollte gerade gehen«, murmelte Hagemann.

Fegelein ignorierte den Einwand. »Dann begleite ich Sie nach oben. Ich kann eine Zigarette vertragen.« Er lachte. »Und das ist im Bunker ja verboten.«

Zusammen stiegen die beiden Männer zur Reichskanzlei hinauf.

Kurz verspürte Hagemann den Impuls, Fegelein einfach die Treppe hinunterzustoßen. Er misstraute nicht nur dem aalglatten SS-Offizier, er verachtete die gesamte Organisation. Seit den Anfängen der V2 hatte Himmler wiederholt versucht, das Projekt an sich zu reißen. Die SS war in ihren Erpressungsversuchen sogar so weit gegangen und hatte einen der wichtigsten Wissenschaftler des Programms, Wernher von Braun, aufgrund von derart hanebüchenen Beschuldigungen inhaftiert, dass sogar Hitler sie nicht akzeptieren mochte, obwohl er Himmler sonst stets mit »mein treuer Heinrich« ansprach.

Trotz Himmlers drängendem Wunsch, das Programm unter seine Kontrolle zu bringen, war es Hagemann bislang gelungen, die SS auf Abstand zu halten.

Das änderte sich im Juli 1944 nach dem gescheiterten Attentat durch Oberst Claus von Stauffenberg in der Wolfsschanze.

Noch während Stauffenberg und zahlreiche Mitverschwörer verhaftet und anschließend erschossen oder gehängt wurden, erhielt die SS aus Gründen der nationalen Sicherheit schließlich Hitlers Segen, das V2-Programm zu übernehmen.

Seitdem wurden die Produktions- und Entwicklungsanlagen über ganz Deutschland verteilt, Zwangsarbeiter wurden zur Fabrikation eingesetzt, und so gut wie nichts geschah mehr ohne Himmlers Zustimmung.

Ohne diese Umstände hätte Hagemann dem SS-Gruppenführer Fegelein unumwunden die Meinung gegeigt.

Die beiden Männer erreichten das Erdgeschoss der Reichskanzlei, wo ihnen ihre persönlichen Waffen ausgehändigt wurden.

»Was wollen Sie wissen, Herr Gruppenführer?«, fragte Hagemann, während er seinen Gürtel löste und das Mauser-Holster wieder an seinen Platz schob.

Fegelein antwortete erst, als sie außer Hörweite der Wachmannschaft waren.

Draußen auf der von Schrapnellsplittern vernarbten Treppe zog Fegelein ein silbernes Zigarettenetui aus der Brusttasche, öffnete es und bot Hagemann vom ordentlich eingeschlichteten Inhalt an.

Hagemann schüttelte den Kopf. Im Moment lag ihm mehr daran, die Lungen mit frischer Luft zu füllen statt mit Tabakrauch.

Fegelein zündete seine Zigarette an, inhalierte tief und stieß einen langen Rauchfaden aus. »Was ich gern wissen möchte, Herr Professor: Über wie viele Raketen verfügen Sie noch? Was nützt Ihnen Ihr Steuerungssystem, wenn Sie nichts mehr zum Steuern haben?«

Selbst wenn die Frage von diesem Mann kam, konnte Hagemann ihr eine gewisse Berechtigung nicht absprechen. »Wir haben im Moment etwa achtzig fertige Raketen. Ist die Steuerung erst modifiziert, sind sie sofort einsatzbereit.«

»Und wie lange dauert die Modifizierung?«

»Nur einige Stunden pro Rakete.«

»Und wenn die achtzig Raketen abgeschossen sind, was dann?«

»Unsere Fertigungsanlage in Nordhausen ist voll funktionsfähig. Bei höchster Auslastung können wir über achthundert Raketen im Monat herstellen.« General Hagemann zögerte kurz. »Vorausgesetzt, es kommt zu keinen Behinderungen, weder durch die Alliierten noch durch Sie.«

Fegelein lächelte. »Mein lieber Herr Professor, meine Aufgabe ist es nicht, Sie zu behindern, sondern in jeder erdenklichen Weise zu unterstützen.«

»Ach ja?« Hagemann konnte seine Nervosität jetzt nicht mehr verbergen.

Fegelein lachte über das offensichtliche Unbehagen des Generals. Zum Spaß patschte er ihm mit den zusammengerollten Blaupausen auf die Schulter.

»Das ist kein Spielzeug«, blaffte Hagemann. Verärgert drückte er Fegelein die Lederhülle in die Hand. »Wenn Sie sie schon in der Gegend herumschleppen, dann können Sie sie auch darin aufbewahren.«

»Ich weiß, was Sie von mir halten«, sagte Fegelein, öffnete die Hülle und schob die Blaupausen hinein. »Abgesehen von der Tatsache, dass es mir scheißegal sein kann, verstehen Sie sicherlich, warum ich die Entwicklung einer Waffe unterstütze, die unsere einzige Hoffnung ist, noch aus dieser Misere rauszukommen.« Er deutete mit der glühenden Zigarette auf die Ruinen. »Ich mache keinen Hehl daraus, dass es nicht nur dem Lande zugutekommt, sondern auch mir persönlich.«

Du egoistischer Dreckskerl, dachte Hagemann.

»Sie verachten mich vielleicht für meine Denkweise, aber das beweist nur, dass mein Angebot, Sie zu unterstützen, ernst gemeint ist. Wenn ich überzeugt wäre, dass Ihr Gerät nicht funktioniert, würden wir diese Unterhaltung jetzt nicht führen.«

Ein schwarzer Mercedes fuhr vor.

Hagemann entgingen nicht die SS-Nummernschilder.

»Ah, mein Fahrzeug.« Fegelein wandte sich an Hagemann. »Ich muss jetzt los, Herr Professor, aber Ihnen sei eines versichert: Wenn Himmler diese Pläne gesehen hat, wird er Sie unverzüglich sprechen wollen. Persönlich, versteht sich.«

Hagemanns Magen zog sich zusammen.

»Kein Grund zur Besorgnis«, versicherte Fegelein ihm. »Außer er wünscht, dass Sie seine Freunde kennenlernen.«

»Was soll daran so falsch sein?«, fragte Hagemann vorsichtig.

»Der Reichsführer hat keine Freunde«, rief Fegelein ihm über die Schulter noch zu, während er schon zum wartenden Fahrzeug nach unten eilte.

Zu Hagemanns Überraschung stieg an der Fahrerseite eine Frau aus. Sie trug eine kurze grün-braune Wolljacke mit Taschen auf Hüfthöhe und verzierten Lederknöpfen, die aussahen wie Miniaturfußbälle. Ihre blonden Haare waren auf Schulterlänge gekürzt, der Schnitt, der im Winter populär geworden war, spiegelte die Strenge und Genügsamkeit wider, die längst sämtliche Facetten des Zivillebens durchdrungen hatte.

Das also, dachte Hagemann, ist seine berühmte Fahrerin, die nur als »Fräulein S.« bekannt war. Wer sie war und woher sie kam, schien nur Fegelein zu wissen. Angeblich war sie die Einzige, die er, der sich einen ganzen Harem an Geliebten hielt, bislang nicht in sein Bett hatte lotsen können. Hagemann hatte von ihr gehört, sie bislang aber nie gesehen.

Als die Frau vorn am Wagen herumging, sah sie hinauf zum Professor.

Hagemann fiel sofort das tiefe Blau ihrer Augen auf. Die Gerüchte über ihre Schönheit waren nicht übertrieben.

Die Frau öffnete die Beifahrertür, und Fegelein stieg ein.

General Hagemann ging die Treppe hinunter. Früher hätte er sich einfach ein Taxi gerufen, das ihn zum Flugplatz Gatow gebracht hätte, aber es schien keine Taxis mehr zu geben. Er fragte sich, ob die Straßenbahnen noch fuhren oder ob sie ebenfalls durch die Bombardierungen außer Betrieb gesetzt waren. So machte er sich zu Fuß auf den Weg zum Flugplatz. Es würde ein langer Marsch werden, aber je größer die Entfernung zwischen ihm und dem Bunker wurde, desto erleichterter würde er sein.

Während Fegeleins Mercedes vorbei an den Schutthügeln der letzten Bombenangriffe zu Himmlers Feldkommandostelle in Hohenlychen nordwestlich von Berlin unterwegs war, verfasste der SS-Gruppenführer bereits seinen Bericht über die Unterredung im Führerbunker.

In diesen Tagen gab es meist wenig Erfreuliches mitzuteilen. Gewöhnlich begnügte sich Fegelein damit, die Einzelheiten der Lagebesprechungen per Fernschreiber aus dem SS-Hauptquartier in der Prinz-Albrecht-Straße zu übermitteln. Aber gute Neuigkeiten, wie er sie heute gehört hatte, verlangten ein persönliches Erscheinen, besonders dann, wenn er ein Geschenk in Form von Hagemanns Blaupausen zum Diamantstrahlgerät mitbrachte.

Außerdem gab ihm das die Möglichkeit, mehr Zeit mit Fräulein S. zu verbringen.

Ihr richtiger Name lautete Lilja Simonowa, den er allerdings nur selten gebrauchte, selbst wenn er mit ihr rein privat zu tun hatte. Viele in den östlichen Gebieten des Deutschen Reichs hatten zwar russisch klingende Namen, aber Fegelein wollte nicht viel Aufhebens darum machen, dass seine eigene Fahrerin ebenfalls zu ihnen gehörte. Außerdem verlieh ihr das etwas Geheimnisvolles, was er sich nur allzu gern zunutze machte, weil es das Getratsche bremste, das hinter seinem Rücken stattfand.

Lilja hatte kurze Zeit als seine Sekretärin gearbeitet und dann den Posten des Chauffeurs übernommen, nachdem sein Fahrer, als er ihn abholen sollte, betrunken einen Laternenpfahl gerammt hatte. Der Fahrer, Schmoekel, hatte wie Fegelein zur Kavallerie gehört und war als Teilinvalide in die Heimat verlegt worden, nachdem er mit seinem Pferd auf eine Mine geraten war. Schmoekel war dadurch eine hässliche Narbe auf einer Gesichtshälfte geblieben, leider der Fegelein zugewandten Seite, sodass der SS-Gruppenführer sie unweigerlich sehen musste, wenn er als Beifahrer in dem Zweisitzer mitfuhr, den die SS ihm als Dienstfahrzeug zur Verfügung gestellt hatte. Fegelein, der den tagtäglichen Anblick eines so entstellten Gesichts als äußerst unangenehm empfand, war daher mehr erleichtert als wütend gewesen, als Schmoekel den Wagen zu Schrott gefahren und ihm damit einen Anlass geliefert hatte, ihn auf einen fernen Innendienstposten versetzen zu lassen.

Schmoekel durch Fräulein S. zu ersetzen war ein Geniestreich gewesen. Auf ihren täglichen Fahrten zwischen der Reichskanzlei, der Wohnung von Elsa Batz in der Bleibtreustraße und Himmlers Feldkommandostelle in Hohenlychen bemerkte Fegelein, dass Fräulein S. nicht nur eine bessere Fahrerin war als Schmoekel, sondern auch ein angenehmerer Anblick.

Natürlich war sich Fegelein der von eifersüchtigen Rivalen in Umlauf gebrachten Gerüchte über sein Unvermögen, die Frau in sein Bett zu kriegen, bewusst. Besonders verletzend empfand er es, wenn er hören musste, dass Fräulein S. für ihn schlichtweg »zu schön« sei, so, als wäre die Frau außerhalb seiner Liga und als wäre für ihn überhaupt kein Drandenken, bei ihr das zu erreichen, was ihm bei den zahllosen Sekretärinnen davor so mühelos gelungen war.

Aber das, protestierte Fegelein in seinen imaginären Gesprächen mit jenen, die diese Gerüchte in die Welt setzten, war nun mal genau der Punkt. Er hatte so viele andere Frauen gehabt, buchstäblich Dutzende nach seiner Zählung, und jede einzelne war weitergezogen, entweder weil er sie gefeuert hatte oder weil sie aus freien Stücken um eine Versetzung gebeten hatten, die er ihnen unter den Umständen gern gewährte.

So war er an den Punkt gelangt, an dem er tatsächlich eine gute Sekretärin brauchte, und eine, die eine Weile lang bei ihm blieb – mehr jedenfalls als jemanden zur Befriedigung seiner Bedürfnisse.

So unbestreitbar schön sie auch war, aber wenn er einen kompetenten Verbindungsoffizier abgeben wollte, war er gezwungen, auf jede Tändelei mit Fräulein Simonowa zu verzichten. Und so demütigend es auch sein mochte, dass seine Männlichkeit infrage gestellt würde, so tröstete er sich damit, dass die Klatschmäuler nur eifersüchtig waren auf seine Ehe, seine Stellung beim Führer und auf das Vertrauen, das Himmler in ihn und, ja, auch in die Frau setzte, die nun neben ihm saß.

»Ich bin mir nicht sicher, ob das Benzin noch bis Hohenlychen reicht«, sagte Lilja. »Ich wusste nicht, dass wir aus der Stadt wollen.«

»In Henningsdorf gibt es ein Treibstofflager«, antwortete Fegelein. »Dort können wir anhalten.«

Lilja sah zur Lederhülle mit den Blaupausen, die auf dem Armaturenbrett lag. »Das muss wichtig sein, wenn Sie sie persönlich abliefern.«

»Die besten Neuigkeiten seit Monaten«, erwiderte Fegelein. Dann sah er auf den Notizblock in seinem Schoß, in dem er sich Notizen für seinen Bericht an Himmler gemacht hatte. Wie klingt das?«, fragte er. »Der Erfolg der Steuerung mit dem Namen Diamantstrahl …« Er hielt inne. »Soll ich es einfach nur Steuerung nennen? Irgendwie klingt das nicht richtig.«

Sie antwortete nicht gleich. Als sie das Wort »Diamantstrahl« hörte, war ihr Mund mit einem Schlag wie ausgedörrt. »Wie wäre es mit ›Steuerungssystem‹?«

»Viel besser!« Fegelein strich das alte Wort durch und schrieb das neue darüber. »Der Erfolg des Steuerungssystems mit dem Namen Diamantstrahl hat das V2-Programm so weit verbessert, dass wir zum einen dem deutschen Volk die Überlegenheit der deutschen Waffen garantieren und zum anderen unseren Feinden unmissverständlich klarmachen können, dass wir militärisch noch lange nicht besiegt sind. Nein«, murmelte er. »Warten Sie.«

»Geht es um das Wort ›besiegt‹?«, fragte Lilja.

»Genau. Das kann ich nicht benutzen. Ich kann eine mögliche Niederlage noch nicht einmal erwähnen.«

»Wie wäre es mit: ›unseren Feinden klarmachen, dass wir nach wie vor die Herren des Schlachtfelds sind‹?«

»Ausgezeichnet!« Er sah zu Fräulein S. und lächelte. »Wo wäre ich nur ohne Sie?«

Hatte man seine Nachrichtenquelle erst einmal davon überzeugt, dass sie einem trauen konnte, würde sie dieses Vertrauen mit großer Loyalität vergelten – das gehörte zu den wertvollsten Lektionen, die Lilja Simonowa während ihrer überstürzten Ausbildung beim britischen Geheimdienst in Beaulieu gelernt hatte. Danach würde sich die Nachrichtenquelle durch hartnäckige Treue auszeichnen, nicht nur aufgrund der nun bestehenden Verbindung, sondern auch weil sie vieles zu verlieren hätte, falls sie sich täuschte. Nicht nur das Leben des Agenten, auch ihr eigenes Leben hing davon ab, dass der Anschein der Wahrheit aufrechterhalten wurde.

Das Band mit ihrem Feind zu schmieden, obwohl sie wusste, dass alles auf einer Lüge basierte, hatte manchmal sogar dazu geführt, dass sie selbst für ein Ungeheuer wie Fegelein so etwas wie Mitgefühl empfand.

Es war das Schwierigste, was sie jemals getan hatte. Es wäre ihr leichter gefallen, Fegelein umzubringen, als sich sein Vertrauen und seine Loyalität zu erwerben – etwas, was sie noch dazu zwangsläufig ständig selbst hinterging. Bevor sie in diese Sache hingeschlittert war, hätte sie es nie für möglich gehalten, zu so etwas fähig zu sein. Aber der Krieg hatte aus ihr eine Fremde gemacht, sie war sich selbst fremd geworden, und jetzt fragte sie sich, ob sie jemals wieder in der Lage sein könnte, in den Spiegel zu schauen und sich selbst zu erkennen.

Es hatte Monate gedauert, Fegeleins Vertrauen zu gewinnen. In dieser Zeit hatte sie sich jedem nur erdenklichen offiziellen wie inoffiziellen Test unterzogen. Gemäß dem Rat ihrer britischen Ausbilder hatte sie in dieser Zeit keinerlei Versuche unternommen, an Informationen zu gelangen. Kein Kontakt wurde zu Kurieren hergestellt, keine Meldung übermittelt. Damit wollte man vermeiden, dass ihr Falschinformationen zugespielt würden, um zu sehen, ob die alliierten Geheimdienste darauf reagierten. Wie Lilja herausfand, hatte Fegelein diese Taktik wiederholt angewandt.

In England war Lilja eingetrichtert worden, als Agentin erst dann aktiv zu werden, wenn sie sich absolut sicher war, das Vertrauen ihrer Quelle zu genießen. Ihr Leben hing davon ab. Das hatte sie von Anfang an gewusst. Was sie jedoch nicht gewusst hatte, war, dass sie sich dessen nie sicher sein konnte. Sie konnte immer nur mutmaßen und hoffen, dass sie richtiglag, und entsprechend handeln.

Es kam der Tag, an dem Fegelein sie zu seiner neuen Fahrerin und Nachfolgerin des schrecklich vernarbten Mannes ernannte, der die Stelle vor ihr gehabt hatte. Nach den mittäglichen Lagebesprechungen im Führerbunker verbrachte Fegelein den Nachmittag gewöhnlich in der Wohnung seiner Geliebten, während Lilja Simonowa draußen im Wagen wartete. Dort lag meistens auch die Aktentasche mit den für den Reichsführer SS bestimmten Unterlagen.

Fegelein ließ sie im Wagen, weil er sie dort für sicherer erachtete als in der Wohnung von Elsa Batz, die ihm zwar sehr am Herzen lag, der er aber nicht uneingeschränkt traute.

Simonowa ging in dieser Zeit den Inhalt der Aktentasche durch und leitete die Informationen sowie die Klatschgeschichten, die sie von Fegelein aufschnappte, an einen Kurier weiter, der alles nach England übermittelte.

Lilja wusste sehr wenig über diesen Kurier, außer dass er in der ungarischen Botschaft arbeitete.

Übergabeort war das ausgehöhlte Bein einer Parkbank in der Hasenheide, gleich gegenüber der gleichnamigen Straßenbahnstation. Gelegentlich wurden dort Botschaften für sie hinterlassen, in denen man sie aufforderte, ihren Führungsoffizier in England zu kontaktieren, den sie nur als »Major Clarke« kannte. Zu diesem Zweck war ihr ein Funkgerät gegeben worden, das sie nur in solchen Notfällen benutzen sollte.

Der letzte Kontakt zu Major Clarke lag nur einen Tag zurück. Er hatte sie angewiesen, so viel wir möglich über ein Diamantstrahlgerät herauszufinden.

Und dort lag es nun, kaum eine Armeslänge von ihr entfernt, auf dem Armaturenbrett des Wagens, mit dem sie zur Feldkommandostelle Heinrich Himmlers unterwegs waren.

»Halt«, rief Fegelein plötzlich. »Fahren Sie ran. Ich hab was vergessen.«

Lilja trat auf die Bremse, der Wagen kam zum Stehen. »Was ist?«, fragte sie.

»Elsas Geburtstag.« Fegelein sah sie hilflos an. »Wir müssen umdrehen!«

»Und Himmler warten lassen?«

»Lieber ihn als Elsa«, murmelte Fegelein.

Als sie den Wagen wendete, rollte die Dokumentenhülle auf Fegeleins Schoß.

»Es wird nicht lange dauern, Sie müssen im Wagen warten. Sie können ja so lange einen Blick darauf werfen«, sagte Fegelein und legte die Hülle zurück aufs Armaturenbrett.

»Natürlich«, antwortete sie leise.

»Wo wäre ich nur ohne Sie, Fräulein S.?«, wiederholte Fegelein. Als er ihre leuchtend blauen Augen sah, wurde sein Blick weich. Augen wie ihre hatte er noch nie zuvor gesehen, und ihre Wirkung hatte nie nachgelassen, seitdem er sie in Paris kennengelernt hatte. Damals hatte sie eingezwängt mit anderen Sekretärinnen in einem kahlen, verrauchten Raum gesessen und für die deutsche Stadtverwaltung Dokumente übersetzt. Trübes Licht war durch die moosbewachsenen Glaspaneelen im Dach gefallen. Wenn Fegelein an diesen Moment zurückdachte, hörte er wieder das ohrenbetäubende Klacken der unzähligen Schreibmaschinen, die wie die Schnäbel winziger Vögel gegen sein Gehirn hämmerten, und er erinnerte sich, als sie von ihrer Arbeit aufsah und er ihr Gesicht entdeckte. Von diesem Augenblick hatte er sich nie erholt und wollte es auch nicht.

»Ja, wo wären Sie dann?«, fragte sie. »Vermutlich auf der Suche nach der perfekten Formulierung für die Berichte an den Reichsführer. Da wären Sie dann.«

Ihre Worte waren wie ein Kübel kaltes Wasser. »Genau«, erwiderte er schroff und wandte den Blick zur Straße. In diesem Moment wusste er: Er hatte sich nicht schon längst auf diese Frau gestürzt, weil er sich in sie verliebt hatte und es nicht übers Herz bringen konnte, sie so wie die anderen und selbst wie seine eigene schmählich fremdgehende Frau zu behandeln.

»War das General Hagemann oben auf der Treppe der Reichskanzlei?«, fragte sie.

»Er zieht es vor, Professor genannt zu werden«, bestätigte Fegelein. »Aber er war es, ja, und da ihm soeben eine sehr wertvolle Rakete abhandengekommen ist, war es möglicherweise auch das letzte Mal, dass Sie ihn gesehen haben.«

»Ihm ist eine Rakete abhandengekommen?«

Fegelein erzählte, was er erfahren hatte. »Wahrscheinlich liegt sie auf dem Grund der Ostsee, aber ich gehe davon aus, dass der General ein bisschen ruhiger schlafen würde, wenn das bestätigt würde. Und ich würde auch ein wenig besser schlafen, wenn Sie endlich meinen Rat annehmen und eine Pistole tragen würden. Ich gebe Ihnen gern eine. Es sind gefährliche Zeiten, und es wird nicht besser. Ich habe Elsa eine gegeben, wissen Sie, und sie scheint damit ganz zufrieden zu sein.«

»Vielleicht, weil sie eine braucht, um sich gegen Sie zur Wehr zu setzen.«

Fegelein lachte. »Selbst wenn es so sein sollte, hätte ich wenig zu befürchten. Denn was Elsa noch mehr bräuchte, wäre etwas Schießunterricht. Glauben Sie mir, ich hab versucht, es ihr beizubringen, aber sie ist ein hoffnungsloser Fall.«

»Na, ich jedenfalls will keine Waffe«, sagte Lilja. »Wie oft hab ich Ihnen das schon gesagt?«

»Ich zähle nicht mehr mit. Aber das heißt nicht, dass ich es aufgebe, Sie zur Vernunft zu bringen.«

In Wahrheit trug Lilja eine Waffe. Es handelte sich um ein kleines Klappstilett, das sich einhändig, nur durch Druck auf einen kleinen Knopf, öffnen ließ.

Es war das Geschenk des Mannes, den sie vor langer Zeit fast geheiratet hätte. An einem Spätsommertag hatten sie bei einem Picknick am Newa-Ufer außerhalb von Sankt Petersburg gesessen, und er hatte mit diesem Messer einen Apfel geschält und dabei die Schale in einem Stück, als ein einziges saftig grünes Band abgenommen. Vor ihnen hatten langbeinige weiße Vögel zwischen Seerosen im Wasser gestochert.

»Was sind das für Vögel?«, hatte sie gefragt.

»Kraniche«, hatte er geantwortet. »Bald beginnen sie ihren Flug in den Süden.«

»Wie weit fliegen sie?«

»Bis nach Afrika.«

Sie war verblüfft über die lange Reise und versuchte sich vorzustellen, wie sie auf ihren kreidebleichen Beinen im Wasser einer Oase standen.

Später, als sie nach Hause kam, hatte sie das Messer im Weidekorb entdeckt, in dem sie den Proviant mitgebracht hatte. Als sie das Messer zurückgeben wollte, sagte er ihr nur: »Denk an die Vögel.«

Erst sehr viel später bemerkte sie das auf der Klinge eingravierte Zeichen des Messerherstellers – zwei Kraniche, deren lange, schmale Schnäbel sich berührten.

Von allem, was sie auf ihrer Reise aus Russland mitgenommen hatte, war ihr nur dieses Messer geblieben. Der Diamant-Saphir-Verlobungsring, den sie bei ihrer Ankunft in England getragen hatte, war ihr abgenommen und verwahrt worden, als sie mit der Ausbildung für jene Aufgaben begonnen hatte, die seitdem ihr Leben bestimmten. Sie fragte sich, wo der Ring jetzt war, aber auch, wo der Mann war, der ihr diesen Ring auf der Insel im Lamskie-Teich in Zarskoje Selo an den Finger gesteckt hatte, damals, vor unendlichen Zeiten.

Hermann Fegeleins Stimme brach in ihre Erinnerungen ein wie ein Stein, den man durch eine Fensterscheibe geschleudert hatte. »Ich werde nicht immer Ihr befehlshabender Offizier sein«, sagte er, streckte die Hand aus und streifte dabei ihr Knie.

»Ich weiß«, erwiderte sie sanft und sah auf seinen Arm.

Hätte Fegelein gewusst, was ihr in diesem Moment durch den Kopf ging, wäre ihm das Herz vor Angst stehen geblieben.

Speichenarterie – die Mitte des Handgelenks. Ein ein Zentimeter tiefer Schnitt. Bewusstseinsverlust in dreißig Sekunden. Tod in zwei Minuten.

Oberarmarterie – innerhalb und kurz oberhalb des Ellbogens. Ein ein Zentimeter tiefer Schnitt. Bewusstseinsverlust in vierzehn Sekunden. Tod in eineinhalb Minuten.

Unterschlüsselbeinarterie – unter dem Schlüsselbein. Ein sechs Zentimeter tiefer Schnitt. Bewusstseinsverlust in fünf Sekunden. Tod in dreieinhalb Minuten.

Die Lagebesprechung im Führerbunker war zu Ende. Die Generäle, die ihre übliche pessimistische Beurteilung abgegeben hatten, versammelten sich zum Mittagessen in dem engen Speiseraum, wo die Qualität der Mahlzeiten trotz der spartanischen Einrichtung noch immer zur besten in ganz Berlin gehörte.

Hitler nahm nicht daran teil. Er blieb im Lageraum und dachte zurück an jenen Tag im Juli 1943, als Hagemann und eine Gruppe von Wissenschaftlern, unter ihnen Wernher von Braun und Dr. Steinhoff, in der Wolfsschanze eintrafen, dem Führerhauptquartier im ostpreußischen Rastenburg. Hagemanns Gruppe hatte seltenes Farbfilmmaterial eines erfolgreichen, im Oktober des Vorjahrs in Peenemünde durchgeführten V2-Starts bei sich.

In einem speziellen, zu einem Kino umfunktionierten Raum hatte Hitler im Beisein von Feldmarschall Keitel und der Generäle Jodl und Buhle den Film gesehen.

Hitler, der dem militärischen Einsatz von Raketen bislang eher skeptisch gegenübergestanden hatte, wurde durch diesen Film zum überzeugten Befürworter.

Als das Licht wieder anging, sprang Hitler von seinem Platz auf und umfasste mit beiden Händen Hagemanns Hand. »Warum«, fragte er den verblüfften General, »habe ich nicht an den Erfolg Ihrer Arbeit geglaubt?«

Die anderen Generäle im Raum, die bis dahin ebenfalls ihre Skepsis vor allem wegen der voraussichtlichen Kosten des Raketenprogramms zum Ausdruck gebracht hatten, wurden durch Hitlers Überschwang mehr oder minder mundtot gemacht. Jeder Protest würde von Hitler als Obstruktion gewertet werden, und der Preis dafür war höher, als die beiden Männer gewillt waren zu zahlen.

»Hätten wir schon 1939 diese Raketen gehabt«, fuhr Hitler fort, »hätte es diesen Krieg gar nicht gegeben.«

Und dann entschuldigte sich Hitler. »Verzeihen Sie«, sagte er an General Hagemann gerichtet, »dass ich jemals an Ihnen gezweifelt habe.«

Unverzüglich gab er den Befehl, mit der Serienproduktion der V2 zu beginnen, ungeachtet aller Kosten. Seine Fantasie ging mit ihm durch. Sofort verlangte er die Fertigung von 900 Raketen pro Monat, eine Zahl, die wenige Minuten später auf 5000 gesteigert wurde. Obwohl selbst die niedrigere Zahl völlig utopisch war, weil die Menge an Flüssigsauerstoff, der zum Antrieb dieser vielen Raketen benötigt würde, den jährlichen Ausstoß des Deutschen Reichs um ein Vielfaches überstieg, war sein Glaube an die Wunderwaffe nicht erschüttert.

Insgeheim hatte Hitler seitdem oftmals Zweifel am Urteilsvermögen des Professors gehegt, jetzt aber schien sein Glaube endlich belohnt worden zu sein. Auch wenn sie zu spät kam für den totalen Sieg über Europa und die Bolschewiken, würde die verbesserte Leistungsfähigkeit der V2 nicht unbeachtet bleiben, sobald ihre Zielgenauigkeit und das volle Ausmaß ihres zerstörerischen Potenzials auf dem Schlachtfeld endlich ersichtlich würden. Und vielleicht reichte es ja noch, um den Vormarsch der feindlichen, scheinbar unaufhaltsam auf Berlin vorrückenden Armeen zum Stehen zu bringen.

Aber nur, wenn er die undichte Stelle, über die Informationen aus dem Führerbunker an die Feinde gelangten, stopfen konnte.

»Holen Sie mir SS-Gruppenführer Rattenhuber!«, schrie er, an niemand Bestimmten gewandt.

Eine Viertelstunde später betrat SS-Gruppenführer Johann Rattenhuber, Leiter des Reichssicherheitsdienstes, den Lageraum.

Er hatte einen kantigen Schädel, ein kantiges Kinn, graue, nach hinten gekämmte Haare und zusammengekniffene Augen. Seit 1933 war Rattenhuber verantwortlich für den Personenschutz von Hitler. Er und seine Männer waren ständig unterwegs und begleiteten den Führer zu den vielen von ihm im Lauf der Zeit benutzten Hauptquartieren.

Manche davon wie das Felsennest in der Eifel oder die Wolfsschanze in Rastenburg bestanden aus unterirdischen Tunnelanlagen und massiven Betonbunkern, die der schwersten Artillerie standhalten konnten. Von diesen nahezu unverwundbaren Festungen aus führte Hitler die Feldzüge im Westen und Osten. Andere Anlagen wie das Projekt Riese, ein umfangreiches Stollensystem in den schlesischen Mittelsudeten, zu deren Bau mehr Beton nötig war, als im gesamten Jahr 1944 zur Errichtung von Luftschutzbunkern aufgewendet wurde, war nie fertiggestellt worden.

Rattenhuber war es gewohnt, kurzfristig aufzubrechen. Er hatte selten mehr als einen Tag Vorlaufzeit, wenn Hitler von einem Hauptquartier zum nächsten umzuziehen gedachte. Besonders in den vergangenen Monaten war er zu jeder Tages- oder Nachtzeit aufgescheucht worden, um immer wieder Hitlers zunehmende Zweifel an der eigenen Sicherheit zu zerstreuen.

Rattenhubers Meinung nach hatte der Führer seit dem Attentat im Juli 1944 zunehmend den Sinn für die Wirklichkeit verloren. Nach dem Sprengstoffanschlag, bei dem die Lagebesprechungsbaracke völlig zerstört wurde, war Hitler fest davon überzeugt, dass die Vorsehung über ihn wache. Rattenhuber glaubte zwar nicht an solch hehre Vorstellungen, musste aber zugeben, dass es kaum an ihm oder seinen handverlesenen Personenschützern gelegen hatte, dass Hitler mit nur wenigen Schrammen und zerrissener Kleidung davongekommen war. Die körperlichen Folgen des Anschlags waren gering, die geistigen jedoch sehr viel gravierender, wie Rattenhuber selbst sehen konnte. Das Gefühl, verraten worden zu sein – seine eigenen Generäle hatten sich verschworen, ihn zu ermorden –, lastete seitdem schwer auf Hitler. Hinter der Wut über den Verrat stand aber eine tief sitzende Angst, die weder dicke Betonwände noch mit Maschinenpistolen bewaffnete Wachleute lindern konnten.

Nun beschäftigte ihn dieser angebliche Spion in der Reichskanzlei.

Rattenhuber wusste natürlich vom »Chef«, dessen joviale Radioplaudereien ihn auf Skandale aufmerksam gemacht hatten, von denen selbst er als Leiter des Reichssicherheitsdienstes bis dato nichts gewusst hatte.

Mit Rachegedanken war er die Liste der Reichskanzleiangestellten durchgegangen. Eine Weile lang hatte er einen mürrischen alten Hausmeister namens Ziegler im Visier gehabt, der seit Jahren dort arbeitete. Er wurde ins Gestapo-Hauptquartier in der Prinz-Albrecht-Straße gebracht, wo Rattenhuber persönlich die Befragung vornahm. Aber es stellte sich schnell heraus, dass dieser Ziegler nichts zu verbergen hatte. Er war, was er nun mal war – ein ungehobelter, übellauniger Hauswart, der auf nichts und niemanden gut zu sprechen war.

Neben Ziegler gab es keine weitere Spur mehr, und Rattenhubers versteinerte Miene, das Selbstvertrauen des einst unerschütterlichen Münchner Polizisten, konnte seine Hilflosigkeit nicht verbergen.

Rattenhuber betrat den Lageraum. Direkt über ihm hing eine Glühbirne, deren Licht wegen der Stromschwankungen ständig heller und dunkler wurde.

Von allen Hauptquartieren mochte Rattenhuber den Bunker am wenigsten. Am schlimmsten war die Luftqualität. Gelegentlich musste er sogar nach oben ins Erdgeschoss der Reichskanzlei taumeln, um mit dem Rücken an die Wand gelehnt frische Luft zu schnappen.

Hitler saß am Tisch. Bis auf ein Blatt Papier vor ihm war der Tisch leer.

Rattenhuber schlug die Hacken zusammen.

Hitler ignorierte den militärischen Gruß. Ohne auch nur aufzublicken, schob er Rattenhuber das Blatt hin.

Der SS-Gruppenführer nahm es zur Hand. Es war eine Liste mit Soldaten, denen das Ritterkreuz verliehen werden sollte. »Warum, mein Führer, zeigen Sie mir das?«, fragte er und legte es auf den Tisch zurück.

Hitler streckte den Arm aus und tippte mit einem Finger auf das Blatt. »Es hat den Bunker nie verlassen.«

»Ist das ein Problem?«

»In der Tat. Heute Morgen hat der ›Chef‹ es nämlich in alle Welt hinausposaunt.«

Weitere Erklärungen waren nicht nötig. Rattenhuber wusste sofort, was das zu bedeuten hatte. Das Blut wich ihm aus dem Gesicht. »Ich werde sofort Ermittlungen einleiten«, sagte er.

Langsam schüttelte Hitler den Kopf. »Sie hatten dazu genügend Gelegenheiten. Ich werde Kriminalinspektor Hunyadi damit betrauen.«

»Hunyadi!«, rief der Gruppenführer. »Aber der ist in Haft. Sie selbst haben seine Verurteilung angeordnet. Er müsste jeden Tag hingerichtet werden. Vielleicht ist er schon tot.«

»Dann sollten Sie lieber hoffen, dass dem nicht so ist«, entgegnete Hitler. »Sie haben mich zweimal enttäuscht, Rattenhuber. Erst haben Sie zugelassen, dass ich fast in die Luft gesprengt werde. Und jetzt halten Sie hier Maulaffen feil, während ein Spion nach Lust und Laune durch den Bunker spaziert. Ich befehle Ihnen, Hunyadi herzuschaffen. Und wenn Sie mich noch einmal enttäuschen, werden Sie seinen Platz am Galgen einnehmen.«

Gemäß Stalins schriftlichen Anweisungen suchte Pekkala die schmale, öde Straße im Lefortowo-Viertel der Stadt auf. In der Rubsow Pereulok Nummer 17 – einem schmutzig gelben Wohngebäude, auf dessen Fassade der Schimmel wucherte – schlug er gegen das Tor, bis der Hausmeister, ein kleiner, buckliger Mann in einem blauen Overall mit braunen Cordflicken auf dem Gesäß, aus seinem Kabuff kam, um zu sehen, was der Radau sollte.

»Ist gerade eingezogen«, sagte der Hausmeister, nachdem Pekkala erklärt hatte, wen er suchte.

Er schloss das Tor auf und führte Pekkala zu einer Tür im Erdgeschoss. »Da rein, er sollte da sein«, sagte er und schlurfte wieder in sein Kabuff zurück, in dem Pekkala einen riesigen grauen Hund, eine Art Wolfshund, auf einer Decke neben dem Herd liegen sah.

Pekkala pochte gegen die Tür und trat einen Schritt zurück. Der Vorhang des einzigen Fensters zum Hinterhof bewegte sich leicht, dann wurde die Tür einen Spaltbreit geöffnet.

»Genosse Garlinski«, sagte Pekkala.

»Ja?«, ließ sich eine verängstigte Stimme hören.

»Mir wurde gesagt, Sie sind soeben aus England eingetroffen.«

»Was wollen Sie?«

»Nur reden.«

»Wer hat Sie geschickt?«

Pekkala zückte seinen roten Pass der Besonderen Operationen mit dem ausgeblichenen goldenen Hammer-und-Sichel-Symbol.

Die Tür ging ein Stück weiter auf, und der ängstlich aussehende Mann, der noch bis zur Woche zuvor operativer Leiter der Station 53A gewesen war, des Horchpostens der britischen Special Operations Executive in Grantham Underwood, trat aus dem Schatten. Obwohl es mitten am Nachmittag war, hatte Garlinski geschlafen. Da er die Anweisung hatte, die Wohnung nicht zu verlassen, hatte er nichts anderes zu tun, als zu schlafen oder die mageren Rationen zu essen, die er in der Küche vorgefunden hatte. »Über was reden?«, fragte er den Fremden.

»Einen Ihrer Agenten, einen Christophe.«

Garlinski blinzelte überrascht. »Woher zum Teufel wissen Sie von ihm? Ich hatte noch keine Einsatznachbesprechung.« Jetzt öffnete er die Tür ganz und ließ Pekkala eintreten.

Es gab so gut wie keine Möbel, nur einen an den Herd gezogenen Stuhl. Die Wände waren nackt, dunklere Rechtecke an den cremefarbenen Wänden zeugten davon, wo Bilder gehangen hatten. Seine Schlafstatt bestand aus einer blau-weißen Drillichmatratze auf dem Boden, ein alter Mantel diente als Decke.

»Schauen Sie, wo sie mich untergebracht haben«, sagte Garlinski. »Nach allem, was ich geleistet habe. Ich dachte, ich würde wie ein Held empfangen. Stattdessen bekomme ich das hier.« Er hob die Hände und ließ sie wieder sinken.

Da es nur einen Stuhl gab, ließen sich beide Männer mit dem Rücken an die Wand gelehnt auf dem Boden nieder.

»Was wollen Sie wissen?«, fragte Garlinski.

»Warum haben Sie England so überstürzt verlassen?«

»Ich dachte, ich wäre aufgeflogen«, erklärte Garlinski. »Oder es würde nicht mehr lange dauern, bis ich auffliege.«

»Was ist passiert?«

»Ich war auf dem Nachhauseweg vom Horchposten. In meiner Aktentasche hatte ich mehrere Meldungen von SOE-Agenten, die ich kopieren und noch am Abend nach Moskau weiterleiten wollte.«

»Warum haben Sie sie mit nach Hause genommen?«

»Weil ich dort das Funkgerät hatte. Natürlich war es uns untersagt, solche Meldungen außer Haus zu schaffen, aber da ich Leiter der Station war, wurde ich nie kontrolliert. Das heißt, bis letzte Woche. Zwei Straßenzüge von meinem Haus entfernt wurde ich an einem Polizeikontrollpunkt angehalten. Sie haben nach Schwarzmarkthändlern gefahndet. Als sie meine Aktentasche durchsuchten, stießen sie auf die Meldungen und kassierten sie ein, um alles zu klären.«

»Hätten Sie ihnen nicht einfach sagen können, dass Sie für die SOE arbeiteten?«

»Hätte ich tun können, aber das hätte alles nur noch schlimmer gemacht. Die SOE hätte mir die Hölle heißgemacht, wenn sie dort erfahren hätten, dass ich Meldungen außer Haus bringe.«

»Was haben Sie der Polizei erzählt?«

»Ich habe gesagt, ich arbeite an einem neuen Verschlüsselungscode für das Militär. Ich habe mich so ausführlich darüber ausgelassen, dass sie mir letztlich wohl geglaubt haben. Trotzdem haben sie die Meldungen nicht herausgegeben, und ich wusste, es wäre nur eine Frage der Zeit gewesen, bis jemand herausfinden würde, was ich getan habe. Deshalb musste ich raus.«

»Wie konnten Sie so schnell das Land verlassen?«, fragte Pekkala.

»Es gibt ein sicheres Haus gleich bei der U-Bahn-Station Angel in Islington. Dort habe ich mich eingefunden, und dort wurde mein Verschwinden in die Wege geleitet.«

»Ist der SOE jemals misstrauisch geworden, dass Sie für den russischen Geheimdienst arbeiten könnten?«

»Wenn dem so gewesen wäre, wäre ich jetzt nicht hier. Aber

wenn ich mir die Wohnung hier anschaue, weiß ich nicht, wo ich es besser getroffen hätte.«

»Wenigstens sind Sie am Leben.«

»Wenn man das Leben nennen kann«, murmelte Garlinski.

»Woher wussten Sie von Christophe?«

»Ich wusste nur, dass die Meldungen dieses Agenten über unsere Station geleitet wurden. Meine Aufgabe war es, das Rohmaterial zu entschlüsseln und es weiterzuleiten, und das so schnell wie möglich. Ich kann Ihnen nur sagen, was Christophe uns geschickt hat, war ein Sammelsurium von Klatsch und Skandalgeschichten aus dem Oberkommando. Mir ist zu Ohren gekommen, dass die Briten es für ihre Radioübertragungen ins Feindgebiet verwendet haben. So war das … bis vor zehn Tagen.«

»Was ist da geschehen?«

»Wir haben einen Funkspruch irgendwo auf der Ostsee abgefangen, in dem ein ›Diamantstrahl‹ erwähnt wurde.«

»Was ist damit gemeint?«

Garlinski zuckte mit den Schultern. »Keine Ahnung, jedenfalls wurde die Zentrale ganz hellhörig. Christophe wurde kontaktiert und um weitere Informationen, Fotos und so weiter gebeten. Sie fürchten, es handelt sich um ein neues Waffensystem – eine dieser Wunderwaffen, die nach dem Willen des deutschen Oberkommandos die Wende im Krieg einleiten sollen. Aber ob Christophe das alles beschaffen konnte, weiß ich nicht.«

»Die Briten haben sich an uns gewandt und uns gebeten, Christophe aus Berlin rauszuholen.«

»Berlin?« Garlinski sah Pekkala erstaunt an. »Und welchen Idioten entsenden Sie auf diesen Selbstmordeinsatz?«

»Der Idiot werde ich sein«, erwiderte Pekkala.

»Na, dann tun Sie mir leid, Inspektor, denn das alles ist doch nicht mehr wichtig.«

»Warum sagen Sie das?« Pekkala erhob sich.

»Der Feind ist am Ende, und das wissen die auch. Bis auf ein paar wenige jedenfalls.«

»Es sind diese wenigen, die uns Sorgen machen«, sagte Pekkala und ging zur Tür.

»Legen Sie ein gutes Wort für mich ein, ja?«, sagte Garlinski. Er breitete die Arme aus und deutete damit auf den leeren, schmutzigen Raum. »Sagen Sie ihnen, ich habe mehr als das hier verdient.«

Diamantstrahl?« Stalin ließ sich das Wort auf der Zunge zergehen, als könnte er ihm damit das Geheimnis seiner Bedeutung entlocken.

»Garlinski meint, es könnte vielleicht mit einem geheimen Waffenprogramm der Deutschen zu tun haben«, sagte Pekkala. »Gibt es jemanden, der das mit Sicherheit bestätigen könnte?«

»Wir haben einige hochrangige deutsche Offiziere in einem Gefangenenlager nördlich der Stadt. Eine besondere Einrichtung, wo die Männer langsam mürbe gemacht werden.« Stalin ballte die Hand. »Aber so langsam, dass sie es kaum bemerken, und ehe sie sichs versehen, haben sie uns alles erzählt. Vielleicht finden Sie dort den einen oder anderen, aus dem wir noch nicht alles herausgequetscht haben. Aber schicken Sie lieber Kirow hin.«

»Warum das denn?«

»Wenn man mit diesen Männern reden möchte, ist eine gewisse Raffinesse von Vorteil. Und Ihre Verhörmethoden sind, mit Verlaub, doch etwas primitiv.«

Dagegen konnte Pekkala nichts einwenden, aber er hatte noch einen letzten Punkt anzubringen. »Garlinski hat mich gebeten, ein Wort für ihn einzulegen.«

»Ein Wort wofür?«, fragte Stalin.

»Über seine Wohnsituation in Moskau. Er denkt, er hätte mehr verdient.«

Stalin nickte. »Hat er auch, in der Tat, Inspektor. Ich danke Ihnen, dass Sie mich darauf aufmerksam gemacht haben.«

Auf der Insel Bornholm hatten die Gebrüder Ottesen bislang nichts unternommen, um die Folgen der Explosion von vergangener Nacht zu beseitigen. Ihr Hof war immer noch übersät mit zersplitterten Brettern und Balken, altem Sattelzeug und dem Stroh, das sich weit verteilt hatte.

Vorerst begnügten sie sich damit, das Ausmaß der Zerstörung zu begutachten.

Die beiden Männer hockten auf einem versengten Heuballen. Beide rauchten ihre langstieligen Pfeifen mit Porzellankopf und Blechdeckel, mit dem der Rauch feucht gehalten wurde.

Als sie am Morgen bei Sonnenaufgang aus ihrem Haus getreten waren, hatten sie zwischen den Holzüberresten Dinge entdeckt, die wie Metallflossen und schwere, von zahlreichen Löchern durchbohrte Scheiben aussahen.

Die Idee, dass es sich um ein Flugzeug gehandelt haben könnte, wurde aber schnell verworfen. Wo waren die Räder, fragten sich die Brüder. Wo die Propeller? Wo der Pilot? Nein. Das war kein Werk der Menschen.

Mit vereinter Denkanstrengung kamen die Ottesen-Brüder zu der Erkenntnis, dass es sich eindeutig um ein Raumschiff handeln musste. Damit geriet ihre Vorstellungskraft jedoch schon wieder an ihre Grenzen, und die beiden setzten sich hin und rauchten ihre Pfeifen und warteten darauf, was geschehen würde.

Es dauerte nicht lange, und drei Polizisten trafen auf einem Lastwagen ein, befahlen den Brüdern, im Haus zu bleiben, und begannen das Trümmerfeld zu durchwühlen.

Hinter ihren Gardinen sahen die Ottesen-Brüder zu, wie die

Polizisten mehrere verbeulte Metallstücke bargen, sie auf ihren Lastwagen luden und abfuhren, ohne sich zu verabschieden.

Da sie sich keinesfalls den Befehlen widersetzen wollten, blieben die Brüder noch über eine Stunde im Haus, bevor sie sich wieder auf den Hof hinauswagten.

Bald darauf erschien abermals ein Wagen, und zwei weitere Polizisten stiegen aus.

»Sie kommen zu spät«, sagte Per und nahm seine Pfeife aus dem Mund. »Die anderen waren schon da.«

»Was für andere?«, fragte der Polizist. Er hieß Jakob Horn und versah schon seit Langem seinen Dienst als einziger Polizist an der Südseite der Insel. Begleitet wurde er von einem Deutschen, Rudi Lusser, der zur kleinen Besatzungstruppe auf Bornholm gehörte und damit beauftragt war, Horn ständig zu begleiten und sämtliche Vorfälle ins Reich zu melden. Lusser war seit 1940 auf der Insel und hatte seitdem kaum Unterstützung von seiner übergeordneten Dienststelle erhalten. Im Gegenteil, zunehmend mutmaßte er, dass seine Berichte noch nicht einmal gelesen würden. Lusser und Horn waren nie gut miteinander ausgekommen. Zu Beginn ihrer aufgezwungenen Partnerschaft hatte sich Lusser gegenüber Horn und den von ihm als drollig und provinziell betrachteten Inselbewohnern recht intolerant benommen. Er hatte nie versucht, Dänisch zu lernen, und musste sich daher auf Horns rudimentäre Deutschkenntnisse verlassen. Jetzt, da der Krieg so gut wie verloren war, bedauerte Lusser das alles und unternahm jede erdenkliche Anstrengung, sich mit Horn und den Männern, die ihn vermutlich bald gefangen nehmen würden, gut zu stellen.

Lusser strahlte also die beiden Bauern an, als wäre er ihr lange verschollener Bruder.

Die Zwillinge ignorierten ihn. Sie hatten ihn schon immer

ignoriert und taten es jetzt umso mehr, sofern das überhaupt möglich war.

»Was für andere?«, wiederholte Horn.

»Die anderen Polizisten«, erklärte Ole. »Sie müssen von der Nordküste gekommen sein.«

»Wieso?«

»Weil wir sie nicht gekannt haben.«

Lusser, der nicht verstand, worum es ging, lächelte weiterhin idiotisch vor sich hin.

»Haben sie mit euch geredet?«, fragte Horn die Zwillinge.

»Nein«, antwortete Ole. »Sie haben uns nur gesagt, dass wir im Haus bleiben sollen.«

»Und was haben sie getan?«

»Ein paar Sachen vom Raumschiff mitgenommen«, sagte Per.

»Raumschiff?«, fragte Horn.

»Erst dachten wir, es wäre Gott gewesen«, erklärte Ole.

»Aber dann haben wir Metallteile gefunden«, sagte Per, »und daher haben wir gewusst, dass es ein Raumschiff ist.«

»Und was haben diese Männer mit den Sachen, die sie gefunden haben, gemacht?«

»Auf ihren Laster geladen, und dann sind sie weggefahren.«

»Wohin?«, fragte Horn. »In welche Richtung?«

Ole zeigte mit seinem Pfeifenstiel nach Arnager, das kleine Fischerdorf an der Südküste.

Horn schüttelte ungläubig den Kopf. »Habt ihr euch nicht gewundert, warum Polizisten ausgerechnet vom Norden der Insel auftauchen und dann nach Süden fahren, als sie wieder abgezogen sind?«

Sie hatten sich nicht gewundert.

Horn starrte sie eine Weile lang an. Dann stieg er zusammen mit Lusser in seinen Wagen, und die beiden rasten in Richtung Arnager davon.

Als sie kurz darauf dort eintrafen, fanden sie einen leeren Lastwagen an der Anlegestelle stehen. Auf dem Beifahrersitz lagen drei Uniformjacken der Polizei, die in der Dienststelle in Klemensker, auf der Nordhälfte der Insel, gestohlen worden waren.

Major Kirow betrat den Befragungsraum des ausschließlich für hochrangige Offiziere vorgesehenen Kriegsgefangenenlagers Alexejewska und traf dort auf einen groß gewachsenen Mann mit blasser Haut und grauen Haaren, der immer noch die zerschlissene Uniform eines Oberst der Wehrmacht trug. Der Oberst saß vornübergebeugt an einem Tisch und umklammerte eine grüne Emailletasse mit heißem Tee. Außer einem zweiten Stuhl am Tisch befanden sich keine Möbel im Raum.

Der Name des Soldaten lautete Hanno Wolfrum.

Er hatte einen Lkw-Konvoi befehligt, der auf der Flucht vor der Roten Armee in Königsberg aufgebrochen war und sich zu den deutschen Linien im Westen durchschlagen wollte. Da Wolfrum befürchtete, sie könnten auf ihrer vorhergesehenen Route auf russische Aufklärungseinheiten stoßen, schickte er eigene Leute voraus, um sicherzugehen, dass die Straßen noch passierbar waren. Seine Vorausabteilung meldete allerdings sowjetische Panzer. Da es keine weiteren Straßen in westliche Richtung gab und Wolfrum es nicht wagte, nach Norden zurückzukehren, war er zu einem Umweg nach Osten gezwungen, zurück zu den feindlichen Linien, in der Hoffnung, dort einen Weg nach Süden und schließlich nach Westen zu finden. Auf der gewundenen Straße aber geriet die Kolonne in sowjetisches Mörserfeuer. Das Führungs- und das Schlussfahrzeug wurden zerstört, sodass die Wagen dazwischen weder vor noch zurückkonnten. Die Fahrer und die Wachmannschaft flohen ins Gelände.

Die russischen Soldaten, die daraufhin die Lastwagen plünderten, hofften, Lebensmittel zu finden. Worauf sie stießen, waren allerdings Maschinenteile von V1- und V2-Raketen. Sobald das russische Oberkommando davon erfuhr, wurden Spezialisten des NKWD zur betreffenden Stelle geschickt. Die Raketenteile wurden umgehend inventarisiert und hinter die Front abtransportiert, gleichzeitig machte man sich auf die Suche nach den Männern, die den Transport begleitet hatten.

Die meisten von ihnen waren zu diesem Zeitpunkt bereits von polnischen Partisanen getötet worden. Wolfrum wurde von plündernden Rotarmisten in einer Scheune gestellt, woraufhin er ins Gefangenenlager Alexejewska gebracht und wochenlang verhört wurde.

Wolfrum wurde weder gefoltert noch anderweitig misshandelt. Die, die ihn vernahmen, gehörten zu den erfahrensten Mitgliedern des russischen Geheimdienstes und wussten, dass Wolfrum ihnen im Lauf der Zeit, wenn sie es geschickt anstellten, nicht nur Antworten auf ihre Fragen liefern würde, sondern sogar auf Fragen, die zu stellen sie gar nicht auf die Idee gekommen wären.

Zunächst behauptete Wolfrum, über den Inhalt der Kisten auf den Lastwagen nichts zu wissen. Die unerwartet höfliche Behandlung allerdings unterhöhlte seine Entschlossenheit. Bald darauf gab er Details preis, aufgrund derer man annehmen konnte, dass er nicht nur um die Bedeutung der Maschinenteile wusste, sondern selbst zum zuständigen Entwicklerteam gehört hatte. Es stellte sich heraus, dass Wolfrum von General Hagemann, dem Leiter des Peenemünder Programms, zur Fabrik in Tilsit an der litauischen Grenze geschickt worden war, um die dort hergestellten Triebwerkskomponenten vor der Roten Armee in Sicherheit zu bringen. Wolfrum hatte darüber hinaus den Befehl, vor dem Abzug die Fabrik zu sprengen. Dafür wurde so viel Dynamit verwendet, dass nicht nur die Fabrikanlagen dem Erdboden gleichgemacht wurden, sondern in der halben Stadt die Fenster zersplitterten.

Kirow musterte Wolfrum. Die Uniform des Oberst, obwohl auf der Flucht schwer in Mitleidenschaft gezogen, bestand aus grauem Kammgarn von höchster Qualität, der Kragenspiegel war dunkelgrün abgesetzt. Sämtliche Rangabzeichen waren von der Lagerverwaltung entfernt worden, sodass am Kragen und auf den Schultern nur noch dunkle Schatten zu erkennen waren, Gleiches galt für den Adler über der linken Brusttasche.

Wolfrum selbst, von kräftiger Statur, wirkte ängstlich und so mitgenommen wie seine Kleidung. Die Wangen waren eingefallen, die blutleeren Lippen aufgerissen. Kirow musste man nicht sagen, dass nicht die Gegenwart diesem Offizier solche Angst einjagte, sondern die Zukunft. Wolfrum war seit mehreren Monaten in Gefangenschaft und sich nur allzu bewusst, dass sein Nutzen unweigerlich dem Ende zuging. Die Versprechen, die man ihm für die kommenden Wochen, Monate oder gar Jahre gemacht hatte, waren nur dazu bestimmt, um an die gewünschten Informationen zu kommen. Jede Illusion eines würdevollen Umgangs konnte mit jedem Tag zunichtegemacht werden. Ob man ihn an die Wand stellte oder nach Sibirien schickte, lag nicht mehr in seinen Händen. Bis dahin aber beantwortete Wolfrum ihre Fragen. Es war ihm egal, wer sie waren. Der Eid, den er vor langer Zeit geleistet hatte, galt dem Führer eines Landes, das am Rand der Auslöschung stand. Außerdem war nichts von dem, was er wusste, es wert, geheim gehalten zu werden. »Sie sind neu hier«, sagte Wolfrum an den Major gewandt. »Sind die anderen meiner überdrüssig geworden?« Dann nippte er an seinem Tee und wartete auf den Beginn der Befragung. Sie gaben ihm immer Tee vor solchen Sitzungen, und er hatte fast Angst, ihnen zu sagen, wie sehr er diese kleine Geste der Freundlichkeit zu schätzen gelernt hatte.

»Ich hab bloß eine Frage«, sagte Kirow. »Man sagte mir, Sie hätten vielleicht eine Antwort darauf.«

Wolfrum seufzte. »Ich habe bereits alles erklärt. Alles. Aber es ist ja egal.« Er stellte die Tasse ab und drehte die offenen, von der Wärme rosigen Handflächen nach oben. »Fragen Sie, Genosse. Ich hab alle Zeit der Welt.«

Kirow nahm auf dem Stuhl gegenüber dem Gefangenen Platz. »Was wissen Sie über ›Diamantstrahl‹?«

Wolfrum ließ sich Zeit mit seiner Antwort. »Gut«, sagte er schließlich, »vielleicht wissen Sie doch nicht alles über mich.«

»Was wissen wir nicht?«

»Ich habe am Diamantstrahlprojekt mitgearbeitet.«

»Worum ging es dabei?«

Wieder zögerte der Oberst. Mit jedem Informationsbrocken, so kam es ihm vor, näherte er sich einen weiteren Schritt der Linie, hinter der es kein Zurück mehr gab. Allerdings war ihm in letzter Zeit klar geworden, dass er diese Linie eigentlich schon vor geraumer Weile überschritten hatte. »Diamantstrahl ist die Bezeichnung für das Steuerungssystem der V2. Falls es je funktioniert hätte, hätten wir die Rakete über ungeheure Entfernungen in jeden x-beliebigen Kamin hineinsteuern können.«

»Falls?«

»Richtig. Eine wunderbare Idee, mehr war es aber nie. Ich weiß nicht, wie viele Erprobungsraketen in den Monaten vor meiner Gefangennahme abgefeuert wurden, ich kann Ihnen nur eins sagen: Jede Einzelne von ihnen war ein Fehlschlag. Die von uns entwickelte Technik hielt den Vibrationen der Rakete während des Flugs nicht stand.«

»Halten Sie es für möglich, dass es funktionieren könnte, zumindest in der Theorie?«

Wolfrum lächelte. »Unsere Theorien haben immer funktioniert, Genosse Major. Deshalb haben wir ihnen so schöne Namen verpasst. Aber leider waren sie nie mehr als bloße Theorien. Und mehr werden sie wahrscheinlich auch nie sein.«

Einige Tage später fuhr ein Lkw vor den Toren des Propulsion Laboratory in der Nähe des King's Dock in Swansea im Süden von Wales vor.

Die Hafenanlagen der Stadt waren durch die zumeist nächtlichen deutschen Luftangriffe im Sommer 1940 schwer beschädigt worden.

Das Propulsion Laboratory stellte in erster Linie Dampfturbinen für Schlachtschiffe her und gehörte zu den wenigen Betrieben, die die Angriffe unbeschadet überstanden hatten. Grund dafür war das große Dach, dessen taunasse Schindeln im Mondlicht schimmerten und den angreifenden Heinkel- und Dornier-Bombern als eine Art Leuchtfeuer für den Heimflug diente. Die Piloten der Maschinen hatten den strengen Befehl, das Dach nicht zu zerstören, weshalb das Laboratory seinen Betrieb fortführen konnte.

Soldaten hoben eine schwere Kiste von der Ladefläche des Lastwagens. Sie wurde auf einen Handkarren geladen und in das rote Backsteingebäude gezogen. Zwei Männer in Zivilkleidung traten hinzu. Sie hatten die Kiste begleitet, seitdem sie zwei Tage zuvor im Hafen von Harwich eingetroffen war.

Einer der Männer trug einen Trilby und einen braunen Gabardinemantel. Er war groß und drahtig und hatte ein Menjoubärtchen. Er machte keinen Hehl aus der Tatsache, dass er einen Revolver in seinem Schulterhalfter trug.

Der andere in einem dreiteiligen Harris-Tweedanzug hatte ein fliehendes Kinn und grau melierte Locken, seine weißen Bartstoppel ließen darauf schließen, dass er sich seit mehreren Tagen nicht rasiert hatte.

Der Mann mit dem Menjoubärtchen baute sich in der Mitte des großen Raums auf und gab den Arbeitern mit seiner lauten, nasalen Stimme bekannt, dass sie sich für den Rest des Tages freinehmen könnten.

Niemand widersprach. Niemand erkundigte sich nach dem Grund. Der Anblick der Waffe unter der Achsel des Mannes war Legitimation genug.

Nur eine Person wurde dabehalten: ein kleiner, kahlköpfiger Mann mit fleischigen Lippen und freundlichen Augen. Statt eines ausgebleichten blauen Laborkittels, wie ihn die anderen Arbeiter trugen, hatte er sich eine große Kochschürze übergestreift, deren vordere Tasche von Stiften, Tüchern und mit mysteriösen Gleichungen vollgekritzelten Notizzetteln schwer nach unten gezogen wurde.

»Professor Greenidge?«, fragte der Mann mit dem Menjoubärtchen.

»Ja.«

»Ich bin Warsop vom Innenministerium.« Dabei zog er ein gefaltetes Blatt aus seiner Manteltasche. »Wenn Sie hier bitte unterzeichnen wollen.«

»Was ist das?«, fragte Greenidge.

Der Mann im Tweedanzug schaltete sich ein. »Die Geheimhaltungserklärung. Sobald Sie unterschrieben haben, können wir Ihnen zeigen, was wir hier haben.« Er stieß mit der Schuhspitze gegen die Kiste. »Ich denke, Sie werden es überaus lohnenswert finden, sich damit beschäftigen zu dürfen.« Er streckte dem Professor die Hand hin. »Ich bin Rufford und gehöre der Operation Crossbow an.«

Greenidge hatte von Crossbow gehört, bislang allerdings keinen getroffen, der daran arbeitete. Die Operation war als Gegenmaßnahme zum deutschen Raketenprogramm eingerichtet worden und unterlag der höchsten Geheimhaltungsstufe.

»Was hat das mit mir zu tun?«, fragte er. »Ich bin Dampfturbinentechniker. Ich baue keine Raketen.«

»Wir haben Sie zufällig ausgewählt«, murmelte Warsop. »Unterzeichnen Sie jetzt?«

»Ich würde Ihnen nahelegen, es zu tun«, sagte Rufford.

»Gut«, sagte Greenidge. Er vermutete, dass ihm keine andere Wahl blieb. Mit einigen schwungvollen Kringeln seines Parker-Füllers setzte er seine Unterschrift unter das Dokument.

»Ist Ihnen bei Ihrer Arbeit«, fragte Rufford, »zufällig einmal ein Projekt namens ›Diamantstrahl‹ untergekommen?«

»Nein. Was soll das sein?«

»Nun, wir hoffen, dass es sich in dieser Kiste befindet.«

Warsop öffnete die Kiste. Der Geruch von Erde und Kuhfladen verbreitete sich im Raum. Warsop fasste hinein und zog ein verbogenes Maschinenteil heraus, an dem noch Dreck und Stroh hingen. Dass es mit ungeheurer Gewalt aus seiner Verankerung gerissen worden war, konnte man am zerschredderten Stahl sehen.

Warsop reichte es Greenidge. »Sehen Sie zu, was Sie daraus machen können.«

Greenidge hielt einige Sekunden lang das Metallteil in der Hand, aber es war viel zu schwer, sodass er es auf einer Arbeitsbank absetzen musste. Dann zog er einen seiner vielen Stifte aus der Schürze und begann damit zwischen den Drähten herumzustochern, die aus dem Teil herausragten wie die Wurzeln eines aus dem Boden gerissenen Baums. Nach mehreren Minuten hielt er inne und tippte sich nachdenklich mit dem Stift gegen den Daumennagel. »Das kommt mir vor, als wäre es eine Art Gyroskop, wahrscheinlich zur Stabilisierung des Körpers während des Flugs. Jedenfalls keines von unseren Geräten, sonst würde ich es kennen. Wo haben Sie das her?«

»Von einer Absturzstelle auf einer Insel in der Ostsee«, erwiderte Rufford. »Mehr können wir Ihnen vorerst nicht sagen.«

»Können Sie mir wenigstens verraten, von welchem Flugkörper es stammt?«

»Wir gehen davon aus, dass es eine Testrakete war. Wahrscheinlich wurde sie von der Heeresversuchsanstalt in Peenemünde abgefeuert.«

»Also entweder eine V1 oder eine V2«, sagte Greenidge.

Warsop sah zu Rufford. »Dann können wir es ihm genauso gut sagen.«

»Das Letztere«, bestätigte Rufford.

»Ich dachte, wir hätten Peenemünde bombardiert«, sagte Professor Greenidge.

»Haben wir«, antwortete Warsop. »Aber wohl nicht genug.«

»Jedenfalls scheint dieser Mechanismus nicht funktioniert zu haben.«

»Möglich«, erwiderte Rufford. »Es ist uns gelungen, einige Raketenteile aus den Trümmern der letzten Einschläge in Antwerpen und London zu bergen ...«

»London!«, rief Greenidge aus. »Darüber stand nichts in den Zeitungen.«

»Ah.« Rufford kratzte sich an der Stirn. »Na ja, wissen Sie, wir haben die Raketentreffer in der Öffentlichkeit als Gasexplosionen ausgegeben, damit in der Stadt keine Panik ausbricht. Da die Raketen mit Überschallgeschwindigkeit anfliegen, geht die Detonation dem Lärm voraus, und der Raketenlärm wird dann meistens von der Explosion übertönt.«

»Wie lange meinen Sie, das noch aufrechterhalten zu können?«, fragte der Professor ungläubig.

»So lange, wie es nötig ist«, antwortete Warsop. »Aber deshalb sind wir nicht hier.«

»Ja«, schaltete sich Rufford ein. Er schien darauf bedacht zu sein, jede Animosität zwischen den beiden Männern von Anfang an zu unterbinden. »Wir haben Ihnen diese Teile gebracht, weil uns so etwas noch nie untergekommen ist. Wir haben Grund zu der Annahme, dass der Feind kurz vor der Fertigstellung einer Funkfernsteuerung für diese Raketen steht.«

»Funkfernsteuerung?«, fragte Greenidge, und plötzlich verstand er, warum sie zu ihm gekommen waren.

Vor dem Krieg hatte er mit Funksteuerungen für Waffen experimentiert, hatte aber nie einen funktionierenden Prototyp fertigstellen können. Irgendwann waren dann die Regierungsgelder gestrichen worden, und er war gezwungen gewesen, als Turbinentechniker im Propulsion Laboratory zu arbeiten. Jetzt schien der Feind den Traum wahr gemacht zu haben, der einst sein eigener gewesen war.

»Besteht die Möglichkeit, dass Sie das rekonstruieren können?«, fragte Rufford.

Greenidge schüttelte den Kopf. »Nicht anhand dessen, was Sie mir gebracht haben. Das ist nur ein Teil des Mechanismus. Wenn ich die Pläne hätte, selbst wenn sie nur teilweise erhalten wären, könnte ich wohl relativ schnell Ergebnisse vorlegen.«

»Wir arbeiten daran«, sagte Warsop.

»Bis dahin«, sagte Greenidge, »kann ich ja zerlegen, was wir hier haben, dann kann ich Ihnen auch sagen, was noch fehlt.«

»Dann werden wir uns vorerst damit begnügen müssen«, sagte Rufford. »Haben Sie einen Arbeitsplatz, an dem Ihnen keiner über die Schulter schaut?«

»Ja. Hinten im Lager gibt es einen entsprechenden Raum.«

»Versehen Sie die Tür mit einem Schloss«, befahl Warsop.

»Ein Schloss ist schon dran.«

»Von drinnen. Damit kein ungebetener Gast Sie überraschen kann.«

Greenidge nickte. »Ich werde mich umgehend darum kümmern.« Er gab Rufford die Hand. Warsop verabschiedete sich nur mit einem Nicken.

»Eine letzte Frage noch«, sagte Greenidge, als die beiden Männer schon zur Tür unterwegs waren.

Sie drehten sich um.

»Können Sie mit Bestimmtheit sagen, dass keiner auf der anderen Seite weiß, dass wir im Besitz dieser Teile sind?«

Nervös sah Rufford zu Warsop.

»Warum wollen Sie das wissen?«, fragte Warsop.

»Wenn ich das Ding hier rekonstruieren kann, dann könnte ich eventuell auch etwas entwickeln, was seine Wirkung zunichtemacht. Und genau das wollen Sie doch, oder? Die Tatsache, dass wir diese Technologie nachbauen können, hält den Feind ja nicht davon ab, sie gegen uns einzusetzen.«

Zum ersten Mal legte Warsop seinen finsteren Blick ab.

»Wir sind uns so sicher wie irgend möglich, dass der Feind nicht die geringste Ahnung hat, wo sich diese Raketenteile jetzt befinden«, erklärte Rufford. »Aber hundertprozentige Sicherheit gibt es nicht. Die Männer, die uns die Wrackteile gebracht haben, haben außerordentliche Risiken auf sich genommen, aber wer weiß schon, ob jemand sie nicht doch gesehen hat oder die lokalen Behörden an der Absturzstelle herausgefunden haben, dass vom Wrack etwas fehlt. Aber unter den gegenwärtigen Zuständen dürften sie im Deutschen Reich momentan andere Sorgen haben. Hoffen wir, dass keine Aufmerksamkeit erregt wurde.«

»Je früher Sie mir die Pläne bringen …«

»Wie gesagt, Professor, man arbeitet daran, aber das ist leichter gesagt als getan, wie Sie sich sicherlich vorstellen können.«

Als die beiden Männer fort waren, wandte Greenidge seine Aufmerksamkeit den Wrackteilen zu. Mit einem Finger schob er die in sich verhedderten bunten Drähte weg und war überrascht, als dabei etwas herausfiel. Es flog auf den Boden und kullerte laut klackend über den Beton. Greenidge hob es auf. Es handelte sich um eine Messingscheibe, die den Einschlag unversehrt überstanden hatte. Etwas schien darauf geschrieben zu sein, halb verdeckt von der Erde, die sich auf dem Mechanismus festgesetzt hatte. Mit dem Daumen wischte er den Dreck weg, betrachtete blinzelnd die zum Vorschein gekommenen Worte und versuchte, sich einen Reim darauf zu machen. »Lotti«, las er laut für sich. »Beste Kuh.«

Meldung von Christophe an Major Clarke:
DIAMANTSTRAHL BESCHAFFT.

Major Clarke an Christophe:
WAS IST DIAMANTSTRAHL?

Christophe an Major Clarke:
RAKETENTEIL. ZWECK UNKLAR, ABER VON HOHER BEDEUTUNG.

Major Clarke an Christophe:
FOTOS?

Christophe an Major Clarke:
JA. FILM IST IN SICHERHEIT, ABER NICHT ENTWICKELT.

Major Clarke an Christophe:
WIR HOLEN SIE RAUS. ÜBERWACHEN SIE SICHERES HAUS. FOLGEN SIE DEM PROTOKOLL.

»Inspektor?«, flüsterte Major Kirow.

Pekkala saß an seinem Schreibtisch und stierte mit leerem Blick an die Wand. Seine Hände lagen flach auf der mit unzähligen Wasserflecken und Glasrändern überzogenen Schreibtischplatte – und er sah aus wie jemand, der gerade spürte, wie die Erde unter seinen Füßen bebte.

Kirow wagte es nicht, ihm zu nahe zu kommen. Er kannte dieses Phänomen. Der Inspektor schlief nicht, sondern war in den Katakomben seines Geistes auf Reisen und hatte die Hülle seines Körpers weit hinter sich gelassen.

Wenn Pekkala in diesen tranceartigen Zustand fiel, war es wichtig, ihn sanft zu wecken. Kirow hatte gelernt, ihn nicht gewaltsam aus diesen Wachträumen zu rütteln. Als er es das erste Mal getan hatte, war der Inspektor hochgeschnellt, und ehe sichs Kirow versah, hatte er in den Lauf von Pekkalas Webley-Revolver gestarrt. Pekkala hatte den Revolver mit einer Geschwindigkeit aus dem Holster gezogen, wie Kirow es noch nie erlebt hatte, weder beim Inspektor noch bei irgendwem sonst. Kirow hatte oft genug gesehen, wie Pekkala bei der Ausübung seines Dienstes den Webley zückte – der Inspektor war schnell, keine Frage, aber die Geschwindigkeit seiner bewussten Bewegungen war nichts im Vergleich zu dem Tempo, mit dem er aus diesem selbsthypnotischen Zustand hochschreckte.

»Inspektor?«, rief Kirow erneut. Er hielt gehörigen Abstand zum Schreibtisch, der hinter dem knisternden Eisenofen eingeklemmt war, mit dem sie ihr Büro in der Pitnikow-Straße heizten. »Inspektor, Sie müssen aufwachen. Wir werden im Kreml erwartet.« Der Anruf war wenige Minuten zuvor eingegangen.

Wenn Kirow Poskrjobyschew hörte – besonders am Telefon –, hatte er immer den Eindruck, als würde ein kleiner, gereizter Köter ihn ankläffen. Er war zusammengezuckt, als er Stalins Anweisungen aus dem Mund seines Sekretärs entgegengenommen hatte, und dabei einen Blick auf den Inspektor geworfen – wie konnte der Mann nur mit offenen Augen schlafen, obwohl das Telefon schrillte und dann auch noch Poskrjobyschews Stimme aus dem Apparat plärrte?

Nachdem Kirow mehrmals erfolglos versucht hatte, den Inspektor mittels seiner murmelnden Stimme zu wecken, nahm er eine Zwiebel aus dem Korb, in dem er seine Lebensmittel aufbewahrte. Er schnitt sie klein, holte sich ein Stück von der Butter, die er, in ein Tuch gewickelt, draußen auf dem Fensterbrett aufbewahrte, wo sie im russischen Winter steinhart gefroren blieb, und gab alles zusammen in eine gusseiserne Pfanne.

Er stellte die Pfanne auf den Ofen, der bereits fast die gesamte Tagesration an Holz verbraucht hatte, und es dauerte nicht lange, bis die Zwiebeln in der Butter zu brutzeln anfingen.

Fast unmerklich zuckte eine Hand von Pekkala. Dann bewegten sich die Finger, als spielte der Inspektor in seinem geistesabwesenden Zustand eine Melodie auf einem imaginären Klavier.

Heftig atmete Pekkala ein. Er blinzelte heftig, nachdem seine Augen ihre Umgebung wieder wahrzunehmen schienen.

»Wo waren Sie?«, fragte Kirow.

Pekkala schüttelte den Kopf, als könnte er sich nicht mehr erinnern, in Wahrheit aber wusste er es ganz genau. Es war nur viel zu kompliziert, um es seinem Assistenten zu erklären.

Er war nämlich in Sankt Petersburg mit Lilja auf dem Newski-Prospekt spazieren gewesen. Sie hatten Schokolade bei Conradi gekauft, bevor sie ein Stück im Michailowski-Theater gesehen hatten. Danach hatten sie noch ein Getränk im Hôtel d'Europe zu sich genommen, wo der Barkeeper aus Kentucky stammte.

Das alles war nie geschehen. Diese Ereignisse gehörten einer Parallelwelt an, in der er nie von ihr getrennt worden war, in der es nie eine Revolution gegeben und in der nie ein Bankräuber namens Josef Dschughaschwili sich in den Kreml hineingemordet hatte, in dem er mit seinem selbst verliehenen Namen Stalin – der Stählerne – jetzt regierte.

Nur in Augenblicken großer Ruhe, so wie jetzt an diesem Nachmittag in der Pitnikow-Straße, konnte Pekkala verstohlene Blicke in ein Leben werfen, das er nie gelebt hatte.

Manchmal streckte er in diesem Zustand der Entrückung die Hand von sich, als wollte er sich in diese andere Welt ziehen, nur um das fragile Schlupfloch verschwinden zu sehen, dann, wenn Töne oder Gerüche oder die Berührungen seines wohlmeinenden Assistenten zu ihm durchdrangen und er sich in seinem Gefängnis aus Fleisch und Blut wiederfand.

Aber diesmal war es anders. Er hatte sich längst damit abgefunden, dass die beiden Wege – der, den er eingeschlagen hatte, und jener, den er hätte einschlagen können – niemals zusammenlaufen würden, dennoch hatten beide Wege ihre Berechtigung und einen Sinn, in dieser Welt und vielleicht auch in der anderen.

Zu Beginn ihres Exils hatte sich Lilja Simonowa an jedes Detail ihrer gemeinsamen Zeit mit Pekkala geklammert.

Aber je mehr Zeit verging, desto schwieriger wurde das. Ganz langsam lösten sich ihre Erinnerungen auf. Ihr war, als befände sie sich in einem Raum voller zerbrochener Spiegel, und selbst wenn sie alle Scherben wieder zusammensetzte, würde das Bild nie mehr vollständig hergestellt werden können.

Statt sich zu erinnern, bemühte sie sich daher, zu vergessen, damit sie nicht darüber den Verstand verlor.

Aber manche Erinnerungen wollten nicht verschwinden. Vor allem nachts, kurz vor dem Einschlafen, ließen sie sich nicht in die Schwärze des Vergessens zurückdrängen, so sehr sie sich auch darauf konzentrierte. Zu den lebendigsten und hartnäckigsten gehörten die Legenden aus seiner Heimat, von denen er ihr erzählt hatte.

Pekkala war in der Seenlandschaft im Osten von Finnland aufgewachsen, nicht weit von der Stadt Palleenranta entfernt. Sein Vater war dort geboren und kannte alle Wasser- und Waldwege wie seine Westentasche. Pekkalas Mutter aber kam aus Lappland. Von ihr hatte Pekkala die Geschichten gehört, die er an Lilja weitergegeben hatte, als sie während der ersten Wochen ihrer Bekanntschaft auf dem Anwesen von Zarskoje Selo spazieren waren.

Sie hatten sich immer an der Steinmauer getroffen, nachdem sie das Schulgebäude abgesperrt hatte. Dann waren sie zu dem oberen Bad geschlendert, einem gelben Steingebäude, oder in den Hof des Lyzeums getreten, wo eine Puschkin-Statue ihren Schatten warf.

Unter dem Zauber von Pekkalas Geschichten hatte Lilja ihre Umgebung allerdings kaum wahrgenommen.

Er erzählte ihr davon, wie er als Kind die Familie seiner Mutter im Norden des Landes besucht hatte. Nach einer dreitägigen Reise trafen sie im Dorf ein. Die Männer bereiteten sich gerade auf die Bärenjagd vor. Das Tier war vor Kurzem aus dem Winterschlaf erwacht und hatte bereits drei Kälber aus der Rentierherde gerissen, von der das Dorf abhängig war – nicht nur waren die Bewohner auf das Fleisch angewiesen, sondern auch auf das Fell und das Leder.

So heilig war der Bär, dass keiner seinen Namen auszusprechen wagte. Sie bezeichneten ihn nur als den, »der durch die Wälder streift«.

Das Tier wurde in seiner Höhle gestellt und mit Speeren getötet, deren Schneiden aus den Knochen der von ihm getöteten Rentiere hergestellt waren. Der Bär wurde anschließend auf ein v-förmiges Tragegestell aus Birkenästen gebunden und ins Dorf geschleift. An diesem Abend wurde der Bär über einem offenen, aus eben den Birken entfachten Feuer gebraten, auf denen man ihn ins Dorf gebracht hatte.

Das Bärenfleisch, erzählte Pekkala, schmeckte ranzig und sauer, und wenn keiner hersah, spuckte er es zurück ins Feuer, wo das Fett messingfarben verbrannte.

Am nächsten Morgen wurden die Überreste des Bären in einer tiefen Grube bestattet. Obwohl das Tier zerlegt war, fügte man die Knochen nun wieder so zusammen, wie sie ursprünglich in seinem Körper angeordnet gewesen waren.

Der Bestattungsplatz lag am Rand eines Wäldchens, wo »die im Zwielicht« lebten. Es gab allerdings keinerlei Hütten oder andere Zeichen, die ihren Herrschaftsbereich markierten. Der Name ihres Stamms lautete Sajvva, sie lebten in einer Parallelwelt und zeigten sich nur, wenn es sein musste. Angeblich waren sie groß und schön, ihre Haut glänzte wie poliertes Holz. Ansonsten lebten die Sajvva so wie die Menschen in Pekkalas Dorf, sie fingen Fische in den Seen und hielten sich Rentierherden. Diese Tiere aber teilten sie nicht mit anderen. Nur der Bär lebte in beiden Welten; er war ein Botschafter zwischen der Welt derer im Zwielicht und der Welt der Menschen. Sie bestatteten seine Knochen mit Respekt – Respekt gegenüber dem Tier und gegenüber den Sajvva, die ihn als ihren Freund betrachteten.

Und wenn es so weit war, würde der, der durch die Wälder streift, seine Knochen wieder zusammensetzen, bis alles an seinem Platz war, und von dem Grab auferstehen, um seine endlosen Wanderungen zwischen den Welten der Götter und der Menschen wiederaufzunehmen.

Diese Geschichte hatte er ihr an einem Abend erzählt, an dem sie am Teich hinter dem Alexanderpalast standen. Der Palast war erleuchtet, der Mond hatte sich soeben über die Baumwipfel erhoben und warf sein quecksilbriges Licht auf das stille Gewässer.

»Was sie dort oben für seltsame Namen haben«, hatte Lilja gesagt.

»Sie hätten für dich auch einen Namen«, sagte ihr Pekkala.

Sie drehte sich zu ihm hin und lächelte. »Wirklich? Und wie würde der lauten?«

»Sie würden dich …«, begann er, hielt dann aber inne.

»Ja?«

»Dein Name würde lauten: ›die, deren Haar sanft im Mondlicht glänzt‹.«

Obwohl er sie gerade in diesem Augenblick ausgesprochen hatte, haftete seinen Worten etwas Urtümliches an, was einem nicht mehr aus dem Kopf gehen wollte – als hätte der Name länger auf sie gewartet als sie auf ihn.

Als Letztes hatte sie gehört, nachdem die Revolution sie auseinandergerissen hatte, dass Pekkala ins Arbeitslager Borodok im Krasnagoljana-Tal verbannt worden war. Als die Jahre vergingen und nur Schweigen aus den sibirischen Wäldern drang, fragte sie sich, ob Pekkala noch am Leben war.

Dann suchte sie Zuflucht in den Geschichten, die er ihr erzählt hatte, bis sie meinte, Pekkala hätte sich in den, der durch die Wälder streift, verwandelt, in einen, der mühelos den Schleier zwischen der Welt der Götter und der Welt der Menschen durchdringen kann.

Und dann sorgte sie sich nicht mehr.

Professor Swift saß, während er auf Pekkala wartete, in einem Stuhl vor Stalins Schreibtisch und befingerte nervös sein goldenes Dunhill-Feuerzeug. In der anderen Hand hielt er eine unangezündete Zigarette, die er sehr gern geraucht hätte, was er sich in Stalins Gegenwart aber nicht traute. Swift wusste zwar von Stalins Tabakkonsum, war aber von seinem Sektionschef ermahnt worden, sich erst dann eine Zigarette anzuzünden, wenn der sowjetische Führer selbst den Raum zuqualmte.

Stalin schien das zu wissen. Zwischen seinen gelblichen Fingerspitzen steckte eine der vielen Zigaretten, die er jeden Morgen vor sich hin paffte, bevor er nachmittags dann oft zur Pfeife wechselte. Er klopfte den weißen, stummeligen Stängel auf die Lederunterlage auf seinem Schreibtisch, ließ sie zwischen den Fingern nach oben gleiten, bevor er sie umdrehte und mit dem anderen Ende gegen die Unterlage tippte.

»Pekkala scheint sich verspätet zu haben«, bemerkte Swift.

Stalin antwortete mit einem Grunzen.

Eine weitere Minute verging.

Swift spürte, wie ihm unter seinem Hemd der Schweiß den Rücken hinunterlief. »Vielleicht sollte ich später noch mal kommen«, sagte er.

Stalin fixierte ihn mit seinen kalten gelb-grünen Augen.

»Vielleicht auch nicht«, korrigierte sich Swift eiligst.

Vom Vorraum erklang das unregelmäßige Klappern einer Schreibmaschine, das immer wieder innehielt, fast so, als würde der Sekretär – der kleine, glatzköpfige Mann mit dem verschlagenen Gesicht – zwischendrin lauschen, was gerade geäußert wurde.

Als Swift schon die Flucht ergreifen wollte, hörte er Stimmen im Vorraum. »Gott sei Dank«, murmelte er.

Die Türen zu Stalins Arbeitszimmer gingen auf.

Poskrjobyschew kam herein, ohne die Hände von den Knäufen beider Türflügel zu nehmen, was dazu führte, dass er die Arme ausbreitete wie ein großer ungefiederter Vogel kurz vor dem Abheben.

Pekkala und Kirow folgten ihm.

Swift war überrascht von der Aura einer tödlichen Effizienz, die diese beiden Männer umgab. Er fühlte sich in höchstem Maß unvorbereitet. Seine angebliche Stellung als Mitglied der Königlichen Landwirtschaftlichen Handelskommission schienen ihnen die Sowjets von Anfang an nicht abgenommen zu haben, ebenso wie die Scharade, Agentin Christophe aus rein humanitären Gründen aus Berlin abzuziehen. Er kam sich vor wie jemand in einer Pokerrunde, der alles auf einen Bluff gesetzt hatte, nur um zu bemerken, dass ihm alle längst in die Karten geschaut hatten.

Als Pekkala den Raum betrat, änderte sich Stalins Gebaren schlagartig. Er lächelte. Die Schultern verloren jede Steifheit. Er steckte sich die Zigarette zwischen die Lippen und entfachte sie mit einem Streichholz, das er über einen schweren Messingaschenbecher ratschte, der von der morgendlichen Ausbeute an Kippen bereits überquoll. »Sie fahren nach Berlin!«, verkündete er. »Ich habe gehört, es soll zu dieser Jahreszeit sehr schön dort sein.«

»Und ich?«, fragte Kirow.

»Sie auch. Zusammen mit einem Führer, der Sie in ein sicheres Haus in der Stadt bringt. Dort treffen Sie sich mit Agentin Christophe und bringen sie über die russischen Linien in Sicherheit.«

»Wer unterhält das sichere Haus?«, fragte Pekkala.

»Wir«, antwortete Swift. Bevor er fortfuhr, zündete er sich seine Zigarette an und nahm einen tiefen Zug. »Es gehört einem unserer Kontakte, der in der ungarischen Botschaft angestellt ist.«

»Sie werden entsprechende Papiere bekommen«, erklärte Stalin. »Denen zufolge sind Sie ungarische Geschäftsleute, die wegen der Bombenangriffe in der Stadt festsitzen und so lange bei einem Botschaftsangehörigen unterkommen, bis sie Berlin wieder verlassen können.«

»Keiner von uns spricht Ungarisch«, sagte Kirow.

»Und aller Wahrscheinlichkeit nach auch kein Polizist, der Sie nach Ihren Papieren fragt«, antwortete Swift. »Der Kontakt erwartet Sie. Sollte die Polizei bei ihm nachfragen, wird er Ihre Geschichte bestätigen. Es gibt da aber noch etwas.«

»Und das wäre?«, fragte Pekkala.

»Von unserem Informanten im Reichssicherheitsdienst haben wir soeben erfahren, dass Hitler einen Ermittler, einen ehemaligen Angehörigen der Berliner Polizei, auf einen Spion angesetzt hat, der nach Hitlers Überzeugung in seinem Führerhauptquartier sitzt. Es ist also möglich, dass sie sich an Christophe heranarbeiten. Je früher Sie aufbrechen, desto besser.«

»Ein Ermittler?«, fragte Pekkala. »Aber das Führerhauptquartier hat doch sicherlich eine eigene Wachmannschaft?«

»Natürlich«, bestätigte Swift. »Den Reichssicherheitsdienst unter Leitung des ehemaligen Münchner Polizisten Rattenhuber.«

»Warum ist er nicht damit beauftragt worden?«, fragte Kirow.

»Hitler weiß nicht mehr, wem er vertrauen kann«, erläuterte Swift. »Deshalb hat er jemanden von außen genommen. Einen alten Kameraden aus dem Ersten Weltkrieg.«

»Wie lautet sein Name?«, fragte Stalin.

»Leopold Hunyadi.«

»Hunyadi …«, murmelte Pekkala.

»Sie kennen ihn?«, fragte Swift.

»Seinem Ruf nach, ja. Hunyadi gilt als der beste Kriminalermittler Deutschlands. Wann hat Hitler ihm diese Aufgabe zugewiesen?«

Swift schüttelte den Kopf. »Wir sind uns nicht sicher. Es muss jedenfalls schon einige Tage her sein.«

»Dann liegen wir bereits im Rückstand«, sagte Pekkala. Er wandte sich an Stalin. »Wie schnell können Sie uns nach Berlin schaffen?«

»Wenn alles gut geht, laufen Sie übermorgen durch die Straßen dieser Stadt.«

Die Asche an Swifts Zigarette war mittlerweile gefährlich lang geworden, daher sah er sich nach einer Möglichkeit um, wo er sie loswerden konnte. Da Stalin keinerlei Anstalten machte, ihm seinen Aschenbecher anzubieten, biss er die Zähne zusammen und klopfte sich die glühende Asche in die eigene Handfläche.

»Ich werde eine Meldung an die Agentin Christophe rausschicken«, sagte Swift. »Sie wird im sicheren Haus Ihre Ankunft in Berlin erwarten.« Damit verabschiedete er sich und verließ, immer noch mit der Asche in der Hand, den Raum.

Die Männer warteten, bis sie die äußere Tür zufallen hörten, bevor sie ihr Gespräch wiederaufnahmen.

»Er hat uns gerade etwas erzählt, was seltsam ist«, bemerkte Stalin.

»Was?«, fragte Pekkala.

»Laut einem unserer Informanten im Reichsjustizministerium wurde Leopold Hunyadi vor mehr als einem Monat zum Tod verurteilt.«

»Was hat er angestellt?«, fragte Kirow.

»Das ist nicht ganz klar«, antwortete Stalin. »Wir wissen nur, dass Hunyadi im Konzentrationslager Flossenbürg inhaftiert wurde, wo er hingerichtet werden sollte.«

»Vielleicht haben sie die Namen durcheinandergebracht«, schlug Kirow vor.

Langsam öffnete Stalin die verschränkten Hände und legte sie wieder zusammen, um anzudeuten, dass das völlig im Ungewissen lag.

»Aber wenn Swift recht hat«, sagte Pekkala, »wird es nicht mehr lange dauern, bis Hunyadi sie aufspürt. Lilja hat nur eine Chance, wenn wir vor ihm bei ihr sind.«

»Sie reisen noch heute Nacht ab«, sagte Stalin. »Die erforderlichen Waffen liegen in der NKWD-Zentrale für Sie bereit, ebenso die von den Briten besorgten falschen Ausweispapiere. Sie müssen nur alles abholen und sich um achtzehn Uhr zur Abreise bereithalten.«

Beide Männer drehten sich um und wollten schon gehen. Stalin räusperte sich vernehmlich.

Beide erstarrten auf der Stelle.

»Noch ein Wort unter vier Augen, Inspektor«, sagte Stalin. »Major, Sie können so lange draußen warten.«

Im gleichen Augenblick bereitete sich Leopold Hunyadi im Konzentrationslager Flossenbürg darauf vor, seinem Schöpfer gegenüberzutreten.

Hunyadi war von mittlerer Größe, er hatte schütteres blondes Haar, ein rundes, freundliches Gesicht und besaß dic Angewohnheit, den Kopf zurückzuneigen, wenn er mit anderen sprach. Gleichzeitig kniff er dabei leicht die Augen zu, als wollte er keinesfalls seine Gefühle preisgeben. Da der Drang zur körperlichen Ertüchtigung bei ihm wenig ausgeprägt war, hatte er einen kleinen Bauch über seinen alten Reichswehrgürtel hängen, den er sonst immer trug. Der Gürtel, auf dessen Koppel die Worte »In Treue fest« eingraviert waren, stammte noch aus dem Ersten Weltkrieg, in dem Hunyadi als Feldwebel im 16. Bayerischen Reserve-Infanterie-Regiment gedient hatte.

1917, während der dritten Ypernschlacht, hatte er in der Nähe des Dorfes Zillebeke einem deutschen Meldegänger das Leben gerettet, der zu einer Artilleriestellung unterwegs gewesen war und sich dabei im Stacheldraht verheddert hatte. Aufgrund eines Kommunikationsfehlers hatte die Batterie das Feuer nämlich nicht auf die britischen Linien, sondern auf die deutschen Schützengräben eröffnet. Mehrere eigene Soldaten waren getötet und die Feldkabel durchtrennt worden. In seiner Verzweiflung hatte ein Offizier eine schriftliche Meldung aufgesetzt, mit der er der Batterie befahl, das Feuer weiter nach vorn zu verlegen, hatte sie dem nächststehenden Gefreiten in die Hand gedrückt und ihm befohlen, sie so schnell wie möglich zuzustellen.

Der Name dieses Gefreiten lautete Adolf Hitler. Kurz nachdem er den Graben verlassen hatte, wurde er von der Druckwelle eines Granattreffers von den Füßen geholt und verfing sich im Stacheldrahtverhau.

Im selben Augenblick kam Feldwebel Hunyadi aus dem Bunker, in dem er Schutz vor dem Artilleriefeuer gesucht hatte. Er entdeckte den Gefreiten, der wie ein Insekt im Spinnennetz gefangen war, und hörte dessen Hilferufe. Mit einer Zange befreite er den Soldaten aus den rostigen Stacheldrahtdornen.

Nach dem Krieg avancierte Hunyadi zu einem der erfolgreichsten Kriminalermittler in der Geschichte der Berliner Polizei.

Obwohl er sich weigerte, in Hitlers NSDAP einzutreten – ein Akt, der seiner weiteren Karriere normalerweise nicht gerade förderlich gewesen wäre –, vergaß Hitler nie, was er Hunyadi zu verdanken hatte. Natürlich war Hitler enttäuscht von Hunyadis Sturheit, aber er sorgte dafür, dass der Kriminalist ungehindert und unabhängig von der Parteimitgliedschaft weiterhin seiner Arbeit nachgehen konnte.

Hitlers Geduld mit seinem alten Freund hatte 1938 jedoch ein Ende, als er erfuhr, dass Hunyadis Frau Franziska, eine legendär schöne Frau, aus einer jüdischen Familie stammte, die Generationen zuvor aus Spanien zugewandert war.

Hunyadi wurde ins Reichssicherheitshauptamt zitiert, wo man ihn darüber in Kenntnis setzte, dass er umgehend die Scheidung von seiner Frau einzureichen habe. Die Gründe dafür würden von den Gerichten bereits ausgearbeitet, die notwendigen Formulare ausgestellt. In einer Woche wäre der Vorgang erledigt, worauf seine Frau die Erlaubnis erhalte, das Land zu verlassen.

Als Hunyadi protestierte und sagte, lieber wolle er mit seiner Frau emigrieren, als sich von ihr scheiden zu lassen und in Deutschland zu bleiben, wurde ihm unmissverständlich klargemacht, dass ihm diese Möglichkeit verwehrt sei. Seine Dienste würden hier in Berlin benötigt. Sollte er sich gegen Hitlers Wunsch stellen, würde das nur zur Verhaftung seiner Frau und deren Abtransport in das Frauenkonzentrationslager Ravensbrück führen.

Vor dieses Ultimatum gestellt, blieb Hunyadi nichts anderes übrig, als zuzustimmen. Die Scheidungspapiere wurden ausgestellt, Hunyadi unterzeichnete, und Franziska reiste nach Spanien aus, wo sie von entfernten Verwandten aufgenommen wurde.

Mit Hitlers Segen und unter dessen persönlichem Schutz arbeitete Hunyadi weiter als Polizist und mehrte seinen Ruf durch eine ganze Reihe von aufgeklärten Fällen. Hitler selbst übertrug Hunyadi mehrere Ermittlungen, unter anderem den Fall eines britischen Majors, der an der spanischen Küste an Land gespült worden war und eine mit Handschellen ans Handgelenk gefesselte Aktentasche bei sich hatte. Es stellte sich heraus, dass der Tote, ein gewisser William Martin, bei einem Flugzeugabsturz vor der spanischen Küste ums Leben gekommen war. Martin hatte es zwar noch geschafft, sich auf ein beschädigtes Rettungsboot zu schleppen, war aber dort seinen Verletzungen erlegen und schließlich ertrunken. Fischer, die ihre Netze auslegen wollten, hatten ihn am Strand gefunden. Die mit den Deutschen freundschaftlich verbundenen spanischen Behörden hatten dem deutschen Geheimdienst erlaubt, die Aktentasche zu öffnen und den Inhalt zu fotografieren, bevor der Leichnam der britischen Botschaft übergeben wurde. Bei den Dokumenten, stellte sich heraus, handelte es sich um die ausgearbeiteten Pläne für eine Invasion auf Sardinien, die von mehreren Mitgliedern des alliierten Oberkommandos unterzeichnet waren. Obwohl Martin Eintrittskarten für eine Theateraufführung in London bei sich hatte sowie einen Brief von seiner Verlobten – Details, die das deutsche

Oberkommando ebenso überzeugten wie der Inhalt der Aktentasche –, kam Hunyadi zu dem Schluss, dass das Ganze als Trick und Ablenkungsmanöver zu betrachten sei.

Ungeachtet Hunyadis Warnung ordnete Hitler die Verlegung von mehr als 20 000 Soldaten nach Sardinien an, um für die Landung der Alliierten gewappnet zu sein. Als man dahinterkam, dass Major Martin und seine Schlachtpläne tatsächlich ein Täuschungsmanöver waren, war die Landung in der Normandie bereits in vollem Gang.

Noch vor Hunyadis Rückkehr aus Spanien war Hitler von einem Informanten in der spanischen Regierung zugetragen worden, dass sich Hunyadi mit Franziska getroffen und sie bei einer heimlichen Zeremonie ein zweites Mal geheiratet hatte.

Hitler wertete das als persönlichen Verrat und befahl die Verhaftung des Kriminalisten, seine sofortige Entlassung aus dem Polizeidienst und Inhaftierung in Flossenbürg. Dort wartete er auf das Gerichtsurteil, das schon im Voraus feststand.

Im November 1944 wurde Leopold Hunyadi aus seiner Zelle im Arrestbau geholt und vor ein in der Häftlingsküche zusammengetretenes Gericht gestellt, das ihm eröffnete, dass er zum Tod durch den Strang verurteilt worden sei.

Seit diesem Tag lebte Hunyadi in einem Zustand erhöhter Anspannung. Nie wusste er, welcher Tag sein letzter sein würde. Anfangs, wenn er vor seiner Zelle Schritte hörte, krampfte sich sein Herz zusammen, und er dachte, jetzt würden sie ihn holen kommen. Das geschah so häufig, dass er taub dagegen wurde, als hätte sich ein Teil von ihm schon jetzt aus seinem Körper verabschiedet und wartete irgendwo außerhalb der Steinmauern darauf, dass der Rest nachkam.

Obwohl er von seinem Fenster aus nichts sehen konnte, hörte er manchmal die aufklappende Falltür des Galgens draußen im Hof. Das Geräusch jagte ihm aber keine Angst ein, sondern spendete ihm Trost, denn es bedeutete, dass er, wenn er in die Schlinge fiel, schnell getötet würde – anders als bei der ebenfalls gebräuchlichen Methode, den Delinquenten an einer Stange in die Höhe zu ziehen und ihn dort baumeln zu lassen, bis er qualvoll erstickte.

Um sich die Zeit zu vertreiben, nahm er Kontakt mit den Gefangenen zu beiden Seiten seiner Zelle auf. Da er sie nicht sehen und nicht mit ihnen reden konnte, kommunizierte er mit ihnen mittels des sogenannten Polybios-Codes. Dazu wird das Alphabet in fünf Reihen mit jeweils fünf Buchstaben eingeteilt, wobei sich I und J denselben Platz teilen. Klopft man gegen die Wand zum Nebenraum oder gegen ein Heizungsrohr, das sich durch das Gebäude zieht, wobei die erste Anzahl von Schlägen der horizontalen, die zweite Anzahl von Schlägen der vertikalen Position des Buchstabens entspricht, ist es möglich, Buchstaben und Wörter zu übermitteln.

Hunyadi hatte den Code schon früh in seiner Laufbahn als Polizist erlernt und mit dessen Hilfe die Unterhaltungen zwischen einzelnen Häftlingen belauscht, manchmal hatte er sogar selbst heimlich mit von ihm verhafteten Häftlingen kommuniziert, denen er auf diese Weise Informationen entlocken konnte, die sie ihm sonst nie mitgeteilt hätten.

Die Häftlinge in Flossenbürg kamen und gingen, es waren allesamt hochrangige Offiziere, Regierungsvertreter oder politische Gefangene. Der Arrestbau, nahm Hunyadi daher an, war die Endstation für all jene, die vom Führer höchstpersönlich aufs Schafott geschickt wurden.

Von Neuankömmlingen erfuhr Hunyadi vom Vormarsch der alliierten Armeen. Er vermutete deshalb, dass es nicht mehr lange dauern würde, bis wahrscheinlich die Amerikaner das Lager einnahmen. Während seine Mithäftlinge in den geklopften Nachrichten ihrer Hoffnung Ausdruck verliehen, dass die Alliierten sie retten kamen, war Hunyadi klar, dass der Vormarsch des Feindes ihren Tod nur beschleunigen würde.

Die Sonne war schon untergegangen, als die Tür aufschwang und ein Wachmann namens Krol eintrat.

Hunyadi lag auf seiner Pritsche. Schlaftrunken richtete er sich auf. »Was ist los?«, fragte er.

»Zieh dich aus«, herrschte der Wachmann ihn an.

Hunyadi war so verwirrt über dieses Ansinnen, dass er erst mal nur dasaß und gar nichts tat.

Wütend über Hunyadis Untätigkeit, verpasste Krol ihm eine kräftige Ohrfeige. »Ausziehen!«, bellte er.

Hunyadi gehorchte.

Als er nackt vor Krol stand, drehte der Wachmann sich um und marschierte aus der Zelle. »Mitkommen«, befahl er.

Draußen vor der Zelle schloss sich ihnen ein weiterer Wachmann an, sodass er nun zwischen den beiden eingeschlossen war – es war das erste Mal seit Monaten, dass er seine Zelle verließ.

Erst als sie um eine Ecke bogen und der Hof vor ihnen lag, begriff er, was geschah.

Sein Herz begann so stark zu pochen, als wollte es ihm aus der Brust springen.

Jetzt sah er auch die Galgen mit den insgesamt drei Schlingen. Zwei Männer, ebenso nackt wie Hunyadi, die Hände auf dem Rücken gefesselt, standen jeweils hinter ihren Schlingen. Niemand stand hinter der dritten. Diese war für ihn bestimmt.

Er kannte die anderen nicht.

Warum müssen wir nackt sein?, fragte sich Hunyadi. Welch letzte Demütigung.

Sie hatten den Hof halb überquert. Kieselsteine bohrten sich ihm in die Fußsohlen.

Er dachte an Franziska. Was machte sie jetzt, in diesem Augenblick? Er kannte Geschichten von Menschen, die in dem Moment, in dem geliebte Angehörige verstarben, das Gefühl hatten, ein unsichtbares Band wäre gerissen. Was wird sie spüren?, dachte Hunyadi.

Und plötzlich wurde ihm bewusst, dass die Angst, die ihn so lange im Griff gehabt hatte, sodass er gar nicht mehr wusste, wie sich das Leben ohne sie anfühlte, lediglich die Angst vor dem Sterben war und nicht die Angst vor dem Tod.

Sobald er das verstanden hatte, verlor auch die Angst vor dem Sterben ihren Schrecken und verflüchtigte sich in der reglosen Luft im Hof.

Krol drehte sich um, sah zu Hunyadi und wollte sich vergewissern, dass sein Gefangener keinen Schwächeanfall erlitt. Und der Wachmann, der in den vergangenen Monaten so viele in den Tod geführt hatte, musste erstaunt zur Kenntnis nehmen, dass Hunyadi lächelte.

»Halt!«, rief eine Stimme.

Alle drei, die beiden Wachleute und Hunyadi, blieben abrupt stehen. Sie drehten sich alle gleichzeitig um und sahen den Lagerkommandanten in seiner maßgeschneiderten Uniform aus der Tür stürzen, die auch sie vor Kurzem passiert hatten.

»Was ist?«, fragte Krol.

»Bringt ihn zurück«, rief der Kommandant.

»Und die Befehle?«, brüllte Krol.

»Die sind geändert worden«, antwortete der Kommandant. »Oder willst du dich mit Rattenhuber in Berlin anlegen?«

Krol blinzelte, als würde er plötzlich von einem hellen Licht geblendet. Dann packte er den nackten Hunyadi am Arm und marschierte in Begleitung des zweiten Wachmanns, der ebenso verwirrt zu sein schien wie ihr Gefangener, mit ihm in den Arrestbau zurück.

Als die drei Männer in den Schatten der Zelle traten, hörten sie das schwere Aufklappen der Falltüren unter den Galgen.

»Was ist los?«, stammelte Hunyadi.

Krol schüttelte nur verwundert den Kopf.

»Was los ist?«, erklärte der Kommandant. »Dein Tod ist aufgeschoben worden.«

»Warum?«

»Du hast einen Freund ganz weit oben, Hunyadi. Ganz, ganz weit oben.«

»Hitler?«, entfuhr es Hunyadi.

Der Kommandant nickte.

»Aber er hat mich doch hierhergeschickt«, sagte Hunyadi. »Ich verlange eine Erklärung.« Noch im selben Moment wurde ihm klar, wie lächerlich er sich machte, wenn er, ein nacktes Häuflein Elend, meinte, hier Forderungen stellen zu müssen.

Der Kommandant warf Hunyadi nur seine stinkenden Klamotten vor die Füße. »Frag ihn doch selbst, wenn du ihn triffst.«

Pekkala«, sagte Stalin, sobald Major Kirow den Raum verlassen hatte, »wir müssen über etwas reden.«

»Kann das nicht warten?«, entgegnete Pekkala. »Jede Minute, die ich in Moskau vertrödle, bringt Hunyadi näher an Lilja heran.«

»Es betrifft Lilja«, antwortete Stalin. »Und ihre Familie.«

»Sie meinen, ihren Mann und ihr Kind?«

»Genau. Sie haben es nicht vergessen?«

»Natürlich nicht. Ich sehe noch das Foto vor mir, das Sie mir gezeigt haben, damals, als ich mich bereit erklärt habe, für Sie zu arbeiten.«

»Ja.« Stalin räusperte sich, lang anhaltend, rasselnd, um die teerverklebten Lungen freizukriegen. »Lassen Sie uns über das Foto reden.«

Als Stalin den jungen Leutnant Kirow zu Pekkala nach Sibirien geschickt hatte, war das aus einem ganz bestimmten Grund geschehen – um geheime Ermittlungen zum Tod des Zaren und seiner Familie durchzuführen. Obwohl es seit geraumer Zeit einen bestätigten Bericht über die Hinrichtungen im Haus des Kaufmanns Ipatjew in Jekaterinburg gab, hatte Stalin Zweifel an der Richtigkeit dieser Darstellung. Er war ganz besessen davon, dass eine bestimmte Person diese Nacht überlebt haben könnte – nämlich der einzige Sohn des Zaren, Alexej, dessen Bluterkrankheit dem kaiserlichen Ehepaar zeit seines Lebens große Sorge bereitet hatte. Alexejs gesundheitliche Schwäche, seine Jugend und Unschuld ließen Stalin argwöhnen, dass die Henker Mitleid mit ihm und vielleicht auch mit einigen der Töchter gehabt haben könnten. Ständig zirkulierten Gerüchte, nicht nur in

Russland, sondern weltweit, wonach bislang tot geglaubte Mitglieder der Familie Romanow noch am Leben seien. Irgendwann nahmen die Verdachtsmomente so überhand, dass Stalin zu dem Schluss kam, er müsse die Wahrheit herausfinden, unwiderruflich und endgültig. Und noch während ihm dieser Gedanke kam, wusste er zugleich, dass es nur einen gab, der aufgrund seines umfangreichen Wissens über die Romanows die Wahrheit ans Licht bringen konnte. Das Smaragdauge.

Stalin hatte Pekkala nicht grundlos am Leben gelassen, auch wenn er damals diesen Grund noch gar nicht gekannt hatte. Der Hinrichtungsbefehl hatte hier auf seinem Schreibtisch gelegen, er hätte ihn nur zu unterzeichnen brauchen, aber er hatte gezögert. Etwas, was ihm nie zuvor untergekommen war. Obwohl er nicht hätte sagen können, was seinen Stift über dem Blatt schweben ließ. Zum Teil war es Angst, zum Teil Bewunderung, zum Teil praktische Notwendigkeit.

Stalin wusste, wo Pekkala zu finden war. Was er nicht wusste, war, ob der Inspektor sich bereit erklären würde, für seinen ehemaligen Feind zu arbeiten. Es würde nicht ausreichen, ihm einen entsprechenden Befehl zu erteilen. Also hatte Stalin, um die Waagschale zu seinen Gunsten ausschlagen zu lassen, Pekkala ein Angebot unterbreitet: Würde er die Ermittlungen erfolgreich abschließen, würde er freikommen.

Und er hatte, zumindest anfangs, durchaus vorgehabt, Wort zu halten. Erst als Pekkalas Ermittlungen schon abgeschlossen waren, hatte er seine Meinung geändert. Nicht nur würden Pekkalas Kenntnisse und Fähigkeiten nützlich sein bei der Führung des Landes, nein, Stalin konnte sich gar nicht mehr vorstellen, wie er ohne ihn auskommen sollte. Allerdings wusste er, dass er Pekkala nicht mit Zwang zu einer weiteren Zusammenarbeit bewegen konnte. Er musste ihn schon überzeugen.

Letztlich brauchte Stalin dazu lediglich ein einziges Foto.

Es war ein Foto von Lilja Simonowa in einem Café in Paris, wohin sie bei Ausbruch der Revolution geflohen war. Pekkala hatte vorgehabt, sich dort mit ihr zu treffen, aber seine Verhaftung durch die bolschewistische Miliz an einem einsamen, verschneiten Kontrollpunkt an der russisch-finnischen Grenze hatte das vereitelt.

Lilja Simonowa lächelte auf dem Foto. Neben ihr saß ein Herr mit dunklen, glatt nach hinten gekämmten Haaren, er trug Anzug und Krawatte. Zwischen Daumen und Zeigefinger hielt er eine Zigarette auf die »russische Art«, mit der Glut über der Handinnenfläche, als wollte er damit die herunterfallende Asche auffangen. Er lächelte, genau wie Lilja. Beide betrachteten etwas, das gleich links von der Kamera stand. Einen Kinderwagen. Das Verdeck war nach oben gezogen, um das Kind vor der Sonne zu schützen.

Es war nicht schwer gewesen, ein solches Foto aufzutreiben. Stalins Informantennetz hatte die Adressen von so ziemlich allen russischen Emigranten in Paris ausfindig gemacht.

Mutter. Vater. Kind. Das Bild war eindeutig.

Ebenso eindeutig war Stalins Zweck, warum er Pekkala das Bild zeigte – um ihn zu überzeugen, in der Sowjetunion zu bleiben, damit er die Arbeit weiterführte, die er begonnen hatte, als er das Smaragdabzeichen unter dem Revers seines Mantels getragen hatte.

»Sie dürfen ihr keine Schuld geben«, hatte Stalin dem Inspektor gesagt. »Sie hat gewartet, Pekkala. Sehr lange. Über zehn Jahre. Aber man kann nicht ewig warten, nicht wahr?« Es wäre besser, hatte Stalin ihm erklärt, jetzt gleich die Wahrheit zu kennen, als irgendwann in Paris einzutreffen und dort zu erfahren, dass sie erneut unerreichbar sei. »Sie können natürlich trotzdem abreisen. Ich habe ihre Adresse, wenn Sie möchten. Aber wenn sie Sie sieht, wird es mit ihrem Seelenfrieden, den sie in den letzten Jahren vielleicht gefunden hat, vorbei sein. Und nehmen wir einfach mal an, Sie könnten sie überreden, ihren Mann zu verlassen. Nehmen wir an, sie lässt auch ihr Kind zurück …«

Pekkala hob die Hand, damit er schwieg.

»Sie sehen, worauf ich hinauswill«, fuhr Stalin fort. »Sie und ich, wir beide wissen, dass Sie so einer nicht sind. Sie sind nicht das Ungeheuer, für das Ihre Feinde Sie halten. Wären Sie es, hätten Sie nie einen so bemerkenswerten Gegner für Menschen wie mich abgegeben. Ungeheuer sind leicht zu besiegen. Es ist nur eine Frage der Zeit und des Blutzolls, denn ihre einzige Waffe ist die Angst. Sie aber, Pekkala, haben die Herzen der Menschen in Russland gewonnen und sich den Respekt Ihrer Feinde erworben. Ich glaube nicht, dass Ihnen klar ist, wie selten so etwas ist. Und sie sind immer noch da, die Menschen, deren Herzen Sie gewonnen haben.« Stalin zeigte zum Fenster und zum blassblauen Herbsthimmel dahinter. »Sie wissen, wie schwierig Ihre Arbeit manchmal ist und wie wenige in Ihrem Metier in der Lage sind, zu tun, was getan werden muss, ohne dabei ihre Menschlichkeit zu verlieren. Das Volk hat Sie nicht vergessen, Pekkala, und ich glaube, Sie haben es auch nicht vergessen.«

»Nein«, flüsterte Pekkala. »Ich habe die Menschen nicht vergessen.«

»Was ich Ihnen sagen will, Pekkala: Für Sie gibt es hier immer noch einen Platz, wenn Sie denn wollen.«

Bis zu diesem Moment hatte Pekkala keinen Gedanken daran verschwendet, zu bleiben. Jetzt aber waren all seine Pläne sinnlos geworden. Er wusste, als letzte Geste seiner Zuneigung würde er die Frau, von der er gedacht hatte, er würde sie heiraten, in dem Glauben belassen, er wäre tot.

Stalin schlug jetzt eine Akte auf und nahm ein Bild heraus, das er Pekkala über den Tisch hinweg zuschob.

Es war genau das Foto, das er Pekkala vor so vielen Jahren gezeigt hatte.

Ein Seufzen entfuhr dem Inspektor. Obwohl er nach wie vor jede Einzelheit dieses Bildes vor Augen hatte, ging es ihm doch nahe, es jetzt tatsächlich wiederzusehen. Es war, als hätte sich eine Öffnung in der Zeit aufgetan, und er befand sich wieder in diesem Raum, damals, als der Lauf seines Lebens durch dieses Bild entscheidend geändert worden war. »Warum zeigen Sie es mir wieder?«, fragte er.

»Das Foto zeigt nicht alles«, sagte Stalin leise.

»Nicht alles? Ich verstehe nicht«, sagte Pekkala.

Stalin entnahm der Akte ein zweites Foto. Es war genauso groß wie das erste und zeigte fast das gleiche Bild, dieses aber schien einige Meter weiter entfernt aufgenommen worden zu sein.

Es zeigte nicht nur Lilja Simonowa und den Mann neben ihr sowie den Kinderwagen zwischen ihnen, sondern auch die Tische links und rechts davon. Aus diesem vergrößerten Blickwinkel wurde deutlich, dass der Mann in Wahrheit mit einer anderen Frau an einem anderen Tisch saß. Die Frau hielt ein Kleinkind auf dem Arm. Das Kind lachte, und das hatte die Aufmerksamkeit von Lilja und des Mannes geweckt. Und noch etwas war deutlich zu sehen: Lilja Simonowa saß allein an ihrem Tisch. Vor sich hatte sie einen Stapel Blätter, wahrscheinlich zu korrigierende Arbeiten ihrer Schüler, und ihre Hand mit dem Stift zwischen den Fingern lag darauf, damit der Wind sie nicht wegwehte.

Pekkala sah, dass das erste Bild, das ihm vor so vielen Jahren gezeigt wurde, beschnitten worden war, um die andere Frau, das Kleinkind und die eigentliche Stellung der Tische zu kaschieren.

Das zweite Bild erzählte eine völlig andere Geschichte.

Das erste Bild war authentisch, seine Geschichte aber eine Lüge.

In Pekkala drehte sich alles, während er das Ausmaß seiner Täuschung zu begreifen versuchte.

»Ich habe Sie hier gebraucht«, erklärte Stalin. »Und es hätte nichts Gutes gebracht, wenn ich Sie zum Bleiben hätte zwingen müssen. Sie mussten die Entscheidung schon selbst treffen. Das Foto, das von einem unserer Agenten in Paris aufgenommen wurde, landete auf meinem Schreibtisch, während Sie noch mit Ihrem ersten Fall beschäftigt waren. Die Person, um die es eigentlich ging, war der Mann, der neben Ihrer Verlobten saß. Es handelte sich um Kusnetsk, einen der Gründer der als Weiße Hand bekannten antibolschewistischen Liga in Frankreich. Das Bild diente zur Bestätigung, dass er wirklich Kusnetsk war, bevor ich den Liquidationsbefehl gab.«

Wieder betrachtete Pekkala das Bild. Er starrte auf die Frau und das lachende Kind.

»Erst als man mir das Foto vorlegte, bemerkte ich Ihre Verlobte, und mir wurde klar, dass es ganz nützlich sein könnte, um Sie zum Bleiben und zur weiteren Arbeit für uns zu überreden.«

»Warum erzählen Sie mir das alles?«, fragte Pekkala und mühte sich, seine Wut im Zaum zu halten.

»Weil Sie die Wahrheit selbst herausgefunden hätten, sobald Sie in Berlin sind. Und mir ist es lieber, Sie hören sie von mir und nicht von ihr.«

»Welchen Unterschied macht das? Sie haben mich angelogen, nicht sie.«

»Und die Briten belügen uns beide, und das ist ein weiterer

Punkt, über den wir reden müssen, vorausgesetzt, Sie können Ihren Zorn noch so lange zügeln.«

Schweigend stand Pekkala vor ihm und wartete, dass er fortfuhr.

»Falls es Ihnen noch nicht bewusst geworden ist, den Briten ist Lilja Simonowa nicht wichtig, zumindest ist sie ihnen nicht so wichtig, dass sie sich ihretwegen an uns gewandt und um Hilfe gebeten hätten.«

»Warum tun sie es dann?«

»Weil sie etwas hat, was sie wollen.«

Pekkala kniff die Augen zusammen. »Sie meinen, es geht um diesen Diamantstrahl?«

Stalin nickte.

»Aber der Offizier im Kriegsgefangenenlager, mit dem Kirow geredet hat, sagte doch, es würde nicht funktionieren.«

»Was zum Zeitpunkt seiner Gefangennahme möglicherweise auch der Wahrheit entsprach. Aber seitdem kann einiges passiert sein.«

»Angenommen, Sie haben recht, und dieses Gerät funktioniert jetzt, dann verstehe ich nicht, warum Sie so erpicht darauf sind, eine britische Agentin zu retten. Selbst wenn die Briten unsere Verbündeten sind, können Sie doch nicht annehmen, dass sie die Geheimnisse dieser Waffe mit uns teilen.«

»Das werden sie auch nicht«, bestätigte Stalin. »Aber Lilja Simonowa tut es vielleicht.«

Pekkala atmete heftig durch die Nase ein. »Und warum sollte sie das tun?«

»Weil ich Ihnen etwas anzubieten habe«, erwiderte Stalin.

»Und das ist?«

»Eine Zukunft für Sie beide in Moskau.«

»Ihr Zuhause ist Paris, nicht hier.«

»Nein, Pekkala. Da irren Sie sich. Paris war nie ihr Zuhause.

Sie ist nicht freiwillig dorthin gegangen, so wie Sie vor langer Zeit freiwillig nach Russland gekommen sind. Bringen Sie sie zurück, dorthin, wohin sie gehört, und ich gebe Ihnen mein Wort, Sie können beide bis an Ihr Lebensende friedlich Ihre Tage hier verbringen, so, wie Sie es immer wollten.«

»Zu einem Preis«, murmelte Pekkala.

Stalin zuckte mit den Schultern und lächelte. »Nichts ist umsonst, Inspektor. Schon gar nicht Diamanten.«

»Ich werde Ihnen rechtzeitig Bescheid geben«, sagte Pekkala und wandte sich zum Gehen.

»Das ist alles, worum ich Sie bitte«, sagte Stalin. »Und wenn Sie noch Major Kirow hereinschicken möchten, dann erkläre ich ihm, was zu tun ist.«

Kirow wartete im Korridor, um nicht im Vorzimmer den misstrauischen Blicken von Stalins Sekretär Poskrjobyschew ausgesetzt zu sein. Es war kalt in dem marmorgefliesten langen Gang, fahles Nachmittagslicht sickerte durch die hohen Fenster. Die beiden Wachen vor Stalins Büro trugen Wintermäntel und dicke *Uschankas*, deren graubrauner Kunstpelz von den Soldaten abschätzig »Fischfell« genannt wurde. Die Hände in den Taschen zu Fäusten geballt, die Schultern gegen die Kälte hochgezogen, so stapfte Kirow auf und ab und fragte sich, warum Pekkala so lange brauchte.

Als Pekkala schließlich auftauchte, seufzte Kirow vor Erleichterung. Er wollte, nicht nur wegen der Kälte, so schnell wie möglich von hier fort. Er hatte schon oft im Kreml zu tun gehabt und war von der architektonischen Schönheit immer beeindruckt gewesen, trotzdem hatte er sich hier nie wohlgefühlt. Vielleicht hatte das mit den Geheimgängen hinter den holzverkleideten Wänden zu tun, durch die Stalin gern schlich. Vielleicht lag es auch an der Stille. Alle, die hier arbeiteten, schienen nur im Flüsterton zu reden, so, als wüssten sie, dass jedes Wort belauscht würde. Obwohl Kirow keine Beweise dafür hatte, zweifelte er keine Sekunde daran. Und als Letztes trug zu seiner Unsicherheit bei, dass er nicht hierhergehörte – das empfand er jedes Mal, wenn er dieses Labyrinth betrat. Obwohl er im Dienstgrad eines Majors stand und häufig von keinem Geringeren als dem »Woschd« – dem Führer – persönlich hierher zitiert wurde, war Kirow klar, dass er nie zu Stalins engstem Kreis gehören würde. Ebenso wenig würde er jemals den Status der Unentbehrlichkeit erlangen, den Pekkala von Anfang an genossen hatte. Wäre nicht der Inspektor gewesen, dachte Kirow, würde Stalin noch nicht mal seinen Namen kennen.

»Er möchte Sie sehen«, sagte Pekkala.

»Was? Mich allein?«

»Hat er gesagt.«

»Warum? Habe ich was falsch gemacht?«

»Er hat mir nichts gesagt«, erwiderte Pekkala.

Nervös durchquerte Kirow erneut Poskrjobyschews Reich und trat in Stalins Arbeitszimmer.

Draußen im Korridor blieb Pekkala nach wenigen Schritten stehen. Er war von dem, was er soeben erfahren hatte, so überwältigt, dass er sich außerstande sah, auch nur einen Fuß vor den anderen zu setzen.

Es war nicht der Zorn, der ihn jeglicher Kraft beraubte.

In den Jahren der Zusammenarbeit mit dem Kreml hatte Pekkala gelernt, dass man die Regeln, die vielleicht auf andere zutrafen, niemals bei Josef Stalin anwenden durfte. Bei ihm liefen die Dinge anders. Nur ein Dummkopf glaubte Stalins Wort, und viele hatten diese Naivität mit ihrem Leben bezahlt. Bei Stalin musste man sich an das halten, was er tat, nie an seine Versprechungen.

Die Russen hatten sogar ein Wort dafür. Sie nannten das *Maskirowka,* was so viel wie Verschleierungs- oder Ablenkungsmanöver bedeutete. Für Männer wie Stalin stand dieser Begriff jedoch für nichts anderes als die Kunst der Täuschung.

Wollte man inmitten von Männern wie dem russischen Führer und seinen willigen und vor Angst wie gelähmten Untergebenen am Leben bleiben, musste man über ihre Unehrlichkeit hinwegsehen und sich eine ganz einfache Frage stellen: Was will Stalin? Denn gleichgültig, wie viel Blut vergossen würde, wie viel Heuchelei nötig wäre und wie viele Lügen er auftischen würde, nie würde er von seinen Wünschen ablassen.

Solange sich Pekkala als nützlich erwiesen und Stalins Wünsche erfüllt hatte, so lange hatte er sich in Sicherheit wähnen dürfen. Die Schwierigkeit bestand nur darin, dem Herrn und Meister zu Willen zu sein, ohne dabei seine Seele zu verkaufen.

So schlimm es war, von der jahrelang aufrechterhaltenen Lüge zu erfahren, so wenig war er jetzt überrascht. Er verstand es sogar. Stalin hatte ihn gebraucht, also hatte er getan, was notwendig war, um das brüchige Bündnis zwischen ihnen zu bewahren.

Es hatte keinen Sinn, wütend auf Stalin zu sein, jetzt nicht und später nicht. Wie auch, wenn dieser zu keinerlei Schuldgefühlen oder Reue fähig war? Zuweilen hatte Pekkala Stalin sogar bedauert, da er in einer geistigen und moralischen Ödnis hauste, in der das Wort des Einzelnen nichts zählte.

Daher wollte sich Pekkala jetzt auch nicht mit der Tragweite von Stalins Verrat herumschlagen, nein, wichtig war etwas anderes: Wie konnte er beurteilen, ob Stalin sein Versprechen auch einhalten würde?

Kirow stand vor Stalins Schreibtisch.

»Setzen Sie sich«, befahl der russische Führer und wies mit einem Nicken auf den Stuhl davor.

Kirow ließ sich darauf nieder wie eine Marionette, deren Fäden man gekappt hatte.

»Ich übertrage Ihnen die Befehlsgewalt«, verkündete Stalin.

»Befehlsgewalt? Bei was?«, fragte Kirow verblüfft.

»Bei der Reise, die Sie nach Berlin unternehmen.«

Kirow war darüber so verwirrt, dass er im ersten Augenblick kaum verstand. Mit leerer Miene starrte er Stalin an.

»Haben Sie gehört, was ich gesagt habe?«, fragte Stalin.

»Ich habe Sie gehört, Genosse. Ich verstehe nur nicht, warum Sie das sagen. Ich arbeite für den Inspektor. Er ist es, der die Befehle erteilt. So war es schon immer.«

»Sie arbeiten für *mich*«, verbesserte Stalin ihn. »Und *ich* erteile die Befehle.«

»Natürlich, aber …« Plötzlich versagte ihm die Stimme.

Stalin zog die Augenbrauen hoch. »Ja?«

»Sehr wohl, Genosse Stalin«, antwortete Kirow, als er sich wieder gefasst hatte.

»Gut.« Stalin drückte die Handflächen zusammen. »Dann können Sie jetzt gehen.«

Kirow wusste, was von ihm als Nächstes erwartet würde. Er sollte sich erheben, salutieren und den Raum verlassen. Stattdessen, er hatte den Raum schon halb durchquert, blieb er noch einmal stehen und drehte sich um.

Stalin starrte den Major an, als hätte er soeben mit sich selbst gewettet, ob es Kirow wirklich wortlos aus dem Raum schaffen würde. Und seinem Blick nach zu schließen hatte er die kleine Wette gerade gewonnen.

»Warum?«, entfuhr es Kirow. »Warum tun Sie Pekkala das an?«

»Weil ich ihm nicht traue«, kam die Antwort.

»Verzeihen Sie, wenn ich das sage, Genosse Stalin, aber Sie haben ihm nie getraut.«

»Das stimmt, zumindest im Hinblick auf die Frage, ob er meinen Anweisungen folgt. Aber er hat es immer geschafft, die von mir gestellten Aufgaben zu erledigen. Ich mache kein Geheimnis daraus, dass ich Pekkala für die ungehorsamste Person halte, die ich jemals am Leben gelassen habe. Wir haben einen unausgesprochenen Waffenstillstand, der Inspektor und ich. Wir mögen sehr unterschiedlich sein, aber uns eint ein gemeinsames Ziel.«

»Und das ist?«

»Der Fortbestand des Landes«, antwortete Stalin. »Das genügt, um sich der gegenseitigen Loyalität sicher sein zu können. Zumindest bis heute.«

»Was hat sich geändert?«, fragte Kirow.

»Die Sache mit Lilja Simonowa. Jahrelang war sie für Pekkala nichts anderes als eine Traumgestalt gewesen – ein schönes Bild aus der Vergangenheit, das in der Zeit vor der Revolution eingefroren war. Aber jetzt ist diese Vergangenheit auf die Gegenwart geprallt, zumindest wird sie das bald, falls Sie sie heil aus Berlin herausschaffen.«

»Wir werden alles tun, was wir …«

»Darüber mache ich mir keine Sorgen, Major Kirow. Wenn sie dort ist, wird Pekkala sie finden. Daran zweifle ich nicht. Aber was danach geschieht, das beunruhigt mich.«

Jetzt begann Kirow zu verstehen. »Sie machen sich Sorgen, dass er nicht mehr zurückkommt?«

»Ich mache mir Sorgen, dass er nicht mit den Informationen

zurückkommt, auf die die Engländer so erpicht sind, dass sie uns um Hilfe bitten. Ich will diese Informationen hier vor mir auf diesem Tisch liegen sehen.« Er tippte mit seinem dicken Finger auf das glänzende Holz. »Und nur wenn ich genau weiß, worum es da geht, werde ich mir überlegen, ob ich das alles an die ehrenwerten Gentlemen in London weitergebe.«

»Ich verstehe«, sagte Kirow. »Soll ich den Inspektor reinschicken, damit Sie ihn über die Änderung der Befehlsgewalt in Kenntnis setzen können?«

»Darum können Sie sich selbst kümmern«, murmelte Stalin. »Für mich steht gleich ein weiteres Treffen an«, verkündete er und begann zwischen den vor ihm liegenden Papieren herumzukramen.

Kirow erzählte Pekkala nicht gleich von Stalins Entscheidung. Am liebsten hätte er sie ihm überhaupt nicht mitgeteilt.

Während der gesamten Rückfahrt in die Pitnikow-Straße schwiegen beide Männer.

Pekkala drängte ihn nicht. Er musste sich nur Kirows Miene ansehen, um zu wissen, dass sich in seinem Kopf etwas zusammenbraute.

Zu hören war daher nur ihr Fahrer Zolkin, der mit seiner weichen Stimme eines seiner ukrainischen Volkslieder zum Besten gab. »Das Entchen schwimmt«, so hieß das Lied, und es handelte von einem jungen Mann, der in den Krieg zog. Unterbrochen wurde er nur hin und wieder vom Krachen des Getriebes, wenn er sich mal wieder verschaltet hatte.

Als sie schließlich die vier Stockwerke zu ihrem Büro hinaufgestiegen waren, eröffnete Kirow Pekkala, was Stalin ihm gesagt hatte. Kirow schaffte es nicht, Pekkala dabei in die Augen zu sehen. Er hatte den Blick aufs Fenster gerichtet, auf die leuchtend grünen Blätter seines Basilikums, auf seinen Salbei und den Rosmarin, die er in Tontöpfen auf dem Fensterbrett zog, und ratterte Stalins Ausführungen herunter.

Es schien eine geraume Weile zu dauern, bis er die im Grunde doch recht einfache Anweisung erläutert hatte. Als er mit seinen Ausführungen zum Ende kam, war er völlig außer Atem. Und dann starrte er durch die verstaubten Fensterscheiben, ohne irgendetwas zu sehen, und wartete auf die Antwort des Inspektors.

»Das ist eine sehr gute Idee«, sagte Pekkala.

Erstaunt fuhr Kirow herum. »Sie meinen wirklich?« Es war das Letzte, was er erwartet hatte.

Pekkala hatte sich in seinem Sessel neben dem kalten gusseisernen Ofen niedergelassen und die Füße auf die runden Kochplatten gelegt. Kirow sah von seinem Platz aus nur die Unterseite der doppelt besohlten Stiefel mit ihren glänzenden Eisenplatten an den Absätzen. Der Inspektor schien alles völlig gelassen aufzunehmen, als hätte er es längst erwartet.

»Herzlichen Glückwunsch zu Ihrem ersten Kommando«, fügte Pekkala generös hinzu.

»Na ja … danke«, stammelte Kirow.

»Es ist längst überfällig, wenn Sie mich fragen.«

»Nun, da Sie es erwähnen …« Langsam fing sich Kirow wieder. »Ich freue mich schon seit einiger Zeit auf die Herausforderung. Ich habe nur nicht gedacht, dass sie jemals kommen würde.«

»Stalin ist kein Dummkopf. Er weiß ganz genau, wenn er ein Talent vor sich hat.«

Überwältigt kam Kirow durch das Zimmer und schüttelte Pekkala die Hand.

»Vergessen Sie nicht, es Ihrer Frau zu erzählen. Sie wird sich bestimmt freuen.«

»Keine Sorge, das werde ich tun!«

Elisaweta arbeitete im Archiv der Lubjanka, der Zentrale des sowjetischen Inlandsgeheimdienstes.

»Sobald ich unsere Ausrüstung für die Reise abgeholt habe«, fuhr Kirow fort, »gehe ich nach oben und erzähle ihr die wunderbaren Neuigkeiten.«

»Ja, natürlich, wenn Ihnen das so genehm ist, Genosse Major«, antwortete Pekkala mit feierlichem Ernst.

»Ja, ich glaube schon«, sagte Kirow und reckte energisch das Kinn. Dann machte er sich auf den Weg zur Lubjanka.

In der Lubjanka stieg Kirow ins Kellergeschoss hinab, um sich dort mit dem Waffenmeister Lassarew zu beraten.

Lassarew gehörte zu den legendären Gestalten der Lubjanka. In seiner Kellerwerkstatt war er für die Pflege und Reparatur aller Waffen zuständig, die vom Moskauer NKWD ausgegeben wurden. Er war, von Felix Dserschinski noch persönlich ernannt, von Anfang an mit dabei gewesen. Dserschinski, der erste Leiter der Tscheka, hatte im beschlagnahmten Gebäude der Allgemeinen Russischen Versicherungsgesellschaft die Zentrale seiner Spezialkommission eingerichtet, und von da an diente das imposante Bauwerk als Verwaltungsgebäude, Gefängnis und Hinrichtungsort in einem. Die Tscheka hatte im Lauf der Zeit mehrmals ihren Namen gewechselt und war erst zur OGPU, dann zur GPU und schließlich zum NKWD geworden. Während dieser zermürbenden und oftmals blutigen Wandlungen, in deren Verlauf die Büros im Gebäude von zahlreichen Staatsdienern gesäubert, neu besetzt und abermals gesäubert wurden, hatte Lassarew immer treu die Stellung gehalten, so lange, bis von denen, die die gewaltige Maschinerie der Inneren Staatssicherheit ursprünglich in Gang gesetzt hatten, nur er allein übrig geblieben war. Was keineswegs am Zufall gelegen hatte oder an seiner Fähigkeit, die Minenfelder der politischen Säuberungen zu umgehen, sondern an der simplen Tatsache, dass ein Waffenschmied immer benötigt wurde – egal, wer in den Stockwerken über dem Kellergeschoss gerade für das Töten zuständig und wer zum Sterben ausersehen war. Einer musste schließlich dafür sorgen, dass die Waffen funktionierten.

Seine äußere Erscheinung allerdings entsprach kaum dem

Bild, das man sich von jemandem machte, dem ein solch mythischer Ruf anhing. Er war klein, gebeugt, hatte pockennarbige und so blasse Wangen, dass man fast den Gerüchten Glauben schenken wollte, er würde niemals das Tageslicht erblicken, sondern sich ausschließlich wie ein Maulwurf durch geheime Gänge unter den Moskauer Straßen bewegen. Er trug einen hellbraunen Kittel, dessen ausgefranste Taschen unter dem Gewicht der Patronen, Schraubenzieher und Waffenteile tief nach unten hingen. Dieser Mantel war immer bis zum Kragen geschlossen, sodass sich darum ein weiteres Gerücht rankte: nämlich, dass er darunter nichts anhatte. Bestätigung erfuhr das anscheinend durch Lassarews nackte Beine, die unter dem knielangen Kittel herausragten. Daneben besaß er die Angewohnheit, die Füße beim Gehen kaum vom Boden zu heben, weshalb er in seiner Werkstatt vor sich hin schlurfte und schlitterte wie jemand, der zu einem Leben auf dem Eis verurteilt war. Er rasierte sich nur selten, sodass die Bartstoppel seinem Kinn das Gepräge eines Kaktus verliehen. Seine wässrig blauen Augen aber zeugten von einer Geduld mit einer Welt, die seine Leidenschaft für Waffen nicht verstand, und wer seine keuchende Reibeisenstimme jemals gehört hatte, würde sie nie mehr vergessen.

Sobald Lassarew Kirows glänzender Stiefel ansichtig wurde, griff er unter seine mit Waffenteilen, Ölkannen, Tüchern, Werg und Messingbürsten übersäte Werkbank und holte eine ungarische Femaru-M37-Pistole in einem braunen Lederhalfter hervor. Die Waffe stammte von einem ungarischen, im Winter 1942 in Stalingrad gefallenen Panzeroffizier und war genau für solche Fälle an Lassarew geliefert worden. Lassarew hatte die Waffe gereinigt und das siebenschüssige Magazin mit frisch geölter 7,65-mm-Munition bestückt.

Kirow betrachtete die Waffe, wobei sein Blick an der ungewöhnlichen geschwungenen Verlängerung des Magazins hängen blieb, an der der Schütze den kleinen Finger auflegt.

Lassarew hielt ihm die Femaru hin. Im grellen Licht der über ihnen angebrachten Glühbirne schimmerte das Metall bläulich. »Sie wird Ihnen nicht so elegant vorkommen wie Ihre gewohnte Tokarew«, erklärte er, »aber in ihrer Wirkung ist sie unter den Gegebenheiten, mit denen Sie es zu tun haben werden, ebenso tödlich. Wichtiger ist, man wird, falls man Sie durchsuchen sollte, keine andere Waffe erwarten. Allerdings wäre es angeraten, die Waffe überhaupt nicht einzusetzen, wenn das möglich wäre.«

Kirow löste seinen Offiziersgürtel mit der schweren Messingschnalle und dem aufgesetzten Sowjetstern, schob das Halfter mitsamt der Dienstpistole vom Gürtel und legte sie auf den Tisch. Dann ersetzte er sie durch die ungarische Pistole. »Wo muss ich unterschreiben?«

»Nicht nötig.« Lassarew winkte ab.

Kirow kniff die Augen zusammen. »Aber wir müssen immer unterschreiben, wenn wir Waffen in Empfang nehmen. Ich weiß doch, wie sehr Sie auf die Vorschriften pochen.«

Lassarew wirkte verlegen. »Ich bin von oben angerufen worden. Man sagte mir, es ist nicht nötig, dass Sie unterschreiben.«

»Wer hat angerufen?«

Lassarew ließ die Schultern kreisen, als hätte er einen Krampf im Nacken. »Jemand von oben«, wiederholte er leise.

»Warum ist die Unterschrift nicht nötig?«

Lassarew legte Kirow die Hand auf die Schulter. »Sie können ja unterschreiben, wenn Sie sie zurückbringen«, sagte er mit betrübter Miene. »Wie wär's damit?«

Verwundert über diese Verletzung der Vorschriften ging Kirow zur Tür, blieb stehen und drehte sich noch einmal um. »Fast hätte ich es vergessen«, sagte er. »Was ist mit der Waffe für Pekkala?«

Lassarew lächelte. »Glauben Sie im Ernst, Sie können ihn dazu überreden, seinen Webley abzulegen?«

Kirow war sofort klar, dass das eine unmögliche Aufgabe wäre.

Auf dem Weg zu seiner Frau im Archiv machte er einen Zwischenstopp im zweiten Stock, wo er einen umfangreichen, doppelten Satz an Ausweispapieren abholte. Sie bestanden jeweils aus einem ungarischen Pass, einem sandfarbenen Büchlein mit der aufgeprägten ungarischen Krone und dem Staatswappen mit den Worten »Magyar Királyság« sowie einem Reisepass mit diversen Passierscheinen, Stempeln und handgeschriebenen Bestätigungen. Dann gab es Führerscheine, Lebensmittelkarten und Mitgliedsausweise der Faschistischen Partei in Ungarn. Kirow staunte über die Gewissenhaftigkeit, mit der die Ausweise gefertigt waren. Mindestens ein halbes Dutzend unterschiedliche Tinten musste bei den Unterschriften auf den blassgrünen Seiten benutzt worden sein, dazu waren die Büchlein so abgenutzt, dass sie sogar entsprechende Konturen aufwiesen, als wären sie in der Brusttasche eines Männerjacketts getragen worden. Sollten diese Dokumente jemals einem anderen gehört haben, so konnte Kirow nichts feststellen, was auf einen Austausch der Bilder hingewiesen hätte.

»Das nehmen Sie auch noch mit«, sagte der Angestellte und legte ihm einen Stapel Deutsche Reichsmark hin. »Geben Sie sie schnell aus. Bald sind sie das Papier nicht mehr wert, auf dem sie gedruckt sind.«

Kirow nahm den Geldscheinziegel an sich und wollte schon gehen.

Aber der Angestellte hielt ihn zurück. »Wir sind noch nicht fertig. Sie brauchen ja auch noch die richtige Kleidung.«

Kirow wurde durch das Büro in ein Hinterzimmer geführt, das voll war mit gebrauchten Kleidungsstücken. Hier wurde ihm von einem älteren Mitarbeiter, den er nie zuvor gesehen hatte, seine Garderobe ausgehändigt.

Der andere hatte ein Maßband um den Hals hängen, das er allerdings kein einziges Mal gebrauchte. Er kniff lediglich eines seiner wässrigen Augen zu, schätzte die Länge von Kirows Armen und Beinen ab sowie den zu Kirows Leidwesen recht geringen Brustumfang.

Während der Major die Arme von sich streckte, schlichtete der Mitarbeiter Hemden und Hosen und einen zerschlissenen Mantel zum Anprobieren auf.

»Ich habe neben meiner Uniform auch noch Sachen zu Hause«, beschwerte sich Kirow und rümpfte die Nase, als er fremden Schweißgeruch, den Geruch von Hunden und Zigaretten wahrnahm, der sich in der Kleidung festgesetzt hatte.

»Aber nicht solche«, antwortete der andere. »Sobald Sie in Berlin sind, würde man Sie als einen Russen erkennen.«

»Aber wie? Kleidung ist doch Kleidung, oder?«

»Nein.« Der Mitarbeiter schüttelte den Kopf. »Ich werde es Ihnen zeigen. Sehen Sie hier«, sagte er und hielt ihm die Kragen eines Hemdes hin, das laut Etikett von einem Budapester Schneider stammte. »Der Kragen ungarischer Hemden läuft spitzer zu als der von russischen, und die Ärmel sind anders angesetzt als bei deutschen Hemden. Sogar die Knöpfe sind anders angenäht, zwei parallele Stiche und nicht kreuzförmig, wie Sie es zum Beispiel bei englischen Hemden finden.« Mit dem Daumen hob er einen der kleinen Perlmuttknöpfe an, bis er im Licht schimmerte und die Stiche zu sehen waren. »Selbst wenn sich die Leute in Ihrer Umgebung dessen nicht bewusst sind, werden Sie trotzdem irgendwie spüren, dass etwas nicht stimmt. Diese Kleidungsstücke wurden sorgfältig aufbewahrt und stammen von Leuten, die vor dem Krieg nach Ungarn gereist sind.«

»Gibt es nichts Neueres?«, fragte Kirow. »Oder Sauberes, wenn wir schon dabei sind?«

Der Angestellte lachte. »Das gehört zur Verkleidung. Keiner in Berlin oder in Budapest hat noch neue Kleidung, schon seit geraumer Zeit nicht mehr. Und es fehlt auch an Gelegenheiten, sie so oft zu reinigen, wie es nötig wäre. Glauben Sie mir, Major, es mag Ihnen nicht gefallen, wie Sie aussehen, aber wenn wir hier fertig sind, werden Sie dort, wo Sie hingehen, überhaupt nicht mehr auffallen.«

»Und Sie haben die entsprechende Garderobe auch für andere Länder?«

»Natürlich«, rief der Alte und deutete in den Raum. »Dort drüben ist England. Da Spanien, dort Frankreich, die Türkei. Egal, wohin Sie gehen, Major, meine Aufgabe ist es, Sie unsichtbar zu machen.«

»Inspektor Pekkala ist auch …«, begann Kirow.

Der Mann hielt die Hand hoch und brachte ihn zum Schweigen. »Sprechen Sie nicht von diesem Barbaren. Was er trägt, gehört weder zu Russland noch zu Deutschland noch zu irgendeinem anderen Land der Welt. Seinen Schneider sollte man erschießen. Und selbst wenn er sich bereit erklären würde, sich von mir für die Reise ausstatten zu lassen – was er nie tun würde –, wäre das ein hoffnungsloses Unterfangen. Pekkala passt nirgends rein. Nirgends! Und das liegt daran, wer er ist. Für einen wie ihn gibt es keine Tarnung.«

Schließlich traf Kirow im Archiv im dritten Stock ein, um seiner Frau die Neuigkeiten seiner Beförderung mitzuteilen.

Elisaweta war Mitte zwanzig und einen Kopf kleiner als Kirow. Sie hatte ein rundes Gesicht mit einigen Sommersprossen, ein kleines Kinn und dunkle, neugierige Augen.

Nur wenige Außenstehende wurden jemals durch die mit einem Eisengitter versehene Tür gelassen, die den Eingang zum

Archiv markierte. Kirow aber kam in den Genuss dieses Privilegs. Wegen Elisaweta hatte er Zugang zu dem eingeschworenen Zirkel.

Sie zogen sich in einen kleinen Raum zurück, in dem früher einmal das Reinigungspersonal seine Putzmittel aufbewahrt hatte. Die drei Frauen, die das Archiv betrieben, angeführt von der einschüchternden Feldwebelin Gatkina, hatten diese Kammer in einen Rückzugsort verwandelt, in dem sie ungestört rauchen und ihren Tee trinken konnten.

Elisaweta, bekleidet mit einem dunklen Rock, einer *Gymnastiorka* mit eng anliegendem Kragen und einem marineblauen Barett, saß auf einem an die Wand gestellten Aktenschrank.

Kirow schritt vor ihr auf und ab und erzählte ihr in aller Lebhaftigkeit von seiner Beförderung. Er erwartete, dass Elisaweta jeden Moment von ihrer provisorischen Sitzgelegenheit aufspringen und ihn umarmen würde.

Aber das geschah nicht.

Alles, was sie zunächst sagte, war: »Stalin ist kein Dummkopf.«

»Seltsam«, bemerkte Kirow. »Das hat mir der Inspektor auch schon gesagt.«

»Stalin befördert dich nicht«, sagte sie, beugte sich vor und senkte ihre Stimme, wie es die Leute oft taten, wenn sie von Stalin sprachen. »Eigentlich hätte er dich auch gleich zum Tod verurteilen können.«

»Was erzählst du da?«, brauste Kirow auf. »Ich bin doch befördert worden.«

»Um was zu tun? Pekkala Befehle zu erteilen? Das ist nicht möglich. Sobald ihr die Grenze überquert und auf feindlichem Gebiet seid, wird der Finne das tun, was er immer schon getan hat.«

»Und das wäre?«

»Er tut, was er will. Und wenn er beschließt, aus der Welt zu verschwinden wie ein Geist im Märchen, dann wirst du dafür verantwortlich gemacht werden.« Sie zog die Augenbrauen hoch und wartete auf die Antwort, die sie beide schon kannten.

»Das wird er nicht tun«, sagte Kirow. »Er weiß, welche Probleme er mir damit macht.«

»Natürlich weiß er das. Und genau darauf setzt Stalin. Du bist seine Versicherungspolice gegen Pekkalas Verschwinden, aber glaube nicht eine Sekunde daran, dass du den Einsatz leitest.«

»Na, dann mach dich vielleicht auf eine Überraschung gefasst«, antwortete Kirow empört.

»Vielleicht. Es gibt da aber noch etwas, was ich nicht verstehe.«

»Was?«

»Auch wenn ihr diese Frau findet, meint Pekkala wirklich, sie hätten irgendeine Chance, zusammen zurückzukehren?«

»Ich weiß es nicht«, antwortete er ehrlich. »Ich weiß nur, dass er sie immer noch liebt.«

»Und woher weißt du das? Hat er es dir erzählt?«

»Nicht direkt.«

»Woher willst du es dann wissen?«

»Pekkala hat ihr früher Monat für Monat Geld geschickt«, erklärte Kirow. »Er wusste also genau, wo in Paris sie gelebt hat, jedenfalls bis zum Kriegsausbruch. Danach hat er sie aus den Augen verloren.«

»Sie hatten bis zu diesem Zeitpunkt Kontakt?«

»Nein. Er hat ihr nie gesagt, woher das Geld wirklich kommt.«

»Na ja, was meint sie denn, woher das Geld kam?«

»Es wurde von einer Moskauer Bank überwiesen, von einem Konto auf den Namen Rada Obolenskaja, der Rektorin der Schule, an der Lilja vor der Revolution gearbeitet hat. Laut Pekkala hatte die Rektorin Lilja sehr ins Herz geschlossen, und so gebe es keinen Grund, daran zu zweifeln, dass das Geld von ihr stammt.«

»Aber warum um alles in der Welt wollte er es ihr nicht sagen?«, rief Elisaweta ungläubig aus.

»Weil Pekkala bis zum heutigen Tag fälschlicherweise davon ausging, dass Lilja verheiratet wäre und eine Familie hätte. Erst heute hat Stalin ihn darüber aufgeklärt. Pekkala wollte Liljas neues Leben, das sie sich vermeintlich aufgebaut hatte, nicht zerstören. Aber seine Liebe zu ihr stand nie infrage, und ich denke, sie wird auch nie infrage stehen, egal, was in Berlin passiert.«

»Wenn er meint, er kann einfach dort weitermachen, wo sie vor ihrer Trennung waren, dann ist er ein Träumer«, sagte Elisaweta.

»Es gibt Schlimmeres«, wich Kirow aus. »Und vielleicht will er ihr auch nur das Leben retten. Das würde ich jedenfalls für dich tun.«

Erst jetzt erhob sie sich und umarmte ihn. »Ich will, dass du mir was versprichst«, sagte sie.

»Was?«

»Wenn es heißen sollte, du oder Pekkala«, sagte sie mit dem Gesicht an seine gebügelte Uniform gedrückt, »dann versprich mir, dass du die richtige Entscheidung triffst.«

»Gut«, antwortete Kirow leise. »Das werde ich.«

Als das Geld zum ersten Mal auf ihrem Konto eintraf, damals im Sommer 1933, hielt Lilja Simonowa es für einen Irrtum. Nachdem sie ihren Bankauszug per Post zugestellt bekam und sah, dass beträchtlich mehr auf ihrem Konto war, als dort eigentlich sein sollte, ging sie persönlich zur Bank und sprach mit dem Filialleiter.

»Das hat schon alles seine Richtigkeit«, versicherte er ihr. »Das Geld ist aus Moskau angewiesen worden.«

»Aber von wem?«

»Einer Rada Igorewna Obolenskaja«, erwiderte der Leiter. »Sagt der Namen Ihnen was?«

»Ja, natürlich«, antwortete Lilja, die immer noch verwirrt war. »Ja, aber ...«

»So weit ich hier ersehen kann«, unterbrach der Leiter sie, »werden weitere Beträge monatlich eintreffen.«

»Und wie lange soll das so gehen?«

Der Leiter zuckte mit den Schultern. »Es ist kein Endtermin gesetzt.«

»Und gibt es dazu eine Mitteilung von Rada Igorewna?«

»Nicht, dass ich wüsste.«

»Aber was soll ich jetzt damit tun?«, fragte sich Lilja laut.

»Ich werde Ihnen sagen, was Sie damit tun sollen. Nehmen Sie das Geld. Nehmen Sie es und werden Sie glücklich.«

Im nächsten Monat traf, wie vom Filialleiter angekündigt, die nächste Anweisung aus Moskau ein. Und auch weiterhin, ohne Ausnahme, die nächsten acht Jahre.

Lilja Simonowa versuchte den Kontakt mit ihrer ehemaligen Vorgesetzten herzustellen. Sie hatte keine Ahnung, wo die Schulrektorin leben könnte, so schrieb sie kurzerhand an die alte Adresse der Schule und hoffte, sie möge noch dort sein oder jemand würde sich an sie erinnern und den Brief vielleicht weiterleiten. Aber sie erhielt keine Antwort, und nach einigen weiteren Versuchen gab sie es auf.

1937, im Café Dimitri, einem Lokal, wo sich die Exilrussen oft zum Tee trafen, begegnete Lilja eines Tages zufällig einer Frau, die sie aus Petrograd kannte. Sie hieß Olga Komarowa, und ihre Kinder besuchten die Schule, an der Lilja unterrichtete. Als Lilja von Rada Obolenskajas Großzügigkeit und dem überwiesenen Geld erzählte, huschte ein seltsamer Ausdruck über das Gesicht der anderen Frau.

»Aber das ist nicht möglich«, erwiderte Olga Komarowa darauf. »Die Schule ist doch niedergebrannt worden, gleich zu Beginn der Revolution. Das ist wahrscheinlich kaum einen Tag nach Ihrer Abreise geschehen.«

»Gut«, erwiderte Lilja, »das erklärt, warum niemand die Briefe bekam, die ich geschrieben habe. Aber Rada war eine wohlhabende Frau. Ich glaube nicht, dass sie die Schule und ihre Arbeit braucht, um finanziell über die Runden zu kommen. Selbst ohne die Schule dürfte sie eine Menge zur Seite gelegt haben.«

Olga Komarowa legte ihre Hand auf die von Lilja. »Nein«, sagte sie leise, »Sie verstehen nicht. Die arme Frau hat sich in der Schule aufgehalten, als die Rotgardisten alles niedergebrannt haben. Sie haben ihr gesagt, sie soll verschwinden, aber sie hat sich geweigert, sie haben das Schulhaus trotzdem in Brand gesteckt, obwohl sie noch drin war. Lilja, sie ist seit vielen Jahren tot.«

»Sie müssen sich irren«, beharrte Lilja.

»Nein. Ich habe selbst gesehen, wie sie ihren Leichnam aus den Trümmern gezogen haben. Sie hielt noch ihre Kamera umklammert. Neben Ihnen und der Schule war sie das Einzige auf der Welt, das ihr wichtig war.«

Am nächsten Tag suchte Lilja Simonowa erneut den Filialleiter auf und erzählte ihm, was sie erfahren hatte.

»Dafür gibt es eine ganz einfache Erklärung«, sagte er. »Sie muss es Ihnen in ihrem Testament vermacht haben. Der Testamentsvollstrecker muss dafür gesorgt haben, dass die Zahlungen an Sie getätigt werden.«

Lilja nahm ihn beim Wort, doch trotz dieser scheinbar einleuchtenden Erklärung konnte sie ihren Argwohn nie ganz ablegen. Dann, im Juni 1941, als das Deutsche Reich die Sowjetunion überfiel, wurde jeglicher Bankverkehr zwischen Moskau und dem von den Deutschen besetzten Paris eingestellt, und der Geldfluss hörte so abrupt auf, wie er vor langer Zeit begonnen hatte.

Eine Stunde nachdem Kirow die Lubjanka verlassen hatte, war er wieder im Büro in der Pitnikow-Straße.

Pekkala teilte ihm mit, ein Wagen sei schon unterwegs, um sie zu einem Militärflugplatz am Rand von Moskau zu bringen. Bislang wusste keiner der beiden genau, wie sie nach Berlin kommen würden.

Düster ließ sich Kirow im Sessel am Ofen nieder. Baumwolle quoll aus der schäbigen Polsterung. Kirow selbst sah kaum besser aus als der Sessel. Er hatte seine Uniform bereits gegen die ihm ausgehändigte ungarische Kleidung getauscht und wirkte ungemein schäbig und verwahrlost.

»Sie sehen so schlecht nicht aus«, versuchte Pekkala ihn aufzumuntern.

»Sie haben leicht reden«, grummelte Kirow. »Sie können Ihre eigenen Sachen tragen.«

»Weil ich über eine gewisse universelle Qualität verfüge«, verkündete Pekkala.

»Er hat Sie als Barbaren bezeichnet.«

»Es gibt Schlimmeres.«

Da er in diesem Gespräch nie die Oberhand behalten würde, wandte Kirow sich der Pistole zu, die er von Lassarew erhalten hatte. »Ich kapier es einfach nicht«, sagte er. »Sonst muss man dort immer für alles unterschreiben. Und man hat eine Menge Scherereien, wenn man nicht das letzte Fitzelchen wieder zurückbringt. Warum plötzlich dieser Sinneswandel?«

»Warum soll man für eine Waffe unterschreiben, die man nie zurückbringen wird?«, entgegnete Pekkala.

»Aber natürlich werde ich sie zurückbringen«, widersprach Kirow.

»Nicht, wenn wir es nicht zurückschaffen.«

Kirow starrte ihn verwundert an. »Wollen Sie damit sagen, die gehen davon aus, dass wir nicht überleben werden?«

»Sieht für mich ganz danach aus.«

Kirow erhob sich, als hätte er vor, augenblicklich zur NKWD-Zentrale zu marschieren, um eine Erklärung einzufordern. Als ihm allerdings die Nutzlosigkeit dieses Tuns bewusst wurde, ließ er sich wieder in den Sessel fallen.

In diesem Moment hörten sie das Quietschen von Bremsen.

Pekkala trat ans Fenster und sah zur Straße hinunter. »Zeit zum Aufbruch«, sagte er.

Während sich Kirow und Pekkala auf den Weg nach Berlin machten, war Kriminalinspektor Leopold Hunyadi in der Stadt eingetroffen.

Nun stand er vor Adolf Hitler.

Das Treffen fand in dem von Geröll übersäten Garten der Reichskanzlei statt, wo Hitler mindestens einmal am Tag seine Schäferhündin Blondi ausführte. Er hatte die sonst anwesende Wachmannschaft fortgeschickt, damit die Begegnung mit Hunyadi so geheim wie möglich blieb.

»Hunyadi«, begann Hitler und zog den Namen wie ein Knurren in die Länge. »Womit habe ich das verdient?«

Hunyadi hatte nicht die geringste Ahnung, wovon Hitler redete. Wenn er aber auch nur danach fragte, dachte er sich, fand er sich möglicherweise sofort wieder auf dem Weg zurück nach Flossenbürg. Deshalb hielt er vorerst den Mund.

Hitler ging einen Weg entlang, der einst von Blumen gesäumt gewesen war, mittlerweile aber einem Bohlenweg durch ein von Kratern zerfurchtes Schlammfeld glich. Der Hund lief voraus und zerrte an der Leine.

»Da ist ein Spion«, fuhr Hitler fort.

Hunyadi ließ den Blick über die geborstenen Scheiben der Fenster schweifen. »Hier?«, fragte er. »Jetzt?«

Hitler schüttelte den Kopf, dann deutete er mit dem Kinn zum Boden. »Unten. Im Bunker.«

»Woher wissen Sie das?«

»Informationen sind nach draußen gelangt. Die Alliierten verbreiten sie im Radio. Ganz ungeniert. Als wollten sie mich wegen meiner Unwissenheit verspotten. Das kann ich unter keinen Umständen dulden. Unter keinen Umständen. Deswegen habe ich Sie kommen lassen.«

»Ich soll den Spion ausfindig machen?«

»Richtig.«

»Und was ist mit dem Reichssicherheitsdienst?«

Hitler atmete hörbar aus. »Hätten Rattenhuber und seine Leute ihre Arbeit getan, so wie es sich gehört, würden Sie jetzt nicht vor mir stehen.«

»Nein«, antwortete Hunyadi. »Dann wäre ich tot.«

Hitler sah ihn an, dann zuckte er mit den Schultern. »Keiner entgeht seinem Tod, Hunyadi.«

Hunyadi räusperte sich. »Wenn ich fragen darf: Warum ich? Ich verstehe nicht, wie Sie mir noch Vertrauen entgegenbringen können, nachdem Sie meine Hinrichtung befohlen haben wegen angeblicher Verbrechen gegen den Staat.«

»Ach«, seufzte Hitler und legte Hunyadi kurz die Hand auf die Schulter. »Die Liebe hat Sie zu Ihrem Verbrechen getrieben, eine fehlgeleitete Liebe freilich, aber unter den gegebenen Umständen verständlich. Wegen dieser Liebe weiß ich, dass ich Ihnen diese Aufgabe anvertrauen kann.«

»Ich verstehe nicht«, sagte Hunyadi.

»Auf meine Bitte hin wurde Franziska von Freunden innerhalb der spanischen Behörden, die mir loyal verbunden sind, in Gewahrsam genommen.«

Hunyadi schnürte sich die Kehle zusammen. »Was wird ihr vorgeworfen?«, brachte er mühsam heraus.

»Meinen Freunden ist sicherlich etwas eingefallen.«

»Warum lassen Sie mich nicht einfach nach Flossenbürg zurückbringen und mich hinrichten? Warum müssen Sie mir das antun?«

»Weil, mein alter Freund, ich nicht mehr weiß, wem ich noch trauen kann.« Hitler bohrte die Ferse in den sandigen Boden, als wollte er ein Feuer austreten. »Da unten in den Eingeweiden des Reichs. Wenn ich meinen eigenen Reichssicherheitsdienst damit beauftrage, wer sagt mir dann, dass ich damit nicht die Leute mit Ermittlungen betraue, gegen die eigentlich ermittelt gehört? Nein, ich brauche jemanden von außen. Jemanden, der mir nicht ins Gesicht lächelt, während er mir gleichzeitig den Dolch in den Rücken stößt. Verstehen Sie, Hunyadi? Ihr Hass ist es, der mich überzeugt, den richtigen Mann für diese Aufgabe gefunden zu haben, und die Liebe zu Ihrer Frau garantiert mir Ihre Loyalität.« Er starrte Hunyadi an. »Wollen Sie mich allen Ernstes abweisen?«

»Unter den Umständen weiß ich nicht, wie das möglich wäre.«

Hitler nickte zufrieden. »Dann ist es abgemacht.« Er griff in seine Uniform und zog einen dicken Umschlag heraus, den er Hunyadi überreichte. »Hier ist alles, was Sie über den Fall wissen müssen.«

»Wenn es stimmt, was Sie sagen, werde ich möglicherweise sehr hochstehende Personen vernehmen müssen.«

»Ja.«

»Sie werden die Einmischung nicht gutheißen.«

»Nein, aber Sie haben mein Wort, sie werden sie über sich ergehen lassen. Im Umschlag finden Sie eine Telefonnummer, die verbindet Sie mit der Vermittlung im Bunker. Sollte irgendjemand versuchen, Sie in Ihrer Arbeit zu behindern, müssen Sie nur anrufen, und ich werde persönlich alles Notwendige in die Wege leiten.«

Sie hatten eine Stelle erreicht, an der es nicht mehr weiterging. Der Weg wurde von einem gewaltigen weggesprengten Stück Mauerwerk blockiert, der Boden war von Bombenkratern aufgerissen.

Vom ersten Moment an, als er Hitler erblickte, hatte Hunyadi nur einen Gedanken gehabt: ihn zu töten – mit einem Stein, mit den bloßen Händen, mit den Zähnen – und anschließend zwischen den Ruinen zu verschwinden. Aber was Hitler über Franziska gesagt hatte, lähmte ihn. Er zweifelte nicht daran, dass immer noch einige bereit waren, den Wünschen des Führers zu entsprechen, obwohl die alliierten Armeen auf Berlin vorrückten und die Wehrmacht nur noch ein letztes Aufgebot aus alten Männern und Halbwüchsigen zusammenbrachte. Wenn die, die bis zum Schluss zum Führer standen, erfuhren, was er getan hatte, wäre Franziska in weniger als einer Stunde tot.

Er wünschte, er könnte die Zeit zurückdrehen, zurück zu dem Moment, als er aus dem Bunker gekommen war und den jungen Gefreiten im Stacheldrahtverhau gesehen hatte. Er wünschte, er könnte diesem Mann den Rücken kehren, zurück in die schlammige Erde hinabsteigen und ihn von der eigenen Artillerie zerfetzen lassen.

Und allein dass ihm dieser Gedanke gekommen war, ihm, der sich sonst an Fakten hielt, nicht an Träume, bewies nur, wie machtlos er jetzt war.

Hitler wusste es ebenfalls. Warum sonst hätte er es gewagt, sich allein mit Hunyadi zu treffen ohne die übliche Eskorte bewaffneter Wachmänner?

In einem letzten Versuch, vernünftig mit ihm zu reden, fasste Hunyadi Hitler am Arm.

Hitler fuhr zusammen. Nur wenige wagten es, ihn zu berühren.

Der Hund knurrte und fletschte die Zähne.

Hunyadi, der seinen Fehler bemerkte, zog schnell die Hand zurück. »Hören Sie. All die Jahre über waren wir durch die Schuld verbunden, in der Sie bei mir zu stehen meinen. Erlauben Sie mir, Sie jetzt davon zu entbinden. Lassen Sie uns einfach gehen, mich und meine Frau, und wenn Sie dazu nicht in der Lage sind, dann lassen Sie wenigstens sie frei. Drohen Sie mir nicht damit. Wir sind vielleicht nicht mehr durch Freundschaft verbunden, aber zumindest gab es eine Zeit, in der wir keine Feinde waren. Ich bitte Sie, erinnern Sie sich daran.«

Hitler starrte ihn in höchster Neugier an.

Einen kurzen Augenblick war Hunyadi überzeugt, dass seinem Wunsch stattgegeben würde.

»Es steht völlig außer Frage, die Schuld, in der ich bei Ihnen stehe, zu begleichen«, erwiderte Hitler. »Ich werde entscheiden, wann wir quitt sind, und ich werde entscheiden, auf welche Weise das geschieht.« Er sah hinauf in den Himmel. »Es wird bald Nacht. Zeit für mich, nach unten zu gehen. Ich lasse Sie hier, Hunyadi. Sie finden selbst nach Hause.« Mit diesen Worten kehrte Hitler um und ging zurück zum Eingang der Reichskanzlei. Der Hund folgte dicht hinter ihm.

Als sich die Sonne hinter den Ruinen senkte und sich das diffuse Abendlicht mit gelbem Staub vermischte, machte sich Hunyadi auf den langen Weg zu seiner Wohnung in der Pradelstraße. Keiner schien ihn wahrzunehmen, als er durch die Straßen schlurfte. Er sah aus wie einer der unzähligen Flüchtlinge, die zu Tausenden in die Stadt gekommen waren.

Obwohl er seit Wochen nicht mehr zu Hause gewesen war, war die Wohnungstür nach wie vor abgesperrt, drinnen war alles unberührt.

Die Luft war stickig. Trotz der Kälte öffnete er die Fenster, wusch sich, zog sich um und setzte sich an seinen Schreibtisch, machte das Licht an und las den Bericht, den Hitler ihm gegeben hatte.

Als er damit fertig war, lehnte er sich zurück und verschränkte die Hände im Nacken. Lange starrte er zum offenen Fenster und sah zu, wie der nächtliche Wind die Vorhänge hin und her wehen ließ. Es musste einen Ausweg geben, dachte er und suchte nach einer Lösung, fand aber keine. Hunyadi saß in der Falle.

Es blieb ihm nichts anderes übrig, als die ihm übertragene Aufgabe zu erledigen.

Am nächsten Morgen, nachdem er ein wenig gedöst hatte, steckte er den Umschlag mit den Dokumenten in die Innentasche seines Jacketts, atmete tief durch und verließ das Zimmer.

Er brauchte nicht lange, um von seiner Wohnung zur Polizeiwache Pankow zu kommen, wo er bis zu seiner Verhaftung seine gesamte Dienstzeit verbracht hatte.

Der diensthabende Wachtmeister war überrascht, ihn zu sehen. »Kriminalinspektor Hunyadi, ich dachte ...« Er zögerte. »Na ja, ich dachte, Sie wären ...«

»Ich war«, erwiderte Hunyadi.

Der Wachtmeister nickte heftig. »Und was kann ich für Sie tun, Herr Kriminalinspektor?«

»Ich brauche mein altes Büro.«

»Aber das dürfte nicht verfügbar sein«, stammelte der Mann. »Es gehört jetzt Kriminalinspektor Hossbach.«

»Hossbach«, murmelte Hunyadi. Er sah den kleinen Mann mit dem rosigen Gesicht vor sich, dessen Lächeln immer eine Spur zu breit wirkte. »Und wie lange hat er gewartet«, fragte Hunyadi, »bis er in mein Büro gezogen ist?«

Das taktvolle Schweigen des Wachtmeisters war Antwort genug.

Hunyadi stieg die Treppe zum ersten Stock hinauf und ging über den ausgetretenen Teppichboden zu seinem Büro.

Er machte sich nicht die Mühe, anzuklopfen.

Hossbach hatte die Beine auf dem Schreibtisch liegen und las eine Monatszeitschrift mit dem Namen *Jugend,* die sich selbst als Bildjournal zur »Verherrlichung des menschlichen Körpers und Geistes« bezeichnete, im Grund aber nichts anderes als Pornografie war.

Sobald Hunyadi die Tür öffnete, warf Hossbach die Zeitschrift über die Schulter nach hinten und schwang die Füße vom Tisch. Er griff zum Telefonhörer und versuchte den Eindruck zu vermitteln, mitten in einem wichtigen Gespräch begriffen zu sein. »Verdammt«, schrie er. »Hat Ihnen keiner beigebracht, dass man anklopft?« Dann stutzte er, den schweren schwarzen Bakelithörer reglos in der Hand. »Sie!«, entfuhr es ihm.

»Hossbach.« Kurz hatte es den Anschein, als wollte Hunyadi mehr sagen, aber dann ließ er den Namen nur im Raum schweben wie den Ton einer sacht angeschlagenen Glocke.

»Was machen Sie hier?«, fragte Hossbach und legte den Hörer auf. »Ich dachte, man hätte Sie weggebracht.«

»Ich bin freigekommen.«

»Also«, sagte Hossbach und kniff verwirrt die Augen zusammen, »sind Sie wieder im Dienst?«

»Nicht ganz. Ich erledige nur einen Auftrag für einen alten Bekannten.«

»Und Sie wollen meine Hilfe?«

»Ich will Sie aus meinem Büro haben.«

Jetzt begann sich das unangenehme Lächeln über Hossbachs ganzes Gesicht zu erstrecken. »Nun ja, Hunyadi, ich bin mir nicht sicher, ob das möglich ist.«

Hunyadi zog den Umschlag aus seinem Mantel und durchsuchte den Inhalt.

»Was machen Sie da?«, fragte Hossbach.

»Es muss hier irgendwo sein.«

»Ich will verdammt sein, wenn ich dieses Büro wieder hergebe«, zischte Hossbach immer noch mit diesem Lächeln im Gesicht.

»Richtig, genau das sind Sie dann«, erwiderte Hunyadi. »Ah, hier haben wir es ja.« Er zog eine Visitenkarte mit den zu einem kunstvollen Monogramm verknüpften Initialen AH heraus. Darunter war mit schwarzer Tinte eine Telefonnummer geschrieben. Hunyadi legte die Karte auf den Tisch und schob sie mit einem Finger Hossbach hin. Dann griff er zum Hörer und hielt ihn dem Polizisten hin. »Rufen Sie an«, sagte er. »Ich warte so lange draußen.«

Hunyadi trat hinaus in den Gang, schloss die Tür hinter sich und atmete den vertrauten Geruch der Dienststelle ein: den kalten Zigarettenrauch, das Haarwasser, den Schweiß, die scharfe Hektografietinte, die einem Tränen in die Augen trieb, sowie den stundenlang vor sich hin kochenden Kaffee, auch wenn Hunyadi davon ausging, dass hier schon lange kein richtiger Bohnenkaffee mehr getrunken wurde. Die Luft war erfüllt vom Klappern der Schreibmaschinen und den Stimmen von Männern, die zu viel rauchten. Niemand war eindeutig zu verstehen, weshalb alles zu einem heiseren Stimmengewirr verschwamm, dessen Vertrautheit Hunyadi beruhigend fand.

Nach wenigen Minuten ging die Tür auf, und Hossbach kam in den Gang. Im Arm hatte er einen Topf mit einer kleinen Orchidee, sein Gesicht war aschfahl. Wortlos ging er an Hunyadi vorbei. Die Orchidee wippte über seiner Schulter hin und her, als wollte sie Hunyadi zum Abschied zuwinken.

Am Abend des 12. April 1945 wurden Kirow, Pekkala und ihr Führer an die unbequemen Metallsitze im ungeheizten Laderaum einer Ju 52 geschnallt.

Pekkala betrachtete die gebogenen Streben an der nackten Wellblechbeplankung, die mit einem Mal den Eindruck erweckten, als wäre er von einem Wal verschluckt worden. Und plötzlich wusste er nicht mehr, ob sich die Geschichte von Jonas wirklich ereignet hatte oder irgendwann von einem seit Urzeiten toten Heiligen erfunden worden war, um seinen Zuhörern eine Pekkala nicht mehr geläufige höhere Wahrheit nahezubringen.

Die Maschine war zwei Jahre zuvor den russischen Truppen bei der Einnahme eines Flugfelds in der Nähe von Orel in die Hände gefallen. Seitdem wurde sie für mehrere Einsätze verwendet, bei denen von der Wehrmacht eingekesselte Soldaten der Roten Armee mit Ersatzteilen versorgt wurden.

Bei diesem Einsatz aber würde sie Lebendfracht transportieren.

Neben Pekkala saß Kirow. Der Major überprüfte zum fünften Mal seinen Fallschirm. Kirow schwirrten noch die Worte des Ausbilders durch den Kopf, der sie am Flugplatz empfangen und ihnen erläutert hatte, wie sie aus der Maschine abspringen mussten. Und dann hatte er noch angemerkt, falls sich ihr Schirm nicht öffnen sollte, würden sie, egal, ob sie nun aus zweihundert oder aus zweitausend Metern Höhe absprangen, mit einer Fallgeschwindigkeit von etwa hundertachtzig Stundenkilometern auf den Boden aufschlagen und sich beim Aufprall sämtliche Knochen im Leib brechen, sogar die ganz kleinen in den Ohren. Mit diesen sehr nüchtern vorgetragenen Informationen hatte er sie lediglich beruhigen wollen, schließlich wäre ja alles in einer Sekunde vorbei und sie hätten überhaupt keine Zeit mehr, noch irgendwelche Schmerzen zu spüren.

Kirow allerdings fiel es schwer, das so zu sehen. Als er die unterschiedlichen Gurte und Schnallen betrachtete, wurde ihm klar, dass er überhaupt nicht wusste, ob der Fallschirm richtig zusammengelegt war, außerdem hatte er Angst, irgendwas anzufassen, weil er auf keinen Fall etwas kaputt machen oder irgendetwas Wichtiges verstellen wollte, damit er nicht als ein Haufen Gelatine endete.

Er warf Pekkala, den es gar nicht zu stören schien, dass sie sich bald ins Nichts stürzen sollten, einen bösen Blick zu. Nach Pekkalas Miene zu schließen, schien er sich geradezu darauf zu freuen.

Mit murmelnden Flüchen, die, wie Kirow wusste, im Lärm der Junkers-Triebwerke keiner hören würde, machte sich Kirow ein weiteres Mal daran, seine Ausrüstung zu überprüfen.

Ihnen gegenüber saß ihr Führer, ein mürrisch dreinblickender Mann mit deutschem Akzent, der sich ihnen als Oberst Luther Strohmeyer vorgestellt hatte.

Zwei Jahre zuvor hatte Strohmeyer noch als Untersturmführer eine stark geschrumpfte Panzergrenadierkompanie der SS-Panzerdivision »Das Reich« befehligt. In der Schlacht, in der auch ihr gegenwärtiges Transportmittel erobert wurde, hatte Strohmeyer den Befehl gehabt, die Stadt Fatesch frontal anzugreifen, ohne vorherigen Artilleriebeschuss, was einem Selbstmordkommando gleichgekommen wäre, da sie dazu eine weite offene Fläche überqueren mussten. In der Annahme, es sei irgendwo in der Befehlskette zu einem Fehler gekommen, nahm Strohmeyer die Sache selbst in die Hand und forderte Mörserfeuer auf Fatesch an. Die überraschten und waffentechnisch unterlegenen sowjetischen Verteidiger ergriffen sofort die Flucht, sodass Strohmeyer mit seinen Männern die Stadt ohne Verluste einnehmen konnte.

Dafür erwartete sich Strohmeyer mindestens das Eiserne Kreuz Erster Klasse, vielleicht sogar ein Ritterkreuz, das er sich um den Hals legen könnte.

Aber das geschah nicht.

Es stellte sich nämlich heraus, dass Strohmeyers Kompanie lediglich zur Ablenkung für einen sehr viel größeren Vorstoß weiter im Norden vorgesehen war. Er und seine Männer sollten geopfert werden. Keiner hatte erwartet, dass sie überleben würden. Als Ergebnis der erfolgreichen Einnahme von Fatesch wurde Strohmeyer beschuldigt, den ihm gegebenen Befehl nicht ordnungsgemäß ausgeführt zu haben. Er hatte zu diesem Zeitpunkt immer noch keine Ahnung, was das im Einzelnen zu bedeuten hatte, bis er zum SS-Fallschirmjäger-Bataillon 500 überstellt wurde, einem sogenannten Bewährungsbataillon. In ihm wurden straffällig gewordene SS-Soldaten auf Einsätze geschickt, bei denen von vornherein mit enormen Verlusten zu rechnen war.

Im Mai 1944 sollte das Bataillon den kommunistischen Partisanenführer Tito in seinem abgelegenen Bergversteck Drvar im westlichen Bosnien stellen. Der Einsatz schlug fehl, mehr als achthundert der insgesamt tausend eingesetzten Männer wurden getötet oder gerieten in Gefangenschaft – weil die Kommunisten von der bevorstehenden Operation unterrichtet wurden.

Der Mann, der ihnen den Tipp gegeben hatte, war kein anderer als Luther Strohmeyer. Über einen Informanten im Lager, in dem das Bataillon die Sprungausbildung absolvierte, ließ er ihnen eine Botschaft zukommen. Verbittert über die Behandlung, die ihm zuteilgeworden war, hatte sich seine fanatische Begeisterung für den Faschismus nahtlos in eine für den Kommunismus gewandelt.

Nur selten wurde er in den folgenden Monaten von Gewissensbissen geplagt. Die Bilder von den Männern, für deren Tod er verantwortlich war, blitzten hin und wieder auf und kamen aus den dunklen Winkeln seines Bewusstseins, und dann warf er den Kopf hin und her, so, als würde ihm jemand ein brennendes Holzscheit zu nah ans Gesicht halten.

Sobald er bei der Landung bosnischen Boden betreten hatte, war er desertiert, hatte sich zu den Partisanen durchgeschlagen und war anschließend über Umwege nach Moskau gebracht worden, wo man ihn als Helden willkommen hieß, der Tito das Leben gerettet hatte.

Seitdem arbeitete er für den sowjetischen Geheimdienst und hatte an mehreren Einsätzen im Deutschen Reich teilgenommen, bei denen er jedes Mal per Fallschirm abspringen musste. Dabei hatte er nicht nur gelernt, wie man sich in zweihundertfünfzig Metern Höhe aus einem Flugzeug wirft, sondern auch, dass er nie Angst hatte, wenn die Zeit zum Absprung gekommen war. Strohmeyer wusste nicht, woher diese Furchtlosigkeit rührte. Denn eigentlich hätte er doch Angst haben müssen. Bevor er an Bord ging und auch später, wenn er sicher gelandet war, kamen die Albträume über ihn wie Starenschwärme, die den gesamten Himmel verdunkelten. Aber sobald das Flugzeug abgehoben hatte, wurde er erfüllt von einer unendlichen Ruhe, und warum und wohin sich seine Ängste verflüchtigt hatten, wusste Strohmeyer nicht, und es kümmerte ihn auch nicht.

Dieser Einsatz schien anders zu sein als die vorherigen. Strohmeyer, in Berlin geboren, hatte sich freiwillig gemeldet, um die beiden Russen in die Stadt zu lotsen und sie sowie die Person, zu deren Rettung sie kamen, wieder fortzubringen. Vom Einsatz selbst wusste er nichts, er hatte keine Ahnung, wer die Männer waren, die hier vor ihm saßen, oder die Person, die sie rausholen sollten. Er kannte lediglich die Adresse des sicheren Hauses in der Heiligenberger Straße im Berliner Osten sowie den Zeitpunkt ihres Treffens, mittags in drei Tagen. Die Männer, die er begleitete, wussten zwar von dem Datum, die Adresse des sicheren Hauses aber kannte nur er. Swift, der britische Diplomat in seinem Tweetjackett, der ihn in die Aufgabe eingewiesen hatte, hatte sie ihm mitgeteilt. Bei Operationen wie dieser gehörte es zu den üblichen Vorsichtsmaßnahmen, Informationen aufzuteilen, sodass keiner der Beteiligten alles wusste. Sollte etwas schiefgehen und einer gefangen genommen werden, würde dadurch nicht die gesamte Operation gefährdet sein.

Die Befehle, die man ihm diesmal gegeben hatte, unterschieden sich aber in einem wichtigen Punkt von den früheren. Auf dem Weg zum Flugplatz hatte ihn der zuständige NKWD-Offizier angewiesen, die beiden Männer, die er nach Berlin brachte, zu erschießen, sollten sie vor Ort einen gewissen Widerwillen zeigen, zu den sowjetischen Linien zurückzukehren. Was genau er dabei unter »Widerwillen« verstand, hatte der Offizier nicht weiter ausgeführt. Strohmeyer hatte den Eindruck, dass es dem Kreml lieber wäre, wenn die beiden Männer nicht überlebten, obwohl sie für den Einsatz ganz offensichtlich unumgänglich waren. Daneben hatte der NKWD-Offizier klargestellt, dass der Person, die sie aus der Stadt herausholten, unter keinen Umständen etwas zustoßen dürfe. Strohmeyer musste nicht erst nachfragen, um zu wissen, dass sein eigenes Überleben von dieser Bedingung abhing.

Es war eiskalt in der Maschine. Neben der Kleidung, die sie in der Stadt tragen würden, waren ihnen nur braune Baumwolloveralls ausgehändigt worden, über die das schwere Fallschirmgeschirr geschnallt wurde. Eingelullt vom Dröhnen der Motoren und der kalten Luft, schien jeder in einen traumartigen Stupor versunken zu sein.

Nach über sieben Stunden in der Luft und einem Zwischenstopp zum Auftanken schreckten sie hoch, mit einem Mal prasselte es lautstark gegen den Rumpf, fast gleichzeitig ertönten Windgeräusche und ein hoher Pfeifton.

Die Junkers-Motoren heulten auf, als der Pilot Gas gab.

Pekkala wurde von einem unsichtbaren Gewicht niedergedrückt, als die Maschine zu steigen begann.

Kirow sah zu dem Fremden, der ihr Führer war, und hoffte auf eine Erklärung.

Strohmeyer deutete auf eine Stelle im Rumpf direkt über Kirows Kopf.

Kirow drehte sich um. Um ihn herum pfiff der Wind durch gut ein Dutzend Löcher im Wellblech.

Kurz darauf ging die Tür zum Cockpit auf, und ein Mann in einer mit Schaffell gefütterten Fliegermontur erschien. »Wir haben gerade die sowjetischen Linien überquert«, schrie er ihnen zu. »Wir wurden von unseren eigenen Leuten beschossen, aber das hat uns nicht aufgehalten. Wir sind jetzt über deutschem Gebiet. Macht euch bereit, wenn die Lichter angehen.«

Neidvoll starrte Kirow auf die Fliegermontur des Mannes, dann sah er zu den beiden Lichtern, von denen eines rot, das andere grün war.

Und noch während er dorthin sah, ging die Lampe an, die ihnen anzeigte, dass sie sich zum Sprung bereit machen sollten.

Eilig, mit pochendem Herzen schnallte sich Kirow vom Sitz los.

Die anderen Männer taten dasselbe.

Sie erhoben sich und klickten ihre Aufziehleinen in der Stange ein, die sich am Dach durch das gesamte Flugzeug zog.

Der Co-Pilot öffnete die Seitentür, eisige Luft rauschte in den Laderaum und übertönte noch das unablässige Wummern der Triebwerke.

Strohmeyer, der Erste in der Reihe, trat nach vorn zur Öffnung. Draußen in der frühmorgendlichen Dämmerung sah er Wolken vorbeiziehen, tief unten war die Landschaft zu erkennen.

Die rote Lampe erlosch, im selben Moment blinkte im gesamten Laderaum das smaragdgrüne Sprunglicht.

Ohne auch nur einen Augenblick zu zögern, nahm Strohmeyer zwei Schritte Anlauf und warf sich kopfüber durch die Öffnung. Er streckte Arme und Beine aus, wie es deutschen Fallschirmjägern in der Ausbildung beigebracht wurde. Die auf dem Rücken befestigte Aufziehleine spannte sich, und dann wurde er so heftig nach oben gerissen, dass er fast glaubte, ohnmächtig zu werden. Der Fallschirm öffnete sich, seine Beine schwangen nach unten, und er hing wie eine Marionette an den Leinen und trudelte dem Boden entgegen.

Als er eine Wolke durchquerte, war seine Kleidung sofort durchnässt. Das Flugzeug war jetzt kaum mehr zu hören.

Direkt unter ihm lag ein Dorf. Es schien von den Kriegsereignissen unberührt, obwohl es noch zu dunkel war, um das mit Gewissheit sagen zu können.

Was ihn an diesen Sprüngen immer wieder aufs Neue faszinierte, war die Stille und wie langsam er scheinbar zunächst zum Boden schwebte. Aber je mehr er sich dem Boden näherte, desto schneller schien alles zu werden, und jetzt erkannte er, dass er unmittelbar auf eine Reihe von Bäumen zusteuerte, zwischen denen er einen Kirchturm ausmachen konnte.

Wie er es von seinem Sprunglehrer in Ungarn gelernt hatte, presste Strohmeyer die Beine zusammen, damit er sich nicht in einem Ast verfing. Bei der Geschwindigkeit, mit der er auftraf, wäre eine solche Verletzung tödlich gewesen.

Darüber hinaus konnte er wenig tun, außer sich auf die Landung gefasst zu machen und zu hoffen, dass sein Fallschirm sich nicht in den Zweigen verhedderte.

Er zog die Beine an die Brust, während die Baumwipfel an ihm vorüberstrichen, dann trieb er über den größten der Bäume hinweg und lachte laut auf, als er sah, dass er das Hindernis hinter sich gelassen hatte. Er ging auf einem gepflügten Acker nieder, dem besten Landeplatz überhaupt. Aber ihm blieb kaum noch Zeit, sich darüber zu freuen, denn jetzt sah er die schwarzen Drähte, die sich horizontal vor ihm spannten.

Die Fangleinen des Fallschirms gaben ein lautes zischendes Geräusch von sich, als sie auf die Stromkabel trafen, der Seidenschirm knisterte, während er sich um den Strommasten wickelte.

Die elektrische Spannung fuhr ihm durch den Rücken und explodierte in seinen Stiefelsohlen, und Strohmeyer spürte nicht mehr, dass er die Erde erreicht hatte. Der letzte Gedanke, der ihm noch durch den Kopf ging, bevor sein Körper zu explodieren schien, war, dass keiner der beiden Männer, die er hier anführte, auch nur ansatzweise wusste, wohin sie sich wenden sollten.

Als Pekkala auf dem Acker zur Landung ansetzte, begann er wild zu strampeln wie ein Radfahrer, bis er den Boden unter den Füßen spürte und schließlich mit den Knien auf die weiche Erde fiel. Gleich darauf war er wieder auf den Beinen und holte die Leinen seines grünen Seidenschirms ein. Es dauerte nicht lange, bis er ihn zu einem unförmigen Bündel zusammengerafft hatte. Er schälte sich aus den Gurten, trug alles zu einer nahen Hecke und stopfte es unter die Sträucher, damit es nicht mehr zu sehen war.

Nachdem er stundenlang die ölig riechende, dünne Luft im Frachtraum der Maschine eingeatmet hatte, genoss er den feuchten, erdigen Geruch der Landschaft.

Er sah sich um. Der Wind hatte ihn ein gutes Stück abgetrieben, aber er konnte den Kirchturm zwischen den Bäumen erkennen. Aber weder von Kirow noch von ihrem Führer war irgendetwas zu sehen. Bei der Vorstellung, völlig auf sich allein gestellt zu sein, musste er einen Anflug von Panik unterdrücken.

Er zog den Webley aus dem um die Brust geschlungenen Holster und stapfte über den Acker, bis er eine Wiese erreichte. Von dort machte er sich auf in Richtung Kirche.

Bald darauf entdeckte er die Silhouette eines Mannes – er stand an der Kirchenmauer und winkte ihm zu.

Kirow.

Beide waren sie sichtlich erleichtert, den anderen zu sehen.

Sie brauchten eine Weile, bis sie ihren Führer entdeckten.

Sobald sie den Schirm sahen, der sich wie eine Qualle in der Brise bauschte, rannte Kirow los, um dem bewegungslos auf dem Boden liegenden Mann zu helfen.

»Halt!«, rief Pekkala.

Kirow blieb stehen.

»Kommen Sie ihm nicht zu nah. Er ist in eine Stromleitung geflogen, die jetzt über seinen Körper geerdet ist.«

Kirow wich zurück. Er sah noch, wie ein Rauchfaden – vielleicht war es auch Dampf – aus dem Mund des Toten aufstieg.

Da sie nicht wussten, wo sie sich befanden, und es auch nicht möglich war, ihren Führer auf Landkarten oder andere Dokumente zu untersuchen, die ihnen vielleicht verrieten, wo sie sich in Berlin zu melden hatten, stapften die beiden Männer kurz entschlossen zur Kirche und näherten sich zwischen den Grabsteinen dem Eingang. Aber die Tür war zugesperrt, also zogen sie sich zu einer Ansammlung von Bäumen in einer Ecke des Friedhofs zurück. Ihre Kleidung war durchnässt, weshalb sie ein kleines Feuer entfachten, dessen spärliche Flammen sie durch mehrere, mit dreckverkrusteten Fingern aus dem Boden gewühlten Steinen verdeckten.

Ein kalter Wind strich über die Felder außerhalb des Friedhofs und raschelte in den Ästen der Bäume.

Die zwei Männer kauerten über den brennenden Zweigen und hielten die Hände in den Rauch, als wollten sie sie im Duft der brennenden Erlen waschen.

Mit eingezogenem Kopf, das Kinn im Kragen des dreckverschmierten Mantels verborgen, glich Pekkala den Landstreichern im Bitza-Wald im Süden von Moskau.

»Es hat keinen Sinn, weiterzugehen«, sagte Kirow, dem das Sprechen schwerfiel, da er am ganzen Leib zitterte.

Pekkala sah vom Feuer auf. »Was?«, fragte er überrascht.

»Ohne Führer«, erklärte Kirow, »finden wir das sichere Haus nie.«

»Wir haben ein paar Anhaltspunkte.«

Kirow sah ihn skeptisch an. »Die da wären?«

»Wir wissen, dass es eine ungarische Kontaktperson gibt, und wir kennen das Datum, zu dem wir ihn im sicheren Haus treffen sollen.«

»Das reicht nicht. Nie und nimmer. Das Treffen soll in drei Tagen stattfinden. Selbst wenn wir es noch rechtzeitig nach Berlin schaffen sollten – was hilft uns das in der Stadt, in der bestimmt Abertausende von Ungarn leben, ganz zu schweigen von den vielen Flüchtlingen aus dem Osten? Finden Sie sich mit der Tatsache ab, Inspektor, dass wir nicht die geringste Chance haben, uns mit Genossin Simonowa zu treffen.«

»Man hat immer eine Chance«, sagte Pekkala.

Kirow sah sie beide schon vor sich, wie sie von Haus zu Haus trotteten und an jede Tür klopften. Damit hätten sie bis an ihr Lebensende zu tun. Es überraschte ihn kaum, dass Pekkala nicht aufgeben wollte, vor allem wenn man bedachte, was auf dem Spiel stand. Er musste seine Worte also mit Bedacht wählen, wenn er den Inspektor davon überzeugen wollte, den Weg nach

Osten einzuschlagen. »Inspektor«, begann er, »ziehen Sie bitte die Möglichkeit in Betracht, dass Ihre Urteilsfähigkeit in dieser Sache getrübt sein könnte.«

»Das kann gut sein«, gestand Pekkala.

Ermutigt durch diese Antwort, fuhr Kirow fort.

»Sobald die Sonne aufgegangen ist«, sagte er entschieden, »werden wir uns in Richtung sowjetische Linien auf den Weg machen.«

»Egal, was Sie von meiner Urteilsfähigkeit halten«, antwortete Pekkala, »bin ich viel zu weit gekommen, um jetzt noch umzukehren.«

»Aber es ist doch nicht weit«, versuchte Kirow zu argumentieren. »Unsere Truppen können nicht mehr als ein oder zwei Tagesmärsche entfernt sein. Wir müssen nur nach Osten gehen. Die Rote Armee zieht starke Kräfte auf den Seelower Höhen zusammen. Wenn wir die Oder erreichen, sind wir in Sicherheit.«

»Sicherheit?«, wiederholte Pekkala. »Wie, meinen Sie, sieht es mit Ihrer Sicherheit aus, wenn wir mit leeren Händen im Kreml auftauchen?«

»Aber das werden wir doch nicht. Sobald wir hinter den sowjetischen Linien sind, nehmen wir Kontakt mit den Besonderen Operationen in Moskau auf. Sie können das Treffen im sicheren Haus neu planen und uns einen neuen Führer schicken. Wir schaffen es nach Berlin, Inspektor. Es wird nur ein wenig länger dauern, als wir gedacht haben.«

»Genau das ist das Problem, Major Kirow.« Pekkala griff sich einen Stock und stocherte damit in der Glut herum. »Es ist vielleicht nur eine Frage von Stunden, bis Hunyadi sie findet. Wir können es uns vielleicht leisten, noch ein wenig zu warten, aber Lilja Simonowa kann es nicht.«

Kirow wurde klar, dass er, nachdem er so nicht weiterkam, nur noch eine Karte ausspielen konnte. »Inspektor, ermächtigt durch den Genossen Stalin erteile ich Ihnen hiermit einen Befehl.«

Kurz war nur der Wind in den Bäumen zu hören.

»Selbst wenn Stalin jetzt bei uns wäre«, sagte Pekkala und deutete mit seinem Stecken auf eine Stelle neben dem Feuer, »glauben Sie im Ernst, das würde meine Meinung in irgendeiner Weise ändern?«

Kirow starrte auf die Stelle, auf die Pekkala zeigte, und erwartete fast, dass Stalin dort vor ihnen aus dem Boden wuchs wie ein giftiger Pilz aus dem toten Laub. »Was sollen wir Ihrer Meinung nach also tun, Inspektor?«

»Geben Sie mir Zeit, bis der Termin für unser Treffen rum ist. Mehr brauche ich nicht.«

»Wie um alles in der Welt wollen Sie sie in drei Tagen finden, wenn Sie keine Ahnung haben, wo sie sich versteckt hält?«

»Das lassen Sie mal meine Sorge sein«, erwiderte Pekkala.

In dieser Nacht wurde Peter Garlinski, der ehemalige Leiter des Horchpostens 53A der britischen Special Operations Executive, unsanft aus dem Schlaf gerissen. Jemand pochte laut gegen seine Moskauer Wohnungstür.

Schlaftrunken ging Garlinski nachsehen, was der Radau sollte, und fand einen Feldwebel des sowjetischen Inlandsgeheimdienstes NKWD vor sich. Der Feldwebel war akkurat gekleidet und trug eine dunkelblaue Hose und eine *Gymnastiorka*. Um die Hüfte hatte er einen schweren Ledergürtel mit einfacher Eisenschnalle, im auf Hochglanz gewienerten Lederholster steckte eine Tokarew.

Garlinski war vom Anblick des Mannes beunruhigt, gleichzeitig war er dankbar für dessen Besuch. Seitdem Inspektor Pekkala vor einigen Tagen hier gewesen war, hatte er mit keinem mehr gesprochen.

»Ich bin da, um Sie abzuholen«, verkündete der Feldwebel, ein Mann mit rosigem Gesicht und Doppelkinn und dichten dunklen Augenbrauen. Die Knöchel seiner kurzen Finger waren im Zickzack von Narben überzogen, als hätte er damit eine Fensterscheibe eingeschlagen.

»Abholen?«, fragte Garlinski misstrauisch. »Wohin?«

Der Feldwebel steckte den Kopf in den Raum. »Dahin, wo Sie es besser haben.«

»Endlich«, seufzte Garlinski.

»Packen Sie Ihre Sachen«, sagte der Feldwebel.

»Ich hab keine Sachen.«

»Umso besser. Kommen Sie mit.«

Sie gingen zum Tor, die eisernen Absätze des Feldwebels

schlugen auf den Feuersteinen im Hof Funken. Draußen in der Straße stand ein Wagen mit laufendem Motor.

Der Feldwebel setzte sich hinters Steuer.

Garlinski nahm auf der Rückbank Platz.

»Wir haben noch einen Zwischenstopp in der Lubjanka vor uns«, sagte der Feldwebel, legte den Gang ein und fuhr los. »Sie wurden noch nicht nach Ihrem Einsatz befragt.«

»Ich weiß«, erwiderte Garlinski aufgeregt. »Ich habe die ganze Zeit darauf gewartet.«

»Es wird nicht lange dauern. Dann bringen wir Sie in Ihre neue Unterkunft.«

»Wie sieht es mit einer neuen Anstellung aus?«, fragte Garlinski. »Ich könnte doch ganz nützlich sein. Ich kenne mich mit Verschlüsselungstechniken aus. Ich war Leiter eines Horchpostens in England, wissen Sie.«

Der Feldwebel sah im Rückspiegel zu ihm und grinste breit. »Klingt ja fast so, als könnten Sie es sich aussuchen. Anders als ich. Ich habe keine besonderen Talente.«

Wieder fiel Garlinskis Blick auf die Narben an den Fingerknöcheln des Feldwebels. Da er sie nicht recht einzuordnen wusste, richtete er seine Aufmerksamkeit auf die Fußgänger in den Straßen, die in ihren Winterpelzen und Schals die Lichtkegel der Straßenlampen durchquerten.

Der Wagen bog in den Hof der Lubjanka ein.

Garlinski stieg aus und sah sich um. Die vorrevolutionäre Pracht der Lubjanka, ein einst modernes neobarockes Gebäude, wäre immer noch zu erkennen, war ihm zu Ohren gekommen. Die Fenster aber waren mit Metallplatten abgedeckt, sodass keiner nach draußen sehen konnte, und grelle Scheinwerfer auf den Dächern verhinderten den Blick in den Himmel.

Ihn fröstelte. Er war zwar überzeugt, dass man ihn für seine vielen Jahre im Dienst der sowjetischen Sache als Helden willkommen heißen würde, trotzdem war die Lubjanka ein Ort der Albträume für jeden, der um ihre Geschichte wusste.

»Wo soll ich hin?«, fragte Garlinski.

»Ich bring Sie rein«, sagte der Feldwebel.

Sie betraten das Gebäude, und Garlinski wurde bedeutet, sich einzutragen. Die Seite, auf der er unterschrieb, wurde von einer Metallplatte abgedeckt, die nur den Platz freiließ, auf dem er zu unterzeichnen hatte.

»Hier entlang.« Der Feldwebel gab ihm zu verstehen, dass er ihm folgen solle.

Die beiden Männer gingen nach unten und durch einen schmalen Korridor mit hellgrün gestrichenen Türen zu beiden Seiten. Sie kamen an zwei Wachen vorbei, die zwischen sich einen Gefangenen mit sich führten.

Der Gefangene, ein junger Mann mit pechschwarzen Haaren und schmalen Augen, drehte das Gesicht zur Wand, als Garlinski und der Feldwebel ihn passierten.

Garlinski wollte schon fragen, wie weit es noch sei, aber die Stille war so bedrohlich und so allumfassend, dass er nicht wagte, den Mund aufzumachen.

Am Ende des Korridors kamen sie an eine weitere Tür aus dunklen, schweren Holzplanken. Sie war oben leicht gerundet.

»Das hier«, flüsterte der Feldwebel und kramte in seiner Tasche nach dem Schlüssel, »ist der alte Weinkeller. Die, die hier mal gearbeitet haben, als das Gebäude noch eine Versicherungsgesellschaft war, hatten ein Vermögen in Flaschen lagern. Damit haben sie ihre wohlhabenden Kunden bewirtet. Davon ist jetzt nichts mehr da, weder von den Flaschen noch von denen, die hier gearbeitet haben.« Er schwang die Tür auf und deutete mit erhabener Geste hinein. »Nach Ihnen, Genosse Garlinski.«

Garlinski trat ein. Die Wände waren gemauert, die Decken gewölbt. Der Boden war gefliest, dazwischen fanden sich flache Ablaufrinnen. Er fragte sich, warum ein Weinkeller solche Ablaufrinnen brauchte. Er sah sich nach Möbeln um, konnte aber nichts entdecken. Noch nicht einmal einen Stuhl, auf den man sich hätte setzen können.

Er drehte sich zum Feldwebel um und wollte fragen, ob sie hier auch wirklich richtig seien.

Das Letzte, das Garlinski noch deutlich wahrnahm, war die stark vernarbte Faust des Feldwebels, als dieser sie ihm ins Gesicht rammte.

Fast blind vor Schmerzen, ging er zu Boden. Blut aus der gebrochenen Nase lief ihm über den Hals. Er richtete sich auf einem Ellbogen auf und musste würgen, um Luft zu holen. Nur unscharf sah Garlinski, wie der Feldwebel seinen Uniformrock samt Gürtel auszog und beides an den Türgriff hängte, und dann die Ärmel seines dünnen braunen, unter den Achseln bereits schweißnassen Baumwollhemdes hochrollte.

Das Lächeln des Feldwebels war verschwunden. Seine Miene war so gut wie leer, als bekäme er gar nicht mehr richtig mit, was er hier tat. Er packte Garlinski vorn am Kragen und zog ihn auf die Beine.

»Warten Sie«, rief Garlinski und spuckte dem Feldwebel Blut ins Gesicht. »Das muss ein Irrtum sein. Ich bin ein Held der Sowjetunion.«

Ohne ein Wort der Erklärung und nur mit seinen Fäusten prügelte der Feldwebel, wie er es schon so oft getan hatte, Peter Garlinski tot.

Er ließ den Toten auf dem Boden liegen, zog ein Tuch aus der Tasche und wischte sich das Blut von den Händen. Er betrachtete die neuen Schnitte an den Knöcheln. Es waren immer die Zähne, die sie verursachten.

Dann streifte er sich seine Uniform über, legte den Gürtel an, ging aus dem Raum und ließ die Tür offen.

Kurz darauf zogen zwei Männer Garlinskis Leichnam fort, ein dritter mit einem Eimer Seifenlauge wischte den Boden auf. Mohnrote Bläschen auf dem Wasser wurden durch die Rinnen gespült und verschwanden in den Abflüssen.

Im taubengrauen Licht der Dämmerung, während noch die Dunkelheit am westlichen Himmel haftete, machten sich Pekkala und Kirow auf den Weg nach Berlin.

Es war immer noch kalt, aber der südliche Wind war nicht mehr so beißend wie in der vergangenen Nacht. Langsam, während sie vor sich hin trotteten, kehrte die Wärme in ihre Glieder zurück. Sehnsüchtig dachten sie an Proviant, den sie nicht hatten, und an den knisternden Ofen und die abgenutzten Stühle in ihrem Büro in der Pitnikow-Straße.

»Ich wusste, es würde nicht funktionieren«, sagte Kirow.

»Was würde nicht funktionieren?«

»Dass ich Ihnen Befehle erteile.«

»Vielleicht hätten Sie sich mehr anstrengen müssen«, schlug Pekkala vor.

Kirow sah ihn an. »Sie meinen, dann hätte es funktioniert?«

Pekkala dachte kurz nach. »Nein«, sagte er schließlich, »aber es wäre doch interessant gewesen, das zu erleben.«

Bald darauf kamen sie an ein Bahngleis, das in Richtung der Stadt zu führen schien. Sie folgten ihm, maßen ihre Schritte anhand der Holzschwellen und rochen das ölige Kreosot, mit dem die Schwellen eingelassen waren.

Pekkala, hundemüde nach der vergangenen Nacht, glaubte die beiden Gleise wie zwei Quecksilberströme links und rechts von sich fortlaufen zu sehen, bis sie sich in der Ferne vereinigten. Unwillkürlich musste er an eine Zeit denken, in der er über ganz andere Gleise marschiert war.

Und in diesem Moment fiel die milde Temperatur des Vorfrühlingstages von ihm ab, und vor ihm erstreckte sich eine weiße Schneelandschaft mit eisverkrusteten Bäumen, deren Stille so absolut war, dass er glaubte, das Blut in den Adern rauschen zu hören. Die Kälte kroch ihm in die Knochen, das Herz kauerte sich in den zerbrechlichen Käfig seiner Rippen.

Er war wieder in Sibirien.

Die Gleise, an die er sich erinnerte, waren die der Transsibirischen Eisenbahn, die am Tal von Krasnagoljana vorbeiführten, in dem das Arbeitslager Borodok lag.

Den Großteil des Jahres lagen die wenigen Wege in den einsamen Wäldern entweder unter meterhohen Schneewehen verborgen oder versanken so tief im Schlamm, dass selbst die langbeinigen Rentiere nicht mehr weiterkamen.

In diesen Jahreszeiten war die Eisenbahn das einzige Verkehrsmittel, wenn man die weite Landschaft durchqueren wollte. Sie markierte die Grenze von Pekkalas Welt. Das Gebiet, das er durchstreifte, gehörte zum Gulag Borodok, für den er die zum Fällen bestimmten Bäume mit roter Farbe bestrich. Jenseits der Gleise lag das Gebiet von Mamlin Drei, ein weiteres Lager, in dem Experimente für das sowjetische Militär durchgeführt wurden. In Mamlin wurden Sträflinge in Eiswasser getaucht, bis ihr Herz aufhörte zu schlagen. Mithilfe von direkt ins Herz verabreichten Adrenalininjektionen wurden sie wiederbelebt. Diese Prozedur wurde wiederholt, mit immer längeren Intervallen, bis sich die Patienten irgendwann nicht mehr reanimieren ließen. Mit diesen Experimenten versuchte man die Bedingungen zu simulieren, mit denen im Meer notgewasserte Piloten konfrontiert wurden. Andere Experimente mit Hoch- und Niederdruckkammern sorgten für einen ständigen Ausstoß an Toten, die in formaldehydhaltigen Fässern an die medizinischen Fakultäten der gesamten Sowjetunion verschickt wurden.

Hätte man Pekkala damals beim Überschreiten dieser Gleise erwischt, hätte das seinen sicheren Tod bedeutet. Dennoch fühlte er sich, trotz aller Gefahr, zu ihnen hingezogen. Nachts stand er zwischen den Bäumen, während die Waggons des Transsibirischen Express vorbeiratterten. Er erhaschte kurze Blicke auf die Passagiere, die in ihre Mäntel gehüllt schliefen oder in die Schwärze starrten und keine Ahnung hatten, dass jemand da draußen zu ihnen zurückstarrte.

Erst als diese Erinnerung stockend zum Halt kam – wie ein von seiner Rolle gerutschter Film –, konnte er sich dazu überwinden, die Begrenzung der Gleise zu überschreiten.

Die ersten Strahlen des Sonnenlichts schimmerten auf den Schienen. Kurz darauf entzündete sich die Welt zu einem kupferfarbenen Glimmen. Kleine Steine auf den Feldern, Wasserlachen, sogar die pudrigen Wölkchen ihres eigenen Atems fingen die Reflexionen des Feuerballs auf.

»Was ist das?«, fragte Kirow und zeigte nach vorn.

Pekkala blinzelte. An einem der Telefonmasten, die parallel zu den Schienen liefen, lehnte eine seltsame Gestalt. Sie schien sich zu bewegen, und als er sich darauf konzentrierte, schien sie sich zu verneigen und gleich darauf wieder ihre ursprüngliche Form anzunehmen. »Was immer das ist«, flüsterte er, »ich glaube, es lebt.«

In diesem Moment hörten sie eine leise Stimme über die kahlen Felder hallen.

Zunächst wussten sie nicht, woher sie stammte.

Dann hörten sie sie erneut, und erst dann wurde ihnen klar, dass sie von der seltsamen Gestalt am Telefonmasten kam.

Es war ein Hilferuf.

Ohne zu zögern, rannten die beiden Männer los. Sie wussten nicht, was sie erwarten würde, aber die Erschöpfung und das Entsetzen, das in der Stimme mitschwang, trieb sie weiter.

Erst als sie mehr oder minder davor standen, begriffen sie, was sie vor sich sahen.

Ein Mann war an einem der fest im Holz verankerten Klettereisen aufgeknöpft worden. Ein Junge hatte sich unter seine Füße geschoben und so verhindert, dass er mit seinem Gewicht in die Schlinge fiel.

Es hatte den Anschein, als stünden sie schon die ganze Nacht oder noch länger hier.

Dem Mann waren die Hände auf den Rücken gebunden. Er trug eine schwere Wollhose und Stiefel mit dicken Sohlen, aber nur ein Flanellhemd. Der Mantel, falls er überhaupt einen gehabt hatte, war ihm abgenommen worden. Er lebte noch, aber die Schlinge hatte sich bereits um seinen Hals gezogen und ihn halb erstickt. Wie ein Fisch auf dem Trockenen schnappte er nach Luft.

Der Junge war groß und hager und hatte dichte rote, vorn glatt gescheitelte Haare. Er schien völlig erschöpft. Die Müdigkeit hatte seine blasse Haut fast durchscheinend gemacht, mit weiß angelaufenen Knöcheln hatte er die Füße des Mannes umklammert und hielt ihn aufrecht.

Während Kirow den Mast hinaufstieg und den Gehängten losschnitt, nahm Pekkala den Platz des Jungen ein, schob sich unter die Stiefel des Mannes und spürte sofort die scharfen Metallabsätze, die sich ihm in die Schlüsselbeine drückten.

Vorsichtig ließen sie den Mann zu Boden, schnitten ihm das Seil vom Hals und setzten ihn gegen die Gleise, damit er durchatmen konnte.

Der Junge ließ sich auf dem Boden nieder und starrte die Männer an. Er war zu erschöpft, um ihnen mit Worten zu danken, aber sein Blick sagte alles.

»Wer war das?«, fragte Pekkala. Er hatte in der Schule in Finnland Deutsch gelernt, seine Grammatik aber war nicht die allerbeste, und die Wörter knackten in seinem Mund, als würde er auf Knochen herumkauen.

»Die Feldgendarmerie«, antwortete der Junge.

Sogar in Moskau hatte Pekkala von der deutschen Militärpolizei gehört, die jeden festsetzte, den sie der Desertion oder der Feigheit vor dem Feind verdächtigte. Versprengte Soldaten wurden in Standgerichten verurteilt und noch an Ort und Stelle hingerichtet. Ihre Leichen, oft mit Plakaten behängt, auf denen ihre angeblichen Verbrechen aufgeführt waren, baumelten überall im schrumpfenden Gebiet des Dritten Reichs.

»Mein Sohn«, sagte der Gehängte, als er schließlich reden konnte. Er deutete auf den Jungen.

Pekkala fragte sich, wessen man ihn, der keine Uniform trug, verdächtigt hatte und durch welchen Glücksfall sein Sohn gerade zugegen gewesen war, damit er ihn am improvisierten Galgen retten konnte. »Wo ist sie jetzt?«, fragte er. »Die Feldgendarmerie?«

Der Mann schüttelte den Kopf. Er wusste es nicht. Er zeigte nur nach Norden und deutete damit an, in welche Richtung sie abgezogen waren.

»Und nach Berlin?«, fragte Pekkala.

Mit zitternder Hand und aufgescheuerten Handgelenken deutete er zu den Gleisen. »Aber gehen Sie nicht. In Berlin wartet nur der Tod auf Sie und, wenn erst mal die Russen da sind, Schlimmeres als der Tod.«

»Wir müssen aber hin«, erwiderte Pekkala. Er wünschte, er könnte ihm die scheinbar völlig irrsinnige Sache erklären. Stattdessen murmelte er nur: »Wir haben keine andere Wahl.«

Weder der Mann noch sein Sohn stellten Fragen, aber beide schienen es kaum erwarten zu können, sich ihnen für ihre Hilfe erkenntlich zu zeigen. Sie bedeuteten Kirow und Pekkala, ihnen zu folgen, und zeigten über ein Feld zu einigen Platanen, deren rötliche Knospen im morgendlichen Sonnenlicht leuchteten. Fast versteckt zwischen den Ästen erhob sich ein kleiner gemauerter Kamin auf einem grauen Schindeldach mit grünem Moosbewuchs.

»Dort wohnen wir«, erklärte der Junge.

»Wir sind Ihnen sehr dankbar«, sagte Pekkala, »aber wir müssen weiter.«

»Wenn Sie Ihr Ziel erreichen wollen«, warnte der Vater, »dann sollten Sie warten, bis die Gefahr vorbei ist. Am Stadtrand liegt die Kaserne der Feldgendarmerie, vor Sonnenuntergang rücken sie meistens dort wieder ein. Am späten Nachmittag wird es also sicherer sein. Dann kommen Sie nach Einbruch der Dunkelheit nach Berlin.«

Pekkala zögerte. Er wusste, er sollte dem Rat folgen, aber er war so erpicht darauf, nach Berlin zu kommen, dass er sich bei der Abwägung der Risiken nicht mehr auf seine Intuition verlassen konnte.

»Wir haben zu essen«, sagte der Junge. Da er wusste, dass nur einer ihn verstand, deutete er mit der Hand zum Mund.

Kirow, der bislang vergeblich versucht hatte, der Unterhaltung zwischen Pekkala und dem beinahe Gehängten zu folgen, begriff die Geste nur allzu gut. Er tippte Pekkala an den Arm und zog fragend die Stirn kraus – er wollte nichts sagen, damit die anderen ihn nicht als Russen erkannten.

Pekkala sah zum Major. Und nachdem er von ihm wieder daran erinnert worden war, dass er nicht nur für sich, sondern für sie beide die Verantwortung trug, brachte ihn das wieder zur Vernunft. Pekkala zeigte zum Haus in der Ferne. »Danke«, sagte er leise.

Ohne ein weiteres Wort stapften sie alle vier über das Feld.

Am Rand des Wäldchens fiel der Boden abrupt ab. In der Senke lag ein kleiner Bauernhof.

Ein Hund lag ausgestreckt vor der Haustür. Tot, wie sich herausstellte. Mehrere Schüsse waren auf ihn abgegeben worden, sein Blut war in der Erde versickert.

Rings um den kleinen Hof waren Gestelle mit Käfigen aufgebaut, deren Türen allesamt offen standen.

»Fasane«, sagte der Vater und zeigte zu den Käfigen.

Dann ließ er die Finger flattern, um anzudeuten, dass sie alle weggeflogen waren. »Ich hab sie freigelassen«, sagte er. Seine Stimme war noch heiser, die raue Schlinge hatte blutige Striemen unterhalb des Kinns in die Haut gescheuert.

»Warum?«, fragte Pekkala.

Der Vater zuckte mit den Achseln, als wüsste er es selbst nicht so genau. »Damit sie eine Chance haben«, sagte er schließlich. Und dann beschrieb er, wie die Feldgendarmen die Vögel auffliegen sahen und daraufhin zu ihm kamen. Als Erstes erschossen sie seinen Hund, als er sie angeknurrt hatte. Und als sie herausfanden, dass der Bauer Vögel freigelassen hatte, die man hungrigen Soldaten zum Essen geben könnte, klagten sie ihn des Hochverrats an und verurteilten ihn zum Tod. Mit vorgehaltener Waffe führten sie ihn übers Feld zu den Telefonmasten. Als sie das Seil hervorholten, fragte er sie, warum sie ihn nicht an einem Baum am Haus aufhängten. Sie sagten ihm, hier könnten die Zugreisenden ihn sehen, das würde ihnen dann zu denken geben, bevor sie ihr Vaterland verrieten. Sie knüpften eine Schlinge und zogen ihn hoch, damit er langsam erstickte.

Ohne dass die Feldgendarmen es bemerkten, war der Sohn ihnen gefolgt.

Sobald die Soldaten abgezogen waren, eilte der Junge zu seinem Vater und stellte sich unter ihn. Und so standen sie die ganze Nacht hindurch und warteten, dass ihnen jemand zu Hilfe kam.

Der Junge holte eine Schaufel aus dem Haus und machte sich daran, den Hund zu beerdigen. Kirow begleitete ihn, um ihm zu helfen, während der Vater mit Pekkala in die Scheune ging. Dort öffnete er die Tür zu einem Pferdestall, in dem etwas unter einer alten grauen Plane verborgen war. Der Mann zog die Plane weg, und zwei Fahrräder kamen zum Vorschein.

Die Ketten waren verrostet, die Bremsbeläge bröckelten, die Ledersättel hingen durch wie der Rücken eines alten Mulis. Aber die Reifen hielten die Luft, wie der Vater betonte, und somit war es besser, sie zu nehmen, als sich zu Fuß auf den Weg zu machen.

Nachdem der Hund begraben war, setzten sie sich zum Essen hin. Es gab geräucherten Fasan, dazu Scheiben aus grobem Brot, in dessen Mehl Sägespäne gemischt waren. Anscheinend die einzigen Lebensmittel, die sie hatten.

Um zwei Uhr am Nachmittag verkündete der Vater, dass sie jetzt aufbrechen könnten.

Sie gingen hinaus auf die schmale Straße, die am Hof vorbeiführte.

»Halten Sie sich an die Nebenstraßen«, riet der Vater. »Und immer nach Westen, in nicht mal einem Tag sind Sie da.«

»Ihnen alles Gute«, sagte Pekkala und gab dem Mann und seinem Sohn die Hand.

»Udatschi«, erwiderte der Vater, womit er ihnen auf Russisch viel Glück wünschte.

Kirow stockte der Atem, als er seine Sprache hörte.

Aber Pekkala lächelte nur.

Der andere hatte die ganze Zeit gewusst, woher sie kamen.

Ziemlich wackelig machten sich Kirow und Pekkala auf ihren Rädern auf nach Berlin.

Genau in diesem Augenblick saß Kriminalinspektor Hunyadi allein in einem Konferenzraum in der Reichskanzlei und wartete darauf, die erste von mehreren Befragungen durchzuführen. Er wollte Mitglieder des Oberkommandos der Wehrmacht zu der undichten Stelle im Bunker vernehmen, über die Informationen nach draußen gelangten.

Was den Ort der Vernehmung betraf, hatte Hunyadi nicht mehr viele Auswahlmöglichkeiten. Er befand sich in einem der wenigen Räume in der Reichskanzlei, deren Decke noch intakt war.

Hier hatten bis vor nicht allzu langer Zeit Hitlers Lagebesprechungen mit dem Oberkommando stattgefunden; eine um Mittag, die andere um Mitternacht. Es handelte sich um einen hohen Raum mit weißen Säulen in den Ecken sowie Landschaftsgemälden an den Wänden – Burg Drachenfels über dem Rhein, eine Münchner Straßenszene, ein bei Sonnenaufgang pflügender Bauer in einer flachen, fast konturlosen Landschaft an der Ostseeküste. Zwischen den Bildern hatte man durch große Fenster einen Blick auf den Garten der Reichskanzlei. In der Mitte des Raums stand ein langer Eichentisch, auf dem Generalstabskarten ausgerollt wurden und Feldmarschälle mit ihren zeremoniellen Marschallstäben dieses und jenes anzeigten. An der Rückwand standen bequeme, mit rotem Leder bezogene Sessel, in denen all jene, deren Anwesenheit am Tisch gerade nicht erforderlich war, Platz nehmen konnten.

So jedenfalls hatte es mal ausgesehen.

In einer Nacht Ende Oktober 1944 schlug eine 250-Pfund-Bombe aus einer amerikanischen B-17 im Garten ein, kaum dreißig

Meter vom Eingang zum Lageraum entfernt. Die Explosion brachte die Fensterscheiben zum Bersten und überzog die Wände mit Glas- und Schrapnellsplittern. Die Polstersessel und der Kartentisch, für den man sonst zehn Männer brauchte, um ihn anzuheben, wurden in die Luft geschleudert. Innerhalb weniger Sekunden wurde aus allen Möbeln Kleinholz, selbst in der Decke steckten Splitter und Holzteile.

Zunächst bestand Hitler darauf, die Besprechungen am üblichen Ort weiterzuführen. Die offenen Fenster wurden mit Sperrholz vernagelt. Die Überreste des Tisches ließ man entfernen, und die Arbeiter mussten sich zwingen, nicht ständig auf die gezackten Glasscherben zu starren, die wie Haizähne aus den Wänden ragten.

Die Karten wurden nun auf dem Boden ausgebreitet, und Männer kauerten davor und zeichneten mit dem Finger die Vormarsch- und Rückzugsrouten nach.

Zwei Tage nach der Detonation, kurz vor Beginn der mitternächtlichen Sitzung, löste sich ein in der Decke steckendes scharfkantiges Metallteil, das ursprünglich zur Heckflosse einer Bombe gehört hatte, und bohrte sich mitten in die Karte der Schnee-Eifel.

Das war sogar Hitler zu viel. Bevor er zu einem anderen Führerhauptquartier aufbrach, befahl er, einen anderen Ort zu finden. Als er im Januar des darauffolgenden Jahres zurückkehrte, blieb dafür nur noch der Führerbunker übrig.

Da es keinen Strom mehr gab und die Fenster zugenagelt waren, hatte Hunyadi eine Paraffinlampe aufgestellt. Öliger schwarzer Rauch stieg von der gelben Flamme auf, die hinter dem verdreckten Glasschirm flackerte. Die meisten ursprünglichen Möbel waren entfernt, ein neuer, kleinerer Tisch und zwei Stühle waren aufgestellt worden. Für Hunyadis Zwecke war das völlig ausreichend. Da auch die Gemälde abgehängt waren, starrte

Hunyadi auf kahle beigefarbene Wände, an denen nur noch die Bilderhaken zu sehen waren.

Hunyadi hatte überlegt, jeden auf seiner Liste zur Polizeidienststelle kommen zu lassen, aber er wollte nicht den Anschein erwecken, als handelte es sich um offizielle Polizeiermittlungen. Nach deutschem Militärstrafrecht musste jeder Wehrmachtsangehörige von jemandem gleichen Ranges verhört werden. Nicht nur gehörte Hunyadi nicht zur Gehaltsstufe der zu befragenden Offiziere, er war ja noch nicht einmal Soldat.

Egal, wo er die Befragung durchführen würde, er musste in jedem Fall mit einem frostigen Empfang rechnen. Immerhin wussten die meisten – wenngleich nicht alle –, weshalb sie hierherzitiert wurden. Allein die Befragung bedeutete, dass ihre Treue zu Führer und Vaterland in Zweifel gezogen wurde.

Die Stille des Raums legte sich wie Staub auf seine Schultern – so erschien es Hunyadi, während die Minuten verstrichen. So sehr er sich auch einredete, dass er nicht mehr in einer Zelle saß, er fühlte sich trotzdem in dem fensterlosen Raum gefangen und wäre am liebsten hinaus auf die Straße gelaufen. Er musste an die vielen denken, die er im Lauf der Zeit ins Gefängnis gebracht hatte. Selten hatte er Mitgefühl für jene aufgebracht, die durch sein Zutun verurteilt wurden, erst jetzt begriff er das ganze Ausmaß ihres Leidens. Seltsam, dass ihm das erst nach seiner Entlassung aus Flossenbürg bewusst geworden war. In den Wochen seiner Gefangenschaft hatte er sich völlig abgekapselt, jedes Gefühl, mochte es noch so extrem gewesen sein, wurde so weit gedämpft, dass er fast so gut wie nichts mehr gespürt hatte.

Vielleicht war das die wahre Strafe, die einen im Gefängnis ereilte – nicht die verlorene Zeit, sondern die Unfähigkeit, ihr Vergehen überhaupt wahrzunehmen.

Einige Minuten darauf ging die Tür auf, und vor ihm stand Feldmarschall Keitel. Seine Wangen waren fast so rot wie die karmesinroten Aufschläge an seiner Uniform. Wortlos kam er hereingestapft, nahm seine Mütze ab und warf sie auf den Tisch. Dann lehnte er sich mit den behandschuhten Fingerknöcheln auf die polierte Tischoberfläche und beugte sich so weit vor, dass sich ihre beiden Gesichter fast berührten. »Sie erbärmlicher Wicht«, zischte er. »Ist Ihnen klar, wie unabkömmlich ich für das Kriegsgeschehen bin?«

Keitel, Anfang sechzig, hatte grau werdende Haare, eine hohe Stirn und fleischige Ohren. Wenn er den Mund schloss, klackten seine Zähne aufeinander, woraufhin das leicht ausgeprägte Doppelkinn kurz zitterte.

»Ich habe nur ein paar Fragen«, sagte Hunyadi und zog einen Notizblock sowie einen Bleistiftstummel aus der Brusttasche. »Bitte nehmen Sie Platz.« Er deutete auf den Stuhl gegenüber.

»Ich habe nicht viel Zeit«, antwortete Keitel. »Machen Sie voran, fragen Sie, was Sie zu fragen haben, damit Sie dem Führer vermelden können, dass ich keine Informationen weitergebe.«

»Dann wissen Sie von der undichten Stelle?«

»Natürlich! Seit Monaten kursieren Gerüchte.«

»Welche Gerüchte?«

Keitel sog scharf die Luft durch die Nase ein. »Gewisse Dinge finden ihren Weg zu den Rundfunkübertragungen der Alliierten.«

»Was für Dinge?«

Keitel zuckte wütend mit den Schultern. »Sinnloser Klatsch, meistenteils. Geschmacklose Belanglosigkeiten aus dem Leben anderer.«

»Der Führer hält es für gravierender.«

Langsam wich Keitel von Hunyadi zurück. Er richtete sich zu seiner vollen Größe auf, seine Finger zuckten in den graugrünen Lederhandschuhen. »Dafür gibt es keine Beweise, zumindest ist mir nichts untergekommen. Wenn Sie mich fragen, jagt der

Führer einem Gespenst hinterher, außerdem sollten wir uns mit anderen, wichtigeren Dingen beschäftigen. Es lenkt uns nur ab, genau darum geht es den Alliierten doch.«

»Sie geben also zu, dass es eine undichte Stelle gibt?«

Der Feldmarschall zuckte mit den Schultern. »Möglich.«

»Und wo, wenn Sie raten müssten, sitzt diese undichte Stelle?«

»Wenn Sie mich fragen, handelt es sich um Dinge, über die sich normalerweise Sekretärinnen unterhalten. Von denen arbeiten einige im Bunker.«

»Sie meinen, es ist eine von ihnen?«

»Ich beschuldige niemanden. Es ist nur so ein Gefühl, aber eines mit Gewicht, wenn man die Sache vom Standpunkt der Alliierten aus betrachtet.«

»Und der ist?«

»Ganz egal, wer für die Alliierten arbeitet – wenn überhaupt jemand für sie arbeitet –, es muss jemand sein, der für sie ganz und gar entbehrlich ist.«

»Warum?«

»Wie lange können die Alliierten davon ausgehen, dass sie über Radio Geheimnisse aus dem Bunker verbreiten können, bevor Hitler jemanden wie Sie schickt, um die undichte Stelle ausfindig zu machen? Haben Sie jetzt genug Fragen gestellt, oder wollen Sie mich den ganzen Tag aufhalten?«

»Nein, Feldmarschall«, sagte Hunyadi und klappte sein Notizbuch zu. »Sie können gehen.«

Der Nächste, der durch die Tür kam, war Hitlers Adjutant, SS-Sturmbannführer Otto Günsche. Er kam direkt aus dem Führerbunker und trug über seiner Ausgehuniform einen braunen, doppelreihigen, knielangen Ledermantel. Günsche war sehr groß, hatte einen traurigen, geduldigen Blick und sah aus wie jemand, der es gewohnt war, den Mund zu halten.

Hunyadi war sofort klar, dass er aus ihm nicht viel herausbekommen würde. Nach einigen oberflächlichen Fragen über das Leben im Bunker, die Günsche mit träger, leiser Stimme beantwortete, als fürchtete er, belauscht zu werden, schickte Hunyadi ihn fort.

Es folgte eine Reihe von Sekretärinnen – Johanna Wolf, Christa Schroeder, Gerda Christian und Traudl Junge. Diese Frauen waren aus einem anderen Holz geschnitzt als der Feldmarschall. Sie gaben so gut wie nichts preis, aber von ihren kleinen unbewussten Gesten – wenn sie leicht die Augen verdrehten, wenn ihre Mundwinkel zuckten – wusste Hunyadi aufgrund seiner Erfahrung aus unzähligen Verhören, dass sie einiges zu erzählen hätten. Die Frage war nur: Hatten sie es getan? Hunyadi glaubte es nicht. Ihre Loyalität war so unanfechtbar, dass sie für politische Machenschaften, die hochrangige Personen aus dem Umfeld des Führers vielleicht verlockend empfunden hätten, völlig unempfänglich waren.

Nach den Sekretärinnen befragte Hunyadi Hitlers Chauffeur Erich Kempka, einen raubeinigen, sarkastischen Mann, der selbst zu den Opfern der über Rundfunk verbreiteten Gerüchte gehörte. Seine Seitensprünge waren mehr als einmal vom »Chef« genüsslich beschrieben worden.

Dann kam Heinz Linge, einer von Hitlers Kammerdienern, der überaus nervös und besorgt war, im Schlaf irgendwelche Belanglosigkeiten ausgeplaudert und so den Untergang des Reichs herbeigeführt zu haben. Sein rechtes Auge begann unkontrolliert zu zucken, worauf Hunyadi ihn früher als geplant entließ, aus Furcht, er könnte noch einen Herzinfarkt erleiden.

Nach Linges Abgang sah Hunyadi auf die Uhr. Der Tag war fast vorbei.

Sein letzter Besucher war SS-Gruppenführer Hermann Fegelein, Himmlers Verbindungsoffizier zum Führerhauptquartier und jemand – dieser Ruf eilte ihm voraus –, den keiner recht mochte.

Im Unterschied zu allen anderen wirkte Fegelein völlig entspannt, ein Umstand, der ihn für Hunyadi verdächtig machte.

»Warum bin ich hier?«, fragte Fegelein.

»Der Führer glaubt, dass es im Bunker eine undichte Stelle gibt, über die vertrauliche Informationen nach außen dringen. Manches davon gelangt zu den Alliierten, die es über ihre Radiostationen im Reich verbreiten.«

»Sie reden vom ›Chef‹?«

»Sie haben von ihm gehört?«

»Jeder hat von ihm gehört. Aber wenn Sie mich deswegen haben holen lassen, kann ich Ihnen gleich sagen, dass Sie Ihre Zeit vergeuden.«

»Vielleicht haben Sie recht, aber ich muss mit allen reden, die im Bunker Zugang zu vertraulichen Unterlagen haben. Und das schließt Sie mit ein, Herr Gruppenführer. Schließlich nehmen Sie jeden Tag an den Besprechungen des Führers teil.«

»Das ist meine Aufgabe.«

»Nichtsdestotrotz ist es unsere Aufgabe, die Neugier des Führers zu befriedigen.«

Fegelein fläzte sich auf den Stuhl und atmete tief ein. »Also, schießen Sie los.«

»Ich habe nur eine Frage.«

Fegelein blinzelte verwirrt. »Mehr nicht?«

»Wenn es eine undichte Stelle gibt, wo könnte Sie Ihrer Meinung nach liegen?«

Fegelein dachte kurz nach, bevor er zu einer Antwort ansetzte. »Es muss jemand weit unten in der Befehlskette sein.«

»Unten in der Befehlskette?«

»Jemand, der es gelernt hat, sich unsichtbar zu machen«, erklärte Fegelein. »Jemand, den man ständig sieht, aber nie recht wahrnimmt. Aber Sie verschwenden Ihre Zeit, wenn Sie sich auf mich oder andere wie mich konzentrieren. Leute wie ich setzen nicht ihr Leben aufs Spiel, um trivialen Klatsch weiterzugeben. Dafür haben wir viel zu viel zu verlieren.«

»Danke«, sagte Hunyadi. »Sie können gehen.«

Fegelein erhob sich, wollte sich schon verabschieden, drehte sich aber noch einmal um. »Warum nur eine Frage?«

Hunyadi lächelte. »Wenn Sie tatsächlich die undichte Stelle wären, hätten Sie es dann zugegeben?«

»Natürlich nicht«, schnaubte Fegelein.

»Genau.«

»Warum lassen Sie uns dann überhaupt antanzen?«

»Erstens, weil der Führer es so will. Und zweitens, damit bei der Person, um die es hier geht, kein Zweifel besteht, dass man hinter ihr her ist.«

Fegelein nickte beeindruckt. »Eine Taktik, durch die Sie Freunde verlieren könnten, noch bevor die Ermittlungen zu Ende sind.«

»Ich habe keine Freunde. Es gibt nur die Feinde, die ich sowieso schon habe, und jene, die nur noch nicht genug wissen, um mich zu hassen. In meinem Gewerbe gehört das zum Berufsrisiko.«

»Wäre doch nicht schlecht, wenn Sie jemanden hätten, den Sie um Hilfe bitten könnten.«

Hunyadi starrte ihn an. »Was soll das heißen?«

»So jemand, denke ich mir, wäre doch sehr wertvoll.« Fegelein streckte ihm die Arme entgegen und ließ sie dann fallen. »Meinen Sie nicht auch?«

»Wenn Sie mir damit sagen wollen, dass ich die Unterstützung der SS anfordern könnte, dann kann ich Sie beruhigen. Ich bin mir dessen durchaus bewusst.«

»Die SS ist eine große Organisation, die es nicht gern sieht, wenn sich Fremde in ihre Angelegenheiten einmischen«, sagte

Fegelein nur. »Sie brauchen jemanden, der die Arbeit macht und dabei absolute Diskretion wahrt.«

Misstrauisch kniff Hunyadi die Augen zusammen. »Und dieser jemand könnten Sie sein? Wollen Sie mir das sagen?«

»Möglich.«

Jetzt, dachte sich Hunyadi, weiß ich, warum du so verhasst bist. »Und warum sollte man mir ein solches Angebot unterbreiten?«

»Weil ich weiß, in wessen Auftrag Sie handeln, und ich in letzter Zeit leider feststellen musste, dass diese Person mir ihre Gunst etwas entzieht. Wenn ich dem Abhilfe schaffen kann, bin ich gern dazu bereit. Sie verstehen also, wenn ich Ihnen helfe, helfe ich auch mir. Ich bitte Sie nur, dass Sie sich dann, wenn es so weit ist, daran erinnern, wer Ihre Freunde sind.«

»Ich werde es im Kopf behalten«, antwortete Hunyadi.

Fegelein reichte ihm eine Visitenkarte. Auf der einen Seite waren in erhabenen Lettern seine Initialen HF aufgedruckt, auf der anderen eine Berliner Telefonnummer. »Da können Sie mich erreichen, Tag und Nacht.«

Nachdem Fegelein gegangen war, ließ sich Hunyadi alles noch einmal durch den Kopf gehen. Die nützlichsten Informationen zog er nicht aus dem, was gesagt, sondern aus dem, was verschwiegen worden war. Morgen würde er den Führerbunker aufsuchen und Hitler persönlich Bericht erstatten. Die Neuigkeiten würden, fürchtete Hunyadi, nicht gut aufgenommen werden, und vielleicht war der Überbringer der schlechten Nachricht der Erste, der dran glauben musste.

An diesem Abend, nach der geschmorten Wachtel in Pilz-Cognac-Sauce, die die Küche des Restaurants Harting in der Mühlenstraße angeliefert hatte, ließ sich Fegelein in der Wohnung seiner Geliebten in einem mit gelbem Knautschsamt bezogenen Ohrensessel nieder und rauchte eine Zigarre. Er hatte den Telefonhörer am Ohr, während Heinrich Himmler ihn über das Treffen mit Hunyadi ausfragte.

»Was wollte er?«, fragte Himmler. »Warum ermittelt er?«

»Wegen einer undichten Stelle«, antwortete Fegelein. »Informationen gelangen nach draußen und finden ihren Weg zu den Alliierten. Anscheinend kann man sie jeden Tag auf ihren Radiosendern hören.«

»Entsprechen sie der Wahrheit?«

»Keine Ahnung«, seufzte Fegelein. »Aber wenn schon, es ist nichts Ernstes.«

»Nichts Ernstes? Wie können Sie das sagen?«

»Weil die Informationen nutzlos sind«, erläuterte Fegelein. »Es sind bloß Klatschgeschichten. Nichts weist darauf hin, dass militärische Geheimnisse an den Feind weitergegeben werden, zumindest nicht aus dem Führerbunker.«

»Warum muss er dann diesen Polizisten einschalten?«

»Es ist nicht irgendein Polizist. Sondern Leopold Hunyadi.«

»Hunyadi!«, rief Himmler. »Meines Wissens hätte er längst erschossen oder gehängt oder was auch immer werden sollen.«

»Er scheint dem Strang oder dem Erschießungskommando entkommen zu sein«, antwortete Fegelein. »Ich muss sagen, es überrascht mich nicht. Ich habe mir seine Polizeiakte angesehen. Sehr beeindruckend. Er hat die Polizei-Dienstauszeichnung in allen vier Stufen erhalten.«

»Vier?«, fragte Himmler. »Ich dachte, es gibt nur drei – Gold, Silber und Bronze.«

»Hunyadi bekam noch eine mit Diamanten verliehen, die wurde speziell für ihn geschaffen. Hitler persönlich hat sie ihm 1939 überreicht. Wissen Sie auch, dass er vier Sprachen spricht, unter anderem Russisch, Spanisch und Ungarisch?«

»Ja, ja, Fegelein«, erwiderte Himmler verärgert. »Man könnte glatt meinen, Sie hätten einen Narren an ihm gefressen. Aber das alles erklärt nicht, warum Hitler nicht unseren Mann Rattenhuber mit der Untersuchung betraut hat. Er ist für die Sicherheit im Führerbunker zuständig, er sollte diese Ermittlungen leiten.«

»Das würde er auch, wenn Hitler dort unten im Betonlabyrinth noch irgendjemandem trauen würde.«

»Meinen Sie, er verdächtigt uns? Die SS?«

»Ich meine, er verdächtigt jeden, Herr Reichsführer.«

Es folgte eine längere Pause, in der Fegelein gebannt auf die Asche seiner Zigarre starrte, die langsam weiß wurde, während die Glut erlosch. Da er um Himmlers Abneigung gegen Tabak wusste, wagte er nicht, daran zu ziehen, solange er mit dem Reichsführer SS telefonierte.

»Wir müssen die Sache im Auge behalten«, sagte Himmler schließlich. »Sollte sich herausstellen, dass einer von uns beteiligt ist, ist es um das letzte bisschen Vertrauen, das Hitler noch in uns hat, geschehen.«

»Ich habe Schritte eingeleitet, damit das nicht geschieht.«

»Welche Schritte? Was haben Sie vor, Fegelein?«

»Nur einem Kollegen die Hand der Freundschaft hingestreckt. Ich habe Hunyadi gesagt, er könne sich an mich wenden, wenn er Hilfe braucht.«

»Und warum sollte er sich an Sie wenden und nicht an irgendjemand anderen?«

»Weil ich ihm zu verstehen gab, dass ich diskret sein kann. Ich sage voraus, dass er mein Angebot bald annehmen wird.«

»Sobald er das tut«, sagte Himmler und lachte in sich hinein, »gehört er uns. Aber warum sind Sie so davon überzeugt?«

»Jeder braucht hin und wieder jemanden wie mich«, antwortete Fegelein, »und ich spüre, dass es bei Hunyadi bald so weit sein wird.«

»Wollen wir es hoffen«, sagte Himmler. Wie immer beendete er das Telefonat, ohne sich zu verabschieden.

Kurz lauschte Fegelein der toten Leitung. Dann legte er den Hörer auf und machte sich daran, seine Zigarre wieder zum Glühen zu bringen.

Kirow und Pekkala waren auf dem unbefestigten Weg etwa dreißig Kilometer von Berlin entfernt und sahen die Straßensperre erst, als es schon zu spät war.

Das windumtoste Ackerland war von einer niedrigen Hügellandschaft abgelöst worden, in der dichte Kiefernwälder immer wieder den weiteren Verlauf der gewundenen Straße verdeckten.

Klappernd rollten sie einen Hang hinunter, gingen in eine Rechts- und gleich darauf in eine scharfe Linkskurve und hatten zu tun, sich am Lenker festzuhalten. Unten am Hügel wurde die Straße wieder gerade, und genau diesen Punkt hatte sich die Feldgendarmerie ausgesucht, um eine Sperre zu errichten. Gefällte Bäume blockierten erst die eine und dann die andere Fahrspur, sodass jeder, der sie passieren wollte, im Zickzack durch die Hindernisse hindurchsteuern musste.

Pekkala und Kirow konnten nichts mehr tun. Sie hatten keine Zeit mehr, ihre Waffen zu ziehen oder umzukehren. Sie hatten kaum noch Zeit, anzuhalten.

Zwei Männer in langen Gummimänteln und mit MPs standen vor der ersten Sperre. Um den Hals trugen sie die halbmondförmige Metallplakette mit der Aufschrift »Feldgendarmerie«, über der sich ein Adler mit ausgebreiteten Schwingen und dem Hakenkreuzemblem unter den Krallen befand.

Die beiden grinsten und waren sichtlich zufrieden über ihren Fang, als Kirow und Pekkala schlitternd vor ihnen zum Halt kamen.

Zunächst sah es aus, als wären die beiden Kettenhunde die einzigen an der Straßensperre, aber dann schien der Wald erwacht. Mindestens ein halbes Dutzend weitere Soldaten kam aus Bunkern zu beiden Seiten der Straße.

»Papiere!«, bellte einer der Männer und streckte ihnen die Hand hin.

Pekkala und Kirow wühlten in ihren Taschen und zogen ihre jeweiligen Dokumente hervor. Dabei entdeckte einer der Soldaten Pekkalas Webley im Schulterholster. Sofort nahm er seine MP in Anschlag. »Langsam«, sagte er.

Pekkala zog den Revolver aus dem Holster, hielt ihn am Messinggriff fest, sodass der Lauf zu Boden zeigte, und überreichte ihn. Erst jetzt fiel ihm auf, wie jung die Soldaten waren.

Sie konnten nicht älter als sechzehn sein, ausgemergelte, pickelige Gesichter unter den Stahlhelmen musterten ihn. Sie waren hager und unterernährt, in ihren Regenmänteln sahen sie aus wie zum Leben erweckte Vogelscheuchen.

Dennoch wusste Pekkala, zu welchen Gewalttaten sie in aller Beiläufigkeit fähig waren. Durch ihre Jugend kannten sie keinen Bezugsrahmen außer den, dem sie seit ihrer Geburt ausgesetzt waren. Sie waren die Kinder des jüngsten Krieges, und wenn sich ihre Wege mit der Roten Armee kreuzten, wären diese Jungen die Letzten, die sich ergaben, selbst wenn ihnen die Möglichkeit dazu angeboten wurde.

Pekkala und Kirow wurden durchsucht, und Kirows Waffe wurde ebenfalls konfisziert.

»Herr Hauptmann«, rief der Junge, der ihre Papiere hatte sehen wollen.

Ein weiterer Mann erschien aus dem Bunker zu ihrer Linken. Er trug die Dienstgradabzeichen eines Hauptmanns, sein Kragenspiegel hatte die orange Farbe der Feldgendarmerie. Er war beträchtlich älter als seine Untergebenen, das unrasierte Kinn war mit grauen Stoppeln überzogen. Er hätte ihr Vater oder vielleicht sogar ihr Großvater sein können. Bei sich hatte er eine kurzstielige

Pfeife, die er, als er kurz stehen blieb, anzündete. Im Unterschied zu seinen Männern trug er weder einen langen Mantel noch die halbmondförmige Plakette ihrer Truppe. Stattdessen steckte er in einem abgetragenen feldgrauen Uniformrock. Auf dem Rücken und an den Unterarmen war der Stoff so ausgebleicht, dass er fast weiß schien. An der linken Brusttasche steckte das Eiserne Kreuz Erster Klasse, im Knopfloch waren zwei Ordensbänder befestigt, eines für das Eiserne Kreuz Zweiter Klasse und eines in Anerkennung seiner Dienste an der Ostfront.

»Sie hatten recht, Herr Hauptmann«, rief der Junge. »Wenn wir noch ein bisschen warten, könnten wir noch ein paar schnappen. Schauen Sie, wen wir hier haben!« Er schob die beiden Männer vor ihn.

»Danke, Andreas«, antwortete der Hauptmann und klang eher wie ein Schuldirektor und nicht wie der befehlshabende Offizier.

Der Junge reichte ihm Pekkalas und Kirows Papiere, salutierte und trat einen Schritt zurück.

Der Hauptmann sog nachdenklich an seiner Pfeife, blätterte die ungarischen Pässe durch, entfaltete das beiliegende Blatt, das beide als Kaufleute eines Unternehmens namens Matra mit Sitz in der ungarischen Stadt Eger auswies, das für die Wehrmacht Stiefel herstellte.

Seitdem Kirow und Pekkala in Sichtweite der Straßensperre kamen, hatten sie nicht ein Wort gesprochen. Pekkala spürte, wie sein Herz gegen das leere Holster an seiner Brust pochte. Er hatte das Holster selbst entworfen, um den unterhalb des Solarplexus links am Brustkorb befestigten Webley mühelos erreichen zu können.

Ihnen war beiden klar, dass sie den Feldgendarmen vollkommen ausgeliefert waren. Es gab keinerlei Fluchtmöglichkeit, sie hatten keine Chance, sich ihren Weg freizuschießen. Sofern der

Hauptmann nicht zu ihren Gunsten eingriff, würden die Jungen sie am nächsten Baum aufknöpfen.

»Das sind Ungarn«, sagte der Offizier mehr zu sich als zu den anderen.

»Sollen wir sie hängen?«, fragte Andreas und konnte die Erregung in seiner Stimme kaum verbergen.

Müde sah der Offizier auf. »Die Papiere sind in Ordnung, und falls du es vergessen hast, Ungarn gehört zu den wenigen Verbündeten, die wir noch haben. Außerdem arbeiten die beiden laut ihren Papieren für die Firma, die wahrscheinlich deine Stiefel hergestellt hat.«

»Allein das wäre schon ein Grund, sie aufzuhängen«, kam es von einem anderen. Er deutete auf sein schlammbedecktes Schuhwerk. »Ich hab sie erst seit drei Wochen, und sie fallen schon auseinander.«

Der Offizier schüttelte den Kopf. »Ja, das tun sie, Berthold, aber vielleicht sind sie einfach nicht für die Ewigkeit gemacht.«

Verwirrt blinzelte der Junge den Offizier an und verstand nicht, was der andere ihm damit sagen wollte.

»Und was ist mit ihren Waffen, Herr Hauptmann?« Andreas hielt sie ihm hin.

»Warum sollten sie keine bei sich haben?«, fragte der Hauptmann. »Es hat doch jeder welche.«

»Und was haben sie hier draußen verloren?«, fragte Berthold. »Das kommt mir doch alles sehr verdächtig vor, wenn Sie mich fragen.«

»Dich fragt aber keiner«, erwiderte der Offizier. »Schaff sie für die Nacht in den Laster. Morgen früh bringen wir sie zu Major Rademacher. Der kann dann entscheiden, was mit ihnen geschehen soll.«

Grummelnd machten Berthold und Andreas kehrt und schoben ihre Gefangenen an der zweiten Sperre vorbei.

»Und passt auf, dass sie nicht abhauen«, rief der Offizier ihnen noch nach, bevor er wieder in seinem Bunker verschwand.

Der Lastwagen, den der Hauptmann erwähnt hatte, stand nur ein kurzes Stück weiter zwischen den Bäumen verborgen. Er war mit einem seltsamen Tarnmuster bemalt. Zweige mit Laub waren dazu auf die Motorhaube gelegt und mit einem helleren Grün als dem originalen Grünton übermalt worden, sodass nach dem Trocknen der Farbe die Umrisse der Zweige und Blätter zurückgeblieben waren.

Andreas stieg auf die mit einer Plane geschlossene Ladefläche. »Los!«, blaffte er Kirow und Pekkala an und befahl ihnen, aufzusitzen.

Kirow und Pekkala nahmen jeweils gegenüber auf den harten Holzbänken Platz und wurden mit Handschellen an die Metallstange unter der Bank gefesselt.

Sacht patschte Andreas Kirow auf die Wange, bevor er nach unten sprang. »Gute Nacht, meine Herren«, sagte er und stapfte ins Unterholz hinein.

Die Sonne erhob sich über den abgedeckten Dächern von Berlin, als Leopold Hunyadi zu Hitlers privaten Räumen in der untersten Ebene des Führerbunkers hinunterstieg.

Hitler empfing ihn in seinem beengten Vorzimmer, das zum größten Teil von einer cremeweißen Couch, einem kleinen Beistelltisch und zwei Stühlen eingenommen wurde. Hitler war bereits angekleidet. Hunyadi hatte den Eindruck, dass er nur selten schlief, was von der Wahrheit, wie er vermutete, nicht so weit entfernt lag.

Im grellen Licht wirkte Hitlers Haut noch blasser und blutleerer als oben im Garten der Reichskanzlei. Er war stark nach vorn gebeugt, als spürte er die tonnenschwere Last des Betons und der Erde über seinem Kopf. Wie zuvor trug er ein helles grüngraues, zweireihiges Jackett, ein weißes Hemd und eine sorgfältig gebügelte schwarze Hose.

»So, Hunyadi«, grummelte er, »haben Sie unseren Spion gefasst?«

Hunyadi zuckte zusammen, als er die kraftvolle Stimme hörte. Dem äußeren Anschein nach wäre zu erwarten gewesen, dass Hitler kaum ein Wort herausbrachte. »Noch nicht«, antwortete er, »aber ich habe seit unserem letzten Gespräch einiges in Erfahrung bringen können.«

Hitler deutete zur Couch und gab ihm zu verstehen, dort Platz zu nehmen. Hitler selbst ließ sich auf einem der Stühle nieder, legte die Ellbogen auf die hölzernen Armlehnen und beugte sich erwartungsvoll vor.

Bevor Hunyadi das Wort ergreifen konnte, ging die Tür auf, und Eva Braun, Hitlers Geliebte, erschien. Sie trug ein blaues, weiß gepunktetes Kleid und schwarze Schuhe mit niedrigen Absätzen. Sie hatte ein rundes, treuherzig erscheinendes Gesicht und schmale Augenbrauen, die dunkler waren als ihre hellbraunen, nach hinten gekämmten Haare.

Für Hunyadi, der sich sofort erhob, sah sie aus, als wollte sie sich für ein Fest zurechtmachen.

Hinter ihr, durch die offene Tür, konnte er ein ungemachtes Bett erkennen. Das Bett war schmal, Hunyadi konnte sich nur schwer vorstellen, wie zwei Menschen dort bequem die Nacht verbringen konnten. Und bei der Einrichtung – vom Lampenschirm bis zu den Bildern an den Wänden – deutete nichts auf die Handschrift eines Mannes hin. Schliefen sie in getrennten Räumen, obwohl sie in diesem Verlies hier zusammengepfercht waren? Einem hübsch ausstaffierten Verlies, zugegeben, trotzdem einem Verlies.

Von Hitlers Beziehung zu Eva Braun war außerhalb des Führerbunkers kaum etwas bekannt. Sie trat in der Öffentlichkeit nur selten in Erscheinung, und erst als Anfang 1944 ihr Wagen auf der Oberbaumbrücke wegen ihres auffälligen Fahrstils angehalten wurde, erfuhr Hunyadi von ihrer Existenz. Der Polizist, der sie stoppte, Rothbart, ein alter Freund von Hunyadi, hätte sie beinahe wegen Trunkenheit am Steuer festgenommen – sie und ihre Gefährtinnen auf der Rückbank, die noch lauter und noch angetrunkener waren als sie. Aber dann erschienen zwei Wagen des Reichssicherheitsdienstes, um die Damen nach Hause zu geleiten. Ein wütender SS-Offizier, an dessen Ärmel das schwarz-silberne Schriftband des Führerhauptquartiers prangte, notierte sich Rothbarts Namen, Adresse und Dienstausweisnummer und warnte ihn, auch nur ein Sterbenswörtchen über den Vorfall verlauten zu lassen. Dann half er der Frau vom Fahrersitz, öffnete die Fondtür, wartete, bis sie sich neben ihren Freundinnen niedergelassen hatte, nahm selbst hinter dem Steuer Platz und kutschierte sie schließlich fort.

Das Letzte, was Rothbart hörte, als der Wagen davonbrauste, war das Knallen eines Champagnerkorkens auf dem Rücksitz.

»Das war Hitlers Geliebte«, vertraute Rothbart Hunyadi an. Es war das erste Mal, dass er den Namen Eva Braun überhaupt gehört hatte.

»Wer ist das?«, fragte sie jetzt, wobei sie kaum zu Hunyadi sah, als sie ins Zimmer trat und damit beschäftigt war, einen kleinen Goldring am Ohrläppchen zu befestigen.

»Ich bin …«, begann Hunyadi.

»Das ist nicht wichtig«, unterbrach Hitler. »Ein Freund aus alten Zeiten. Das ist alles. Er ist mit einer Sache betraut.«

»Verstehe«, sagte Eva Braun, und mit einem Mal war es, als gäbe es ihn gar nicht mehr. »Ich gehe zum Speiseraum und hole Frühstück«, sagte sie zu Hitler gewandt. »Soll ich was mitbringen?«

»Ein Glas Milch«, erwiderte er. »Aber lass dir ruhig Zeit.«

Dann waren die beiden Männer wieder allein.

»Erzählen Sie«, flüsterte Hitler. »Erzählen Sie alles, was Sie wissen.«

»Nach allem, was Sie mir erzählt haben, denke ich, dass Sie recht haben. Es gibt eine undichte Stelle«, erwiderte Hunyadi.

»Ja? Und?« Hitlers Blick bohrte sich in den Polizisten.

»Jeder, mit dem ich gesprochen habe, weiß davon. Allerdings glaube ich nicht, dass die Person, die die Informationen weiterleitet, im Bunker tätig ist.«

Hitler fuhr plötzlich zurück, als hätte er von Geisterhand einen Stoß versetzt bekommen. »Wie soll das gehen? Die Informationen kommen von hier und von nirgends sonst.«

»Richtig, dennoch glaube ich, dass alles indirekt übermittelt wird. Jemand, der hier arbeitet, redet mit jemandem von draußen. Einer Frau. Einem Mann. Einer Geliebten vielleicht, jedenfalls einer Person, der er meint, vertrauen zu können.«

»Was bringt Sie zu dieser Schlussfolgerung?«

»Allen, mit denen ich gestern gesprochen habe, ist eines gemeinsam, nämlich ihre Angst. Angst vor Ihnen. Vor den Russen. Vor dem Urteil, das die Geschichte irgendwann einmal über sie fällt. Keiner, nicht einmal der niedrigste Dienstgrad, würde sein Leben riskieren, indem er Klatschgeschichten nach draußen schmuggelt.«

»Aber genau das geschieht doch!«

»Aber ohne dass es der betreffenden Person bewusst ist. Ich möchte wetten, Ihr Informant weiß noch nicht einmal, dass er Geheimnisse an den Feind weiterleitet. Und wenn man bedenkt, wie lange es diese undichte Stelle schon gibt, können wir von zwei Dingen ausgehen.«

»Welchen?«

»Erstens, die Beziehung, die für einen solchen Informationstransfer nötig ist, muss schon recht lange bestehen. Der zweite Punkt betrifft den Inhalt der Informationen, von denen eindeutig gesagt werden kann, dass Sie aus dem Hauptquartier stammen. Der Inhalt impliziert nämlich, dass die entsprechenden Nachrichten mittels ganz normaler Unterhaltungen weitergegeben werden. Die Menschen plaudern eben gern, egal, worüber, egal, wo und wer sie sind. Das gehört zur menschlichen Natur. Die Informationen an sich enthalten nichts, was eine Bedrohung darstellen könnte, so weit wir wissen. Deshalb denkt der Informant, er könnte ruhig darüber reden.«

»Dann verhaften wir alle«, rief Hitler und sprang auf. »Verhören Sie alle! Zerschlagen Sie ihnen mit einem Hammer die Finger, bis wir die gesuchten Antworten haben.«

Geduldig wartete Hunyadi, bis Hitler sich wieder beruhigte.

Eine leichte Röte legte sich auf Hitlers Wangen, die aber

schnell wieder verschwand, worauf er noch fahler aussah als zuvor. Er ließ sich wieder auf seinen Stuhl fallen. »Sie teilen meine Leidenschaft nicht, Hunyadi«, murmelte er.

»Sie können nicht jeden verhaften«, antwortete der Polizist. »Wir haben nicht die Zeit, so vielen Verdächtigen auf den Zahn zu fühlen.«

»Warum nicht?«

Weil, dachte sich Hunyadi, ohne es freilich laut zu äußern, die Russen in der Stadt sein werden, bevor ich mit den Verhören fertig bin. »Als Erstes müssen wir die undichte Stelle stopfen«, sagte er, »bevor sie so groß wird, dass wir sie nicht mehr unter Kontrolle bringen können. Dann können Sie sich mit der Strafe befassen.«

Hitler nickte. »Gut. Wie gehen wir vor?«

»Mit Verlaub, ich möchte vorschlagen, dass wir es gar nicht versuchen.«

»Was?«

»Wir tun nichts.«

»Nichts?« Hitlers schwerer Atem wuchs sich zu einem langen heiseren Lachen aus, das von einem Hustenanfall beendet wurde. »Warum?«

»Sie müssen diese undichte Stelle als das nehmen, was sie ist. Nach allem, was wir wissen, sorgt sie nur für Unruhe, die wiederum dazu führt, dass Sie die Treue Ihres Umfelds in Zweifel ziehen. Und darin hat sie ihr Ziel schon erreicht.«

»Ich weiß. Aber nicht das bereitet mir Kopfzerbrechen, sondern das, was ich stark vermute.«

Hunyadi seufzte und nickte. »Wir könnten eines machen.«

»Erzählen Sie.«

»Die Informationen aus dem Führerbunker werden auf dem gleichen Weg aus dem Deutschen Reich hinausgeschmuggelt, wie sie wieder hereinkommen.«

Hitler kniff die Augen zusammen. »Sie meinen per Funk?«

»Genau, und da der Informationsfluss bislang nicht unterbrochen ist, können wir davon ausgehen, dass die Meldungen nach wie vor über einen illegalen Sender übermittelt werden. Wenn wir den lokalisieren könnten …«

»Wie groß sind solche Sendeanlagen?«

Hunyadi zuckte mit den Schultern. »Die kleinsten finden in einer Aktentasche Platz.«

Hitler schüttelte den Kopf. »Und wie wollen Sie so einen kleinen Gegenstand aufspüren?«

»Ich habe eine Idee. Dazu ist aber nötig, dass Sie bei der nächsten Lagebesprechung etwas bekannt geben.«

»Was bekannt geben?«

»Etwas, was nicht stimmt, aber für unseren Informanten einen unwiderstehlichen Reiz ausübt.«

»Sie meinen, irgendwelchen Klatsch? Etwas über eine schäbige Affäre? Ein uneheliches Kind?«

»Nein. Solche Dinge, auch wenn sie an die Alliierten weitergegeben werden, sind für uns im Grunde nicht wichtig.«

»Ich verstehe«, murmelte Hitler und legte den Finger an die Lippen. »Es muss also etwas von größerer Tragweite sein. Etwas wirklich Bedeutsames.«

»Ein militärisches Geheimnis«, schlug Hunyadi vor. »Aber eines, das die Alliierten nicht sofort verifizieren können. Zumindest nicht innerhalb von wenigen Tagen.«

»Innerhalb von wenigen Tagen?«, wiederholte Hitler. »Ist das alles?«

»Wenn der Funker noch sendet, werden wir wahrscheinlich nicht lange warten müssen.«

Hitler atmete schwer ein und langsam wieder aus. »Ja«, flüsterte er, während Hunyadis Plan in seiner Vorstellung Gestalt annahm. »Ich glaube, ich weiß, was ich sage.«

»Und dadurch«, fuhr Hunyadi fort, »werden wir nicht nur den Funker lokalisieren, sondern auch bestätigen können, ob nicht nur Tratsch an den Feind geschickt wird, sondern auch Informationen von strategischem Wert.«

»So machen wir es.« Hitler klatschte in die Hände, was sich in dem kleinen Zimmer wie ein Gewehrschuss anhörte. Dann stutzte er, seine Hände fanden wieder ihren Platz auf den Armlehnen. »Das erklärt noch nicht, wie Sie den Funker finden wollen.«

»Ja«, pflichtete Hunyadi bei. »Es führt mich zu meiner letzten Bitte.«

»Nennen Sie sie. Sie wird Ihnen gewährt, falls es möglich ist.«

»Die Stromversorgung müsste unterbrochen werden.«

»Ein Stromausfall?«, sagte Hitler. »Wo? In der Reichskanzlei? Oder sogar im Führerbunker?«

»Nein.« Hunyadi wartete. »In der ganzen Stadt.«

Hitler starrte ihn entgeistert an. »Sie wollen ganz Berlin vom Stromnetz nehmen?«

»Vielleicht.«

Hitler blies die Backen auf und sah sich um. Als er wieder zu Hunyadi sah, lächelte er. »Mein Gott, Hunyadi, wenn Sie meinen, dass es funktioniert, können Sie uns meinetwegen ein ganzes Jahrzehnt in Finsternis stürzen.«

»Meine Herren«, sagte Hitler und erhob sich hinter dem Tisch im Lageraum.

Ihm gegenüber warteten die Mitglieder des Oberkommandos auf seine Ansage. Sie drängten sich Schulter an Schulter in den kleinen Raum wie Pendler in die U-Bahn.

»Meine Herren«, wiederholte Hitler, »ich kann Ihnen berichten, dass das Diamantstrahlgerät nunmehr einwandfrei funktioniert und mit sofortiger Wirkung in alle V2-Raketen eingebaut wird.«

»Wie lange wird es dauern, bis die Raketen einsatzbereit sind?«, fragte Fegelein, der ganz vorn in der Reihe stand.

»Es ist jeden Moment so weit«, antwortete Hitler. »Melden Sie das Himmler, wenn Sie ihn sehen.«

»Jawoll!«, bellte Fegelein und schlug die Hacken zusammen.

An diesem Abend lag der bis auf die Socken splitternackte Fegelein auf dem Bett seiner Geliebten Elsa Batz und trank Cognac aus der Flasche. Er wollte bis zum Morgen warten, bevor er zu Himmlers Feldkommandostelle fuhr und ihm die Neuigkeiten über das Diamantstrahlgerät unterbreitete. Schlechte Neuigkeiten übermittelte er gewöhnlich telefonisch, gute Neuigkeiten wie diese teilte er aber gern persönlich mit. Himmler ging immer früh zu Bett, und die Gunst, die er sich durch sein sofortiges Erscheinen in Hohenlychen eventuell erwerben könnte, wäre sofort wieder zunichtegemacht, wenn sein Vorgesetzter dafür extra geweckt werden müsste.

»Absurd«, schnaufte Fegelein. Er nahm einen weiteren Schluck.

»Was?«, fragte Elsa. Sie saß am Tisch am Fenster, trug einen weißen Morgenmantel und feilte sich die Nägel. Sie hatte ein rundes Gesicht, platinblonde Haare und rosa Wangen und war früher als exotische Tänzerin im Salon Kitty in der Giesebrechtstraße tätig gewesen. Der Salon Kitty, der ausschließlich hochrangigen Militärs offenstand, wurde im Geheimen von der SS betrieben. Leute von Rattenhubers Reichssicherheitshauptamt filmten und belauschten, was im Bordell vor sich ging, und setzten das Material später dazu ein, um die Betreffenden zu erpressen oder einen Vorwand für ihre Verhaftung zu haben.

Als Fegelein im Sommer 1944 Elsa Batz dort kennenlernte, wusste er sofort, dass sich ihrer beider Leben miteinander verbinden würden. Als er ihre geschmeidigen Bewegungen auf der Bühne sah und von der verruchten Sinnlichkeit ihres Blicks betört wurde, spürte er eine Vertrautheit, der er sich nicht entziehen konnte. Die Freude darüber hielt sich allerdings in Grenzen.

Von seinen anderen Geliebten, die er im Lauf der letzten Jahre gehabt hatte, wusste er, wie kompliziert solche Beziehungen sein konnten und wie teuer sie ihn zu stehen kommen würden. Mit ebenso großer Gewissheit wusste er, dass die körperliche Anziehungskraft von Elsa Batz nichts damit zu tun hatte, ob er sie wirklich mochte. Möglicherweise würde er sie in kurzer Zeit aus ganzem Herzen verabscheuen. Aber das tat seinem Verlangen nach ihr keinen Abbruch. Er musste sie jetzt besitzen.

Fegelein wusste, was im Salon Kitty vor sich ging. Er wusste, wo die Kameras platziert waren, und kannte die Männer, die, nachdem man sie erpresst hatte, ihrem Leben lieber durch eigene Hand ein Ende bereitet hatten, als in die Fänge von Rattenhubers Leuten zu geraten.

Deshalb hatte er Elsa sehr schnell dazu überredet, ihre Anstellung aufzugeben, und er hatte ihr eine luxuriöse Wohnung in der Bleibtreustraße eingerichtet.

Hier verbrachte er mehrere Nächte in der Woche. Gegenüber seiner Frau Gretl gab er vor, sich in Himmlers Feldkommandostelle in Hohenlychen aufzuhalten. Dass sich Fegelein eine Geliebte hielt, was wegen seiner Ehe mit Eva Brauns Schwester nicht ganz gefahrlos war, konnte niemanden überraschen, der ihn kannte. Fegelein war eigentlich überzeugt, dass seine Frau von der Wohnung in der Bleibtreustraße wusste, obwohl sie nie ein Wort darüber verlor. Entweder war sie tatsächlich völlig ahnungslos, oder sie wollte die Einzelheiten nicht wissen. Nur, wenn man einen Mann wie Fegelein heiratete, musste man eine Geliebte unweigerlich in Kauf nehmen.

Zu Fegeleins großer Überraschung wurden er und Elsa Batz einander weder überdrüssig, noch hassten sie sich. Ja, sie hatten sehr wenig gemeinsam, aber was sie hatten, schien beiden allemal zu reichen. Im Unterschied zu seinen anderen Frauen, aktuellen wie verflossenen, war sie es zufrieden, seine Geliebte zu sein. Mehr verlangte sie nie von ihm, und allein das sicherte den Fortbestand ihres Verhältnisses.

»Einfach absurd«, wiederholte Fegelein, »dass Hitler glauben könnte, ich sei des Hochverrats schuldig, nachdem ich so viel für ihn getan habe.«

Die Nagelfeilgeräusche verstummten. »Aber du sagst doch, dass es wirklich eine undichte Stelle gibt.«

»Vielleicht.« Fegelein starrte an die Decke. »Aber das sind nur Kleinigkeiten. Im Moment haben wir größere Sorgen. Eine Million russische Soldaten werden auf den Seelower Höhen zusammengezogen und bereiten sich auf den Sturm auf Berlin vor.« Er nahm einen weiteren Schluck. Der Cognac brannte im Hals. »Ich spreche von Vertrauen. Hitler sollte mir so vertrauen, wie Himmler mir vertraut, und so, wie ich Fräulein S. vertraue.«

Als der Name erwähnt wurde, zog sich etwas in Elsa Batz zusammen. Fegelein erwähnte häufig seine Fahrerin, immer lobte er sie in den höchsten Tönen. Seit einiger Zeit war ihr der Gedanke gekommen, dass sie selbst vielleicht nicht Fegeleins einzige Geliebte war. Sie hatte sich mit ihrer Stellung zufriedengegeben, wusste sie doch, dass Fegelein seinen Posten als Himmlers Verbindungsoffizier früher oder später aufgeben würde. Wenn die Kämpfe um die Stadt in voller Härte entbrannten, würde er seinen Posten nicht länger als unbedingt nötig einnehmen. Und wenn es Zeit war für die Flucht, würde sie mitkommen und nicht seine trostlose Frau. Er war ihre Fahrkarte hinaus aus der Stadt. Dazu musste sie aber dafür sorgen, dass ihr nichts, was ihn umstimmen könnte, in die Quere kam.

»Sie traut mir auch«, murmelte Fegelein mehr zu sich als zu Elsa. »Sie würde mir sogar ihr Leben anvertrauen, und da tut sie gut daran.«

»Ich traue dir auch«, sagte Elsa leise.

Fegelein sah zu ihr. »Was?«

»Ich vertraue dir auch mein Leben an.«

Er blinzelte verständnislos. »Was redest du da, Frau?«

Fegelein schalt sie oft so, an diesem Abend aber lag eine Kälte in seiner Stimme, die Elsa Batz einen Angstschauer über den Rücken trieb. Und in diesem Augenblick wurde ihr klar, dass sie von diesem mysteriösen Fräulein S. abgelöst worden war. Es war ja so offensichtlich, jetzt, da es ihr endlich klar geworden war. Sie hatte die Anzeichen bislang nicht sehen wollen. Bislang hatte ihre Sicherheit darauf beruht, nichts zu unternehmen. Aber wenn sie jetzt nichts tat, wäre es nicht nur mit der hübschen Wohnung in der Bleibtreustraße vorbei. Dann könnte sie sich auch gleich umbringen.

»Wer ist dieser Mann, der die vielen Fragen stellt?«, fragte sie und wechselte das Thema.

»Ein Polizist aus der Stadt, Leopold Hunyadi«, antwortete Fegelein.

»Ein Polizist? Ein ganz normaler Polizist?«

»Nicht ganz. Erstens ist er der beste Ermittler Berlins. Und zweitens ist er ein alter Freund Hitlers. Sie kennen sich anscheinend schon lange, ich hab aber keine Ahnung, woher. Angeblich soll er noch nicht mal in der NSDAP sein, ich weiß also nicht, worauf ihre Freundschaft beruht.« Dann lachte er. »Wahrscheinlich nicht auf dem, auf dem unsere beruht.« Er patschte auf das Bett neben sich.

Sie stand auf und verließ das Zimmer.

»Elsa!«, rief er ihr hinterher. »Elsa! Komm schon. War doch bloß Spaß.«

Aber es kam keine Antwort.

Benebelt vom Cognac ließ er sich aufs Kissen fallen. Sein letzter Gedanke, bevor er in einen trunkenen Schlaf wegdämmerte, gehörte Fräulein S. und dem heiligen Band der Treue, das zwischen ihnen bestand.

Die Sonne ging gerade unter, als Hunyadi aus der U-Bahn-Station vor dem Bahnhof Zoo trat. Luftangriffe hatten die überirdischen Anlagen zerstört, die U-Bahn selbst aber fuhr noch. Nicht weit vom Bahnhof erhob sich ein riesiger Flakturm zur Luftverteidigung der Stadt.

Hunyadi ging zum Turm und fuhr, begleitet von einem Luftwaffenoffizier, in einem Kettenaufzug bis ganz nach oben. Dort, auf der breiten Gefechtsplattform, waren mehrere Geschütze in den Himmel gerichtet, direkt vor ihm stand eine 8,8-cm-Flak, deren Lauf mit mehr als einem Dutzend weißer Ringe bemalt war, von denen jeder für den Abschuss eines alliierten Flugzeugs stand.

In einer zurückgesetzten Nische fand Hunyadi, wonach er gesucht hatte – eine Fernmeldeeinrichtung, stark genug, um mit allen anderen Flakstellungen in der Stadt zu kommunizieren.

Hunyadis Recherchen zu der Frage, wo er nicht nur den militärischen, sondern jeglichen Funkverkehr in der Stadt abhören könnte, hatten ihn an diesen Ort geführt.

Er reichte dem Funker einen Zettel, auf dem die bekannten Frequenzen aufgeführt waren, über die alliierte Agenten Meldungen nach England oder die Sowjetunion absetzten.

Nachdem er den Funker angewiesen hatte, ihn über jeden Verkehr auf diesen Frequenzen zu informieren, stieg Hunyadi hinunter in die im Erdgeschoss gelegene Munitionskammer, wo in Holzkisten die Geschosse für die Geschütze lagerten. Er verschob einige der Kisten, wofür er seine ganze Kraft aufwenden musste, und richtete sich einen Sitzplatz ein. Dann holte er ein in ein Taschentuch gewickeltes Stück Käse aus der einen

Tasche, aus der anderen einen Kanten Roggenbrot, und ohne zu wissen, wie lange er zu warten hatte, machte er sich über sein Essen her.

Vier Stunden später, er schlief tief und fest, wurde er vom Fliegeralarm wach gerüttelt. Instinktiv wollte er sich zum nächsten Luftschutzbunker aufmachen, wie es jedem Bewohner der Stadt längst in Fleisch und Blut übergegangen war.

Er eilte zur Tür, taumelnd, da ihm auf den harten Kisten beide Beine eingeschlafen waren, und wurde dort von einem Dutzend Männer fast über den Haufen gerannt. Sie waren auf dem Weg nach oben, um die Geschütze zu besetzen, und erst jetzt wurde Hunyadi klar, dass er gar nicht nach draußen musste – im Bunker, der auch Luftschutzplätze für die Bevölkerung bereithielt, war er vollkommen sicher. Wie zur Bestätigung rief ihm der Letzte der Männer noch zu: »Wo willst du denn hin? Hier bist du besser aufgehoben als irgendwo sonst.«

Hunyadi kam gar nicht dazu, ihm zu antworten, in diesem Moment nämlich ertönte ein ohrenbetäubender Schlag, der den Polizisten zu Boden warf.

»Sind wir getroffen?«, rief er.

»Nein«, lachte der andere, streckte ihm die Hand hin und half ihm auf. »Das sind doch wir. Wir feuern auf sie. Da kannst du dich schon mal dran gewöhnen, alter Mann, das war erst der Anfang.«

Er war noch so betäubt von dem Schlag, dass die Bemerkung »alter Mann« alles war, was bei ihm hängen blieb. Er war doch erst fünfundvierzig, dachte er. Aber vielleicht gehörte man in diesem Alter heutzutage schon zum alten Eisen.

Dann gingen die Lichter aus.

Er tastete sich zurück zu seinen Munitionskisten, während ein weiterer Donnerschlag den Bunker erschütterte. Undeutlich, über dem hohen Pfeifen in seinen Ohren, nahm er das metallische Klappern der leeren Geschosshüllen wahr, die die Geschütze auf der Gefechtsplattform über ihm ausgeworfen hatten.

Hunyadi presste die Hände an die Ohren, achtete darauf, wegen des notwendigen Druckausgleichs den Mund offen zu lassen, und kauerte, den Kopf fast zwischen den Knien, auf den Kisten.

Er wusste nicht, wie lange er so dasaß. Das Geschützfeuer wurde zu einem unablässigen Tosen, ein Schlag übertönte den nächsten, bis die einzelnen Schüsse nicht mehr zu unterscheiden waren. Manchmal glaubte er das Dröhnen der feindlichen Flugzeuge über sich und die dumpfen Explosionen der Bombentreffer zu hören, dazu die lauten Befehle der Kanoniere und Ladeschützen, aber das alles prasselte auf ihn ein wie ein Stimmen- und Geräuschwirrwarr aus einem Albtraum.

Er hatte keine Ahnung, ob der Funker oben auf der Gefechtsplattform immer noch die Frequenzen überwachte. Höchstwahrscheinlich, dachte Hunyadi, war er mit anderen Aufgaben beschäftigt. Hunyadi tröstete sich damit, dass der unbekannte Spion vermutlich mit der übrigen Bevölkerung in einem Luftschutzraum Zuflucht gesucht hatte, um nicht von jenen, denen er eigentlich helfen wollte, in die Luft gesprengt zu werden.

Von Zeit zu Zeit nahm er Männer in der Dunkelheit wahr, die frische Munitionskisten über den Kettenaufzug nach oben beförderten. Gelegentlich, wenn sie zwischen den Kisten etwas suchten, leuchtete ihm jemand mit einer Rotlicht-Taschenlampe ins Gesicht.

Während einer ruhigeren Phase erhob sich Hunyadi und stieg die Betontreppe zur Gefechtsplattform hinauf. Die Luft war erfüllt von den Rauchschwaden der Geschütze, die einen metallischen Geschmack auf der Zunge hinterließen. Hunyadi schob sich an den Männern und den ausgeworfenen Geschosshülsen vorbei zur brusthohen Plattformmauer. Von dort sah er die

Suchscheinwerfer den Himmel abtasten. An manchen Einschlagstellen stiegen so dichte Staubwolken auf, dass sich die Lichtstrahlen darin brachen und zur Erde zurückgeworfen wurden. In der Ferne war das grelle Kreischen der fallenden Bomben zu hören, dann sah er Explosionen aufblitzen, die zu anbrandenden Rauchwellen aufstoben.

»Als ihr das Feuer eingestellt habt«, sagte Hunyadi zu dem Mann, der neben ihn gekommen war, »dachte ich, es sei vorbei.«

»Wir müssen bloß den Lauf abkühlen lassen«, erwiderte der Mann. Seine Gesichtszüge wurden so sehr von der Dunkelheit verschluckt, dass Hunyadi, der immer noch wie benommen in das Inferno starrte, den Eindruck hatte, die Nacht selbst hätte Gestalt angenommen und unterhielt sich jetzt mit ihm. »Ist das nicht schön?«, fragte er Mann.

»Schön?«

»Ja, ja, von schrecklicher Schönheit«, sagte die Dunkelheit, »trotzdem schön.« Der andere deutete zum Himmel. »Siehst du, dort?«

Hunyadi richtete den Blick nach oben. Ein Suchscheinwerfer hatte sich an ein Flugzeug geheftet, das nicht größer als ein Insekt aussah. Kaum vorstellbar, dass etwas so Kleines so viel Schaden anrichten konnte. Er hatte zahllose Luftangriffe miterlebt, hatte dabei aber immer in einem Luftschutzbunker gesessen. Er kannte lediglich die Panik, wenn man zum Schutzraum hastete, und die fernen, dröhnenden Erschütterungen der detonierenden Bomben. Und er kannte die Folgen, wenn er später durch die ausgebombten Straßen ging, an Feuerwehr- und Krankenwagen und den Zivilisten mit ihren gelben Armbändern vorbei, die diese Wagen steuerten. Aber er hatte nie die Luftangriffe selbst gesehen so wie jetzt, und er musste zugeben, dass der Mann nicht unrecht hatte. Die Apokalypse war von betörender Schönheit.

Jetzt hatten zwei weitere Scheinwerfer den Bomber erfasst, und es sah fast so aus, als würde die Maschine hilflos auf den hellen Lichterspitzen balancieren.

Hinter sich hörte Hunyadi einen lauten Befehl, und als er sich umdrehte, feuerte das Geschütz. Der Lärm und die Druckwelle rissen ihn von den Beinen. Er taumelte zurück und fiel gegen die Mauer. In seinen Ohren schrillte es, als wäre sein Kopf mit einer Stimmgabel aufgespießt worden. Trotzdem hörte er Gelächter, und aus der Dunkelheit kam eine Hand hervor, die ihm wieder aufhalf.

Das Letzte, was er sah, bevor er wieder in die Munitionskammer zurücktorkelte, war der von winzigen Funken umgebene Bomber, um den herum die Geschosse explodierten. Dann loderte kurz eine orangerote Flamme auf, und das Schrapnell riss den Bomber in Stücke. Der Nachthimmel war wieder leer, und die Suchscheinwerfer nahmen erneut ihre erratischen Wanderungen durch die Schwärze auf.

Die Sonne hatte sich noch nicht über die Bäume erhoben, als die immer noch an die Bank im Lastwagen gefesselten Kirow und Pekkala aus dem Schlaf hochfuhren. Jemand im raschelnden Laub kam auf sie zu.

Der junge Soldat, der Andreas hieß, kletterte auf die Ladefläche und setzte sich neben Pekkala. Seine MP hatte er auf dem Schoß liegen.

Sein Freund Berthold stieg in die Fahrerkabine, ließ den Motor an, und bald darauf waren sie in westlicher Richtung und nach Berlin unterwegs.

Andreas betrachtete die beiden Gefangenen, die seinen Blick mieden.

»Sprecht ihr Deutsch?«

Pekkala, der zu Boden gestarrt hatte, hob den Kopf. »Ein bisschen.«

Kirow schwieg.

»Wir müssen den Befehlen des Hauptmanns Folge leisten, sonst gibt's Ärger«, erklärte Andreas, »aber wisst ihr, was Major Rademacher sagen wird, wenn wir mit euch aufkreuzen?«

Pekkala schüttelte den Kopf.

Andreas beugte sich vor. Er trug keine Handschuhe, sondern hatte nur zwei dreckige graue Wollsocken mit abgeschnittenen Enden, damit er die Finger durchstecken konnte. Seine blasse Haut und die verdreckten Fingernägel hoben sich vom Schwarz der Maschinenpistole ab. »Major Rademacher wird sagen, dass wir ihn mit solchen Fragen nicht behelligen sollen. Er wird sagen, wir hätten wertvolles Benzin für diesen Blödsinn verschwendet.«

»Ihr werdet also so oder so Ärger bekommen«, sagte Pekkala.

Andreas nickte. »Genau.«

»Und was wird er nun entscheiden, dieser Major Rademacher?«

»Vielleicht entscheidet er, dass wir euch erschießen sollen.« Andreas zuckte mit den Schultern. »Vielleicht erschießt er euch auch selbst. Kommt ganz drauf an.«

»Worauf kommt das an?«

»Ob er betrunken ist oder nüchtern. Ob seine Frau ihn angekeift hat oder nicht. Ob ihm das Frühstück geschmeckt hat. Versteht ihr, es gibt keine Regeln, außer das, was er sagt. Und was er sagt, bleibt ein Rätsel, es ist sogar ihm ein Rätsel, bis er es sagt.«

Am Vormittag hielt Fegeleins Wagen vor dem Ziegelgebäude in Hohenlychen, wo Himmler seine Feldkommandostelle bezogen hatte. Sie lag auf dem Gelände der Heilanstalten, die von Himmlers Jugendfreund und Leibarzt Dr. Karl Gebhardt geleitet wurden. Himmler hatte sich hier eingerichtet, nachdem Hitler den Führerbunker in der Reichskanzlei bezogen hatte.

Das von Himmler requirierte Gebäude hatte ein steiles Dach mit roten Terrakottaschindeln. Mit Ausnahme eines etwa zwei Meter hohen Sockels waren die Backsteine der zweistöckigen Bauten weiß gestrichen. Das Erdgeschoss besaß Bogenfenster, sodass mehr Licht in die Räume fiel als in den beiden Etagen darüber. Aber Himmler ließ die Fensterläden geschlossen. Im Erdgeschoss, früher der Tagesraum für rekonvaleszente Patienten, hielt Himmler seine Treffen mit den täglichen Besuchern ab.

Himmler selbst erschien selten vor zehn Uhr. Die frühen Morgenstunden verbrachte er im Bad und bei der täglichen Massage durch seinen Arzt Felix Kersten.

Da Fegelein den Tagesablauf seines Vorgesetzten kannte, hatte er seine Ankunft so gelegt, dass er exakt in dem Moment eintraf, in dem Himmler aus seinen Privatgemächern erschien, gerade dann, wenn seine Laune am besten sein sollte.

»Soll ich hier warten?«, fragte Lilja hinter dem Steuer. Sie war hundemüde. Fegelein hatte sie im Wagen warten lassen, während er die Nacht bei Elsa Batz verbracht hatte. Um Treibstoff zu sparen, hatte sie den Motor nicht laufen lassen. Es war kalt gewesen, selbst die Decken, die für solche Fälle im Kofferraum lagen, hatten nicht gereicht, um warm zu bleiben. Um sechs Uhr morgens, gerade als sie wegzunicken schien, hatte er mit seinem

Hochzeitsring gegen die Seitenscheibe geklopft, hatte sie aufgeschreckt und auf dem Beifahrersitz Platz genommen, bevor er sie anwies, nach Hohenlychen zu fahren.

Fegelein warf einen Blick auf seine Fahrerin.

Sie sah erschöpft aus.

Es war seine Schuld. Bei niemand anderem hätte er auch nur einen Gedanken daran verschwendet, aber bei Fräulein S. war das etwas anderes. »Nein«, sagte er. »Nicht nötig, dass Sie draußen warten. Kommen Sie mit rein und wärmen Sie sich am Kamin auf.«

Normalerweise hätte sie den Wagen in einem der Ställe untergebracht, die für Himmlers Fuhrpark zu Garagen umgebaut worden waren, und hätte dort gewartet, bis Fegelein sie wieder anforderte.

Zwecklos, zu protestieren.

Sie folgte Fegelein ins Gebäude.

Es war das erste Mal, dass Lilja Himmlers Kommandostelle betrat.

Sie fand sich in einem makellos sauberen Zimmer wieder, Perserteppiche lagen auf dem Boden, eine Ledercouch und zwei Polstersessel standen vor einem offenen Kamin, in dem gegen die morgendliche Kühle ein kleines Kohlefeuer entfacht war. An den Wänden hingen mehrere Gemälde, alles Landschaftsbilder von blumenübersäten Gärten, verfallenen Bauerngehöften oder ruhig dahinfließenden Bächen unter tief hängenden Weidenästen. Ihr fiel auf, wie eng und in sich geschlossen diese Bilder wirkten, ein Gefühl, das durch die heruntergelassenen, alles natürliche Licht ausschließenden Fensterläden noch verstärkt wurde. Stehlampen mit schweren grünen Glasschirmen warfen ihr Licht auf die glänzende Holzoberfläche der Beistelltische, auf denen sie standen.

Daneben bemerkte sie, dass es nicht nach Tabakrauch roch.

Das war – wie das Ticken einer Uhr – eine sonst so verlässliche Gegebenheit, dass es unweigerlich auffiel, wenn sie fehlte. Jetzt erst fiel ihr ein, dass Himmler das Rauchen nicht ausstehen konnte und er erfolglos versucht hatte, Zigaretten aus den Feldrationen der Soldaten zu streichen.

Ich bin in der Höhle des Löwen, dachte Lilja. Und dennoch hatte sie keine Angst. Nachdem sie so weit gekommen war, noch dazu in Begleitung seines vertrauenswürdigen Adjutanten, lagen die größten Gefahren hinter ihr.

In diesem Augenblick ging eine der Türen auf, und Heinrich Himmler erschien. Er war von mittlerer Größe, hatte kurz geschnittene Haare, ein fliehendes Kinn und graublaue Augen, die hinter seinen runden Brillengläsern kaum zu sehen waren. Er trug ein sauberes weißes Hemd, schiefergraue Reithosen und eng anliegende schwarze Reitstiefel.

»Ah«, sagte er, als er Lilja Simonowa erblickte. »Ich sehe, wir haben einen Gast.« Trotz der jovialen Worte hatte seine Stimme etwas Bedrohliches.

Fegelein, der jede Stimmlage seines Vorgesetzten einzuschätzen wusste, beeilte sich sofort, sie einander vorzustellen.

»Das berühmte Fräulein S.«, bemerkte Himmler. »Fegelein ist voll des Lobes über Sie.«

Fegelein errötete. »Ihr war kalt«, rang er sich eine Erklärung ab. »Ich habe sie mit reingebracht, damit sie sich aufwärmen kann.«

»Ich werde Sie nicht länger aufhalten«, sagte Lilja und wandte sich zum Gehen.

»Unsinn!«, kam es von Himmler. »Setzen Sie sich, setzen Sie sich.« Er deutete auf einen Stuhl. »Ich lasse Ihnen Kaffee bringen.« Alle Steifheit in seiner Stimme war verflogen, jetzt, nachdem seine Autorität wiederhergestellt war. Denn nicht an Fegelein, sondern an ihm lag es, der Fremden zu gestatten, sich in seiner Gegenwart aufzuhalten.

Die beiden Männer zogen sich daraufhin in das Nebenzimmer zurück, wo Himmler sein Büro hatte.

Als die Tür geöffnet und gleich wieder geschlossen wurde, erhaschte Lilja einen kurzen Blick auf holzgetäfelte Wände, dunkelgrüne Vorhänge und einen großen Schreibtisch, auf dem in ordentlichen Stapeln Papiere aufgeschlichtet waren.

Lilja starrte in das prasselnde Feuer und lauschte angestrengt, um die beiden Männer zu verstehen.

»Noch eine Geliebte, Fegelein?«, lachte Himmler.

»Nein, Herr Reichsführer! Nichts dergleichen.«

»Nur keine falsche Verklemmtheit. Ich weiß von Ihrer kleinen Wohnung in der Bleibtreustraße.«

»Eine Freundin reicht.«

»Neben der Ehefrau, meinen Sie?«

»Ich schwöre, da ist nichts zwischen uns. Sie ist meine Fahrerin, mehr nicht.«

»Wenn Sie das sagen, Fegelein. Aber ich muss gestehen, ich würde Ihnen Ihre Treulosigkeit glatt verzeihen, nachdem ich nun selbst einen Blick auf sie habe werfen dürfen.«

»Ich habe gute Neuigkeiten«, entgegnete Fegelein, erpicht darauf, das Thema zu wechseln. »Das Diamantstrahlgerät ist uneingeschränkt einsatzbereit.«

»Sie sind sich sicher?«

»Hitler selbst hat es verkündet. Der Diamantstrahl wird in allen V2 eingebaut.«

Himmler brummte zufrieden. »Ihnen ist klar, Fegelein, dass das die große Wende bedeuten kann?«

»Ja. Deshalb bin ich persönlich gekommen, Herr Reichsführer, so schnell wie möglich.«

»Wir müssen dafür sorgen, dass wir die Kontrolle über Hagemann haben. Wir und sonst keiner.«

»Wie sollen wir das anstellen?«, fragte Fegelein.

»Durch Einschmeichelung, und wenn das nicht hilft, wird man ihn sicherlich ein wenig erpressen können, damit er die Dinge so sieht wie wir. Er hat doch bestimmt die eine oder andere Schwäche. Haben Sie ihn schon mal im Salon Kitty gesehen?«

Fegelein schüttelte den Kopf. »Ich glaube nicht, dass er oft ins Kabarett oder ins Bordell geht.«

»Spielt er?«

Diesmal zuckte Fegelein nur mit den Schultern.

»Finden Sie irgendwas!«, befahl Himmler. »Und wenn Sie nichts finden, dann erfinden Sie etwas. Eine gut platzierte Lüge kann ihn ebenso leicht umstimmen wie die Wahrheit, und sobald wir ihm demonstriert haben, wozu wir in der Lage sind, wird er sich fügen.«

Fegelein sagte nichts, wusste aber, worauf das hinauslaufen würde.

Unter den jetzigen Umständen würden noch nicht einmal mehr mit dem Diamantstrahlgerät bestückte Raketen ausreichen, um das Kriegsglück zu wenden, wie Hitler möglicherweise glaubte. Aber die Raketen und die Kontrolle über die Wissenschaftler, die sie entwickelten, würden vielleicht genügen, um die bevorstehenden Friedensverhandlungen zu ihren Gunsten zu beeinflussen.

Sogar Himmler wusste, dass der Krieg verloren war, aber nichts getan werden konnte, solange die Macht in Hitlers Händen lag. Der Tag jedoch, an dem das anders wäre, rückte schnell näher, und Himmler war fest entschlossen, seinen Platz als Führer des Landes, oder was davon noch übrig war, zu übernehmen.

Himmler war sogar so weit gegangen und hatte seine Fühler zum schwedischen Diplomaten Graf Folke Bernadotte ausgestreckt, um über ihn Kontakt zu den Alliierten herzustellen.

»Sie schätzen mich«, hatte er Fegelein anvertraut. »Sie sehen in mir einen würdigen Gegner.«

Darin aber, wusste Fegelein, unterlag Himmler der gleichen Selbsttäuschung wie Hitler.

Nur in einem hatte er recht – die Alliierten schätzten das Waffenarsenal, über das er gebot.

Fegelein war klar, dass er bald keine Rolle mehr spielen würde. Von jetzt an würde er sich um sich selbst kümmern müssen, oder er würde in denselben Kreis der Hölle verbannt, wo schon seinem Vorgesetzten ein Platz bereitet war. Fegelein machte sich allerdings keine Sorgen. Er hatte bereits Vorkehrungen getroffen, um die dem Untergang geweihte Stadt zu verlassen und sich weit fort von hier mit dem Fräulein Simonowa an seiner Seite ein neues Leben aufzubauen.

Hunyadi schlug die Augen auf.

Er war auf seinem aus Munitionskisten bestehenden Thron eingeschlafen. Seine Ellbogen ruhten auf den Knien, das Kinn hatte er auf die Handflächen gestützt.

Jemand rüttelte ihn sacht an der Schulter.

Schlaftrunken sah Hunyadi auf. Vor ihm stand jemand in der blauen Uniform eines Flakhelfers.

»Wir haben ein Signal«, sagte der Mann. »Der Funker meint, Sie sollen sofort kommen, bevor es wieder weg ist.«

Hunyadi folgte ihm hinauf auf die Gefechtsplattform.

Die Morgendämmerung zog herauf. Dunst lag über der Stadt, der dort, wo Gebäude Feuer gefangen hatten, von riesigen Rauchwolken durchzogen wurde.

Die Flakhelfer standen mit nacktem Oberkörper um mehrere Eimer und wuschen sich den Ruß vom Gesicht. Einer pinselte einen weiteren weißen Ring um den Geschützlauf.

Der Funker winkte ihn zu sich heran. »Wir haben ein Signal auf einer der Frequenzen, die Sie uns gegeben haben.« Er nahm den Kopfhörer ab und reichte ihn Hunyadi.

Hunyadi presste sich die Hörer an die Ohren und hörte eine Reihe von schwachen Pieptönen, die jeweils in Fünfer-Abfolgen gesendet wurden.

»Definitiv eine Art Code«, sagte der Funker.

Hunyadi nickte und gab den Kopfhörer zurück.

»Das Signal ist stark«, fuhr der Funker fort. »Aber ich habe keine Möglichkeit, festzustellen, woher es kommt.«

»Das lassen Sie mal meine Sorge sein«, erwiderte Hunyadi. »Geben Sie mir nur Bescheid, wenn das Signal unterbrochen wird.« Über die Telefonleitung des Flakturms rief er beim Kraftwerk Charlottenburg an. Bereits am Vortag hatte Hunyadi die wichtigsten Kraftwerke der Stadt informiert und sie angewiesen, auf seinen Anruf zu warten, um dann den Strom in ihrem Versorgungsgebiet abzustellen. »Jetzt«, befahl er.

»Wir sollen das wirklich machen?«, kam es vom anderen Ende der Leitung.

»Ja!«, schrie Hunyadi. Mit dem Fernglas sah er, wie eine S-Bahn mitten auf der Strecke stehen blieb. Leute kamen aus ihren Häusern und blickten sich verwundert um.

»Und?«, rief er dem Funker zu.

»Sendet immer noch.«

In der nächsten Minute rief Hunyadi bei weiteren Kraftwerken an. Kraftwerk Moabit war von Brandbomben getroffen, dort war sowieso schon der Strom ausgefallen. Alle übrigen schalteten für jeweils fünf Sekunden ab.

In der Stadt, die ununterbrochen damit beschäftigt war, die Schäden durch die Bombenangriffe zu reparieren, waren solche Stromausfälle nichts Ungewöhnliches. Manche erstreckten sich über mehrere Tage.

Erst als das Kraftwerk Klingenberg, das die östlichen Bezirke versorgte, abgeschaltet wurde, rief der Funker, dass das Signal abrupt verstummt sei.

Fünf Sekunden später schaltete sich Klingenberg wieder an.

»Nichts«, sagte der Funker.

»Warten Sie«, sagte Hunyadi.

Die Sekunden vergingen.

Dann, plötzlich, rief der Funker: »Er sendet wieder. Er ist wieder da.«

Hunyadi trat an die östliche Brüstung und ließ den Blick über den Tiergarten schweifen hin zur Stadtmitte und darüber hinaus, zum Volkspark Friedrichshain und dem sich dahinter erstreckenden Friedhof sowie zum Baltenplatz mit seinem Rondell, als würden die Funksignale wie Seifenblasen in den Morgen aufsteigen.

»Glückwunsch, Herr Inspektor«, rief der Funker. »Den, den Sie da suchen, haben Sie so gut wie im Sack.«

Aber Hunyadi wirkte alles andere als glücklich. Seine Arbeit würde jetzt erst richtig beginnen.

Nach einer halbstündigen holprigen Fahrt über den Waldweg bog der Lastwagen der Feldgendarmerie mit Kirow und Pekkala auf die Fernstraße nach Berlin ein. Die Straße war breit und leer, hin und wieder standen ausgebrannte Fahrzeuge auf der Fahrbahn, die ihr Fortkommen behinderten. In der Ferne waren mehrere Ortschaften auszumachen, deren schwarze Kirchtürme in den grau-weißen Himmel ragten.

Im Lauf des Vormittags erreichten sie die Berliner Vororte.

Hier sahen sie die ersten Spuren der alliierten Bombardierungen, die den Großteil der Stadt in Schutt und Asche gelegt hatten. Und sie konnten es riechen – der feucht-saure Geruch von gelöschten Bränden vermischte sich mit dem ätzenden Gestank verbrannten Gummis.

Pekkala sah Frauen und alte Männer, die gelbe Backsteine aus den Trümmern der zerstörten Häuser lasen, sie auf Schubkarren luden und davonrollten. Der Staub lag so schwer auf der Kleidung und den Gesichtern der Räummannschaften, dass sie die gleiche Farbe wie die Ziegel angenommen hatten. Ihr Treiben wirkte auf ihn, als würde sich ein riesiges, verwundetes Lebewesen ganz langsam, Stück für Stück, wieder zusammensetzen. Was aber gänzlich unmöglich schien, wie Pekkala meinte, als er den Blick über die Ruinen schweifen ließ, die sich, so weit das Auge reichte, in alle Richtungen erstreckten. Dabei hatte die auf Vergeltung sinnende Rote Armee die Stadt noch nicht mal erreicht. Und wenn die Verteidiger Berlins nur aus Jungen bestanden wie dem, der jetzt neben ihnen saß, würde von der Stadt am Ende nichts mehr übrig bleiben.

Der Lastwagen bog von der Straße ab in einen Hof, wo bereits mehrere Fahrzeuge vor einer hohen, oben mit einbetonierten Glasscherben gespickten Mauer abgestellt waren.

»Willkommen in der Friedrichsfelder Reformschule«, sagte Andreas. »Das ist jetzt das Hauptquartier von Major Rademacher.«

Sie stiegen vom Laster.

Berthold und Andreas führten die beiden Männer ins Gebäude.

Major Rademacher war gerade bei seinem Mittagessen, das aus einem eingelegten Ei und einer rohen Zwiebel bestand, die er klein gehackt, mit dem Ei vermischt und sich auf eine Scheibe Pumpernickel geschmiert hatte. Das alles spülte er mit Milch aus Milchpulver hinunter.

Es ärgerte den Major, dass er so wüst zusammengestellte Mahlzeiten zu sich nehmen musste. Verantwortlich dafür war sein Adjutant, Leutnant Krebs, der auch als Koch, Putzkraft und Diener fungierte. Für die Lebensmittel konnte er Krebs allerdings keine Schuld geben. Dass er noch eine Zwiebel aufgetrieben hatte, konnte er als großen Erfolg verbuchen, und das Ei, auch wenn es eingelegt war, kam nichts weniger als einem Wunder gleich.

Trotzdem hatte er deswegen schlechte Laune, und als die beiden wenig tauglichen Feldgendarmen mit ihren jüngsten Gefangenen aufkreuzten, kamen sie ihm gerade recht.

Rademacher schob seinen Teller zur Seite und griff sich die ungarischen Pässe, die Berthold ihm hinhielt. Er sah kurz darauf und warf sie auf den Tisch, wo Andreas bereits sorgfältig die Waffen ausgebreitet hatte, die sie Pekkala und Kirow abgenommen hatten. »Womit hab ich das bloß verdient?«, stöhnte er. »Ich schick euch los, damit ihr mir Deserteure und Volksfeinde schnappt, und was schleppt ihr mir an? Zwei ungarische Schuhhändler.«

»Der Hauptmann …«, begann Andreas.

»Halt den Mund. Dem gibst du immer die Schuld.«

»Aber es war seine Schuld. Er hat gesagt, wir sollen sie zu Ihnen bringen.«

»Alles, was ihr gemacht habt«, erklärte Rademacher, als spreche er mit Kindern, die noch jünger waren als die beiden vor ihm, »ihr habt diesen … diesen … gibt es, verdammte Scheiße, nicht irgendein Schimpfwort für Ungarn?«

»Ich kenne keins«, antwortete Andreas.

»Ist ja schon schlimm genug, wenn man Ungar ist«, sagte Berthold.

»Also, ihr habt … ihr habt den beiden hier eine kostenlose Taxifahrt in die Stadt spendiert und wertvollen Sprit verschwendet.« Er holte tief Luft, dabei blieb sein Blick an den Waffen hängen. Er griff sich den Webley und richtete ihn auf Kirow und auf Pekkala. »Was zum Teufel wollt ihr damit schießen? Elefanten?« Voller Abscheu warf er den Revolver auf den Tisch.

»Was sollen wir jetzt mit ihnen machen?«, fragte Berthold.

»Woher soll ich das wissen? Die sind doch nicht mein Problem.«

»Wir könnten sie hängen«, schlug Andreas vor.

»Nein, ihr Idioten«, brüllte Rademacher. »Schafft sie mir aus den Augen. Und euch selbst gleich mit dazu.« Wie ein Zauberer wedelte er mit beiden Händen über die auf dem Tisch liegenden Waffen, als könnte er sie damit verschwinden lassen. »Und nehmt die mit.«

Kirow und Pekkala nahmen ihre Papiere an sich, steckten ihre Waffen ein, und die vier Männer verabschiedeten sich eilig.

Rademacher zog wieder seinen Teller zu sich heran. Kurz starrte er auf die Ei-Zwiebel-Pampe auf dem Brot, dann schob er es grummelnd weg.

»Ich hab's ja gesagt«, maulte Andreas auf dem Weg hinaus in

den Hof. »Gesetz ist, was er sagt, und jedes Mal sagt er was anderes.«

»Mit dem Benzin hatten Sie auch recht«, sagte Pekkala.

Die beiden Jungen stiegen wieder in den Lastwagen. Als sie aus dem Hof steuerten, hielten sie noch mal bei Kirow und Pekkala an.

Andreas beugte sich aus der offenen Kabine. »Das nächste Mal«, sagte er bloß, lächelte sie dabei an und umklammerte mit der Hand seinen Hals.

Pekkala und Kirow verließen den Hof, kamen auf die Rummelsburger Straße und gingen nach Westen in Richtung Stadtmitte.

»Gut, Inspektor«, sagte Kirow, »es bleibt Ihnen noch ein Tag vor dem anberaumten Treffen. Geben Sie doch zu, es ist aussichtslos. Sie können sie nicht finden, schon gar nicht innerhalb von vierundzwanzig Stunden.«

»Ihr Vertrauen in mich wird mich beflügeln«, bemerkte Pekkala.

»Ich bin noch bei Ihnen, oder?«, erwiderte Kirow. »Also, würden Sie mir jetzt bitte sagen, was Sie vorhaben?«

»Wenn wir sie nicht finden können, dann finden wir eben den Mann, der sie für uns finden wird.«

Kirow brauchte etwas, bis der Groschen fiel. »Hunyadi?«

»Genau.«

»Und wie wollen Sie das anstellen?«

»Ich hab eine ziemlich gute Idee«, erwiderte Pekkala.

Hunyadi saß an seinem Schreibtisch im Büro und starrte auf eine Karte von Berlin. Mit einem Vergrößerungsglas studierte er die Straßen im östlichen Teil der Stadt, als brächte das allein Aufschluss über den Standort des feindlichen Funkgeräts.

Als es leise an der Tür klopfte, blickte er auf. Durch die Milchglasscheibe war zu sehen, dass der Besuch eine Frau war, auch wenn er ihr Gesicht nicht erkennen konnte.

»Kommen Sie rein.«

Die Tür ging auf, und eine teuer gekleidete Dame trat ein. Sie trug einen knielangen marineblauen Rock mit einer dazu passenden weiß paspelierten Kostümjacke mit großen weißen Knöpfen. Ihre Haare waren weißblond, Sommersprossen in dem runden Gesicht ließen sie jünger aussehen, als sie in Wirklichkeit war. Aber ihre Augen verrieten sie. Ihr Blick hatte etwas seltsam Lebloses an sich, als hätte sie mehr Elend gesehen, als ein Mensch in seinem Leben zu Gesicht bekommen sollte.

Langsam erhob sich Hunyadi. »Haben Sie sich in der Tür geirrt?«

»Kriminalinspektor Hunyadi?«

»Dann scheinen Sie ja doch richtig zu sein.« Er wies zu einem Stuhl vor seinem Schreibtisch. »Bitte«, sagte er leise.

Die Frau sah zum Stuhl, nahm aber nicht Platz. »Ich heiße Elsa Batz«, stellte sie sich vor und öffnete ihre Handtasche, um ihre Kennkarte herauszunehmen.

Hunyadi entging nicht die kleine Pistole, die neben einer Haarbürste, einem Lippenstift und mehreren zusammengeknüllten Zetteln, die Restaurantquittungen zu sein schienen, in der Tasche lag.

Elsa Batz reichte ihm ihre Kennkarte.

Hunyadi schlug das labbrige Ausweisdokument auf und musterte die Innenseite. Sie wohnte in der Bleibtreustraße, nicht weit vom berüchtigten Salon Kitty entfernt. »Wie kann ich Ihnen helfen?«, fragte er, nachdem er ihr die Kennkarte zurückgegeben hatte.

»Mir ist zu Ohren gekommen, dass Sie einen Spion suchen.«

Hunyadi horchte auf. »Fräulein Batz, wie kommen Sie darauf?«

»Es gibt da eine Fahrerin«, antwortete Elsa Batz und betonte das letzte Wort, als wollte sie unmissverständlich zum Ausdruck bringen, wie sehr sie diesen Berufsstand verachtete. »Sie arbeitet für SS-Gruppenführer Hermann Fegelein.«

»Und deren Name?«

»Lilja. Lilja Simonowa.« Abschätzig fügte sie noch hinzu: »Sie war mal seine Sekretärin.«

»Simonowa«, wiederholte Hunyadi und machte sich Notizen auf einem Blatt.

»Er nennt sie ›Fräulein S.‹.«

»Und Sie verdächtigen Sie des Hochverrats?«

»Ja.«

»Weswegen?«

»Einfach so.«

Hunyadi sah von seinem Blatt auf. »Das ist nicht viel, Fräulein Batz.«

»Manchmal reicht schon eine Vermutung.«

»Sind Sie zufällig mit dem Gruppenführer näher bekannt?«

Sie nickte. »Deshalb weiß ich auch, dass ich mit meiner Vermutung richtigliege.«

Wir tun alle, was notwendig ist, wenn wir überleben wollen, dachte sich Hunyadi, und nichts anderes unterstellte er ihr. »Der Herr Gruppenführer hat Ihnen gegenüber vielleicht von Zweifeln gesprochen, die er gegenüber diesem Fräulein S. hegt?«

»Nein. Er hält sie für eine ganz wunderbare Person. Er hat sogar seinen Chauffeur gefeuert, damit sie ihn die ganze Zeit in der Stadt herumkutschieren kann.«

»Verstehe. Und aus diesem Grund halten Sie sie für verdächtig?«

»Ja! Sie könnte einen ganzen Agentenzirkus unterhalten, und er würde davon nichts mitkriegen.«

»Einen Zirkus?«

»Ja, oder wie immer Sie das nennen.«

»Aber Sie haben keine Beweise, keine richtigen. Nur …« Er stutzte kurz. »Ihre Intuition?«

»Richtig. Die hat mich noch nie im Stich gelassen.«

»Ich verspreche Ihnen, ich werde mich der Sache annehmen«, sagte Hunyadi und erhob sich, um ihr zu verstehen zu geben, dass das Gespräch damit beendet war. »Noch etwas, Fräulein Batz.«

Sie zog die Augenbrauen hoch. »Ja?«

»Wenn ich kurz mal die Waffe sehen könnte, die Sie in Ihrer Tasche haben.«

Sie lief rot an, wurde sofort nervös, tat aber, worum er gebeten hatte, nahm die Waffe aus der Tasche und legte sie ihm auf den Tisch.

Es handelte sich um eine Walther, Modell 5, eine kleine 6.35-mm-Automatik, wie sie gern von hohen Offizieren als persönliche Waffe getragen wurde. Sie eignete sich kaum für den Kampfeinsatz. Ein winziger Adler mit einer dreistelligen Ziffer war in den Schlitten sowie in die Basis des Magazins gestanzt.

»Die kommt aus Militärbeständen«, sagte Hunyadi.

»Davon gehe ich aus.«

»Und woher haben Sie sie?«

»Von Hermann«, sagte sie, und dann, als wäre das nicht förmlich genug, schickte sie hinterher: »Von SS-Gruppenführer Fegelein. Von ihm habe ich auch den Waffenschein.« Sie kramte in ihrer Tasche und reichte Hunyadi eine kleine Karte.

Der Waffenschein war echt, allerdings von Fegelein persönlich ausgestellt, wozu er, unabhängig von seinem Rang, gar nicht berechtigt war.

Hunyadi sah zu Elsa Batz.

Sie spürte sein Zögern. »Behalten Sie sie, wenn Sie wollen. Ich benutze sie sowieso nicht, und ich bin es leid, sie immer mit mir herumzuschleppen.«

Fegelein hatte sie ihr geschenkt, kurz nachdem sie sich kennengelernt hatten. Bei ihrem ersten offiziellen Auftritt, wie sie es nannte, hatte er sie zu den Ruinen eines Hauses am Stadtrand gefahren. Das Gebäude war früh im Krieg durch eine Streubombe zerstört worden. Fegelein führte sie in den einst wunderbar gepflegten, mittlerweile überwucherten Garten. Aus dem Skelett eines alten Treibhauses holte er drei Blumentöpfe, stellte sie der Reihe nach auf der Gartenmauer auf, ging zehn Schritte zurück und winkte Elsa zu sich heran.

»Ein Geschenk für dich«, sagte er und hielt ihr die Waffe hin.

»Wofür brauche ich die?«, fragte sie und weigerte sich, sie anzunehmen.

»Ich werde nicht immer in deiner Nähe sein, um dich beschützen zu können«, sagte Fegelein. »Aber solange du nicht damit umgehen kannst, ist es sinnlos, so ein Ding zu besitzen.«

Er zeigte ihr die Sicherung, wie sie anvisieren und ganz ruhig ausatmen musste, bevor sie abdrückte.

Ihr erster Schuss prallte von der Mauer ab und hinterließ eine helle Scharte im roten Ziegel. Auch der zweite und der dritte Schuss gingen vorbei.

»Wie gut, dass ich dich nicht als Leibwächterin habe«, rief Fegelein lachend.

Er hatte ein ganz besonders unangenehmes Lachen.

Elsa war sowieso schon angesäuert, dass Fegelein sie hierhergeschleppt hatte und nicht in ein reizendes Restaurant, jetzt aber auch noch sein Lachen zu hören, machte sie so wütend, dass sie zur Mauer stapfte, den Lauf der Pistole gegen jeden einzelnen Blumentopf drückte und sie einem nach dem anderen in Stücke schoss.

Darüber lachte er nur noch mehr. »So kann man es auch machen«, wieherte er.

Sie fuhr herum. »Ich will sie nicht. Kapierst du das nicht?«

Das Lachen gefror ihm im Gesicht, sein Blick wurde ernst.

Erst in diesem Augenblick bemerkte Elsa, dass sie mit der Waffe direkt auf ihn zielte. Sofort nahm sie sie herunter, voller Angst, wie er reagieren würde.

Aber Fegelein seufzte nur und sagte, sie solle sie weglegen.

Seitdem hatte sie die Waffe in ihrer Handtasche, wo sie zwischen Kleingeld und ihren Kosmetika vor sich hin klapperte.

»Behalten Sie sie«, sagte sie Hunyadi.

»Nein«, antwortete der Kriminalinspektor und gab ihr die Pistole und den Waffenschein zurück. »Ich habe alles Nötige gesehen.« Streng genommen hätte er die Waffe konfiszieren müssen, aber es stand Wichtigeres an.

Nachdem Elsa Batz gegangen war und nur den schwachen Duft ihres Parfüms zurückgelassen hatte, griff Hunyadi zum Telefonhörer und rief SS-Gruppenführer Rattenhuber im Führerbunker an.

Rattenhuber schien nicht erfreut, von ihm zu hören. »Was wollen Sie? Und fassen Sie sich kurz, ich habe zu tun.«

»Ist Fegelein vor Ort?«

»Vermutlich. Die mittägliche Lagebesprechung fängt jeden Moment an, Fegelein nimmt eigentlich immer teil. Warum? Ich dachte, Sie hätten schon mit ihm gesprochen.«

»Hab ich. Aber jetzt muss ich noch mit seiner Sekretärin sprechen.«

»Was? Sie meinen doch nicht die Hübsche, die ihn überallhin fährt?«

»Genau die.«

»Soll ich sie verhaften?«, fragte der Gruppenführer.

»Nein«, beeilte sich Hunyadi zu antworten. »Richten Sie ihr bloß aus, dass sie sich noch heute auf der Polizeiwache in Pankow melden soll.«

»Das wird Fegelein aber nicht gefallen«, murmelte Rattenhuber. »Er lässt nichts auf sie kommen.«

»Ist das ein Problem für Sie?«, fragte Hunyadi.

»Überhaupt nicht, Herr Kriminalinspektor. Es freut mich doch, wenn ihm mal einer ein bisschen an den Karren fährt.«

Was wollen Sie?«, fragte der diensthabende Beamte in der Polizeiwache am Ostkreuz. Die gekachelten Wände schimmerten seltsam im Licht der verstaubten Glühbirnen an der Decke.

»Ich bin mit Kriminalinspektor Hunyadi verabredet«, erwiderte Pekkala.

»Hunyadi? Na, da sind Sie bei uns aber an der falschen Adresse. Wer hat Ihnen denn gesagt, dass Sie den hier finden?«

»Dann muss ich mich geirrt haben«, antwortete Pekkala.

»Das können Sie laut sagen. Hunyadi ist drüben auf der Wache in Pankow. Das weiß in Berlin doch jeder Polizist.«

»Und wo finde ich die Wache in Pankow?«

»Ja, wo schon? In der Florastraße.«

»Tut mir leid. Ich kenne mich in der Stadt nicht aus.«

Die Entschuldigung schien den Polizisten etwas zu besänftigen. »Gehen Sie raus, dann nach links und rauf zum Ostkreuz. Wenn sie nach dem Luftangriff in der Nacht noch fährt, nehmen Sie die S-Bahn zur Friedrichstraße, dort steigen Sie um nach Pankow-Schönhausen, und dann stehen Sie schon direkt vor der Florastraße.«

Pekkala dankte ihm, senkte leicht den Kopf, drehte sich dann um und ging.

Kirow hatte draußen gewartet. Zusammen gingen sie durch die Straße. »Und?«, fragte er.

»Er arbeitet in einer Dienststelle im Norden«, antwortete Pekkala. »Dahin fahren wir jetzt.«

»Und wenn wir ihn finden, was dann? Glauben Sie wirklich, dass er auch nur einen Finger rührt, um uns zu helfen?«

»Das wird er, wenn er überzeugt ist, dass es sich für ihn lohnt.«

»Und wie wollen wir ihn überzeugen?«

»Schauen Sie sich um, Kirow, und sagen Sie mir, was Sie sehen.«

Ohne das Tempo zu verlangsamen, blickte Kirow die Straße auf und ab. »Was soll ich denn sehen?«

»Sagen Sie mir einfach, was Sie sehen.«

»Eine Stadt, die früher vielleicht mal ganz schön gewesen ist.«

»Und jetzt?«

»Eine Trümmerlandschaft.«

»Und es wird noch schlimmer werden, viel schlimmer, bevor der Krieg aus ist.«

»Dem widerspreche ich nicht.«

»Und ich nehme an, auch Hunyadi wird nicht widersprechen«, sagte Pekkala. »Jeder sieht, wie dieser Krieg enden wird. Vielleicht gibt es noch ein paar Dummköpfe, die an Wunder glauben, aber ein erfahrener Polizist wie Hunyadi gehört sicherlich nicht dazu.«

»Dann sind wir also alle der Meinung, dass das Deutsche Reich den Krieg verliert«, murmelte Kirow. »Reicht das schon, damit er seine Meinung ändert?«

»Möglich. Wenn wir ihm anbieten, ihn mit nach Moskau zu nehmen.«

Abrupt blieb Kirow stehen. »Und warum sollte er das tun?«

»Weil es hier weder eine Gegenwart noch eine Zukunft gibt. In Berlin gibt es nur die Vergangenheit.«

»Und wenn seine Treue zu Reich und Führer ihn davon abhält?«

»Dann wird uns nichts anderes übrig bleiben, als ihn auf andere Art und Weise zu überzeugen.«

Sie müssen sich keine Sorgen machen«, sagte Hermann Fegelein, als Lilja vor der Polizeiwache anhielt.

»Ich mach mir keine Sorgen«, antwortete sie leise und sah mit starrem Blick auf die regennasse Windschutzscheibe.

Fegelein wusste, dass sie log. Es machte ihn wütend, dass ein ungehobelter Berliner Polizist diese Frau in Unruhe versetzte. Er selbst war aufgrund seines Dienstgrades und Himmlers Unterstützung ja unantastbar, aber diese arme Frau war bloß eine Sekretärin, die sich gegen ernsthafte Anschuldigungen wie diese nicht zur Wehr setzen konnte, vor allem dann nicht, wenn der Kriminalinspektor anscheinend sonst keine Verdächtigen hatte. Dass Hunyadi Fräulein S. vorlud, war für Fegelein nur ein offensichtliches Zeichen von Verzweiflung.

Fast tat ihm Hunyadi schon wieder leid. Er hatte den Befehl, ein Hirngespinst zu verfolgen, das nur in Hitlers Kopf existierte. Selbst wenn die Alliierten Kenntnis von pikanten Klatschgeschichten erlangt haben sollten, würde das kaum kriegsentscheidend sein. Während die aufgeriebene Kriegsmaschinerie des Führers den tatsächlichen Gefahren – achtzig Kilometer weiter östlich wurde gerade eine Million russische Soldaten an der Oder zusammengezogen – nichts mehr entgegenzusetzen hatte.

»Er macht nur seine Arbeit«, versuchte Fegelein sie zu beruhigen. »Er hat mich befragt, und mein Gott, ich bin noch da.« Fegelein lachte und legte ihr die Hand auf die Schulter. »Ich weiß, wie diese Leute ticken. Antworten Sie nur auf seine Fragen. Erzählen Sie ihm nichts, wonach er nicht gefragt hat. Antworten Sie kurz und bündig, und Sie sind in null Komma nichts wieder draußen.«

Lilja stieg aus, schloss die Fahrertür und ging die Betontreppe zur Polizeiwache hinauf.

Der diensthabende Beamte am Empfang begleitete sie zu Hunyadis Büro. Auf dem Weg dorthin erwähnte er, dass er bald dienstfrei habe – und ob sie nicht Lust habe, mit ihm etwas trinken zu gehen.

Sie lächelte ihn nur unverbindlich an. »Ich weiß nicht, ob das möglich sein wird«, antwortete sie ausweichend.

Ermutigt durch den Umstand, sich keine glatte Abfuhr geholt zu haben, klopfte er an Hunyadis Tür, öffnete sie, ohne auf eine Antwort zu warten, und bedeutete ihr, einzutreten. »Ich weiß, wo wir Champagner bekommen«, raunte er Lilja zu.

Was Hunyadi nicht entging. »Schließen Sie bitte die Tür von außen«, wies er den Beamten an.

Nachdem Lilja und Hunyadi allein waren, bat er sie, Platz zu nehmen.

Sie setzte sich.

Hunyadi sagte zunächst nichts, sondern musterte seine Besucherin nur. Fegelein mochte ein hinterhältiger Dreckskerl sein, aber er hatte einen guten Geschmack. »Wie lange arbeiten Sie schon für den Gruppenführer?«, fragte er schließlich.

»Fast zwei Jahre.«

»Und wo hat er Sie angestellt?«

»In Paris. Ich habe dort für die Verwaltung Dokumente übersetzt.«

»Vom Deutschen ins Französische?«

»Und umgekehrt. Ja.«

»Er hat Sie vom Fleck weg engagiert?«

»Mehr oder weniger.«

Hunyadi spürte den durchdringenden Blick der Frau. Die rechte Hand, fiel ihm auf, hatte sie leicht zu einer Faust geballt, als wollte sie sofort zuschlagen, falls sie provoziert würde. »Der

Gruppenführer ist ein angenehmer Dienstherr?«, fragte er und betonte die Worte so, damit klar wurde, was er eigentlich meinte.

»Ich bin seine Fahrerin. Mehr nicht«, antwortete sie kühl. »Für alles Übrige gibt es andere.«

»Zum Beispiel Elsa Batz?«

»Ja.«

Hunyadi lehnte sich zurück und verschränkte die Hände. »Wissen Sie, warum ich Sie hierherbestellt habe?«

Sie nickte. »Informationen werden an die Alliierten weitergeleitet. Im Führerhauptquartier soll es eine undichte Stelle geben.«

»Wer sagt das?«

Lilja atmete scharf aus. »Man weiß nicht, wer die undichte Stelle ist, aber jeder, der im Führerbunker ein und aus geht, weiß, warum Sie da sind.«

»Gehen Sie im Führerbunker ein und aus?«

»Nein. Ich habe noch nie einen Fuß hineingesetzt.«

»Aber Ihnen muss das eine oder andere zu Ohren gekommen sein. Klatsch und so.«

»Ich höre nur, was Gruppenführer Fegelein will, dass ich höre. Er hat die höchste Geheimhaltungsstufe und genießt das volle Vertrauen von Heinrich Himmler. Genauso gut könnten Sie den Führer selbst beschuldigen – verzeihen Sie, wenn ich das sage, Herr Kriminalinspektor.«

»Und wen würden Sie, Fräulein Simonowa, an meiner Stelle beschuldigen?«

Sie dachte kurz nach. »Jemanden wie mich. Einen Außenstehenden. Jemanden, den man nicht weiter vermissen würde.«

Bei diesen Worten schweiften Hunyadis Gedanken ab. Er dachte nicht mehr an die schöne Frau, die vor ihm saß, oder an den Grund, warum sie hier war, sondern an seine eigene Frau. Er erhob sich und stützte sich mit den Fingern auf dem Schreibtisch ab, als fiele es ihm schwer, das Gleichgewicht zu halten. »Danke«, sagte er mit heiserer Stimme. »Sie können gehen.«

Lilja Simonowa verließ das Gebäude über den Hinterausgang, um nicht erneut dem diensthabenden Beamten über den Weg zu laufen. Die Tür führte hinaus in eine schmale Straße, auf deren anderen Seite ein verlassener Wohnblock lag.

Der Regen war stärker geworden. Die Luft roch nach feuchter Asche.

Eine Minute lang lehnte sie mit dem Rücken an der Hauswand und spürte, wie sich ihr Herzschlag allmählich beruhigte. Langsam löste sie die Faust und brachte damit eine kleine Kapsel in einem dünnen braunen Gummiüberzug zum Vorschein. Sie war mit Zyankali gefüllt. Man hatte sie ihr vor ihrer Abreise aus England gegeben, seitdem hatte sie sie immer bei sich. Beim Betreten der Polizeiwache hatte sie nicht gewusst, ob sie jemals wieder herauskommen würde. Eine Frage zu viel vom Kriminalinspektor, und sie hätte sich die Kapsel in den Mund gesteckt und zerbissen, und die schimmernde Flüssigkeit hätte sie in wenigen Sekunden getötet. Aber Hunyadi hatte sich als freundlich erwiesen. Als zu freundlich vielleicht. Die Gefahr war noch nicht gebannt. Die Zeit für die Kapsel könnte noch kommen. Sie steckte sie in die kleine Lasche am Kragen ihrer Lederjacke und trat hinaus auf die Straße, wo Fegelein im Wagen wartete.

»Na, sehen Sie«, begrüßte er sie lächelnd, nachdem sie hinter dem Steuer Platz genommen hatte. »Es gab überhaupt keinen Grund zur Sorge, oder?«

»Nein«, antwortete sie leise und legte den Gang ein. »Es war genau so, wie Sie gesagt haben.«

Was soll das denn?«, fragte General Hagemann. Er saß im Fond eines SS-Stabswagens und war unterwegs zu Himmlers Feldkommandostelle.

Drei Stunden zuvor hatte er sich noch mitten in einem Kiefernwald zwanzig Kilometer östlich von Berlin befunden, wo er mögliche Startplätze für seine mobilen V2-Einheiten ausgekundschaftet hatte. Dann war der SS-Wagen auf dem schmalen Weg aufgetaucht. Sein glänzend schwarzer Lack war über und über mit hellen Schlammspritzern von den Aberhundert Pfützen bedeckt, die der Wagen passiert haben musste.

Die Männer stiegen aus, beide in der schwarzen Uniform der Allgemeinen SS. Beide waren offensichtlich verärgert, dass man sie aus der relativen Bequemlichkeit ihres Quartiers hierhergescheucht hatte. Schroff forderten sie General Hagemann auf, mit ihnen zu kommen.

Hagemann warf den Männern an seiner Seite einen hilflosen Blick zu.

Der Blick von Feldwebel Behr, der ihn seit den Anfängen des V2-Projekts begleitet hatte, schien die schlimmsten Befürchtungen des Generals zu bestätigen – nämlich, dass er die Fahrt hinten in einem Wagen der SS kaum überleben dürfte.

Protest wäre zwecklos gewesen. Hagemann übertrug Feldwebel Behr die Leitung über die Gruppe, stieg ein und zündete sich seine Pfeife an. Eingehüllt in die Rauchschwaden versuchte der General die Fassung wiederzugewinnen, damit er das anstehende Treffen wenigstens mit einem Anschein von Würde bestreiten konnte.

Hagemann war klar, als sich der Wagen in Bewegung setzte

und auf dem Weg davonfuhr, auf dem er gekommen war, dass er wahrscheinlich nie erfahren würde, warum man ihn derart bestrafen musste. Es würde kein Gerichtsverfahren geben. Für so etwas war in diesen Tagen keine Zeit mehr. Aller Wahrscheinlichkeit nach würde man ihn einfach an eine dunkle Stelle im Wald oder an einen noch abgelegeneren Ort bringen, mit ihm zwischen die Bäume treten und ihn zwingen, sich auf das Laub zu knien. Fast spürte er schon die Feuchtigkeit an den Knien. Und dann würde man ihn erschießen.

Beinahe wünschte er sich, sie würden sich etwas beeilen.

Aber der Wagen blieb stur auf seinem Weg.

Als sie den Wald verließen und auf die Reichsstraße 1 einbogen, die wichtigste Ost-West-Verbindung, fragte sich Hagemann, ob er die Situation vielleicht doch falsch eingeschätzt hatte. Hoffnung keimte auf. Er beugte sich nach vorn und räusperte sich. »Wohin, haben Sie gesagt, wollen Sie mich bringen?«

»Wir haben gar nichts gesagt«, erwiderte der SS-Mann auf dem Beifahrersitz.

Der Optimismus des Generals fiel in sich zusammen. Er ließ sich zurückfallen und verschränkte die Arme vor der Brust. Dabei spürte er die Waffe an seinem Gürtelholster. Wenn er schnell genug wäre, könnte er die Waffe ziehen und sich erschießen, bevor die Männer vorn ihn aufhalten konnten. Das würde sie wenigstens um das Vergnügen bringen, das ihnen die Ausübung ihrer Pflicht sicherlich bereitete – und sein Leiden hätte ein Ende.

Aber den Gedanken schob er schnell beiseite. In Wahrheit hatte er nicht den Mut, sich zu erschießen. Selbst wenn er es versuchen sollte, würde er nur eine einzige Sauerei anrichten.

Sie fuhren nicht nach Berlin hinein, sondern außen herum nach Norden.

Mittlerweile war mehr als eine Stunde vergangen. Hagemann war völlig verwirrt.

Schließlich hielt er es nicht mehr aus. »Was um Himmels willen geht hier vor sich?«, fragte er.

»Himmler möchte Sie sehen«, antwortete der Fahrer.

»Von uns haben Sie nichts gehört«, schaltete sich der SS-Mann auf dem Beifahrersitz ein, »aber ich glaube, er will Ihnen einen Orden verleihen.«

Hagemann war wie vom Donner gerührt. »Einen Orden?«, flüsterte er. »Von Himmler?«

Er war dem Reichsführer SS nie persönlich begegnet. Darin schätzte er sich glücklich. Nur wenige, egal, welchen Dienstgrad sie hatten, trafen sich mit dem Reichsführer SS, ohne nachher nicht erpresst, eingeschüchtert oder anderweitig unter Druck gesetzt zu werden. Eine Weile lang hatte er sich eingeredet, er könnte ein Treffen mit Himmler gänzlich vermeiden, und er hätte auch liebend gern auf den Orden verzichtet, wenn seine Glückssträhne nur weiterhin angehalten hätte. Aber jetzt gab es kein Entkommen mehr.

Die übrige Strecke saß Hagemann nur noch schweigend da und bemühte sich, langsam wieder zur Ruhe zu kommen.

In Hohenlychen hielt der Wagen vor dem roten Backsteingebäude, in dem Himmler seine Kommandostelle untergebracht hatte.

»Da rein«, sagte der Fahrer. »Anklopfen können Sie sich sparen, Sie werden erwartet.«

Hagemann stieg aus. Er trat durch die Eingangstür und fand sich in einem elegant eingerichteten Raum wieder, der die Anmutung eines exklusiven ärztlichen Wartezimmers hatte.

An der gegenüberliegenden Seite gab es eine weitere Tür, doch die war geschlossen, und Hagemann, der nicht wusste, ob er anklopfen sollte, beschloss, zu bleiben, wo er war.

Er wollte gerade in einem der Ledersessel Platz nehmen, als die Tür aufging und Himmler aus der dahinterliegenden Dunkelheit erschien. »Hagemann!«, rief er mit einem Lächeln. »Wie habe ich mich auf dieses Treffen gefreut.« Er stolzierte durch den Raum und schüttelte dem General die Hand, als wären sie beide die besten Freunde.

Benommen nickte der General nur.

»Nehmen Sie doch Platz«, befahl Himmler.

Mit wackligen Knien ließ sich Hagemann auf einem der Sessel nieder.

»Ich habe gehört, man darf Sie beglückwünschen.« Himmler nahm ihm gegenüber Platz.

»Ach ja?«

»Kommen Sie!« Himmler lachte. »Keine falsche Bescheidenheit.« Er beugte sich vor und wedelte mit dem Zeigefinger. »Mir ist zu Ohren gekommen, dass das Diamantstrahlgerät einsatzbereit ist. Ich gehe davon aus, dass unsere Raketen schon mit höchster Präzision feindliche Ziele ansteuern.«

Hagemann klappte der Mund auf. »Aber das stimmt doch nicht. Weitere Erprobungen sind notwendig. Wir haben noch nicht …«

Himmler hob die Hand und gebot dem General Einhalt. »Ich verstehe. Die Geheimhaltungspflicht steht über allem. Und gewiss handeln Sie auf allerhöchsten Befehl.«

»Es muss nichts geheim gehalten werden«, platzte Hagemann heraus. »Das Gerät ist noch nicht fertig. Es hat ein einziges Mal funktioniert. Mehr nicht. Und bevor wir die Geräte überhaupt einbauen können, müssen wir sie erst kalibrieren. Ich bin immer noch dran, überhaupt mehr Komponenten zu bekommen.«

Entgeistert starrte Himmler ihn an. »Ist das Ihr Ernst?«

»In Ihrer Gegenwart, Herr Reichsführer, würde ich nie wagen, an etwas anderes auch nur zu denken.«

Himmler nickte langsam. Er sah aus wie jemand, der aus einer Trance erwachte. »Sie halten mich auf dem Laufenden.«

Das Treffen war, kaum hatte es begonnen, anscheinend schon wieder vorbei.

Erneut schüttelte Hagemann dem Reichsführer SS die Hand, als er die Hand aber zurückziehen wollte, ließ Himmler sie nicht los.

»Es ist wichtig, dass Ihnen der Ernst der Lage klar ist«, sagte Himmler leise. »Wie Sie wissen, bin ich der Oberbefehlshaber der Heeresgruppe Weichsel, des einzigen Großverbands der Wehrmacht, der zwischen der Roten Armee und Berlin steht.«

»Ja«, antwortete Hagemann und versuchte sich sacht aus Himmlers Griff zu lösen. Ihm wurde heiß. Schweißtropfen bildeten sich auf seiner Stirn.

»Auf dem Papier«, fuhr Himmler fort, »bieten wir eine eindrucksvolle Streitmacht auf. Panzer, Geschütze, Zehntausende kampferprobte Soldaten.«

»Ja.« Hagemann gab es auf, die Hand freizubekommen. Er ließ sie, wo sie war, tat so, als gehörte sie ihm nicht mehr, und wischte sich mit der freien Hand die Schweißtropfen von der Stirn – der Schweiß lief ihm bereits in die Augen, trübte seine Sicht und verzerrte Himmlers Gesicht zu einem impressionistischen Farbspiel.

Himmler rückte nun sogar noch näher heran und starrte Hagemann mit seinen kalten grauen Augen an. »Aber wenn Sie sehen, was wirklich zusammengezogen wurde, wäre Ihnen klar, dass die Heeresgruppe Weichsel so gut wie nicht existiert. Es ist eine Schattenarmee, Schatten allerdings werden den Feind nicht aufhalten. Ihre Raketen aber, die könnten es, jedenfalls lange genug, bis wir mit den westlichen Alliierten einen Waffenstillstand ausgehandelt haben. Die Amerikaner, Briten und Franzosen wissen doch, dass wir nicht der wahre Feind sind. Der wahre Feind steht im Osten, General, die bolschewistischen Horden wollen uns vom Angesicht der Erde fegen – wenn Sie ihnen nichts entgegensetzen. Nun, habe ich mich unmissverständlich ausgedrückt?« Er lächelte verhalten.

Hagemann, der das Salz in den Mundwinkeln schmeckte, konnte nur nicken.

Endlich ließ Himmler seine Hand los. »Gehen Sie.«

Hagemann wankte hinaus zum wartenden Stabswagen. Kurze Zeit später waren sie wieder unterwegs nach Berlin und von dort zu den dunklen Waldwegen, wo er seine Leute zurückgelassen hatte. Er sah sie vor sich, wie sie im Regen auf ihren Helmen saßen und auf seine Rückkehr warteten.

»Kein Orden?«, fragte der Fahrer.

»Kein Orden«, antwortete Hagemann. Er starrte auf seine Hand, als müsste er sich mit ihr erst wieder vertraut machen. Noch immer zeichneten sich auf den Knöcheln Himmlers Fingerabdrücke ab.

»Ich hab aber gehört, es gäbe einen Orden«, sagte der Fahrer zu seinem Beifahrer.

»Das hab ich auch gehört«, erwiderte sein Begleiter.

Der Fahrer sah in den Rückspiegel und suchte Hagemanns Blick. »Vielleicht das nächste Mal.«

In der Feldkommandostelle stand Himmler immer noch in dem Zimmer, in dem er den General empfangen hatte. Wütend ging er auf dem Perserteppich auf und ab und atmete hastig und mit einem leisen Pfeifen durch die Nase. Aus der Tasche zog er schließlich eine kleine lederbezogene Schatulle, in der ein Eisernes Kreuz Erster Klasse lag, das er eigentlich General Hagemann hatte überreichen wollen. Die abschlägige Antwort des Generals hatte alles zunichtegemacht.

Er überlegte, ob Fegelein, der ihm die Neuigkeiten von der uneingeschränkten Einsatzbereitschaft des Diamantstrahlgeräts gebracht hatte, etwas missverstanden hatte. Oder in die Irre geführt worden war. Wütend, von jemandem, möglicherweise von

Hitler selbst, angelogen worden zu sein, kehrte Himmler in sein Büro zurück und rief im Führerbunker an.

»Holen Sie mir Fegelein an den Apparat.«

Er musste lange warten. Schließlich war Fegelein zu hören.

»Herr Reichsführer«, rief er. »Ich komme gerade aus der Mittagsbesprechung. In einer Stunde wird mein üblicher Bericht fertig sein. Gibt es …«

Himmler fiel ihm ins Wort. »Haben Sie Hitler sagen hören, dass das Diamantstrahlgerät einsatzbereit ist? Oder haben Sie das nicht gehört?«

»Ja, das habe ich gehört. Es war unmissverständlich!«

Eine lange Pause.

»Ist das alles, Herr Reichsführer?«, fragte Fegelein.

Ohne eine Erwiderung knallte Himmler den Hörer auf. Dann ging er an die Eingangstür, riss sie auf und warf die Schatulle mit dem Orden hinaus in den Hof. Die Schatulle sprang auf, und das Eiserne Kreuz schlitterte durch den Schlamm.

An diesem Nachmittag, im Osten Berlins, nicht weit von der Trabrennbahn Karlshorst, ging Kriminalinspektor Hunyadi langsam durch die Straßen. Er hatte seine Mütze tief in die Stirn gezogen, trug eine blaue Arbeitermontur und hatte einen Werkzeugkasten in der Hand. Für einen Passanten sah er aus wie ein müder Elektriker oder Klempner, der, weil er kein Auto besaß oder kein Benzin mehr auftreiben konnte, zu Fuß zu einem Kunden unterwegs war. Es gab viele solcher Männer in Berlin. Sie waren zu alt, um noch eingezogen und in eine Uniform gesteckt zu werden, oder übten einen kriegswichtigen Beruf aus. Die meisten wären längst in Rente gewesen, allerdings gab es kaum noch jemanden, der ihre Arbeit getan hätte. Aber selbst das würde jetzt bald ein Ende haben. Zu Hunderten wurden sie von den Behörden aufgerufen, sich zum Deutschen Volkssturm zu melden, wo sie nach einer halbstündigen Einweisung in den Gebrauch der Panzerfaust zu erbarmungswürdigen Einheiten zusammengefasst wurden, die Berlin verteidigen sollten. Bis dahin hatten sie nichts zu tun, zogen, wenn möglich betrunken, durch die Straßen, besuchten alte Freunde oder unternahmen eine letzte Tour durch die Stadt.

Hätten die Passanten in diesem Fall aber etwas genauer hingesehen, wäre ihnen aufgefallen, dass er sich mit der rechten Hand immer wieder an den Kopf fasste. Dann hätten sie auch das dünne Kabel bemerkt, das aus seinem Ärmel zu einem kleinen Ohrhörer lief, den er in der Hand zu verstecken suchte.

Und dann wäre ihnen vielleicht auch der Lieferwagen mit der Aufschrift einer nicht existierenden Firma für Fußbodenkacheln namens Ender & Söhne aufgefallen, der Hunyadi langsam durch die Straße folgte. Der Lieferwagen war zwar so gestrichen, dass er aussah, als hätte er Blechaufbauten, in Wahrheit bestand die Kabine aus Holz. Damit wollte man jegliche Störung des Nahfeldpeilers vermeiden, der sich mitsamt zweier Funker im Wageninneren befand.

Seitdem der Funker auf dem Flakbunker am Zoo das aus dem Berliner Osten kommende Signal des Feindsenders aufgeschnappt hatte, war Hunyadi jede Straße in dem Bezirk abgeschritten und hatte den feindlichen Sender langsam eingegrenzt.

Hunyadi hatte feststellen können, dass die Funkübertragungen zu regelmäßigen Zeiten stattfanden, entweder gegen Mittag oder am frühen Abend. Seine Intuition sagte ihm, dass der Funker seine Mittagspause dazu nutzte oder eben bis Feierabend wartete, wenn zu den Stoßzeiten der Lärm der Busse und Straßenbahnen die Geräusche seines Geräts übertönten.

Jetzt ging es auf Mittag zu, und der Peiler hatte ein Signal erfasst, das irgendwo aus der Lehndorffstraße zu kommen schien. Hunyadi schlich sich an die einzeln stehenden Häuser heran und suchte nach den elektrischen Verteilerkästen, die aufgrund der Brandschutzbestimmungen außerhalb und oft in Bodenhöhe angebracht waren. Zwischen Abfalltonnen, zerbrochenen Bierflaschen und streunenden Katzen kauerte sich Hunyadi an die Hausmauern, öffnete die verrosteten Kästen und schraubte die großen Porzellansicherungen heraus.

Im Lieferwagen warteten die Funker mit Kopfhörern auf den Augenblick, wenn aufgrund der herausgedrehten Sicherung die Übertragung des Signals abrupt abbrechen würde. Wenn das geschah, wollten sie Hunyadi, der ein tragbares Funkgerät um die Brust geschnallt hatte, Bescheid geben.

Hunyadi hatte Schmerzen. Das Funkgerät war zwar klein, aber schwer, durch das zusätzliche Gewicht tat ihm mittlerweile der Rücken weh. Und da viele der Sicherungen eingerostet waren, hatte er sich durch das Aufschrauben die Fingerkuppen so sehr aufgerissen, dass er nunmehr Handschuhe trug.

Hin und wieder blieb er stehen, stützte die Hände in die Hüften und stöhnte leise vor Schmerzen. Er sah hinauf zu den Fenstern und fragte sich, ob sein Plan jemals zu einem Ergebnis führen würde.

Nachdem er jedes Haus in der Lehndorffstraße überprüft hatte, bog er in die Heiligenberger Straße ab. Die Straße war schmal, unterschied sich kaum von der Lehndorffstraße, nur manche der Häuser wiesen nach dem Bombardement des nahe gelegenen S-Bahnhofs Karlshorst Bombenschäden auf.

Im ersten Haus fand er den Verteilerkasten hinter einer Kiste mit alten, zum Teil mit schmutzigem Regenwasser gefüllten Milchflaschen. Mit angehaltenem Atem hob er die Kiste an, achtete darauf, dass die Flaschen nicht allzu sehr klapperten, und stellte ihn neben sich auf den Boden.

Immer wieder schweiften seine Gedanken ab. Manchmal stand ihm seine Frau vor Augen. Er hoffte, sie würde gut behandelt. Dann wieder dachte er an seine Zeit in Flossenbürg. Seine Erinnerungen daran waren äußerst seltsam. Obwohl er im Lager Fürchterliches erlebt hatte, empfand er, wenn er zurückdachte, keinerlei Angst. Seine Haftzeit hatte irgendwie etwas Endgültiges an sich gehabt, so, als würde alles vor seiner Freilassung dem einen Leben angehören, und alles, was er seitdem erlebt hatte, zu einem ganz anderen, neuen Leben. Und in diesem zweiten Leben kam ihm alles wie ein Wunder vor, selbst die unscheinbarsten, selbst die unangenehmen Dinge. Wie, dachte er, konnte jemand überhaupt den Wert des Lebens schätzen, solange er nicht am Rand der eigenen Auslöschung gestanden hatte?

Mit einem Ruck kehrte Hunyadi wieder in die Gegenwart zurück, als sich über den Ohrhörer ein hoher Pfeifton in seinen Schädel bohrte.

Er erstarrte, seine Finger hielten die runde Porzellansicherung umfasst, die er in diesem Augenblick herausgedreht hatte. Die Funker am Wagen signalisierten ihm, dass das von ihnen überwachte Funksignal soeben unterbrochen worden war. Abrupt verstummte das Signal aus dem Funkwagen.

Hunyadi starrte auf die in schwarzer Farbe auf die Sicherung geschriebene Ziffer. Es war Wohnung Nummer drei. Das Haus hatte drei Geschosse, mit einer Hauptsicherung pro Stockwerk. Jetzt wusste er, wo sich der Agent versteckt hielt.

Er sah nach oben und bemerkte den Vorhang, der sich in einem der Fenster im zweiten Stock bewegte.

Sein Herz begann zu pochen.

Er hörte Türen schlagen. Einer der beiden Funker hatte den Wagen verlassen und war auf die Straße gerannt. Hunyadi sah, dass er bereits die Waffe gezückt hatte.

»Behalte den Hinterausgang im Auge«, flüsterte Hunyadi.

Der andere nickte.

Hunyadi schob sich an ihm vorbei, ging um das Gebäude herum zum Vordereingang, wo die Tür zum Treppenhaus nicht abgesperrt war.

Er trat ein und stieg die Treppe hinauf. Die teilweise losen Dielenbretter knarrten, es war unmöglich, sich leise anzunähern. Umso mehr war also Eile geboten.

Auf jedem Treppenabsatz ging ein Fenster zur Straße hinaus. Graues Licht fiel auf die ausgetretenen Bretter.

Als er den zweiten Stock erreichte, schnaufte er schwer.

Es gab nur eine Tür. Er machte sich nicht die Mühe, anzuklopfen, sondern holte gleich mit dem Fuß aus und trat die Tür aus den Angeln.

Es war zwar der erste Feindagent, den Hunyadi stellte – normalerweise war dafür die Gestapo zuständig –, die Verhaftung aber lief so ab wie immer.

Hunyadi hatte nie mitgezählt, wie oft er schon Verbrecher in den unterschiedlichsten Winkeln der Stadt aufgespürt hatte.

Wenn ihnen klar wurde, dass es keinen Ausweg mehr gab, reagierte jeder anders. Manche wehrten sich, mit Messern oder Pistolen, mit allem, was ihnen gerade in die Finger geriet. Hunyadi war auch schon mit einem Nudelholz angegriffen worden, man hatte ihm einen Vogelkäfig mitsamt kreischendem Papagei an den Kopf geschleudert. Er hatte Männer und auch Frauen erschossen, wenn sein eigenes Leben auf dem Spiel gestanden hatte. Die meisten aber ergaben sich widerstandslos.

Als Hunyadi in die nur aus einem Zimmer bestehende Wohnung stürmte, traf er auf einen kleinen, schmalen Mann mit dunklem Oberlippenbart und dichtem Haarschopf. Er trug ein verdrecktes Unterhemd und eine Nadelstreifenhose, die von Hosenträgern auf den schmächtigen Schultern gehalten wurde.

Er kauerte vor einem kleinen offenen Kamin und versuchte einen Stapel Dokumente zu verbrennen. Er schien völlig überrascht worden zu sein. Auf dem Kaminsims stand sogar noch eine dampfende Tasse Tee. Mit Zündhölzern bemühte er sich, das Feuer in Gang zu bringen, was ihm aber nicht recht gelingen wollte. Die schwarzen Überreste mehrerer Hölzchen lagen im Kamin. Er hatte keine Zeit mehr gehabt, das Funkgerät wegzuräumen. Es stand auf einem Tisch am Fenster, das Stromkabel zog sich hoch zur Glühbirnenfassung, die von der Decke hing. Der Koffer, in dem er das Funkgerät verstaute, lag offen auf dem Bett. Daneben sah Hunyadi eine kleinkalibrige Pistole liegen.

Der Mann sah zu Hunyadi auf. Dann ging sein Blick zur Pistole, als wollte er abschätzen, ob er sie noch erreichen könnte, bevor der Fremde ihn mit der Waffe in der Hand töten würde. Als ihm klar wurde, wie aussichtslos das war, fummelte er mit einem weiteren Streichholz herum.

Hunyadi ging durch das Zimmer und verpasste ihm mit dem Griff seine Waffe einen Schlag gegen die Schläfe.

Der Mann sackte zusammen. Das unangezündete Streichholz hatte er immer noch zwischen den Fingern.

Hunyadi sah auf den Agenten hinab. Seiner Erfahrung nach brachte es wenig, wenn man herumbrüllte oder seine Macht demonstrierte. »Stehen Sie auf«, sagte er ganz ruhig. »Sie müssen mitkommen.«

Der Mann starrte zum Kriminalinspektor, seine dunklen Augen schimmerten vor Angst. Der Schlag hatte ihm eine klaffende Wunde quer über der Stirn zugefügt, Blut lief ihm übers Gesicht.

Mit gezückter Pistole, die allerdings nicht mehr auf den Mann gerichtet war, streckte Hunyadi ihm die Hand entgegen, um ihm aufzuhelfen.

Das war ein gefährlicher Moment. Wenn er nicht aufpasste, konnte der andere ihn aus dem Gleichgewicht bringen, aber die Geste war wichtig – der Verbrecher musste einsehen, dass die Jagd vorbei, dass er gestellt war und jeglicher Widerstand bloß zu seinem Tod führen würde.

Der Agent ergriff Hunyadis ausgestreckte Hand.

Hunyadi zog ihn auf die Beine. Dann gab er ihm Handschellen, die nicht durch eine Kette, sondern durch einen schweren Bolzen miteinander verbunden waren. »Legen Sie sie an«, sagte er.

Der Agent tat es. Sein Gesicht war blutüberströmt, sein Umgang mit den Handschellen ließ vermuten, dass er nicht zum ersten Mal verhaftet wurde.

Nachdem der Mann gefesselt war, legte Hunyadi ihm die Hand auf die Schulter und schob ihn durch die Tür.

Der Agent leistete weiterhin keinen Widerstand. Er schien seine Niederlage mit einer Art stillen Würde zu akzeptieren. Ich hätte ihn noch seinen Tee trinken lassen sollen, dachte Hunyadi.

Oder ihm gestatten sollen, einen Mantel mitzunehmen. Oder wenigstens ein Paar Schuhe. So fügsam war der Gefangene, als er die Treppe hinunterstieg, dass Hunyadi ihn sogar losließ.

»Sie hätten eine Autobatterie nehmen sollen«, sagte er.

Der Agent drehte sich um und sah ihn verdutzt an.

»Um das Funkgerät zu betreiben«, fuhr Hunyadi fort. »Dann hätte ich Sie nicht aufspüren können, indem ich die Sicherungen rausschraube.«

Müde Resignation schlich sich in den Blick des anderen. Er wandte sich wieder ab und stieg die Stufen hinunter.

Sie hatten den ersten Stock erreicht. Regen lief über die Fensterscheibe auf dem Treppenabsatz.

In diesem Moment geriet der Agent ins Stolpern.

Hunyadi, direkt hinter ihm auf der Treppe, versuchte ihn noch zu halten.

Der Gefangene aber stürzte schon voran.

»Vorsicht«, rief Hunyadi, dem plötzlich klar wurde, dass sein Gefangener mit dem Kopf voran durch die Scheibe krachen würde, wenn er das Gleichgewicht nicht wiederfand.

Und dann verstand Hunyadi, was geschah.

Es war schon zu spät.

Der feindliche Agent brach durch die Fensterscheibe.

Der Lärm war ohrenbetäubend.

Hunyadi sah, wie der Agent mit geschlossenen Augen nach vorn fiel, wie seine weiße Haut von gezackten Glasscherben zerschnitten wurde, dann sah er nur noch dessen nackte Füße und die von den schmutzigen Dielenbrettern geschwärzten Fußsohlen. Und dann war nichts mehr da als eine klaffende Öffnung, dort, wo die Fensterscheibe gewesen war.

Er hörte den Aufprall des Körpers auf der Straße.

Hunyadi eilte zur Fensteröffnung.

Der Mann lag in sich verdreht auf dem Boden.

Er war mit dem Kopf direkt auf das Pflaster gefallen. Der Schädel war zerschmettert, die langen, dunklen Haare verdeckten das Gesicht des Toten.

Der Funker, der den Hinterausgang bewacht hatte, kam angelaufen, bog um die Hausecke und wäre fast über die Leiche gestolpert. Eine Weile lang starrte er nur auf den Toten. Dann hob er langsam den Kopf und sah hinauf zum Fenster.

Durch die gezackten Überreste der Scheibe fiel kalter Regen auf Hunyadis Gesicht. Das wird uns verdammt teuer zu stehen kommen, dachte er.

Später an diesem Tag saß Hunyadi an seinem Schreibtisch und starrte auf die ungeöffnete Post, die sich während seiner Zeit in Flossenbürg angesammelt hatte. Rechnungen. Abonnierte Zeitschriften. Erinnerungen an Arzttermine. Er hatte alles am ersten Tag mit in sein Büro gebracht und sich vorgenommen, es durchzugehen. Dafür war nie die Zeit gewesen. Auch jetzt machte er keine Anstalten, die vielen Umschläge zu öffnen.

Hunyadi konnte nur daran denken, an wen er sich jetzt noch um Hilfe wenden könnte.

Unmittelbar nach dem Tod des feindlichen Funkers, der schnell als untergeordneter Mitarbeiter der ungarischen Botschaft identifiziert worden war, hatte die Durchsuchung des Zimmers eine Handvoll verschlüsselter Meldungen zutage gebracht. Diese Meldungen waren auf Reispapier geschrieben, die der Funker hätte hinunterschlucken können, wenn er dazu noch die Zeit gehabt hätte.

Der verschlüsselte Text sagte Hunyadi nichts, er musste auch gar nicht versuchen, ihn entschlüsseln zu wollen. Offiziell konnte ihm in Berlin in dieser Sache nur der Sicherheitsdienst der SS helfen, aber der Kriminalinspektor hatte ernsthafte Bedenken, ihn einzuschalten.

Hunyadi weigerte sich deshalb, der SS die verschlüsselten Nachrichten zu überreichen, weil er überzeugt war, dass jemand aus ihren Reihen dahintersteckte. Könnte man die codierten Meldungen entschlüsseln, würden sie möglicherweise alle nötigen Beweise liefern, aber dazu müsste die SS bereit sein, die eigene Beteiligung an der Affäre zuzugeben. Und das, davon war Hunyadi überzeugt, würde kaum geschehen.

Die Zeit verging, widerstrebend kam Hunyadi irgendwann zu dem Schluss, dass er Fegelein anrufen musste. So sehr er den SS-Gruppenführer verabscheute, er war die einzige ihm bekannte Person mit Zugang zu Entschlüsselungsspezialisten. Fegelein war zwar ein ranghohes Mitglied der SS, aber Hunyadis kürzliches Gespräch mit Rattenhuber sowie alles, was er sonst über den Mann gehört hatte, deuteten darauf hin, dass sich Fegelein bei seinen Vorgesetzten nicht unbedingt beliebt gemacht hatte. Wenn Fegelein einen Beitrag dazu leistete, die undichte Stelle zu finden, könnte sich das möglicherweise zu seinen Gunsten auswirken. In dieser Hinsicht war Fegelein also vielleicht mehr auf Hunyadi angewiesen als Hunyadi auf ihn.

Hunyadi zog die Visitenkarte aus seiner Manteltasche, auf die Fegelein seine Telefonnummer geschrieben hatte.

Seine Hand schwebte über dem Telefonhörer. Hunyadi wusste, mit diesem Anruf – egal, wie es ausging – würde er Ereignisse in Gang setzen, die sich gänzlich seiner Kontrolle entziehen würden.

Er griff zum Hörer.

Die Vermittlung meldete sich.

»Verbinden Sie mich mit folgender Nummer«, sagte Hunyadi.

Fegelein stand auf dem schmalen Balkon von Elsa Batz' Wohnung in der Bleibtreustraße, als das Telefon klingelte. Er rauchte eine Zigarette und sah hinunter auf die Straße, wo der Hausmeister, ein alter Mann namens Kappler, mit einem Reisigbesen den Bürgersteig kehrte. Das besänftigende Wischen des Reisigs auf den Pflastersteinen wurde vom Telefonklingeln empfindlich gestört.

»Für dich«, rief Elsa aus dem Wohnzimmer.

»Wer ist dran?«, fragte er, ohne sich umzudrehen.

»Kriminalinspektor Hunyadi«, erwiderte sie.

Fegelein schnippte seine halb gerauchte Zigarette auf die Straße, wo sie Herrn Kappler nur knapp verfehlte, und trat in die Wohnung.

Er nahm ihr den Hörer aus der Hand. »Hunyadi?«

»Ja. Ich wollte fragen, ob Ihr Hilfsangebot noch gilt.«

»Natürlich«, antwortete Fegelein. Als er sah, dass Elsa noch im Zimmer war und ganz offensichtlich lauschte, runzelte er die Stirn und scheuchte sie fort.

Sie zog eine Schnute und verzog sich, nicht ohne zu murren, in die Küche.

»Was brauchen Sie?«, fragte Fegelein.

»Darüber würde ich gern unter vier Augen reden, wenn Sie nichts dagegen haben.«

»Wann? Jetzt?«

»Ja. So schnell wie möglich.«

Fegelein sah auf seine Uhr. »Kennen Sie das Restaurant Harting?«

»Ja. In der Mühlenstraße. Nicht so weit von hier.«

»Können wir uns dort in einer halben Stunde treffen?«

»Kein Problem.«

»Bin schon unterwegs«, sagte Fegelein. »Und wenn Sie vor mir eintreffen sollten, sagen Sie dem Kellner, dass Sie mein Gast sind.«

Die Tür zum Restaurant schwang auf, und Leopold Hunyadi trat aus dem Regen ins Lokal.

Der Oberkellner kam mit der Speisekarte, die er sich an die Brust drückte, auf ihn zu. »Haben Sie reserviert, mein Herr?«

»Ich bin Gast von Gruppenführer Fegelein«, sagte Hunyadi.

Der Mann zog die Augenbrauen hoch. »Einen Moment, bitte.« Damit machte er auf dem Absatz kehrt und verschwand in der Küche.

Hunyadi sah sich um. Die dunklen Holztische waren jeweils durch Milchglasscheiben mit aufwendigen eingravierten Blumenmustern getrennt. Außer den Schaufenstern zur Straße hin, die im Zickzack mit Klebeband überzogen waren, damit sie den Druckwellen der Bombenexplosionen besser standhielten, zeigte das Restaurant keinerlei Anzeichen, dass man sich auf den drohenden Untergang vorbereitet hätte. Was würde von dem Lokal noch übrig bleiben, wenn erst einmal die Rote Armee in Berlin einmarschiert war?

Herr Waldenbuch, der Geschäftsführer, erschien zwischen den weit aufschwingenden, ledergepolsterten Doppeltüren, die zur Küche führten. Er war von mittlerer Größe, hatte einen struppigen Oberlippenbart, flinke Äuglein und einen runden Bauch, über den sich eine Leinenweste spannte. Bevor er etwas sagte, wischte er sich mit einem blauen Taschentuch den Schweiß vom Gesicht. Dann stopfte er das Tuch in die Tasche seiner Weste und streckte dem Polizisten seine schweißfeuchte Hand hin. »Ein Freund von Hermann Fegelein, sagen Sie?«

»Ein Gast«, korrigierte Hunyadi ihn.

»Wenn Sie mir bitte folgen wollen.« Waldenbuch begleitete

den Polizisten durch die Küche, wo, wie Hunyadi auffiel, das Küchenpersonal ihn geflissentlich nicht beachtete, und brachte ihn zu einer von mehreren geschlossenen Türen an der Restaurantrückseite. Von einem Ring mit kleinen Messingschlüsseln wählte Waldenbuch den benötigten aus, öffnete die Tür und bedeutete Hunyadi, einzutreten.

»Ich habe Sie bei uns noch nicht gesehen«, bemerkte Waldenbuch.

Wie auch, dachte sich Hunyadi, wenn eine Mahlzeit hier so viel kostet wie mein ganzer Wochenlohn. Er behielt das für sich und nickte nur.

»Der Gruppenführer verspätet sich gern«, sagte Waldenbuch.

»In diesem Fall«, erwiderte der Kriminalinspektor, »und da er sowieso für die Rechnung aufkommt, können Sie mir auch gleich was zu essen bringen.«

»Was wünschen der Herr?«

Hunyadi zuckte mit den Schultern. »Nach dem, wo ich gewesen bin, Herr Waldenbuch, ist mir alles recht.«

Waldenbuch verbeugte sich zackig und ging.

Als Hunyadi in dem stickigen kleinen Raum allein war, kam ihm der Gedanke, dass er in eine Falle geraten sein könnte. In seinem Bemühen, sich mit Hitlers Umgebung wieder gut zu stellen, könnte Fegelein versucht sein, ihn unter dem Vorwand des Landesverrats zu verhaften, statt ihm bei seinen Ermittlungen zu helfen. In diesem Fall wäre Hunyadi wieder auf dem Weg nach Flossenbürg, noch bevor er sein Essen auf dem Tisch stehen hatte.

Zur Ablenkung betrachtete er die Bilder an den Wänden. Sie zeigten das Restaurant zu früheren Zeiten – bleichgesichtige Männer in steifen Kragen und Frauen mit ausladenden Hüten starrten ihn von den alten Sepiadrucken an.

Würden diese Bilder die bevorstehenden Kämpfe überstehen?

In letzter Zeit stürzte er sich mit geradezu morbider Lust auf die Frage, ob die Gegenstände, denen er tagtäglich begegnete, in den über die Stadt hereinschlagenden Flammen zerstört oder als Souvenir nach Russland abtransportiert würden, oder ob sie hier blieben, unversehrt, und erneut die Wände der Stadt schmückten, die aus der Asche dieses Krieges auferstehen würde.

In diesem Augenblick kam Fegelein. Er trug über seiner Uniform einen braunen Ledermantel, dessen Schultern vom Regen dunkel gefärbt waren. »Willkommen in meinem privaten Speisezimmer«, sagte Fegelein, schlüpfte aus dem Mantel und legte ihn über einen freien Stuhl.

»Ihr Speisezimmer?«, fragte Hunyadi.

»Ein Gentleman braucht drei Dinge in seinem Leben«, sagte Fegelein. »Einen guten Barbier, einen guten Schneider und einen Tisch in seinem Lieblingsrestaurant. Ich bin noch einen Schritt weitergegangen und habe dafür gesorgt, dass der Tisch auch noch in einem eigenen Zimmer steht.« Er ließ sich auf dem Stuhl gegenüber von Hunyadi nieder. »Also, Herr Kriminalinspektor, was kann ich für Sie tun?«

Beide verstummten, als Waldenbuch Schalen mit einer Karotten-Fenchel-Suppe auftrug, deren tieforange Farbe im fensterlosen Raum ein eigenes Licht auszustrahlen schien. Er servierte sie, verbeugte sich und ging wieder.

Hunyadi fragte sich, wo in der Stadt noch solche Lebensmittel aufzutreiben waren.

Sobald sie wieder für sich waren, griff Hunyadi in seine Tasche, zog den zusammengeknüllten Zettel mit der verschlüsselten Botschaft heraus und schob ihn Fegelein hin. »Ich habe gehofft, Sie könnten dem vielleicht einen Sinn entlocken.«

Fegelein nahm das Blatt zur Hand und betrachtete es. »Das ist eine Art Code.«

»Das habe ich mir auch schon gedacht.«

»Und haben Sie sich auch gedacht, dass das keiner von uns ist?«

»Mehr oder weniger.«

Fegelein lachte leise. »Und Sie meinen, ich könnte ihn entschlüsseln?«

»Vermutlich nicht. Aber ich stelle mir vor, Sie kennen jemanden, der das kann.«

»Es hat mit Ihren Ermittlungen zu tun?«

»Ja.«

»Woher kommt das?«

Hunyadi räusperte sich. »Im Moment, Herr Gruppenführer, dürfte die Hilfe, um die ich Sie bitte, eine Einbahnstraße sein.«

Fegelein faltete ordentlich das Blatt und steckte es in seine Uniformtasche. »Mal sehen, was ich tun kann.«

Plötzlich waren Luftschutzsirenen zu hören, die durch die dicken Wände des Restaurants allerdings sehr gedämpft wurden. Sofort fuhren die beiden Männer hoch und überlegten sich schon mal, wie weit es zum nächsten der vielen Luftschutzräume in der Stadt war.

Der Hauptsaal des Restaurants hatte sich bereits geleert. Auf den Tischen standen Teller mit unberührten Mahlzeiten, leise spielte ein Grammofon Mozart.

Die Männer traten hinaus auf die Straße. Es war fast dunkel geworden, das Sirenengeheul war hier sehr viel lauter zu hören als im Lokal und ging ihnen durch Mark und Bein. Menschen hasteten an ihnen vorbei, beladen mit Vulkanfiberkoffern, die immer gepackt bereitstanden für die Stunden, die sie in der unterirdischen Zuflucht verbringen würden.

In der Ferne hörten sie jetzt das Dröhnen der Feindmaschinen und die dumpfen Schläge der Flak am Stadtrand.

»Es sollte schnell geschehen«, drängte Hunyadi. »Es bleibt nicht mehr viel Zeit. Und die von Ihnen versprochene Diskretion …«

Fegelein patschte sich auf die Tasche, in der er die Meldung verstaut hatte. »Das versteht sich doch von selbst, Herr Kriminalinspektor.«

Pekkala betrat die Polizeiwache in Pankow, wo er sich nach Hunyadi erkundigen wollte, während Kirow außer Sichtweite in einer Nebenstraße wartete.

Das Heulen der Luftschutzsirenen gellte durch die Straßen.

Der diensthabende Beamte am Empfang schickte Pekkala hinauf in den nächsten Stock, wo Hunyadi sein Büro hatte.

Dort wurde er von einer Frau Greipel empfangen, die seit Jahren im Innendienst tätig war und die Wache als ihr persönliches Reich betrachtete. Die Männer, die hier arbeiteten und wussten, wie sehr sie ihnen das Leben schwer machen konnte, wenn sie nur wollte, stellten ihre Autorität daher lieber nicht infrage.

Frau Greipel mochte generell keine Fremden. Die meisten schickte sie schneller hinunter ins Erdgeschoss, als sie hinaufgekommen waren, vor allem dann, wenn gerade Fliegeralarm gegeben wurde.

Pekkala allerdings jagte sie nicht zum Teufel. Seine Haltung, der ganze Mann hatte etwas, was ihr zum einen vertraut, zum anderen irgendwie beruhigend erschien, so, als würde er sich hier auskennen, auch wenn er nie zuvor da gewesen war, wie sie mit Bestimmtheit wusste.

Frau Greipel begleitete Pekkala zu Hunyadis Büro, klopfte an, öffnete die Tür. Der Raum war leer. »Er muss schon in den Luftschutzraum sein«, sagte sie. »Wollen Sie ihm eine Nachricht hinterlassen?«

»Ja«, erwiderte Pekkala. »Sagen Sie ihm bitte, ich bin wegen des Diamantstrahls hier.«

Wieder an ihrem Schreibtisch, bat sie ihn, das Wort zu wiederholen, bevor sie es sich notierte. »Und er weiß bestimmt, worum es da geht?«

»Ich denke schon.«

»Und Ihr Name?«

»Pekkala.«

Sie ließ es sich buchstabieren.

»Was ist das für ein Name? Woher kommt er?«

Als sie keine Antwort auf ihre Frage bekam, sah Frau Greipel auf. Der Mann war verschwunden.

Wie sie es schon so oft getan hatte, sperrte Frau Greipel ihre Schreibtischschublade ab, steckte den Schlüssel ein, und nachdem sie sich vergewissert hatte, dass sie die Letzte auf dem Stockwerk war, schaltete sie alle Lichter aus und ging nach unten, um ebenfalls den Luftschutzraum auf der anderen Straßenseite aufzusuchen.

Im fahlen Licht der verdunkelten Polizeiwache trat Pekkala aus einem Lagerschrank und ging in Hunyadis Büro. Drinnen stellte er die Schreibtischlampe an und suchte nach Dokumenten, auf denen vielleicht die Privatadresse des Polizisten aufgeführt war. Er musste nicht lange suchen, um den Stapel der ungeöffneten Briefe auf dem Schreibtisch zu entdecken. Adressiert waren sie alle an Hunyadis Wohnung in der Pradelstraße.

Pekkala steckte sich einen der Umschläge in die Manteltasche und verließ den Raum.

Draußen auf der Straße wartete Kirow. »Haben Sie ihn gefunden?«

»Noch nicht, aber ich weiß, wo er wohnt.«

»Wohin also?«

Bevor Pekkala antworten konnte, ertönte dumpfer Flakdonner aus dem Westen. Darüber war das Dröhnen von Flugzeugmotoren zu hören – Aberhunderte, wie es sich anhörte.

»Erst einmal folgen wir denen«, antwortete Pekkala und wies mit einem Nicken auf die Menschen, die zu einer Betontreppe eilten, über der in großen weißen Buchstaben das Wort »Luftschutzraum« gepinselt war.

Nachdem er gemeinsam mit Fegelein das Restaurant Harting verlassen hatte, ging Hunyadi in einen öffentlichen Luftschutzraum an der Ecke Flora- und Mühlenstraße.

Er war schon oft hier gewesen, da der Luftschutzraum am nächsten zu seiner Dienststelle lag. Jeder Luftschutzraum hatte so seine Eigenheiten. Manche schienen immer voller weinender Kleinkinder, in anderen spielten Musiker Geige und Akkordeon. In anderen wurde Essen verkauft. Dieser schien relativ ruhig zu sein, vielleicht, weil sich hier immer die gesamte Polizeiwache einfand. Hunyadi erkannte im Lauf der Zeit einige Leute wieder, denen er nirgends sonst begegnete als im Luftschutzraum. Berlin war zu einer Stadt geworden, wo jeder Bewohner in zwei Welten lebte: in einer über und einer unter der Erde.

Als Hunyadi nun zwischen Dutzenden anderen Zufluchtsuchenden die Stufen hinunterstieg, fielen ihm zwei Männer vor ihm auf, die er nie zuvor gesehen hatte. Einer war groß und breitschultrig und trug einen schweren, halblangen Mantel. Der andere war dünn, hatte schmale Schultern und rosige Wangen. Keiner von ihnen redete mit dem anderen, obwohl es Hunyadi schien, als würden sie zusammengehören. Daneben fiel ihm wegen des aufgebauschten Mantelstoffs unter den Achseln auf, dass sie beide bewaffnet zu sein schienen. Männer ihres Alters, die keine Uniform trugen, dafür aber Waffen mit sich führten, konnten nur eines bedeuten: Gestapo. Er fragte sich, ob sie hier waren, um eine Verhaftung vorzunehmen, oder ob sie ganz woandershin wollten und in dem Stadtteil nur von den Sirenen überrascht worden waren. Wie auch immer die Antwort lautete, Hunyadi hütete sich, sie danach zu fragen.

Fegelein suchte keinen Luftschutzraum auf.

Als am westlichen Stadtrand die ersten Bomben fielen, befand er sich bereits im Salon Kitty. Das Etablissement hatte gerade seine Pforten geöffnet, als die Sirenen die Tänzerinnen und ihre Klientel aus hochrangigen Offizieren in die Luftschutzräume trieben. Nur Fegelein und ein anderer Gast blieben an der Bar sitzen und tranken jeweils ein Glas Bier.

Der Fremde hieß Thomas Hauer und war ein ehemaliger Agent der Abwehr. Sein einstiger Vorgesetzter, Admiral Canaris, war im Moment im Sondertrakt des KZ Flossenbürg inhaftiert, in dem vor nicht allzu langer Zeit auch Hunyadi eingesessen hatte.

Canaris' Weg nach Flossenbürg war dabei keineswegs so geradlinig verlaufen wie der von Hunyadi.

Der deutsche Geheimdienst bestand aus zwei Sparten, dem militärischen Geheimdienst, der sogenannten Abwehr, die zuletzt unter Leitung von Admiral Canaris gestanden hatte, sowie dem Sicherheitsdienst des Reichsführers SS, kurz SD genannt, der von Heinrich Himmlers SS kontrolliert wurde.

Von Anfang an hatten beide Organisationen in einem starken Konkurrenzverhältnis zueinander gestanden, was dazu geführt hatte, dass Himmler persönlich darauf hinarbeitete, die Abwehr zu zerstören. 1944 hatte er es schließlich geschafft.

An einem kalten Februarnachmittag trafen Feldmarschall Keitel und General Jodl in Zossen ein, dem Hauptquartier des Oberkommandos des Heeres, wo auch das Amt Ausland/Abwehr untergebracht war. Die beiden Offiziere betraten inmitten hoher Kiefern einen getarnten Bunker. Dort informierten sie Canaris über Hitlers Entscheidung, die Abwehr und den SD zusammenzuschließen. Bis dahin solle sich Canaris auf der Burg Lauenstein im Frankenwald »in Bereitschaft« halten.

Canaris gab sich keinen Illusionen hin: Obwohl es nicht ausdrücklich gesagt wurde, war er damit unter Hausarrest gestellt. Vorgeworfen wurden ihm angebliche Kontakte zu britischen Agenten, außerdem sollte er Vatikanvertretern Informationen übergeben haben, der wahre Grund für seine Kaltstellung waren aber Heinrich Himmlers Intrigen.

Wenige Stunden später hatte Canaris sein Büro geräumt und wurde von seinem Fahrer in einem Mercedes-Stabswagen in den Süden chauffiert.

In den folgenden Wochen konnte sich Canaris auf dem Gelände der Burg frei bewegen, auf seinen Spaziergängen wurde er von zwei Dackeln begleitet, aber er war von allen Nachrichten so gut wie abgeschnitten.

Ende Juni dieses Jahres wurde Canaris zu seiner eigenen Überraschung freigelassen und durfte in sein Haus in der Betazeile 14 in Berlin zurückkehren. Dort erfuhr er, dass seine Gegner während seiner De-facto-Internierung auf Burg Lauenstein nicht untätig gewesen waren. Die Abwehr, die er unter so großen Mühen aufgebaut hatte, existierte nicht mehr. Sämtliche Abteilungen der Abwehr waren in den entsprechenden Abteilungen des SD aufgegangen, alle Abwehragenten waren von ihren Posten abberufen, und man hatte ihnen, je nach ihrer Bedeutung für Himmlers zukünftige Unternehmungen, neue Aufgaben zugewiesen oder sie ganz entlassen.

Das endgültige Aus für Canaris kam einige Monate später, als in Zossen ein Safe entdeckt wurde, in dem sich unwiderlegbare Beweise für Canaris' Beteiligung am Anschlag auf Hitler im Juli 1944 befanden. Das fehlgeschlagene Attentat hatte zur Verhaftung und Hinrichtung zahlreicher hoher deutscher Offiziere geführt.

Canaris, wegen Hochverrats verurteilt, wurde nach Flossenbürg gebracht, wo er auf seine Hinrichtung wartete. Anders als Hunyadi sollte er das Konzentrationslager nicht mehr lebend verlassen.

Noch während Canaris' Aufenthalt auf Burg Lauenstein war Fegelein von Himmler mit der Aufgabe betraut worden, den noch verbliebenen Abwehr-Agenten neue Posten zuzuweisen.

Im Zuge dieser Arbeit ging er die privaten Papiere des Admirals durch, in der Hoffnung, auf belastendes Material zu stoßen, mit dem er hohe Beamte und Offiziere erpressen könnte. Dabei fiel Fegelein eine Namensliste von Agenten in die Hände, die Canaris nie offiziell für die Abwehr eingesetzt hatte. Die jungen Männer und Frauen waren von ihm persönlich ausgebildet worden und dienten als Reserve für Missionen, die aus welchen Gründen auch immer nirgends offiziell auftauchen sollten.

Statt die Liste Himmler zu übergeben, suchte Fegelein die Agenten persönlich auf. Er witterte eine Gelegenheit, die ihm lukrativer erschien als der halbherzige Dank seines Vorgesetzten. Einige der Dutzend Agenten waren bereits offiziell als tot verzeichnet, andere waren von ihren Einsätzen nicht zurückgekehrt und galten als vermisst, zwei hatten Selbstmord begangen, als sie hörten, dass Fegelein ihnen auf der Spur war. Nur einer, Thomas Hauer, hatte so viel praktischen Sachverstand gezeigt, um am Leben zu bleiben. Und Fegelein versicherte ihm, so könne es auch bleiben, ja, sein Leben könne sich sogar noch verbessern, solange er sich als nützlich erweisen würde. Hauer hatte das in der kurzen Zeitspanne, in der sie sich mittlerweile kannten, mehrmals unter Beweis gestellt.

Der ehemalige Agent blickte sich um. »Wie nett, dass uns alle ganz allein gelassen haben«, sagte er zu Fegelein. »Man könnte fast meinen, Sie hätten den Luftangriff bestellt.«

»Das war nicht nötig«, antwortete Fegelein, der nun hinter die

Theke ging und sich unter den Flaschen eine aussuchte. »Die Royal Air Force, die seit einem Monat fast jede Nacht angreift, zeichnet sich durch ein bewundernswertes Maß an Pünktlichkeit aus.« Er schenkte sich ein Glas Pernod ein. »Ich hab mich in Paris daran gewöhnt«, sagte er und hielt das honigfarbene Getränk hoch, als wollte er dessen Klarheit bestimmen. Dann gab er Wasser aus einem Krug hinzu, worauf sich die Flüssigkeit milchig weißgelb verfärbte.

»Riecht wie Lakritz«, sagte Hauer.

»Ein entfernter Verwandter des Absinth«, antwortete Fegelein. »Soll das Bewusstsein erweitern.« Er nahm einen Schluck.

»Ach ja?«

»Leider nicht weit genug, damit ich das hier übersetzen könnte.« Fegelein legte das Blatt mit der verschlüsselten Nachricht auf die Theke.

Ohne auf die Bombendetonationen zu achten, nahm Hauer das Blatt entgegen und breitete es vor sich aus. »Warum kommen Sie damit zu mir?«, fragte er und betrachtete den Text. »Warum bringen Sie das nicht Ihren eigenen Leuten?«

»Weil ich befürchte, dass die vielleicht schon wissen, was drinsteht.«

»Es geht also um interne Ermittlungen?«

»So kann man das wohl nennen.«

»Gut, auf den ersten Blick würde ich sagen, es ist eine Goliath-Verschlüsselung.«

»Goliath?«

Hauer lehnte sich auf seinem Hocker zurück und ließ das Blatt los. »Was wissen Sie über Kryptografie?«

»Genug, um zu wissen, wo ich mir Hilfe holen muss.«

»Die Goliath-Verschlüsselung ist eine von mehreren Methoden, die die Alliierten benutzt haben«, erklärte Hauer. »Sie wurde fünf Jahre vor dem Krieg von den Briten entwickelt. Heutzutage gilt sie als etwas antiquiert, aber sie ist nach wie vor zuverlässig. Viele Agenten verwenden sie seit langer Zeit. Jede Nachricht besitzt ihren eigenen Schlüssel, ohne den sie nahezu unmöglich zu entschlüsseln ist.«

»Und wo bewahrt man diesen Schlüssel auf?«

»Auf einem Stück Seidenstoff. Der ist etwa so groß wie ein Taschentuch und kann auf die Größe eines kleinen Fingers zusammengelegt oder zerknüllt werden. Aufgedruckt sind Dutzende kleiner Quadrate mit Zufallszahlenreihen, die als Schlüssel verwendet werden können. Wird einer davon benutzt, schneidet der Funker ihn einfach aus dem Taschentuch. Wenn nötig, kann sogar das ganze Seidentuch in einer Lösung aus Essig und heißem Wasser kurzerhand aufgelöst werden.«

»Ohne dieses Seidentuch«, murmelte Fegelein mit einem Seufzen, »ist also nichts zu machen.«

Zwei Straßenzüge weiter schlug eine Bombe ein. Die Lichter flackerten.

»Nicht unbedingt«, erwiderte Hauer.

»Was soll das heißen?«

»Im Lauf des Krieges hat die Abwehr eine umfangreiche Sammlung solcher Seidentücher angelegt. Sie wurden entweder Agenten abgenommen, die keine Zeit mehr hatten, sie vor ihrer Verhaftung zu zerstören, oder den Behältern entnommen, die die Alliierten über unser Gebiet abgeworfen haben und an die wir vor den feindlichen Agenten gekommen sind. Man hat festgestellt, dass sich manche Schlüssel wiederholen. Nachdem wir mit unterschiedlichen Algorithmen experimentiert haben, konnten wir eine ganze Reihe dieser Schlüssel auf abgefangene Meldungen anwenden. Das funktioniert nicht immer, aber doch relativ häufig.«

»Und haben Sie diese Algorithmen? Können Sie das hier entschlüsseln?«

»Die Antwort auf beide Fragen lautet: vielleicht.«

»Sie haben sie, oder?«

»Sagen wir so, Herr Gruppenführer: Admiral Canaris war nicht so naiv anzunehmen, dass sein Hauptquartier, dem zwar feindliche Bomberangriffe nichts anhaben konnten, gegen die Machenschaften der SS geschützt wäre.«

»Sie meinen, irgendwo da draußen gibt es noch Akten der Abwehr?«

»Ja«, bestätigte Hauer. »Aber die werden Sie nie finden. Und wenn ich Ihnen helfen soll, rate ich Ihnen, sie auch gar nicht zu suchen.«

»Schön«, rief Fegelein gereizt. »Ich hab dafür sowieso keine Zeit.« Er tippte mit dem Finger auf das Blatt. »Momentan kommt es nur darauf an, den Text hier zu entschlüsseln, und zwar schnell. Noch heute Nacht.«

Hauer griff sich einen Bierdeckel, drehte ihn um und kopierte die Nachricht mit einem Bleistiftstummel, den er aus seiner Tasche gefischt hatte.

»Was machen Sie da?«, fragte Fegelein.

»Übliche Vorsichtsmaßnahme. Wenn mir was zustößt, verlieren Sie nicht die Nachricht, nur den Überbringer.«

»Die Logik der Abwehr«, murmelte Fegelein.

Hauer sah auf. »Wenn Ihnen das nicht gefällt, müssen Sie sich einen anderen suchen.«

»Nein, nein. Machen Sie, wie Sie wollen. Nur machen Sie.«

»Ich habe nicht behauptet, dass ich es auf jeden Fall entschlüsseln kann.«

»Ich habe großes Vertrauen in Ihre Fähigkeiten. Schließlich wissen Sie, dass ich großzügig zahle, und nicht in Reichsmark, die wird sowieso bald nicht mehr viel wert sein.«

Nachdem Hauer die Nachricht abgeschrieben hatte, nahm Fegelein wieder das Original an sich, faltete es und steckte es in die Brusttasche.

»Ich weiß, dass Sie zahlen«, antwortete Hauer ganz ruhig, »bis zu dem Tag, an dem Sie mich nicht mehr brauchen. Und dann werde ich tot sein.«

Fegelein hob seinen Pernod und stieß gegen Hauers Glas. »Wir werden beide zur Hölle fahren, mein Freund. Die Frage ist nur, wann.«

Nach dem Luftangriff kehrte Hunyadi zu seiner Dienststelle zurück. Sie stand noch, nur mehrere Fensterscheiben waren durch die Druckwellen geborsten. Männer, deren Besen Hunyadi ausweichen mussten, fegten die Scherben zusammen.

Vor seinem Büro saß Frau Greipel an ihrem Schreibtisch, genau so, wie sie es getan hatte, als er zu seinem Treffen mit Fegelein aufgebrochen war. Er fragte sich sogar, ob sie das Gebäude während des Luftangriffs überhaupt verlassen hatte.

»Besuch war für Sie da«, begrüßte sie ihn.

»Der war für uns alle da«, antwortete Hunyadi. »Ich hab nur nicht herausfinden können, ob von den Briten oder von den Amerikanern. Sie haben sich nämlich nicht vorgestellt.«

»Nein, Herr Kriminalinspektor. Ein Mann war hier, kurz vor dem Fliegeralarm. Einer in so einem altmodischen Mantel.«

»Was wollte er?«

»Ich hab es aufgeschrieben«, murmelte sie und sah zu ihrem Notizblock auf dem Schreibtisch. »Es hat was mit einem Diamantenstrahl zu tun. Hat er gesagt. Oder Diamantstrahl.«

Hunyadi horchte auf. »Wer war es?«

»Das weiß ich nicht. Ich hab ihn noch nie gesehen. Er hatte einen ausländischen Akzent, den ich nicht einordnen konnte.«

»Hat er sich ausgewiesen?« Hunyadis Ton bekam etwas Drängendes.

»Ja. Er heißt Pekkala. Hat er gesagt.«

Hunyadi kniff die Augen zusammen und versuchte sich zu erinnern, ob er jemanden mit diesem Namen kannte. Er kannte nur einen, der Pekkala geheißen hatte, aber er glaubte sich zu erinnern, dass er schon vor Jahrzehnten, während der Russischen Revolution, gestorben war. »Wie hat er ausgesehen?«

Frau Greipel beschrieb ihn, so gut sie konnte. Sie wollte Hunyadi noch von ihrem seltsamen Gefühl erzählen, als der Mann vor ihr gestanden hatte, genau da, wo jetzt Hunyadi stand. Aber sie fand nicht die richtigen Worte, und außerdem kam ihr alles jetzt sowieso äußerst vage vor, so, als hätte sie alles nur geträumt. Frau Greipel arbeitete seit Jahren mit Kriminalinspektor Hunyadi zusammen, sie wusste, er war keiner, dem man mit solch vagen Dingen wie Träumen zu kommen brauchte. Hunyadi wollte Fakten, und diese hatte sie nicht zu bieten, abgesehen von ein paar Details zu Pekkalas äußerem Erscheinungsbild.

»Hat er gesagt, wo er zu erreichen ist?«

Frau Greipel schüttelte den Kopf.

»Und als er ging, haben Sie da gesehen, welche Richtung er eingeschlagen hat? Bitte, Frau Greipel, es ist vielleicht extrem wichtig.«

»Die Sirenen haben geheult. Alle sind zum Luftschutzraum gerannt. Da müsste er doch auch hin sein.«

Hunyadi versuchte, sich seine Enttäuschung nicht anmerken zu lassen. Er atmete tief durch, fuhr sich mit der Hand übers Gesicht und spürte seine Bartstoppeln. »Frau Greipel, ich glaube, für heute ist es genug.«

»Ja, Herr Kriminalinspektor Hunyadi. Lassen wir es gut sein.«

Nach einem frühen Abendessen waren Fegelein und Elsa Batz gerade eingeschlafen, als das Telefon neben ihrem Bett klingelte.

Elsa, die sofort wach war, richtete sich auf. Keiner, dachte sie sich, ruft nach dem Abendessen noch an, wenn es gute Neuigkeiten gab. Sie sah zu Fegelein neben ihr, der sich ein Kissen übers Gesicht gebreitet hatte, als wollte er sich selbst ersticken.

Wieder klingelte es.

»He«, sagte Elsa und stieß ihn mit dem Zeh an.

Er grunzte und rollte sich auf die andere Seite.

»Wahrscheinlich für dich«, sagte sie, lauter jetzt.

Wieder warf sich Fegelein herum und schob das Kissen von sich. »Geh ran!«, sagte er in scharfem Ton. »Das Telefon ist auf deiner Seite.«

Still fluchend packte sie den Hörer und reichte ihn an Fegelein weiter. »Ich nehme an, du willst nicht, dass ich anwesend bin«, blaffte sie.

»Woher soll ich das wissen? Ich weiß doch noch gar nicht, wer dran ist.«

Elsa schob das schwarze Telefonkabel zur Seite und schwang sich aus dem Bett. Dann zog sie sich in die Küche zurück und schloss hinter sich die Tür.

Hauer war am Apparat. »Ich hatte teilweise Erfolg«, begann er ohne Umschweife.

»Teilweise?«, fuhr der noch halb schlafende Fegelein ihn an. »Was soll das heißen? Teilweise?«

»Mithilfe eines Schlüssels aus den Abwehr-Akten konnte ich das Dokument teilweise übersetzen – etwa ein Fünftel des Textes. Der Schlüssel scheint nicht genau zu passen, manches aber überlappt sich.«

»Was konnten Sie entschlüsseln?«

»Bloß die Wörter ›Ankunft‹, ›Ort‹, ›Christophe‹ und ›Diamant‹, in dieser Reihenfolge. Mehr konnte ich nicht herauslesen.«

»Diamant?«

»Richtig. Sagt Ihnen das was?«

»Ja. Vielleicht. Aber das geht Sie nichts an. Und was hat es mit diesem Christophe auf sich?«

»Sie bezahlen mich, um die Nachricht zu entschlüsseln, nicht, um sie zu interpretieren.«

»Und Sie sind sich sicher, dass das in der Nachricht steht?«

»Hätte es nicht funktioniert, wäre überhaupt kein sinnvoller Text herausgekommen.«

»Gut.« Fegelein knallte den Hörer auf.

Die Tür zur Küche ging auf, und Elsa steckte den Kopf herein. »Willst du Tee?«

»Nein!«, schrie er und warf ihr noch eine Reihe von obszönen Flüchen an den Kopf.

»Du hast ja nicht mehr alle Tassen im Schrank«, sagte Elsa nur und warf die Tür zu.

Fegelein setzte sich im Bett auf und versuchte zu verstehen, was er gehört hatte. Die von Hauer entschlüsselten Wörter schienen zu bestätigen, dass es wirklich eine undichte Stelle im Bunker gab und die ganze Sache nicht, wie er ursprünglich vermutet hatte, nur Hitlers zunehmender Paranoia geschuldet war. Aber je mehr er darüber nachdachte, desto weniger war er überzeugt, dass es sich um ein und dieselbe undichte Stelle handelte.

Hitler hatte angedeutet, es würden nur Klatschgeschichten aus dem Bunker hinausgeschmuggelt. Nichts von militärischem Wert. Die Alliierten konnten damit nicht viel anstellen, außer die zusammengestöpselten Gerüchte dahin zurückschicken, woher sie kamen, mit dem alleinigen Zweck, diejenigen in Verlegenheit zu bringen, die davon betroffen waren. Würden die Alliierten wissen, wie gut ihr Spielchen funktionierte, könnten sie wirklich sehr mit sich zufrieden sein.

Diese verschlüsselte Nachricht aber war etwas anderes. Das Diamantstrahlprogramm war von höchstem militärischem Wert.

In diesem Moment kam Fegelein zu einer Schlussfolgerung, die so simpel war und, bei weiterem Nachdenken, so offensichtlich, dass er sie sofort als unumstößliche Wahrheit akzeptierte. Diese Meldung hatte nichts mit den Gerüchten zu tun, die »der Chef« im Radio verbreitete. Auf der Suche nach dem Informanten musste Hunyadi über eine vollkommen separate Operation gestolpert sein.

Es gab, außer ihm, nur drei Personen, die die von General Hagemann in den Führerbunker gebrachten Blaupausen des Diamantstrahlgeräts zu Gesicht bekommen hatten.

Die eine war Hitler. Die andere war sein Vorgesetzter Heinrich Himmler. Und die letzte Person war der, der sie gebracht hatte – General Hagemann.

Alle anderen konnte er guten Gewissens ausschließen. Eine Gruppe hoher Offiziere hatte gesehen, wie Professor Hagemann die Pläne auf Hitlers Besprechungstisch ausgebreitet hatte, aber keiner von ihnen wäre in der Lage gewesen, überhaupt zu verstehen, was da vor ihnen lag, um die Informationen an die Alliierten weitergeben zu können. Und keiner von ihnen hatte die Pläne auch nur angerührt, geschweige denn Zeit gehabt, sie abzuzeichnen oder zu fotografieren.

Hitler und Himmler konnte Fegelein von vornherein ausschließen. Blieb also nur Hagemann übrig.

Es erschien ihm so glasklar, dass er sich wunderte, warum er nicht von Anfang an, selbst ohne die entschlüsselte Nachricht, darauf gekommen war.

Hagemann war überzeugt, dass der Krieg verloren wäre, also versuchte er sich jetzt beim Feind einzuschmeicheln, damit er, sobald die Waffen schwiegen, zum einen für sich eine bessere Behandlung herausschlagen konnte und zum anderen die Möglichkeit erhielt, seine Arbeit fortzusetzen. Immerhin war Hagemann Wissenschaftler. Solchen Leuten fehlte es an festen moralischen Grundsätzen. Ihre Arbeit ging ihnen über alles. Es scherte sie einen Dreck, für wen sie arbeiteten, solange man sie in Ruhe ihre Gleichungen lösen ließ.

Fegelein beschloss, sofort mit Hitler zu reden. Er würde dem Führer alles erzählen, was er wusste, bevor Kriminalinspektor Hunyadi selbst dahinterkam. Wenn er die Neuigkeiten überbrachte und vielleicht verhinderte, dass Hagemann weiterhin seinen verbrecherischen Hochverrat begehen konnte, würde er in der Gunst der Herrschenden steigen. Und alle seine bisherigen Sünden würden ihm verziehen.

Fegelein griff zum Hörer und wollte bereits die Vermittlungsstelle im Führerbunker anrufen. Dann aber hielt er inne. Denn der Gedanke, der ihm einen Augenblick zuvor noch so brillant vorgekommen war, löste sich mit einem Mal in nichts auf.

Wie sollte er erklären, auf welchem Weg er die Nachricht hatte entschlüsseln können? Keiner würde ihm glauben, wenn er behauptete, es selbst getan zu haben. Dann wäre es nur eine Frage der Zeit, bis man ihm dahinterkam, dass er die Liste mit den in Reserve gehalten Agenten der Abwehr nicht an die zuständigen Stellen weitergeleitet hatte. Die SS würde nicht lange brauchen, um Hauer aufzuspüren, und Fegelein zweifelte nicht daran, dass der Schweinepriester alles erzählen würde, was sie hören wollten, um seine eigene Haut zu retten.

Und wenn die SS General Hagemann verhaftete, dann würde

man ihn ohne viel Federlesens am selben Galgen gleich mit aufknüpfen.

Fegelein legte den Hörer auf. Ihm blieb nur eines: Hunyadi nichts davon zu sagen. Im besten Fall würde er sich damit etwas Zeit erkaufen, bis Hunyadi von allein auf die undichte Stelle stieß und Hitlers Rache ihren Lauf nahm. Fegelein hatte mit eigenen Augen gesehen, was aus den Verschwörern des Anschlags im Juli des vergangenen Jahres geworden war. Die Männer waren dabei gefilmt worden, wie sie, an Fleischerhaken aufgehängt, langsam erstickten. Eine Weile lang hatte es den Anschein gehabt, als würde das Morden nicht mehr enden. Fegelein wusste, dass er irgendwann selbst betroffen sein würde, mochte er nun schuldig sein oder nicht. Sein Angebot, dem Kriminalinspektor zu helfen, würde völlig ausreichen, um sein Schicksal zu besiegeln.

Für Fegelein war es daher an der Zeit, einen Plan in die Tat umzusetzen, an dem er seit Monaten gearbeitet hatte. In der Wohnung seiner Geliebten hatte er zwei gefälschte Pässe versteckt – einen für sich selbst und einen, der auf den Namen Lilja Simonowa ausgestellt war –, dazu Passierscheine für eine Reise nach Genf und genügend Geld und Schmuck, um ein neues Leben mit Lilja zu beginnen.

Die Flucht mit seiner eigenen Frau war ihm nie in den Sinn gekommen. Und Elsa, war er überzeugt, würde es sicherlich verstehen. Sie hatte ihre Rolle als Geliebte immer als das akzeptiert, was es war – eine geschäftliche Vereinbarung. Fegelein liebte Elsa nicht, und soweit er wusste, hatte sie nie etwas anderes erwartet.

Aber er hatte sich in Lilja Simonowa verliebt. Er liebte sie, von ganzem Herzen. Er hatte es ihr nie erzählt, nicht ausdrücklich jedenfalls, weil er fürchtete, sie würde seine wahren Gefühle nicht verstehen und denken, er wolle sie bloß zu seiner unter diesen Umständen peinlich langen Liste an Eroberungen hinzufügen.

Und nicht nur seine Liebe hatte er ihr nicht gestanden, er hatte ihr auch nie erzählt, dass er mit ihr in die Schweiz fliehen wollte. Fegelein hatte darüber Stillschweigen bewahrt, weil sie sich schon aus Prinzip weigern würde, mit ihm zu kommen, wenn er nicht den richtigen Zeitpunkt abpasste. Jetzt aber hatte sich die Situation grundlegend geändert. Wenn er wegen Hochverrats verhaftet würde, wäre Lilja mit ziemlicher Sicherheit die Nächste, die abgeholt würde. Das musste sie einsehen.

So gesehen zählte jetzt jede Minute.

Fegelein erhob sich und knöpfte sich seinen Uniformrock zu. »Ich muss noch mal los«, rief er zur Küchentür, hinter der Elsa Batz Zuflucht gesucht hatte.

Keine Antwort.

Zwei Minuten später war Fegelein mitten auf der leeren Straße unterwegs, die nach dem jüngsten Luftangriff noch mit Schutt und Geröll übersät war, um Lilja Simonowa seine Gefühle zu gestehen.

Als die Luftschutzsirenen Entwarnung gaben, stiegen Kirow und Pekkala mit den anderen die Treppe hinauf und traten hinaus in die Nacht. Dicht hing der Staub in den Straßen, es roch nach verschmorten Stromkabeln, da sich die Luft durch die gewaltigen Sprengstoffexplosionen elektrisch aufgeladen hatte.

Die Straßenbeleuchtung war dunkel, die Menschen tasteten sich mit Taschenlampen voran, deren Lichtstrahlen sie mit den Händen abschirmten, sodass ihre Finger zu glühen schienen.

Bombenschäden in den Straßen, die zum Teil von Luftschutzhelfern abgesperrt wurden, zwangen sie zu mehreren Umwegen.

Hunyadis dreistöckiges Gebäude hatte einige Schäden davongetragen. Ursache dafür schien eine riesige Bombe gewesen zu sein, die eine Straße weiter detoniert war und einen sechs Meter tiefen Krater in den Boden gerissen hatte. Die Außenfassaden der Häuser zu beiden Seiten waren weggesprengt, Zimmer lagen frei, Betten balancierten gefährlich schief auf abgesplitterten Bodendielen, und an den Rückwänden hingen noch Uhren.

Hunyadis Wohnhaus schien dem Angriff standgehalten zu haben, nur die oberen Fensterscheiben waren zerbrochen, die Eingangstür war aus den Angeln gerissen.

Pekkala studierte die Briefkästen gleich neben der Tür, bis er Hunyadis Namen und Wohnungsnummer fand. Er und Kirow traten ein, argwöhnische Blicke der Bewohner folgten ihnen, aber keiner sprach sie an. Wie Hunyadi im Luftschutzraum kamen auch sie schnell zu der Schlussfolgerung, dass Männer in Zivilkleidung nur Angehörige der Gestapo sein konnten.

Hunyadis Wohnung lag am Ende des Flurs im ersten Stock.

Pekkala klopfte leise an, aber es kam keine Antwort.

Sie warteten, bis keiner mehr auf dem Stockwerk zu sehen war, dann brach Kirow das Schloss auf, und die beiden Männer traten mit gezückten Waffen ein.

Das Zimmer war sauber, die Einrichtung hatte allerdings schon bessere Tage gesehen. In der Küche, auf dem einzigen Gasring des Herds, stand ein Topf mit pechschwarzem und nach Zichorien riechendem Ersatzkaffee. Auf dem hölzernen Abtropfgitter auf der Spüle befanden sich eine cremefarbene Emailletasse und eine dazu passende Schale, deren blauer Rand teilweise angeschlagen war. Mit Ausnahme einiger Bilder an den Wänden, die Hunyadi bei diversen Polizeitreffen zeigten – sie waren datiert von den Zwanziger- bis in die späten Dreißigerjahre –, war das Zimmer fast so spartanisch eingerichtet wie Pekkalas Wohnung in Moskau.

Kirow ging das Gleiche durch den Kopf. »Wenigstens sieht es so aus, als würde er in seinem Bett schlafen«, bemerkte er. »Und nicht auf dem Boden.«

Pekkala sah zum Bett. Es war kaum breiter als eine Armeepritsche und auch genauso gemacht, Laken und Decke waren sorgfältig unter die Matratze gestopft und festgezurrt, oben am Kissen war das Laken genau eine Handbreit über der Decke umgeschlagen.

Dann fiel Pekkala ein kleines gerahmtes Schwarz-Weiß-Foto auf dem Nachttisch auf. Es war das einzige Foto, auf dem Hunyadi nicht in Uniform abgebildet war. Neben ihm stand eine Frau mit schmalem Gesicht und langen schwarzen Haaren. Hunyadi hatte ihr den Arm um die Hüfte gelegt. Sie standen auf einem Balkon mit Blick aufs Meer. Der Mauerbogen, der am Rand des Bildes abgebildet war, hatte etwas Mediterranes – Griechenland, Italien, er wusste es nicht genau. Im Hintergrund war ein Segelboot zu erkennen, das auf dem mattgrau erscheinenden Wasser ankerte. Pekkala wünschte sich, er könnte sehen, wie blau das Meer wirklich war.

Das Foto überraschte ihn. Es passte so gar nicht zu allem anderen im Zimmer. Hunyadi lebte allein hier. So viel stand fest. War diese Frau also seine jetzige Freundin? Unwahrscheinlich, wenn man bedachte, dass die Fotografie vor einiger Zeit aufgenommen worden sein musste – das gesamte Mittelmeer war in den vergangenen fünf Jahren Kriegsgebiet gewesen – und sich auch sonst keinerlei Spuren von ihr in der Wohnung fanden. Eine Verwandte? Pekkala verwarf auch das aufgrund der fehlenden äußerlichen Ähnlichkeit und der Art, wie das Paar vor der Kamera stand, Hüfte an Hüfte, während er den Arm um sie gelegt hatte. Die Ex-Frau? Das kam ihm nun am unwahrscheinlichsten vor, nicht nur, weil es das Foto überhaupt gab, sondern vor allem, wo es stand. Oder war sie tot? In Pekkalas Kopf machte es klick. Das musste die Antwort sein.

Mit einem Mal empfand er Mitgefühl für Hunyadi. Er versuchte es abzuschütteln, aber es hielt sich hartnäckig. Schon bevor er das Zimmer überhaupt betreten hatte, hatte er sich bereits überlegt, welche Ähnlichkeiten zwischen seinem und Hunyadis Leben bestanden. Beide gingen sie der gleichen Arbeit nach. Beide standen sie im Dienst von Despoten, die sich bis in alle Ewigkeit ihrer Taten zu verantworten haben würden. Beide bewegten sie sich auf dem schmalen Grat zwischen dem Versuch, Gutes zu tun in einem Land, das vom Bösen regiert wurde, und der Gefahr, dabei selbst zu diesem Bösen zu werden.

Zu sehen, was Hunyadis Leben ausmachte, hatte Pekkalas Mitgefühl noch verstärkt. Für jene, die es nicht besser wussten, schien ein solches, auf das Notwendigste reduzierte Leben nichts anderes zu sein als die Negation seiner selbst. Aber das täuschte. Die Gegenstände in diesem Zimmer gehörten einem Mann, der wusste, dass er von dem einen auf den anderen Tag alles verlieren konnte. Und so konnte er nur weiterleben, wenn es nicht viel gab, das ihm etwas bedeutete. Während seiner Zeit in Sibirien hatte Pekkala eines gelernt: Je mehr man sich an alles klammert, was man wertschätzt auf der Welt, desto wertloser wird es. Irgendwann, dachte Pekkala, war Hunyadi für sich zu der gleichen Schlussfolgerung gelangt.

Aber dieses Foto hatte Pekkala am stärksten berührt. Falls es ihm nicht gelingen sollte, Lilja zu finden und sie sicher aus Berlin rauszuholen, hatte sie so gut wie keine Überlebenschance. Dann würde das zerknitterte Foto, das er die vielen Jahre über aufbewahrt hatte, zu einem Symbol der Erinnerung werden, aber nicht mehr zu einem der Hoffnung, wie es jetzt eines war.

Pekkala wappnete sich gegen das, was er vielleicht bald tun musste.

Wenn Hunyadi seine Hilfe verweigerte, bliebe ihnen nichts anderes übrig, als die Suche einzustellen und Berlin so schnell wie möglich zu verlassen. Und sie würden Hunyadi töten müssen. Ihn einfach nur fesseln und in seiner Wohnung lassen, wo er nur wenige Stunden später von neugierigen Nachbarn gefunden würde, würde ihnen nicht genügend Zeit für die Flucht geben. Außerdem reichte es nicht, nur Berlin zu verlassen. Sie mussten sich zu den russischen Linien durchschlagen, durch eine Gegend, in der es vor Exekutionskommandos nur so wimmelte.

In diesem Moment hörte er jemanden an der Tür.

Dem Nachtportier war der Kopf auf die Brust und die verschränkten Arme gefallen, laut schnarchte er vor sich hin, als Fegelein in der Pension in der Eckertstraße eintraf, wo Lilja Simonowa ein Zimmer gemietet hatte.

Es war eine schmuddelige Unterkunft. Die Wände hätten dringend einen neuen Anstrich vertragen, die Dielen waren ausgetreten und stellenweise gebrochen.

Ohne den Alten am Empfang zu wecken, ging Fegelein hinauf in den zweiten Stock. Obwohl er das Gebäude nie betreten hatte, wusste er genau, wo sie wohnte. Er konnte sogar von der Straße aus sagen, hinter welchem Fenster ihr Zimmer lag. Oft war er an ihrer Pension vorbeigefahren, manchmal sogar mit Elsa im Wagen, und hatte zu Liljas Fenster hinaufgesehen und gehofft, einen Blick auf sie zu erhaschen.

Im Gegensatz zum luxuriösen Ambiente von Elsas Wohnung in der Bleibtreustraße war der Gang hier mit kaputten Möbeln vollgestellt, die Decke wies braune Flecken von alten Wasserschäden auf. Es roch nach saurer Milch und kaltem Rauch.

Plötzlich hatte er ein schlechtes Gewissen, dass Lilja hier wohnen musste. Natürlich konnte sie sich mit ihrem Gehalt nichts anderes leisten, aber er hätte ihr leicht eine bessere Wohnung verschaffen können. Nur hätte er ihr damit die falsche Botschaft zukommen lassen. Er wollte sie nicht kaufen. Und er wollte sie nicht als seine Geliebte. Die hatte er ja schon, und die reichte. Nein, er wollte sie, unbedingt und seit Langem schon, als gleichberechtigte Partnerin.

Jetzt wäre es so weit, sofern er sie davon überzeugen konnte, mit ihm zu kommen.

Fegelein klopfte leise an. Er wartete, dann klopfte er ein zweites Mal.

Ein Licht ging an, der Schein fiel unter der Tür nach draußen auf den Flur und berührte gerade so seine Stiefelspitzen.

»Wer ist da?«, fragte Lilja. Sie klang verschlafen.

»Hermann«, sagte er leise. Es war das erste Mal, dass er sich mit seinem Vornamen bei ihr vorstellte.

Ein Riegel wurde weggezogen. Lilja öffnete die Tür. Sie trug einen blauen Morgenmantel und hatte die Arme vor der Brust verschränkt. Blonde Haarsträhnen hingen ihr ins Gesicht. Sie war barfuß, hatte den einen Fuß auf den anderen gelegt und balancierte wie ein langbeiniger Wasservogel vor ihm.

Fegelein erschien sie so schön wie nie.

»Was ist?«, fragte sie.

»Darf ich reinkommen?« Plötzlich war er nervös wie noch nie zuvor.

»Was ist los?«

»Ich werde Ihnen alles sagen. Aber bitte nicht hier draußen.«

Sie trat zur Seite und ließ ihn rein. »Verzeihen Sie die Unordnung«, sagte sie.

Es gab keine Unordnung, soweit er sah. Einige Bücher lagen auf einem Beistelltisch, zwei unterschiedliche Sessel standen vor einem kleinen offenen Kamin, der aussah, als wäre er schon lange nicht mehr benutzt worden.

Lilja zeigte auf einen Sessel und ließ sich im anderen nieder.

Fegelein nahm Platz. »Tut mir leid, dass ich Sie mitten in der Nacht störe. Aber ich muss Ihnen etwas sagen. Etwas, was nicht warten kann.«

Lilja, die immer noch die Arme verschränkt hatte, wartete auf seine Erklärung.

»Der Krieg ist so gut wie vorbei«, begann er. »Sie und ich wissen nur zu gut, wie er ausgehen wird.«

»Warum sagen Sie mir das?«

»Weil es an der Zeit ist, an sich selbst zu denken. Wir müssen an unsere Zukunft denken. Wem oder was wir einmal Treue geschworen haben, gehört jetzt der Vergangenheit an. Ist Ihnen klar, was ich Ihnen hier sage, Lilja?«

»Ich glaube schon«, erwiderte sie vorsichtig.

Fegelein wischte sich über die Stirn. Es war schwieriger, als er erwartet hatte. »Wir müssen fort.«

»Wir?«

Jetzt sah er ihr in die Augen. »Ja. Wir.«

»Aber was ist mit ...«

Seine Hand fuhr hoch und gebot ihr zu schweigen, als könnte er es nicht ertragen, dass sie die Namen der anderen Frauen auch nur in den Mund nahm. »Ich habe mich entschieden. Für Sie.«

»Aber wohin?«

»In die Schweiz. Vorerst zumindest. Danach vielleicht nach Südamerika. Aber daraus wird nichts, wenn wir mit den Händen im Schoß dasitzen und darauf warten, dass etwas geschieht. Die geringste Verzögerung, und es ist vielleicht schon zu spät. Ich habe mir einen Plan zurechtgelegt ...«

Jetzt unterbrach sie ihn. »Welchen Plan?«

»Pässe. Passierscheine. Geld. Sie müssen sich keine Sorgen machen. Ich habe an alles gedacht.« Vorsichtig streckte er die Hand aus.

Aber sie hielt weiter die Arme verschränkt.

»Ich bringe Ihnen große Zuneigung entgegen, Lilja.« Fegelein konnte kaum weiterreden, weil seine Gefühle ihm das Atmen schwer machten. »Das müssen Sie spüren. Ich will Sie retten.«

»Und warum muss ich gerettet werden?«

»Wenn Sie in der Stadt bleiben, werden Sie mit hoher Wahrscheinlichkeit getötet – von den Russen, wenn sie einmarschieren, und wenn nicht von denen, dann von der Gestapo.«

»Der Gestapo? Was will die von mir?«

»Sie wird bald kommen – zu allen, die mit mir zu tun hatten.«

»Warum?«

»Wegen der Dinge, die ich getan habe und von denen Sie besser nichts wissen. Ich rede gern über alles, aber erst, wenn wir in Genf und in Sicherheit sind. Im Moment müssen Sie einsehen, dass ich Ihre einzige Chance bin, hier rauszukommen.«

»Wann wollen Sie los?«, fragte sie.

Wenigstens versucht sie es mir nicht auszureden, dachte Fegelein. Er betrachtete das als Zeichen, dass sie ihn wirklich begleiten würde. »Gleich morgen früh. Wir fahren mit dem Auto zum Bahnhof Zoo. Dann nehmen wir einen Zug, egal, welchen, Hauptsache, raus aus Berlin. Irgendwie werden wir es in die Schweiz schaffen. Ich habe Geld. Mehr als genug. Und ich habe die nötigen Papiere, damit wir nicht aufgehalten werden.«

Sie setzte zu einer Erwiderung an.

Aber Fegelein konnte nicht warten. »Um Gottes willen, sagen Sie Ja«, platzte er heraus.

»Ich muss ein paar Sachen packen.«

»Natürlich«, rief er, erleichtert, dass sie eingewilligt hatte. »Aber nur einen Koffer, mehr nicht. Sie verstehen?«

Sie nickte.

Sie gingen zur Tür.

»Um neun Uhr hole ich Sie ab«, sagte Fegelein. »Bis dahin müssen Sie fertig sein.«

Ihre Lippen zuckten, was Fegelein für ein Lächeln hielt.

Er beugte sich vor, berührte sie sacht an der Schulter und gab ihr einen Kuss auf die Wange. »Wir sehen uns bald wieder.«

Sobald Fegelein fort war, löste Lilja die Arme, die mittlerweile so verkrampft waren, dass sie sie kaum noch bewegen konnte. Im Ärmel ihres Morgenmantels hatte sie das Klappstilett versteckt, das sie fast immer bei sich trug und das sie beinahe benutzt hätte, als sie Fegelein an der Tür gesehen hatte.

Eilig kleidete sie sich an und packte einen Koffer. Sie warf Unterwäsche hinein, ein Paar Schuhe, eine Haarbürste und die unhandliche Dynamo-Taschenlampe einer Firma namens Electro-Automate, die sie noch aus Paris hatte. Aufgeladen wurde sie, indem man mehrmals hintereinander einen seitlich angebrachten Hebel drückte, man brauchte dazu also keine der zunehmend schwieriger aufzutreibenden Batterien. Die pfeifenden Geräusche, die solche oder die mit Kurbeln versehenen Dynamo-Taschenlampen erzeugten, begleiteten die Menschen, wann immer sie nachts unterwegs waren. Fast jeder hatte eine Taschenlampe bei sich, da die Straßenbeleuchtung wegen der Bombenangriffe nachts nicht mehr brannte.

Von allen Dingen, die sie in den Koffer packte, war nur die Taschenlampe wichtig, was aber nichts mit ihrem Licht zu tun hatte, das sie auf Berlins Pflastersteine warf.

In der Lampe verbarg sich nämlich eine Filmrolle mit Aufnahmen der Diamantstrahlpläne. Lilja hatte die Blaupausen noch an dem Tag fotografiert, an dem Fegelein sie von General Hagemann ausgeliehen und während seines Besuchs bei seiner Geliebten im Wagen gelassen hatte.

Zur Aufbewahrung der Filmrolle war von den Technikern in Beaulieu, wo Lilja ausgebildet worden war, der ursprüngliche Dynamo ausgebaut und durch einen halb so großen ersetzt worden.

Mit dieser Electro-Automate-Lampe war sie im Sommer 1940 nach Frankreich zurückgekehrt. Obwohl ihr Gepäck seitdem sowohl in Frankreich als auch im Deutschen Reich mehrmals durchsucht worden war, hatten sich die Inspektoren immer damit zufriedengegeben, dass die Taschenlampe funktionierte.

Als Lilja fertig war, blieben ihr noch etwas mehr als sechs

Stunden bis zu Fegeleins angekündigter Rückkehr. Bis dahin musste sie verschwunden sein. Eigentlich war vorgesehen, dass sie erst gegen Mittag im sicheren Haus eintraf, um sich mit den alliierten Agenten zu treffen, die sie aus Berlin evakuieren wollten. Nun blieb ihr keine andere Wahl. Sie musste sofort dorthin und hoffen, dass ihre Kontaktleute dort waren.

Langsam schlug Hunyadi die Augen auf.

Ein heftig pochender Schmerz saß in seiner rechten Schläfe.

Er bemühte sich, klar zu sehen, und erst jetzt erkannte er, dass er sich in seiner Wohnung befand und man ihm ein Taschentuch in den Mund gestopft hatte.

Hunyadi wollte es entfernen, aber seine Hände waren mit den Schnürsenkeln seiner eigenen Schuhe an die Armlehnen des Stuhls gefesselt, in dem er saß. Und mit seinem Gürtel hatte man ihm die Beine auf Höhe der Knöchel zusammengebunden.

Das Letzte, woran er sich erinnern konnte, war, dass er die Tür zu seiner Wohnung geöffnet hatte.

Ab diesem Augenblick war nur noch Leere.

Jetzt trat ein Mann vor ihn. An den Schläfen war sein Haar bereits grau, alte Narben zogen sich über sein wettergegerbtes Gesicht. Aufgrund von Frau Greipels Beschreibung erkannte Hunyadi ihn als den Mann, der ihn auf der Polizeiwache aufgesucht hatte.

Hunyadi hatte keine Angst, trotz seiner Wehrlosigkeit. Wenn dieser Fremde ihn hätte umbringen wollen, hätte er es längst getan.

»Sie werden sich leise verhalten?«, fragte der Fremde.

Hunyadi nickte.

Das Taschentuch wurde ihm aus dem Mund genommen.

»Sie sind Pekkala«, sagte Hunyadi.

»Richtig«, erwiderte der andere.

Hunyadi versuchte den Akzent des Fremden einzuordnen. Er sprach gut Deutsch, aber es war eindeutig nicht seine Muttersprache. Er hätte auf einen Russen getippt, hätte bei seinem Akzent nicht noch etwas anderes mitgeschwungen, etwas Abgehacktes, Scharfes, was er nicht recht benennen konnte. »Frau Greipel sagt, Sie wollen mit mir reden.«

»Ja.«

»Dann hätten Sie das auch einfacher haben können.«

»Unter den gegenwärtigen Umständen neige ich dazu, Ihnen zu widersprechen.«

Wer bist du?, fragte sich Hunyadi. Warum nimmst du das Risiko auf dich, hierher zu kommen? Aber er behielt die Fragen für sich.

»Sie suchen jemanden«, sagte Pekkala.

»Ja«, bestätigte Hunyadi. »Damit verdiene ich mir meinen Lebensunterhalt, mehr oder weniger.«

»Und haben Sie die Person, die Sie suchen, schon gefunden?«

»Noch nicht.«

»Aber Sie sind nah dran?«

»Wenn Sie mit mir auf die Wache in Pankow kommen, teile ich Ihnen gern die bisherigen Ergebnisse meiner Ermittlungen mit.«

»Ich sagte Ihnen doch, es wird nicht klappen«, war nun jemand direkt hinter ihm zu hören. Auf Russisch.

Hunyadi fuhr zusammen. Nicht nur war noch jemand mit im Zimmer, dieser andere sprach auch noch Russisch. Bis jetzt war er relativ ruhig geblieben, jetzt aber beschleunigte sich sein Herzschlag um einiges.

Der Russe trat vor Hunyadi. Er hatte eine ungarische Pistole in der Hand und sah ihn durchdringend an. »Sie haben mich verstanden, oder?«

»Ja«, antwortete Hunyadi. Es hatte keinen Sinn, es zu leugnen.

Kirow beugte sich zu ihm hinunter, sodass sie auf Augenhöhe waren. »Hören Sie«, sagte er leise, »diese Person, die Sie suchen, die suchen wir auch, und wir glauben, dass Sie wissen, wo sie ist.«

»Wie kommen Sie darauf?«, antwortete Hunyadi, nun ebenfalls auf Russisch. Es war Jahre her, dass er Russisch gesprochen hatte.

»Weil«, antwortete Pekkala, »Sie Leopold Hunyadi sind und man Sie nicht mit dieser Aufgabe betraut hätte, wenn Sie nicht der Beste dafür wären.«

»Dann muss ich Sie leider enttäuschen. Ich habe die fragliche Person noch nicht gefunden. Und selbst wenn, warum meinen Sie, ich würde Ihnen helfen?«

»Weil Sie damit vielleicht Ihr Leben retten«, sagte Kirow. »Das jedenfalls tun Sie nicht, wenn Sie uns nicht helfen.«

Hunyadi lachte heiser. »Ich glaube, Sie verstehen die Situation nicht ganz. Hitler persönlich hat mich mit diesem Fall beauftragt. Wenn ich ihn nicht löse, wird mir Schlimmeres blühen, als Sie mir jemals antun können. Also los, ihr bolschewistischen Verbrecher, erschießt mich ruhig.«

Kirow sah zu Pekkala. »Wir verschwenden unsere Zeit, Inspektor.« Er legte Hunyadi die Waffe an den Kopf.

»Inspektor?«, kam es von Hunyadi.

»Ja«, sagte Pekkala und hob die Hand, damit Kirow noch wartete, bevor er abdrückte. »Ich bin Inspektor Pekkala vom Büro für Besondere Operationen in Moskau. Und der Mann, der seine Waffe auf Ihren Kopf richtet, ist Major Kirow.«

»Sind Sie zufällig mit dem Mann verwandt, den man das Smaragdauge nennt?«, fragte Hunyadi.

»Verwandt?« Jetzt musste Kirow lachen. »Er *ist* das Smaragdauge.«

Hunyadi blinzelte verdutzt. »Aber ich habe gehört, er wäre tot.«

»Die Gerüchte sind mir ebenfalls zu Ohren gekommen«, sagte Pekkala, »und es gab Zeiten, da hätten sie sich fast bewahrheitet.« Er stülpte seinen Mantelkragen um und ließ ihn das Abzeichen sehen, das ihm der Zar vor so langer Zeit verliehen hatte.

Erstaunt starrte Hunyadi auf den Smaragd, der, als das Licht auf ihn fiel, zu schimmern schien, als würde er ihm zublinzeln.

»Wir sind nicht hier, um Ihr Leben zu beenden«, sagte Pekkala, »sondern um das einer anderen Person zu retten. Und das wäre immer noch möglich, wenn wir uns zusammenschließen und unser Wissen austauschen. Im Gegenzug garantiere ich Ihnen, dass wir Ihnen helfen werden, aus der Stadt zu kommen, die bald ein Schlachtfeld sein wird.«

»Diese Stadt ist meine Zuhause«, erwiderte Hunyadi, »es bringt gar nichts, wenn Sie mich bitten, sie zu verlassen – selbst wenn das heißen sollte, dass ich hier sterben werde.«

»Ich kann gut nachvollziehen, wenn Ihnen das eigene Leben so wenig wert ist, dass Sie keinen Anlass sehen, uns zu helfen«, fuhr Pekkala fort. »Und da Sie uns helfen sollen, jemanden zu retten, der gegen den Führer Ihres Landes gearbeitet hat, kann ich Ihnen noch nicht einmal einen Grund nennen, warum Sie es tun sollten.« Pekkala zeigte auf das Bild von Hunyadi und der Frau. »Aber was ist mit ihrem Leben? Haben Sie in Betracht gezogen, was mit ihr geschieht, wenn die Rote Armee einmarschiert?«

»Natürlich habe ich das in Betracht gezogen!«, fuhr Hunyadi auf. »Meinen Sie, ich mache das alles für Hitler? Er hat mich nach Flossenbürg geschickt und zum Tod verurteilt, weil ich die Frau auf dem Foto geheiratet habe.«

»Warum sind Sie dann noch am Leben?«, fragte Kirow.

»Damit ich die undichte Stelle im Führerbunker ausfindig mache. Sonst gibt es keinen Grund.«

»Wo ist Ihre Frau jetzt?«, fragte Pekkala.

»In Spanien. Ich war so naiv zu glauben, sie wäre dort in Sicherheit. Aber sie wird als Geisel festgehalten, damit ich tue, was Hitler von mir verlangt.«

»Und wenn Sie mit leeren Händen vor Hitler treten, was dann?«, fragte Pekkala.

»Vielleicht schaffe ich es ja.«

»Vielleicht«, stimmte Pekkala zu. »Und Sie wollen nach wie vor dieses Risiko eingehen?«

»Ich habe keine andere Wahl.«

»Jetzt schon«, sagte Pekkala. »Wir haben ebenfalls Leute in Spanien. Ich kann dafür sorgen, dass Sie beide gerettet werden.«

»Selbst wenn das stimmen sollte«, sagte Hunyadi. »Warum sollte ich Ihnen mehr trauen als ihm?«

»Weil ich auch als Geisel gehalten werde«, erwiderte Pekkala. »Ich bin nicht nach Berlin gekommen, weil ich treu zu irgendeiner Sache stehe – genauso wenig, wie Sie deswegen hier sind.« Er zog das Foto von sich und Lilja aus der Manteltasche und zeigte es Hunyadi. »Die Frau auf dem Bild ist die, die ich retten will, und sie bedeutet mir ebenso viel wie Ihnen Ihre Frau.«

»Wollen Sie uns jetzt helfen oder nicht?«, fragte Kirow.

Eine Weile lang sagte Hunyadi nichts, sondern starrte nur auf den Boden und atmete langsam ein und aus. Schließlich sagte er leise: »Binden Sie mich los.«

»Machen Sie schon«, befahl Pekkala Kirow.

»Inspektor ...«, murmelte Kirow nervös.

»Machen Sie schon!«

Kirow seufzte. Dann steckte er seine Pistole ins Holster und löste Hunyadis Fesseln.

Langsam erhob sich der Berliner Polizist. »Vor zwei Tagen«, erzählte er ihnen, »habe ich im Haus eines ungarischen Diplomaten ein Funkgerät gefunden.«

»Ein Ungar, sagen Sie?«, fragte Kirow.

»Ja. Er wollte gerade einen Funkspruch absetzen, als ich ins Zimmer gestürmt kam.«

»Sie haben den Funkspruch?«

»Ja. Aber er ist verschlüsselt.«

»Wo ist er jetzt?«

»Ich habe ihn jemandem gegeben, der mir seine Hilfe angeboten hat, ihn zu entschlüsseln, ohne dass die offiziellen Stellen etwas davon mitbekommen. Hinter dieser undichten Stelle kann so ziemlich jeder stehen, und ich weiß nicht, wem ich trauen kann.«

»Aber Sie trauen dieser Person?«

»Ganz und gar nicht. Es gab nur keinen anderen, an den ich mich hätte wenden können.«

»Und ist die Nachricht entschlüsselt?«

»Noch nicht. Zumindest nicht, dass ich wüsste. Die betreffende Person wollte sich melden, sobald sie etwas hat. Ich habe noch nichts gehört.«

»Und der Ungar?«, fragte Pekkala. »Wo ist er.«

»Im Leichenschauhaus der Polizeiwache Köpenick. Er hat sich umgebracht, bevor ich ihn befragen konnte.«

»Und wer ist jetzt in der Wohnung des Ungarn?«

»Niemand. Sie ist leer.«

»Können Sie uns hinbringen?«

Hunyadi sah sich im Zimmer um. Er schien ein Inventar seiner spärlichen Besitztümer zu erstellen, dann ging er zum Nachtkästchen und nahm den billigen Holzrahmen mit dem Foto seiner Frau zur Hand. Er hielt ihn an der aufklappbaren Lasche fest, mit der der Rahmen aufrecht aufgestellt werden konnte, und riss die Rückseite weg. Dann nahm er das Foto heraus und steckte es in die Innenseite seines Mantels. Schließlich drehte er sich zu Kirow und Pekkala um. »Folgen Sie mir.«

Elsa schlief tief und fest, als Fegelein in die Bleibtreustraße zurückkehrte. Sie lag quer über das Bett gebreitet und trug immer noch ihr durchsichtiges Negligé.

Statt sich neben sie aufs Bett zu zwängen, wodurch sie mit Sicherheit aufgewacht wäre, ließ er sich im gelben Sessel neben dem Telefontischchen nieder.

Er nahm sich vor, wach zu bleiben, aber kurz darauf sank ihm das Kinn auf die Brust, und er schlummerte sofort ein.

Vier Stunden später wurde er vom Hausmeister geweckt, der mit seinem Hexenbesen mal wieder den Bürgersteig fegte.

Fegelein schreckte auf. Er brauchte einen Augenblick, bis ihm klar wurde, warum er sich im Sessel befand, erst dann sah er auf die Uhr, und er erschrak. Schon neun Uhr dreißig. Er hätte vor einer halben Stunde bei Lilja sein sollen.

Elsa schlief noch, was Fegelein nicht überraschte. Sie blieb oft bis mittags im Bett.

So leise wie möglich stand er auf und ging zum Bücherregal an der gegenüberliegenden Wandseite. Hinter den gesammelten Werken Goethes, die er nie gelesen hatte, befand sich eine Holztafel, die sich mittels eines Federmechanismus öffnen ließ. Mit zusammengebissenen Zähnen drückte er dagegen, bis die Tafel mit einem Klicken aufsprang. Er drehte sich um, um zu sehen, ob Elsa durch das Geräusch geweckt worden war.

Sie hatte sich nicht gerührt. Ihr Atem ging ruhig und gleichmäßig.

In der Vertiefung der Wand lag eine kleine Ledermappe mit Schmuck und den Reisedokumenten, die er und Lilja für ihre Flucht brauchen würden. Die Mappe war ein Geschenk seiner

Frau gewesen. Sie hatte seinen Nachnamen mit sämtlichen Initialen aufprägen lassen – H.G.O.H. Fegelein. Gedacht war die Mappe, so seine Frau, für seine täglichen Treffen mit dem Oberkommando. Als er sie jedoch das erste Mal mitnahm, hatte Hitler die goldenen Initialen als »protzig« bezeichnet. Damit war sie für diesen Zweck hinfällig geworden, aber er stellte fest, dass sie genau die richtige Größe zur Aufbewahrung des Schmucks und der Pässe hatte. Er nahm die Mappe heraus und wollte das Geheimfach bereits wieder zudrücken, hielt aber inne. Das erste Klicken hatte Elsa nicht geweckt, vielleicht würde sie aber beim zweiten aufwachen. Also schloss er es nur halb und rückte wieder sorgfältig die Bücher davor. Er trat zurück und begutachtete sein Werk. Kaum wahrnehmbar. Außerdem bezweifelte er, ob Elsa jemals einen Blick auf das Bücherregal warf.

Es war keine Zeit mehr, um noch einen Koffer zu packen. Er nahm seinen Ledermantel von der Garderobe im Flur, öffnete so leise wie möglich die Tür und trat hinaus ins Treppenhaus.

Bevor er die Tür hinter sich schloss, warf er einen Blick zurück zu Elsa. Er hatte seit Langem gewusst, dass dieser Tag kommen würde. Tatsächlich hatte er ihn in Gedanken so oft durchgespielt, dass er sich eingeredet hatte, nichts zu empfinden, wenn es wirklich so weit sein würde. Aber jetzt, als er ohne ein Wort des Abschieds wirklich ging, hatte er ein schlechtes Gewissen.

Er schloss die Tür, stieg die Treppe hinunter und hielt sich an den äußeren Rand, damit die Stufen nicht knarrten. Als er unten auf der Straße war, dachte er nicht mehr an die zurückgelassene Elsa. Seine Gedanken kreisten nur noch um die Zukunft und das wunderbare Leben, das er in den Armen von Lilja Simonowa genießen würde.

In dem Augenblick, in dem Lilja Simonowa zur Klinke griff, schien die Tür von allein aufzugehen.

Das sichere Haus in der Heiligenberger Straße war nicht schwierig zu finden gewesen. Niemand kam ihr entgegen, als sie die Treppe hinaufstieg. Kurz blieb sie an einem neu eingesetzten Fenster im ersten Stock stehen und sah hinunter auf die Straße, um sich zu vergewissern, dass ihr niemand gefolgt war.

Sie hatte mit dem Agenten, mit dem sie sich hier treffen sollte, zwar nie ein Wort gewechselt, kannte ihn aber vom Sehen. Mehr als einmal waren sie sich in der Hasenheide über den Weg gelaufen, wenn sie im ausgehöhlten Bein der Bank ihre Nachrichten ausgetauscht hatten. Das erste Mal hatte sie ihn bemerkt, als sie gerade den Park verlassen wollte, um in die Straßenbahn zu steigen, die sie nach Hause bringen würde.

Der Mann mit dem struppigen Schnurrbart war klein und schmächtig, seine zerknitterte Kleidung sah aus, als müsste sie gewaschen werden. Und er machte einen einsamen, traurigen und nachdenklichen Eindruck. Aufgefallen war er ihr wegen des Blicks, den er ihr zuwarf, als sie an ihm vorbeigegangen war. Es war nicht der lüsterne Blick, mit dem die Männer sie sonst gern bedachten, wenn sie allein unterwegs war, sondern er hatte etwas Argwöhnisches, Heimlichtuerisches an sich, als wüsste er mehr, als er sagen konnte.

Aus Angst, er sei geschickt worden, um ihr zu folgen, stieg Lilja in die Straßenbahn und auf der anderen Seite gleich wieder aus. Dann folgte sie dem Mann durch den Park.

Er setzte sich auf die Bank, zog die Zeitung aus der Manteltasche und begann zu lesen. Erst nach einigen Minuten griff er nach unten, holte die von Lilja abgelegte Nachricht aus dem Bein und verließ den Park.

Diesmal folgte sie ihm nicht mehr.

Wenn sich später ihre Wege kreuzten, sah sie ihm nie in die Augen, auch wenn sie seinen Blick auf sich spürte wie die Hitze einer Lampe, die ihr zu nah ans Gesicht gehalten wurde.

Jetzt überlegte sie, was sie ihm sagen sollte.

Aber der Mann, der sie hier in der Tür erwartete, war nicht derjenige, den sie in der Hasenheide gesehen hatte.

Sie brauchte eine Weile, bis ihr klar wurde, wer vor ihr stand.

Und dann pochte ihr Herz so stark, dass sie glaubte, sie würde gegen die Wand geworfen.

Seine Anwesenheit, alles hier war so unerwartet und erschien so unwahrscheinlich, dass sie sich zu dem Gedanken zwang, sie müsse sich irren.

Dann sprach er ihren Namen, so leise, dass sie ihn kaum hörte.

Und in dem Moment, in dem sie Pekkalas Stimme hörte, glaubte sich Lilja wieder inmitten der dichten Menschenmenge auf dem Petrograder Bahnsteig, kurz bevor sie in den Zug stieg; das letzte Mal, dass er sie in den Armen gehalten hatte.

Und die Jahre zwischen jenem Tag und diesem verloren sich in der Dunkelheit, wie ein Schmetterling, der seine Schwingen faltet.

Pekkala nahm sie an der Hand. »Komm rein«, sagte er, »und ich erzähl dir alles.«

Er führte sie in die Wohnung und schloss leise die Tür hinter sich.

Zwei weitere Männer warteten dort. Einen davon erkannte sie als den Polizisten, der sie zwei Tage zuvor vernommen hatte. Dieser Mann war bei ihrem Anblick ebenso erstaunt wie sie.

Völlig benommen setzte sie sich aufs Bett.

Pekkala ging vor ihr in die Hocke und erklärte ihr die Lage. Dann aber, noch bevor er alles erzählt hatte, stutzte er und wusste nicht, ob sie auch nur ein Wort von ihm verstanden hatte. »Lilja?«, fragte er.

»Lass mich nie wieder allein«, sagte sie nur.

Er holte tief Luft. »Ich schwöre dir, die Zeit, die wir noch haben, werde ich mit dir verbringen. Jetzt müssen wir aber von hier fort. Über uns kann jeden Moment die Hölle hereinbrechen.«

Hunyadi hatte auf einem Stuhl am leeren Kamin gesessen und die ganze Zeit Lilja Simonowa angestarrt. »Aber Sie waren doch nie im Bunker!«, platzte er mit einem Mal heraus, als hätte er die ganze Zeit in Gedanken ein Gespräch geführt, für das er erst jetzt die Worte fand.

Lilja sah zu Hunyadi, dann fragend zu Pekkala.

»Schon in Ordnung«, sagte er. »Es spielt keine Rolle mehr. Da kannst es ihm sagen, wenn es was zu sagen gibt.«

»Alles, was ich wusste, habe ich durch Fegelein erfahren«, sagte sie.

»Er war die undichte Stelle und wusste es noch nicht einmal«, murmelte Hunyadi. »Der arme Narr hat sich selbst gejagt.«

Kirow legte Hunyadi die Hand auf die Schulter. »Wir müssen los«, sagte er.

Steif erhob sich Hunyadi. »Ich danke Ihnen, meine Herren, aber nach allem, was ich hier gehört habe, gibt es, glaube ich, eine Möglichkeit, den Fall zu lösen, ohne den Namen Lilja Simonowa zu erwähnen. Hitler wird zufrieden sein, und er wird nie erfahren, dass Sie überhaupt hier waren.«

»Das«, sagte Pekkala, »liegt ganz bei Ihnen, aber was ist mit Ihrer Frau in Spanien? Was wird mit ihr?«

»Man wird sie freilassen«, antwortete Hunyadi. »Und was mich betrifft – ich wollte zwar immer schon mal Moskau sehen, aber ich glaube, ich versuche mein Glück lieber hier in Berlin.«

Fegelein?« Hitlers Stimme klang leise und heiser. Zwischen dem Knistern der Telefonleitung war sein schwerer Atem zu hören. »Fegelein ist die undichte Stelle?«

»Ja«, antwortete Hunyadi. In Absprache mit Pekkala hatte er mehrere Stunden gewartet, bevor er im Führerbunker angerufen hatte. Bis dahin hatten die anderen längst die Stadt verlassen.

»Und das können Sie beweisen?«, fragte Hitler.

»Sämtliche Geschichten, die die Alliierten im Radio verbreitet haben, korrelieren mit den Zeitpunkten, zu denen Fegelein im Bunker anwesend war.«

»Das dürfte nicht ausreichen, Hunyadi. Er ist immerhin Himmlers Verbindungsoffizier.«

»Wenn Sie Fegelein in Haft nehmen und daraufhin nichts mehr nach außen gelangt, wissen Sie, dass Sie den Richtigen erwischt haben.«

Es folgte ein langes Schweigen. »Gut«, sagte Hitler schließlich. »Rattenhuber wird ihn abholen.«

»Ich nehme an, Sie finden ihn in der Wohnung seiner Geliebten Elsa Batz.«

»Seiner Geliebten?« Hitlers Zorn war nicht zu überhören. »Er hat eine Geliebte?«

»Ich dachte, das wüssten Sie.«

»Natürlich weiß ich nichts davon!«, schrie Hitler. »Dieser widerwärtige Mensch ist mit Gretl Braun verheiratet. Ganz unter uns, Hunyadi, nach Lage der Dinge dürfte er sogar bald mein Schwager werden.« Seine Stimme überschlug sich fast. »Wie soll ich das bloß Eva erklären? Wie heißt diese Frau wieder?«

»Elsa Batz«, wiederholte Hunyadi. »Sie wohnt in der Bleibtreustraße siebzehn.«

»Ich schicke Rattenhuber sofort hin. Danke, Hunyadi, für alles, was Sie getan haben.«

»Meine Frau«, sagte Hunyadi.

»Wird noch in dieser Stunde freigelassen. Es steht Ihnen frei, zu ihr zu reisen, mein alter Kamerad.«

Als Fegelein in Liljas Wohnung eintraf, war die Tür nicht abgesperrt, das Zimmer war leer.

Sie muss in Panik geraten sein, dachte Fegelein. Immerhin bin ich fast eine Stunde zu spät dran.

Aber wohin hatte sie gehen können? Der einzige Ort, der ihm einfiel und sinnvoll erschien, war Elsas Wohnung. Lilja musste dorthin unterwegs gewesen sein, während er auf dem Weg hierher war. Da er sich ihre Abwesenheit sonst nicht erklären konnte, eilte er in die Bleibtreustraße zurück. Seine kleine Mappe verstaute er so lange im Schrank unter der Treppe, wo der Hausmeister, Herr Kappler, seinen Besen aufbewahrte, mit dem er so ausgiebig den Gehweg kehrte.

Fegelein betrat die Wohnung, als sich Elsa gerade aus dem Bett schälte. Wie immer griff sie als Erstes zu ihrer Handtasche auf dem Nachttisch und dem Lippenstift darin, mit dem sie sich, den Blick auf den kleinen Spiegel an der Tür gerichtet, die Lippen mohnrot nachzeichnete.

Fegelein hatte nie verstanden, warum sie das tat. Der Lippenstift stammte von der französischen Firma Guerlain, er gehörte zu den letzten Beständen in Berlin und kostete deshalb ein Vermögen. Das meiste davon landete anschließend am Rand ihrer Kaffeetasse, sodass sie den Lippenstift, wenn sie mit dem Frühstück fertig war, sofort wieder nachziehen musste. Aber jetzt war nicht die Zeit, sich über solche Dinge Gedanken zu machen.

»Wo warst du?«, fragte sie, den Blick immer noch auf den Spiegel gerichtet.

Unter normalen Umständen hätte Fegelein ihr ebenso rasch und mühelos eine Lüge auftischen, wie er die Wahrheit hätte sagen können, jetzt aber, nachdem er Lilja nicht hatte finden können, war er so durcheinander, dass in seinem Kopf nur gähnende Leere herrschte. »Ich war spazieren«, stammelte er.

Sie lachte. »Das wäre das erste Mal gewesen.«

Es war ihm egal, ob sie ihm glaubte oder nicht. »War jemand während meiner Abwesenheit da?«

Sie sah zu ihm. »Warum sollte irgendjemand so früh kommen?«

Fegelein schüttelte nur den Kopf. »Ist nicht wichtig«, sagte er noch und ging in die Küche. Ihm knurrte der Magen. Er hatte noch nicht gefrühstückt.

»Was ist los mit dir?«

»Nichts«, blaffte er. »Lass mich.«

In diesem Moment klopfte es an der Tür.

Fegelein wurde übel. Lilja ist gekommen, dachte er. Aber wie sollte er erklären, warum er sich immer noch in der Wohnung aufhielt? Lilja holte ihn häufig hier ab, dann rief sie aber immer unten von Herrn Kapplers Telefon an. Er hatte Angst, dass ihm Elsa vor Lilja eine Szene machen könnte, wenn ihr klar wurde, dass er sich hinter ihrem Rücken aus dem Staub machen wollte.

Ich sage einfach, es steht ein wichtiges Treffen im Führerbunker an, dachte Fegelein. Ich sage, das Telefon unten funktioniert nicht mehr. Deshalb musste sie die Treppe hochkommen. Wenn Lilja nur für ein paar Minuten mitspielte, könnten sie beide verschwinden, ohne dass Elsa einen Aufruhr veranstaltete. Klar, sie würde früh genug dahinterkommen, aber dann wären Lilja und er schon weit fort.

Wieder klopfte es.

»Ich kümmere mich schon darum«, sagte Fegelein und ging zur Tür.

Aber Elsa war bereits da, und bevor er auch nur irgendwie einschreiten konnte, hatte sie die Tür geöffnet.

Fegelein blieb wie angewurzelt stehen.

Es war nicht Lilja.

Stattdessen stand Herr Kappler vor der Tür, verbeugte sich lächelnd und hielt ihr seine Ledermappe hin. Fegeleins vergoldete Initialen schimmerten im Morgenlicht. »Das hab ich unter der Treppe gefunden. Dachte mir, der Herr Gruppenführer möchten es wiederhaben.« Kappler reichte Elsa die Mappe, verbeugte sich ein weiteres Mal und stapfte wieder die Treppe hinunter.

Als sie allein waren, wandte sich Elsa an Fegelein. »Was ist das?« Sie hielt ihm die Mappe hin. »Was hast du da drin?«

»Nichts!«

»Es fühlt sich aber nicht nach nichts an.« Sie legte sie auf den Tisch und machte sich an der Schnalle zu schaffen.

»Nicht öffnen«, rief er.

Aber es war schon zu spät. Die Mappe war bereits offen, und sie starrte auf das Gewirr von Goldkettchen, Diamantringen und edelsteinbesetzten Broschen. Dann griff sie hinein und zog zwei mit einem Gummiband zusammengehaltene Schweizer Pässe heraus.

»Bitte«, sagte Fegelein.

Aber sie schien ihn nicht zu hören.

Sie streifte den Gummi ab und schlug jeden Pass auf. Dann ließ sie sie wieder in die Mappe fallen. »Du willst mit ihr weg«, flüsterte sie.

»Ja«, gestand Fegelein. Es hatte keinen Sinn mehr, sie anzulügen.

»Und du willst mich zurücklassen.« Es war keine Frage. Sie kannte die Antwort bereits.

»Elsa«, begann er, aber dann versagte ihm die Stimme.

Während Fegelein noch mit den Worten rang, griff Elsa Batz in ihre offene Handtasche und zog die Walther Automatik heraus, die Fegelein ihr geschenkt hatte. Sie richtete sie auf ihn. Sie musste an ihr erstes Rendezvous denken. An die an der Wand aufgestellten Blumentöpfe. An ihren ersten Schuss, der von der Wand abgeprallt war, und an die anderen, die irgendwohin gingen. Wieder hörte sie sein schallendes Gelächter von damals.

Der erste Schuss traf Fegelein im Hals. Er sackte auf die Knie, in diesem Augenblick traf ihn der zweite Schuss in der Brust. Als ihm der dritte Schuss das rechte Ohr wegriss, war er schon tot.

Er kippte mit dem Gesicht voran auf den Boden.

Wie seltsam der Rauch aus der Waffe roch, wenn er sich mit ihrem Parfüm vermischte, dachte sie.

Zwei Minuten später trat SS-Gruppenführer Rattenhuber ins Zimmer, gefolgt von einem Angehörigen des Reichssicherheitsdienstes mit einer Maschinenpistole.

Elsa sah kaum auf, als sie ins Zimmer kamen. Sie war auf dem gelben Sessel zusammengesunken und hielt immer noch die Walther in der Hand.

Rattenhuber erkannte die Frau noch aus ihrer Zeit als Tänzerin im Salon Kitty. »Sie sind Fegeleins Geliebte«, sagte er.

Sie nickte.

»Und haben Sie vor, das Ding da noch mal zu benutzen?« Mit einem Nicken wies Rattenhuber auf die Pistole in ihrer Hand.

Elsa schüttelte den Kopf.

»Dann seien Sie doch so gut und werfen Sie sie auf den Boden.«

Sie ließ die Waffe fallen.

Rattenhuber ging zu Fegelein, schob die Stiefelspitze unter die Brust des Toten und drehte ihn um. »Sie haben nichts dem Zufall überlassen, wie ich sehe.«

In diesem Augenblick rief ihn der SS-Mann zu sich. »Das sollten Sie sich mal ansehen«, sagte er und zeigte auf die offene Ledermappe auf dem Tisch neben der Tür.

Rattenhuber ging zum Tisch, griff in die Handvoll Schmuckstücke und ließ sie durch die Finger gleiten. Dann inspizierte er die Schweizer Pässe. Als er Fegeleins Namen entdeckte, schnalzte er mit der Zunge. »Und wer ist das?«, fragte er und hielt den anderen Pass hoch.

»Seine Fahrerin«, sagte Elsa. »Lilja Simonowa.«

»Und wo ist dieses Fräulein jetzt?«

»Keine Ahnung«, antwortete Elsa Batz.

Rattenhuber drehte sich zum SS-Mann um. »Leichnam durchsuchen«, befahl er.

Der SS-Mann lehnte die MP ans Bett, kniete sich hin und ging Fegeleins Taschen durch. Schnell fand er den zusammengeknüllten Zettel mit der kryptischen Abfolge von jeweils fünf Ziffern.

»Lassen Sie sehen«, sagte Rattenhuber.

Der SS-Mann hielt ihm das Blatt hin, das ihm der Gruppenführer aus der Hand riss. »Dieser Schweinehund«, murmelte er.

»Was ist das?«, fragte der SS-Mann.

»Ein von den Alliierten benutztes Verschlüsselungsverfahren namens Goliath.«

»Was passiert jetzt mit mir?«, fragte Elsa Batz. Sie klang wie eine Somnambule.

»Sie kommen mit«, erwiderte der SS-Gruppenführer.

»Wenn Sie mich erschießen wollen, dann wäre es mir lieber, wenn Sie es hier tun.«

»Sie erschießen?«, schnarrte Rattenhuber. »So wie ich die Sache sehe, Fräulein Batz, haben Sie gerade die Flucht eines Hochverräters vereitelt. Es dürfte sehr viel wahrscheinlicher sein, dass Hitler Ihnen einen Orden an die Brust heftet.«

Heinrich Himmler saß in seinem Arbeitszimmer in Hohenlychen und hatte den Telefonhörer ans Ohr gepresst. »Sie irren sich nicht, Rattenhuber?«, fragte er. »Sie sind sich absolut sicher, dass Fegelein die undichte Stelle im Führerbunker war?«

»Was anderes sehe ich nicht«, antwortete Rattenhuber. »Wir haben bei ihm eine Meldung gefunden in einem von den Alliierten verwendeten Verschlüsselungsverfahren.«

»Konnten Sie die Meldung entschlüsseln?«

»Zum Teil.«

»Und worum geht es in der Meldung?«

»Das Diamantstrahlgerät wird erwähnt.«

Es folgte ein langes Schweigen.

»Herr Reichsführer?«, fragte Rattenhuber schließlich, als er schon fürchtete, die Leitung sei unterbrochen worden.

»Ja«, kam es von Himmler. »Wissen Sie, ob diese verschlüsselte Nachricht gesendet wurde? Oder ob sie noch rechtzeitig abgefangen werden konnte?«

»Das lässt sich unmöglich sagen. Ich muss Sie allerdings fragen, ob Fegelein jemals im Besitz der Diamantstrahlpläne war.«

»Ja«, seufzte Himmler.

»Wie kam es dazu?«

»Ich bat ihn, sich die Pläne von Professor Hagemann geben zu lassen, damit ich selbst einen Blick darauf werfen konnte.«

»Dann müssen wir vom Schlimmsten ausgehen«, sagte Rattenhuber.

»Hitler weiß davon?«

»Ja.«

»Mein Gott«, flüsterte Himmler.

»Wenn ich Ihnen einen Rat geben darf, Herr Reichsführer?«

»Ja, nur zu!«

»Distanzieren Sie sich so schnell wie möglich von Fegelein und von allem, was mit dem Diamantstrahlprojekt zu tun hat. Löschen Sie alle Spuren Ihrer Beteiligung. Haben Sie mich verstanden?«

»Ja«, erwiderte Himmler. »Ich werde mich sofort darum kümmern, Rattenhuber.«

General Hagemann saß im Keller eines zerstörten Hauses, das in einem Wald westlich von Berlin lag. Sein treuer Feldwebel Behr hatte ihm gerade im Essgeschirr einen fetttriefenden Eintopf gebracht. Draußen baute das Personal eine mobile Abschussrampe für eine der wenigen noch verbliebenen V2-Raketen auf.

Das von Hitler bei ihrem letzten Treffen verlangte Produktionsziel von mehreren Hundert Raketen hatte sich natürlich nicht umsetzen lassen. Neu erstellte Komponenten für die Diamantstrahlsteuerung waren nie in die neuen Raketen eingebaut worden. Daneben war ein Zug mit letzten Treibstoffreserven, der für eine andere Fertigungsstätte in der Nähe der Heeresversuchsanstalt in Peenemünde bestimmt gewesen war, von britischen Mosquito-Jagdbombern zerstört worden, bevor er sein Ziel erreichen konnte.

Nur sechs mobile V2-Einheiten waren noch einsatzfähig, eine von ihnen war die von General Hagemann. Die einzelnen Trupps waren in einem Zehnkilometerradius verstreut. Innerhalb von vierundzwanzig Stunden würde die letzte V2 abgefeuert sein. Dann, so General Hagemanns Befehl, sollten die Mannschaften nach Berlin zurückkehren. Dort würden die hoch spezialisierten Techniker mit antiquierten Waffen ausgerüstet, um sich in hastig zusammengewürfelten Verbänden der überlegenen Feuermacht der Roten Armee entgegenzuwerfen.

Nach Hagemanns Einschätzung waren ihre Überlebenschancen gleich null.

Bis dahin aber erfüllten Hagemann und seine Mannschaft ihre Pflicht, allerdings geschah das im tranceartigen Zustand derjenigen, die keinen Sinn mehr darin sahen, noch weiterzumachen, es aber dennoch taten.

Mit einem zerbeulten Aluminiumlöffel rührte der General den öligen Eintopf um, in dem Fischgräten und auch einige zufällig in den Topf geratene Kiefernnadeln glänzten. Er wollte gerade den Löffel zum Mund führen, als Behr oben auf der Treppe erschien.

»Ein Anruf für Sie übers Feldtelefon, Herr General. Aus Hohenlychen.«

»Himmler?«

Behr nickte.

Hagemann ließ den Löffel in den Eintopf fallen. »Was verdammt noch mal will er?«

»Das hat er nicht gesagt. Nur, dass es dringend ist.«

Seufzend stellte Hagemann sein Essgeschirr auf den Boden, stapfte die Treppe hinauf und ging hinaus zum Fernmeldewagen, der zu jeder mobilen V2-Einheit gehörte.

»Hagemann!« Himmlers Stimme dröhnte aus den knisternden Lautsprechern. »Ich freue mich, mit Ihnen reden zu können.«

»Was kann ich für Sie tun, Herr Reichsführer?«

»Ich will, dass Sie in meine Feldkommandostelle kommen.«

»Wann?«

»Sofort. Wir haben etwas zu besprechen.«

»Ja?«, fragte Hagemann.

»Ja. Ich möchte Sie einigen meiner Freunde vorstellen, damit wir über Ihre Zukunft reden können.«

Sofort stand Hagemann wieder der Tag vor Augen, als er von Hitler nach Berlin zitiert worden war, um das Verschwinden der Versuchsrakete zu erklären. Und was hatte SS-Gruppenführer Fegelein gesagt, als er ihm danach aus dem Bunker gefolgt war? Dass es keinen Grund zur Nervosität gebe, außer Himmler wünsche, dass er, Hagemann, seine Freunde kennenlerne. Weil, wie Fegelein auf die Frage, was daran so falsch sei, antwortete, der Reichsführer keine Freunde habe.

Damals hatte Hagemann nicht kapiert, was Fegelein damit zum Ausdruck bringen wollte. Jetzt verstand er es. Wenn Hagemann zu diesem Treffen ging, wäre es das Letzte, was er tat. Denn die sogenannten Freunde würden ihm eine Kugel in den Kopf verpassen.

»Es freut mich, Sie wiederzusehen«, log Hagemann. »Ich werde sofort aufbrechen. Nicht nötig, dass Sie mir einen Wagen schicken.«

»Meine Freunde und ich erwarten Sie«, erwiderte Himmler und legte wie gewöhnlich auf, ohne sich zu verabschieden.

Hagemann wandte sich an seine Männer. »Alle Abschüsse sind gestrichen.«

»Was?«, fragte Feldwebel Behr ungläubig. »Was sollen wir mit den Raketen machen?«

»Zerstören«, sagte Hagemann.

»Und dann?«

»Dann, Feldwebel Behr, werden Sie mir einfach vertrauen müssen, wenn Sie hier noch lebend rauskommen wollen.«

Ein Sherman-Panzer der 44. US-Infanteriedivision schob sich langsam über die schlammige Straße nördlich von Reutte in den Tiroler Alpen.

Der Panzer trug den Namen Glory B, der ihm von seinem Kommandanten, dem zweiundzwanzigjährigen Lieutenant Silas Hood aus Jamestown, Rhode Island, verliehen worden war.

Hood hatte den Befehl, die Straßen nördlich von Reutte zu patrouillieren. Er hatte zwar Infanterieunterstützung angefordert, die allerdings nicht verfügbar war. So war der Panzer allein auf den Waldwegen unterwegs.

Der deutsche Widerstand in der Gegend war zusammengebrochen, allerdings kam es immer wieder zu Verlusten durch Minen, die oft schon Monate zuvor im Boden vergraben worden waren.

Hood, der im Turm stand, suchte den vor ihm liegenden Weg mit seinem Fernglas auf verräterische Spuren ab, die auf versteckte Minen hinweisen könnten. Die Deutschen setzten diverse Minen ein. Die erste war die sogenannte Schützenmine, eine Antipersonenmine von der Größe einer Kaffeedose, die schon ausgelöst wurde, wenn man auf sie trat. Die zweite war eine Glasmine ohne Metallanteil, die mit Metalldetektoren nicht mehr geortet werden konnte. Wenn sie explodierte, fügten die Glasscherben den Umstehenden schreckliche Verletzungen zu, für eine Panzerbesatzung bestand aber keinerlei Gefahr. Die dritte war die Tellermine. Sie bestand aus einer großen Scheibe, die etwa so dick war wie eine gespreizte Männerhand und eine Ladung von einem Kilogramm Ammoniumdynamit enthielt. Sie konnte einem Sherman die Kette wegsprengen und das Laufwerk beschädigen, sodass das Fahrzeug bewegungsunfähig war. Im schlimmsten Fall wurde sogar die Bodenwanne durchschlagen, wodurch die Besatzung durch querschlagende Metallsplitter in Stücke gerissen wurde.

»Langsam«, befahl Hood dem Fahrer. Er visierte mit dem Fernglas den Weg etwa zwanzig Meter vor dem Panzer an. »Langsam«, wiederholte er. Es hatte zu nieseln begonnen. Hood zog sein Taschentuch heraus und wischte die Linsen trocken.

Abrupt hielt der Panzer an.

»So langsam nun auch wieder nicht«, blaffte Hood.

»Lieutenant«, kam es vom Fahrer unten, Elmer Hoyt. »Da steht ein Typ auf dem Weg.«

Hood legte erneut das Fernglas an. Plötzlich hatte er einen deutschen Offizier im Blickfeld. Einen großen, älteren Mann in einem langen graugrünlichen Mantel mit roten Ärmelaufschlägen und einer Schirmmütze mit goldenen Tressen. In einer Hand hielt er einen weißen Kopfkissenbezug, in der anderen eine lederbezogene Dokumentenrolle von der Länge und Dicke seines Arms. Er wirkte müde, als hätte er lange gewartet, bis endlich jemand vorbeikam. Aber er schien keine Angst zu haben.

»Ach, du Scheiße«, entfuhr es Hood. »Das ist, glaube ich, ein General.«

»Was zum Teufel macht er da?«, fragte Hoyt.

»Wahrscheinlich will er sich ergeben.« Hood winkte dem Mann zu, damit er näher kam.

Der General ging ohne sonderliche Eile dem Panzer entgegnen, hielt dabei die Arme von sich gestreckt, während das weiße Kissen schlaff in der feuchten Luft herabhing. Einige Schritte vor dem Stahlungetüm blieb er stehen. »Ich bin General Hagemann«, sagte er. »Und ich und meine Männer wollen uns ergeben.«

Hoyt unten im Fahrersitz lachte. »Sieht so aus, als wären seine Männer anderer Meinung gewesen.«

»Was haben Sie da dabei?«, fragte Hood und zeigte auf die Lederrolle. »Ist das eine Waffe?«

»Dokumente«, antwortete Hagemann. »Die für Ihre Vorgesetzten von Interesse sein dürften.«

»Und was ist mit den Männern, die angeblich zu Ihnen gehören?«

»Mit Ihrer Erlaubnis«, sagte Hagemann. Dann drehte er sich um und nickte in Richtung Wald. »Kommt raus.«

In den Wald kam Bewegung, fast so, als wollten sich die Bäume auf und davon machen. Aber dann tauchten Hagemanns Spezialisten aus den Schatten auf. Einer nach dem anderen kam mit erhobenen Händen heraus, bis etwa fünfzig von ihnen auf dem Weg versammelt waren.

Verblüfft sah sich Hood das alles an. Ihm entging auch nicht, wie anders dieser Tag für ihn hätte verlaufen können, wenn diese Männer zum Kampf entschlossen gewesen wären. »Umkehren«, befahl er seinem Fahrer.

Und so langsam wie zuvor ratterte Glory B nach Reutte zurück, gefolgt von General Hagemann und seinen erschöpften Männern, die hinter ihm hertrotteten.

Kirow wurde am Morgen von Donnergrollen aus dem Schlaf gerissen.

Zumindest glaubte er das.

Seitdem sie zwei Tage zuvor Berlin verlassen hatten, waren sie immer nur auf schmalen Nebenwegen in nördliche Richtung unterwegs gewesen. Die Landschaft hier war bewaldeter und bot größeren Schutz.

Die ganze Zeit war in der Ferne Artillerie zu hören gewesen. Das hier aber klang anders. Als er den letzten Schlaf abschüttelte, wurde ihm bewusst, dass es kein Donner war, sondern der Lärm von Motoren. Panzer. Hunderte, wie es sich anhörte. Er spürte sogar das Vibrieren des Bodens.

Kirow richtete sich auf einem Ellbogen auf und sah sich auf der Lichtung um. Das kleine Feuer, das sie am Abend zuvor entfacht hatten, war zu grauer Asche heruntergebrannt.

Pekkala und Lilja waren fort. Bis auf Liljas Koffer, der immer noch dort stand, wo sie ihn abgestellt hatte, und dem platt gedrückten Gras an der Stelle, an der sie sich niedergelassen hatten, war von ihnen nichts zu sehen.

Kirow dachte sich nichts dabei. Wahrscheinlich waren sie einfach vor ihm wach geworden und sammelten jetzt trockenes Holz, um das Feuer wieder in Gang zu kriegen, damit sie sich aus ihrem spärlichen Proviant ein Frühstück zubereiten konnten.

Als er sich den Schlaf aus den Augen rieb, musste er an die Nacht denken. Vom Knacken der brennenden Äste war er nämlich wach geworden.

Im kupferfarbenen Licht der Flammen hatte er gesehen, dass

sich seine Gefährten nicht zum Schlafen hingelegt hatten. Sie saßen mit untergeschlagenen Beinen da und unterhielten sich so leise, dass er sie nicht verstand, wobei sich ihre Gesichter fast berührten.

Pekkala musste gespürt haben, dass er beobachtet wurde. Plötzlich drehte er sich um und sah Kirow an. Das ging so schnell, dass Kirow keine Zeit mehr hatte, woandershin zu sehen.

Es war ihm peinlich, sie belauscht zu haben, weswegen er sich schon entschuldigen wollte.

Aber Pekkala lächelte ihn nur an und gab ihm zu verstehen, dass es keinen Grund gab für eine Entschuldigung.

Kurz sahen sich die beiden Männer noch einmal in die Augen, während zwischen ihnen träge Rauchfäden in die nächtliche Luft aufstiegen.

Dann schloss Kirow die Augen und schlief wieder ein.

Jetzt erhob er sich und zog sich den zerknüllten Mantel über, der ihm nachts als Decke gedient hatte. Das Dröhnen der Panzer schwoll immer mehr an. Es schien aus dem Osten zu kommen, scheinbar marschierten sie auf Berlin zu, es konnte sich dabei aber auch leicht um Einheiten der Wehrmacht handeln, die sich vor der Roten Armee zurückzogen. Also beschloss er, vorerst dort zu bleiben, wo er von der Straße aus nicht gesehen werden konnte, bis er wusste, mit wem er es zu tun hatte.

Er machte sich auf die Suche nach Pekkala, entfernte sich von der steinernen Einfassung des Lagerfeuers und streifte durch den Wald. Das morgendliche Sonnenlicht, das zwischen den noch jungen, frühlingshaften Blättern einfiel, zeichnete ein scheckiges Muster auf den Boden. Und während er sich durch das Holz mühte, dachte er mit einem Mal an jenen Tag in Sibirien, an dem er am Ende eines unbefestigten Forstwegs den Wagen abgestellt und sich auf die Suche nach dem sagenumwobenen Inspektor gemacht hatte, um ihm zu sagen, dass er wieder gebraucht würde. Es schien jetzt so lange her zu sein, als wären das alles Erinnerungen, die einem Menschen geraubt worden waren, der lange, lange vor ihm gelebt hatte.

Schließlich kam er zurück zur Feuerstelle und hoffte, seine beiden Gefährten hätten sich wieder eingefunden. Doch bis auf den Koffer gab es immer noch keine Spur vom Inspektor oder von Lilja.

Und nun wurde ihm doch etwas mulmig zumute.

Die Panzergeräusche waren jetzt lauter. Kirow konnte das Wummern der einzelnen Motoren unterscheiden und das gewaltige Quietschen ihrer Ketten.

Vielleicht sind sie auf der Straße, dachte er sich und sah zum Koffer. Vielleicht sollte er ihn nehmen und damit zu ihnen gehen. Er griff sich den Koffer, hob ihn an und war erstaunt, dass er sich leicht anfühlte. Nur ein Gegenstand schien darin zu klappern. Kirow ging in die Hocke und öffnete ihn. Vor ihm lag eine klobige Dynamo-Taschenlampe, auf der die Wörter »Electro-Automate« eingraviert waren.

Jetzt fiel sein Blick auf das Feuer, wo etwas in der Asche lag. Er zog es aus dem grauen Staub. Es waren die Überreste von Liljas Haarbürste. Der Lack war weggebrannt, nur die Lochreihen waren noch zu sehen, in denen die Borsten gesteckt hatten. Aber das war nicht das Einzige. Erst jetzt sah er die geschwärzten Zähne eines vom Feuer völlig verzogenen Reißverschlusses und Glasknöpfe, die in der Hitze zu winzigen Tränen geschmolzen waren. Das alles gehörte zu den Kleidungsstücken, die sie im Koffer gehabt hatte.

»Warum macht sie das?«, fragte sich Kirow laut und starrte immer noch in die Asche, als könnten die verkohlten Überreste ihm irgendwie eine Antwort zukommen lassen.

Dann steckte er sich die Lampe in die Tasche, ging hinaus auf die Straße und hoffte, dort Spuren von ihnen zu entdecken, bevor die schnell näher kommenden Panzer alles zermalmen würden. Aber er fand nichts. Nichts, was ihm gesagt hätte, in welche Richtung sie gegangen waren.

Kirow verbarg das Gesicht in den Händen und versuchte sich zu konzentrieren. Und dabei streifte er mit den Fingern gegen einen unerwarteten Gegenstand, der unter dem Kragen seines Mantels steckte. Mit einigem Gefummel öffnete er die Schließe und löste den Gegenstand.

Es war das Smaragdauge.

»Heilige Mutter Gottes«, flüsterte Kirow, als ihm endlich klar wurde, was er insgeheim die ganze Zeit schon befürchtet hatte.

Er war so überwältigt, dass er noch nicht einmal Deckung suchte, als der erste Panzer in Sichtweite kam.

Es war ein sowjetischer T-34. Rotarmisten waren hinten aufgesessen, ihre Gesichter, Waffen und Uniformen waren von einer dicken Dreckschicht überzogen. Die Männer starrten auf Kirow, während sie an ihm vorbeirollten. Einer von ihnen lächelte ihm mit seinem dreckverkrusteten Gesicht zu und ließ gleich mehrere Zahnlücken sehen.

Weitere Panzer folgten, sie wirbelten Staub auf, bis Kirow die eisernen Ungeheuer kaum noch erkannte, obwohl sie so nah waren, dass er sie fast berühren konnte.

Als die Kolonne schließlich vorbei war, stellte er sich mitten auf die Straße.

»Pekkala!«, rief er in den Wald hinein.

Dann wartete er, zählte die Sekunden, aber nichts war zu hören, außer dem Rauschen des Windes in den Blättern.

Schließlich wandte er sich nach Osten und marschierte los.

Eine Woche später stand Kirow vor seinem Dienstherrn im Kreml.

Auf Stalins Schreibtisch lag die Dynamo-Taschenlampe, die Lilja im Koffer zurückgelassen hatte. Am Tag zuvor, sofort nach seiner Rückkehr in die Stadt, hatte Kirow sie der Waffenkammer in der Lubjanka übergeben – sie und die ungarische Pistole, die ihm dort ausgehändigt worden war.

»Was macht die hier?«, fragte Kirow.

»Wir haben darin eine Filmrolle gefunden.«

Kirow dachte daran, wie oft er sie auf seinem Weg nach Moskau fast weggeworfen hätte. Sie funktionierte mehr schlecht als recht, war aber besser als nichts – und außerdem durften gemäß den Vorschriften keine nützlichen Ausrüstungsgegenstände entsorgt werden, die auf feindlichem Territorium erworben wurden.

Stalin schob ihm einen Stapel Fotografien über den Tisch hin. »Los, sehen Sie sich das an.«

Kirow blätterte durch die Bilder, konnte aber nur ein Gewirr aus Linien und Formen erkennen, mit denen er nichts anfangen konnte, dazu deutsche Wörter, die allesamt Abkürzungen zu sein schienen und deren Bedeutung er natürlich nicht kannte.

»Was Sie hier sehen«, erläuterte Stalin, »sind die detaillierten Pläne eines Raketenlenksystems, mit dem das Deutsche Reich vielleicht den Krieg gewonnen hätte, wenn es noch rechtzeitig einsatzbereit geworden wäre. Ich wünschte mir nur, es würde uns gehören.«

»Aber es gehört uns jetzt doch«, sagte Kirow.

»Ja und nein«, erwiderte Stalin.

»Was soll das heißen, Genosse Stalin? Sind die Pläne unvollständig?«

»O nein, Major Kirow. Es ist alles da. Leider haben wir soeben erfahren, dass ein gewisser General Hagemann vor Kurzem von amerikanischen Truppen in Österreich gefangen genommen wurde. Er hatte identische Pläne bei sich, die er prompt den Amerikanern übergab. Da unser Zweckbündnis mit den Alliierten bald zu Ende gehen wird, gleicht es sich jetzt, nachdem wir beide im Besitz dieser Technologie sind, wohl mehr oder weniger aus. Nichtsdestotrotz sei Ihnen gratuliert, dass Sie so wertvolle Informationen zurückgebracht haben.« Er wartete kurz. »Auch wenn es unabsichtlich geschehen ist.«

Kirow rutschte das Herz in die Hose.

»Unterwegs scheint Ihnen allerdings etwas abhandengekommen zu sein, was mir lieb und teuer war.«

Stalin musste den Gedanken gar nicht weiter ausführen.

Kirow wollte erklären, dass Pekkala und Lilja einfach verschwunden seien, während er geschlafen hatte, aber obwohl das der Wahrheit entsprach, war es keine ausreichende Entschuldigung. »Ich könnte versuchen, sie zu finden«, schlug er kleinlaut vor. »Wenn Sie mir etwas Zeit geben, Genosse Stalin …«

Stalin lachte. »Ist Ihnen klar, wie viele Jahrzehnte das dauern dürfte? Wenn wir Pekkala jemals wiedersehen, dann an einem Ort und zu einer Zeit, die er selbst bestimmt und nicht wir.«

Kirow wusste, Stalin hatte recht. Und er glaubte zu wissen, wie es mit ihm nun weitergehen würde. Die Fahrt zur Lubjanka hinten in einem fensterlosen Lieferwagen. Der Gang ins Kellergeschoss, die Steintreppe hinunter zu den kuppelförmigen Zellen, die er nie erblicken würde, weil die Wachleute, die ihn begleiteten, ihm eine Kugel in den Kopf verpassten, sobald er den Fuß der Treppe erreichte. Kirow stand da mit gesenktem Kopf und wartete, dass das Urteil über ihn gesprochen würde.

Da hörte er etwas rascheln.

Er sah auf. Stalin hielt ihm ein Blatt hin. Es war alt, vergilbt, mit Eselsohren versehen, als wäre es durch viele Hände gegangen, bevor es auf seinem Schreibtisch gelandet war.

In der oberen linken Ecke war sorgfältig in blauer Tinte das von zwei Weizenähren umgebene Hammer-und-Sichel-Symbol der Sowjetunion aufgestempelt. Das Dokument war im Juni 1929 vom Zentralkomitee für Sträflingsarbeit in der Region Ostsibirien ausgestellt worden. Es führte aus, dass Gefangener 4745, ein Baummarkierer im Krasnagoljana-Tal, im Winter 1928 vermutlich unter natürlichen Umständen verschieden sei. Sein Leichnam war nie gefunden worden. Unterzeichnet war es von einem Klenowkin, dem Lagerkommandanten in Borodok.

»Sie kennen die Identität des Gefangenen 4745?«, fragte Stalin.

Kirow schüttelte den Kopf.

»Das war Pekkala.«

»Aber ich verstehe nicht. Hier steht, dass er vor siebzehn Jahren gestorben ist.«

»Dieses Dokument wurde im Zuge meiner Einigung mit dem Inspektor aufgesetzt, damals, als er sich einverstanden erklärte, für mich zu arbeiten. Ich bot ihm nicht nur an, ihn zu entlassen, wenn er den ersten Fall gelöst hätte, sondern ihn komplett aus dem Gedächtnis des Landes zu streichen, als hätte es ihn nie gegeben. Sie sehen also, Major Kirow, ich kann Sie schlecht dafür bestrafen, dass Sie jemanden, dem Sie nie begegnet sind, nicht mit nach Moskau gebracht haben.«

Kirow sah ihn mit offenem Mund an.

»Schätzen Sie sich glücklich, und ich schlage Ihnen vor, dass Sie gleich morgen früh an Ihre Arbeit zurückkehren, bevor es mit Ihrer Glückssträhne vorbei ist.«

Benommen machte Kirow Anstalten zu gehen.

Aber Stalin war noch nicht fertig. »Werden Sie ihm jemals verzeihen, dass er gegangen ist?«

»Es gibt nichts zu verzeihen«, antwortete Kirow.

Als Stalin allein war, stand er von seinem Schreibtisch auf, trat seitlich ans Fenster, sodass er von unten aus nicht zu sehen war, und ließ den Blick über die Dächer der Stadt schweifen. Die Sonne war gerade untergegangen, ein dunstiges, purpurrotes Dämmerlicht legte sich über den Himmel. Lange stand er so da, als wartete er auf irgendetwas. Dann hob er beide Arme und zog mit einem Ruck die blutroten Vorhänge zu.

Kirow verließ den Kreml, ging durch die fahlen Straßen und steuerte die winzige Wohnung an, in der seine Frau auf ihn warten würde. Er fasste in seine Tasche, schloss die Hand über die ovale Goldscheibe und spürte die Erhebung des Smaragds. Er wusste nicht, wie lange er würde warten müssen, bis der eigentliche Besitzer wieder auftauchte, aber er schwor den stillen Eid, so lange auf das Abzeichen aufzupassen, bis dieser Tag kam.

Im selben Augenblick, weit im unwirtlichen Norden Finnlands, legte sich der, der durch die Wälder streift, zum Schlafen nieder. Und neben ihm lag seine Frau, die, deren Haar sanft im Mondlicht glänzt.